KB050504

그 외에도
더 많은 것들
......and than some...

§ 그 외에도 더 많은 것들 §

2015년 6월 22일 초판 1쇄 인쇄
2015년 7월 27일 초판 2쇄 발행

지은이 § 해　화
발행인 § 곽중열
기획&편집디자인 § 신연제, 이윤아
발행처 § (주)조은세상

등록 § 2002-23호(1998년 01월 20일)
주소 § 경기도 연천군 미산면 청정로 1355
Tel § (02)587-2977
e-mail romance@comics21c.co.kr
블로그 http://goodworld24.blog.me

값 10,000원

ISBN 979-11-5832-123-9

그 외에도
더 많은 것들

......and than some...

해 화
장 편
소 설

(주)조은세상

그 외에도
더 많은 것들
...... and than some ......

그 외

Contents

우리는 몰랐다.

그 외에도 더 많은 것들이 필요하다는 걸.

아무리 사랑이 있다 해도.

그 외에도 ......and than some...
더 많은 것들

1.

"첫 수업인데 괜찮으셨어요? 기초 컨테이너 소이캔들이라 어렵지 않으셨죠?"

"네! 너무 쉽고 재미있었어요."

지흔의 질문에 회원들의 씩씩한 대답이 들려왔다.

"손들이 야무지셔서 잘하실 줄 알았어요."

"어머, 말씀도 잘하셔. 잘 가르쳐주셔서 그런 거죠."

목소리 큰 회원이 말하자 주변에서 동조하기 시작했다. 지흔이 미소를 지었다.

"완전히 말리려면 다섯 시간 정도 걸리니까 전시실 안에 두도록 할게요. 다음 시간에 가져가실 거니까 그때까지 다른 분들에게 구경 좀 시켜 드리자구요."

"네, 선생님."

"그럼 다음 시간에는 원장님과 뵙도록 할게요."

"선생님. 선생님이 계속 해주시면 안 돼요?"

다른 회원이 손까지 들어 말했다.

"난 선생님 나긋나긋한 목소리가 좋은데."

"제 수업 괜찮으셨어요?"

"그럼요! 쉽게 잘 가르쳐주시는데다가 똑 부러지고 예쁘기까지 하니 완전 좋았죠."

"감사해요. 그런데 제가 아시다시피 원장님 대타라서요."

"에이. 원래 기회는 이렇게 찾아오는 거죠. 이참에 그냥 여기서 쭉 하세요."

지흔이 예의 미소를 지었다.

"그럴까요? 칭찬해주신 걸로 알게요. 오늘 모두 수고 많으셨어요."

정신이 하나도 없다.

수업을 마친 지흔은 잠시 마트 관리자 구역에 앉았다.

출장은 이것으로 두 번째지만 문화센터 강좌는 처음이었다. 첫 출장은 중학교 방과 후 교양수업이었고 나름 많은 준비를 했기 때문에 긴장은 했어도 겁나진 않았다. 하지만 공방 원장인 순옥 대신 갑자기 나온 두 번째 출장은 긴장도 긴장이지만 겁이 많이 났다.

이번에 새로 생긴 대형마트에서 문화센터를 오픈하고 첫 수업이었다. 원장인 순옥의 노력으로 지흔이 근무하는 '맑은 숲&숨' 공방과 대형마트의 본사인 신선기업이 직접 협약을 맺었다. 본사와 직접 계약하는 건 이례적인 일이었고 그만큼 많은 부담을 수반하는 일이었다. 그래서일까. 기획에 열을 올린 탓인지 순옥은 계속되는 업무에 결국 몸에 무리가 오고 말았다. 첫 수업에 찾아온 위기. 순옥 대신 급작스럽게 파견된 것이 지흔이었다.

그 외에도
더 많은 것들

보통 공방에서는 아무리 회원이 많아도 일대일로 하는 경우가 많아서 크게 긴장되지 않았다. 게다가 그녀가 몸담고 있는 곳이니 운동선수로 치면 홈그라운드라 여유로울 때가 훨씬 많았다. 하지만 문화센터라는 낯선 곳에서 스물 남짓 되는 회원을 한꺼번에 상대하는 것은 쉽지 않았다. 그나마 자신의 수업이라면 좀 더 편하게 다가갈 수 있을 텐데, '대타' 이기에 무척이나 조심스러웠다. 까딱 잘못했다가는 강의가 성의 없다거나, 태도가 불량하다는 이유로 순옥이 공들여 놓은 밭을 망칠 수 있었다. 장기 기획이라고는 했지만 지흔이 몸담고 있는 공방과는 단기로 계약한 상태. 잘못하면 바로 다른 공방으로 교체될 수 있다는 말이었다.

"원장님."

지흔은 강의가 끝나면 전화를 하라 부탁했던 순옥을 위해 휴대폰을 들었다.

"걱정 많으셨죠? 생각보다 잘 끝났어요. 몸은 좀 어떠세요?"

―괜찮아요, 서 선생.

"아직 목소리가 많이 안 좋으세요."

―글쎄, 지금 주사를 맞고 있긴 한데. 관계자들은 만났고?

"아직요. 좀 늦나 봐요."

―또 늦어? 하여튼 김 차장인지 뭔지, 시간 맞춰준 적이 없다니까.

"그랬어요?"

―그랬지. 이 튼실한 몸이 괜히 병이 났겠어. 속도 좁아터지고 사람을 얼마나 괴롭히던지. 몸고생, 마음고생 하느라 이렇게 됐지.

순옥의 건강한 체구를 떠올리며 지흔이 잠시 쓸쓸한 미소를 지었다.

―그나저나 지흔 씨 좋다고 담에도 와달라고 다들 난리들이지?

"에이. 그럴 리가요."

말은 그렇게 하면서도 지흔은 기분 좋은 듯 웃었다.

—왜 아니야. 지흔 씨 얼굴도 예쁘고 꼼꼼하고 강의 잘한다고 수강하는 학생들마다 좋다고 얘기하는데. 여기라고 다르겠어?

"그거야 원장님하고 같이 안 해봐서 하는 얘기죠."

—말도 예쁘게 잘한다. 고마워, 서 선생. 그리고 미안해. 나 때문에 고생 많다.

"무슨 말씀을요. 저한테 정말 좋은 경험이죠. 폐 끼칠까 봐 걱정이에요."

—그럴 거 같으면 지흔 씨 안 보냈지. 잘하는 거 알고 보냈는데.

부족한 거 다 아는데.

"그렇게 말씀해주셔서 감사해요."

이 일을 시작한 지 이제 2년.

예전부터 만들고 꾸미는 것을 좋아하긴 했지만 그게 정확히 뭔지 모르고 살았다. 대학도 전혀 관계없는 행정학과를 나왔고 그것과 관련해 3년 정도 일반 회사를 다녔다. 회사 생활은 딱히 문제가 없었지만 어딘가 아쉬웠다. 그 마음을 문화강좌 같은 곳으로 관심을 쏟으며 지냈다. 거기서 양초 공예를 알게 됐다. 배우면 배울수록 재미있고 작품이 하나씩 나올 때마다 뿌듯했다. 더 해보고 싶었고, 더 알고 싶었다. 그 마음을 키워가던 어느 날, 주변 사람들도 놀랄 만큼 급작스럽게 사표를 제출했다.

회사에서 업무적으로나 사우 관계로 문제가 있었던 것은 아니었다. 그저 회사를 다니는 내내 뭔가 제 길이 아닌 것 같은 생각이 들었다. 당연히, 고작 그런 이유로 회사를 그만둘 수 있냐는 사람들의 만류가 있었다.

고작 그런 이유.

어떤 사람에게는 그것이 고작일 수도 있다. 월급도 나쁘지 않은 회사였고 특히 복지 부분에서는 대기업도 부럽지 않은 곳이니까. 먹고 사는 게 적성 같은 것보다 더 중요한 사람에게는 고작인 이유. 하지만 그녀는 자신에게 있어서 더 가치 있는 삶이란 두둑한 월급보다 자신이 좋아하는 것을 하며 지내는 일이라는 결론을 내렸다. 그녀에게 있어서 고작이란, '돈' 때문에 제 마음속에서 '정말로 하고 싶은 일을 묵살' 하는 일이라고.

그 일로 넌 인생을 더 살아봐야 한다고, 네가 뭘 몰라서 그런 거라고 나무라며 회사 그만두는 것을 반대하던 엄마와 사이가 더욱 틀어지고 말았다. 따로 지내고 있어 자주 보는 사이도 아니건만 고집불통이란 소리를 얼마나 들었는지. 원래도 아주 좋은 사이는 아니었지만 요즘은 전화 통화도 오가지 않을 만큼 벽을 쌓고 지내는 중이었다. 이해는 한다. 가난한 예술가인 아빠와 만나 워낙 돈 때문에 고생을 많이 한 엄마였다. 식당 일이니 뭐니 하며 겨우 입에 풀칠하던 시절 아빠가 병까지 얻어 엄마 손에 물 한 번 마를 날 없었다. 만회는커녕 빚만 유산으로 남기고 떠났으니, 다달이 착실하게 들어오는 월급을 포기하는 딸에게 온갖 악담을 하는 걸 이해 못 할 리 없었다. 엄마의 인생에서 돈만큼 중요한 건 없으니까. 그럼에도, 어쨌든 그녀에게 이 삶은 고작이 아니었다. 그녀는 더 늦기 전에 자신의 적성을 찾았고, 그래서 하루하루가 즐거웠다.

"김 차장님 뵙고 나서 전화 드릴게요."

—아니야, 지흔 씨. 별다른 문제없으면 그렇게 보고 안 해도 돼. 그냥 지흔 씨가 행여 긴장하고 마음 불안해할까 봐, 그럼 위로해줘야 하니까 전화하라고 한 거야. 근데 뭐 목소리 들으니 여전히 밝고 씩씩한 서지흔이네. 그럼 됐어.

"네, 원장님. 몸조리 잘하세요."

—그래. 김 차장이 소리소리 지르면 그때는 연락하고.

"소리도 질러요?"

겁을 집어먹은 느낌이 잔뜩 났는지 순옥이 재미있다는 듯 웃었다.

─농담이야. 사람이 워낙 소심해서 그런 사람이 못 돼.

그녀는 웃으며 전화를 끊었다. 덕분에 아주 잠시 긴장이 풀어진 기분이었다. 다른 건 몰라도 다른 사람 기분 좋게 해주는 건 순옥을 따를 사람이 없을 것 같았다.

전화를 끊은 지흔은 휴대폰으로 시간을 확인하고 잠시 화장실에 다녀오기로 했다. 문화센터 안에 있는 관리 직원을 찾았다. 한태연이라는 직원이 이곳 담당인 모양이었다.

"저, 여기 화장실이 어딘가요?"

"여긴 관리자 화장실이 따로 없어서 마트 화장실을 이용하셔야 할 것 같아요."

"아, 네. 감사합니다. 혹시 김 차장님 오시면 제가 잠시……."

"네. 금방 오신다고 전해드릴게요."

"감사합니다."

그녀는 관리자 구역 밖으로 나왔다.

"갈 때 뭐 좀 사가야겠네."

화장실에서 나온 그녀는 계산대 안으로 카트를 끌고 들어가는 사람들을 보다가 문득 장을 봐야겠다는 생각을 했다. 집에서 아주 가까운 곳은 아니지만 몇 가지 정도는 들고 갈 수 있을 것 같았다. 다시 관리자 구역으로 들어온 지흔은 문화센터 안으로 들어섰다. 묘하게도 아까와는 공기가 좀 달라졌다는 생각이 들었다.

"어? 선생님!"

태연이 그녀에게 손짓했다. 그녀가 다가가 속삭였다.

그 외에도
더 많은 것들

"본사에서…… 오셨나요?"

"네, 나오셨네요. 저쪽 사무실로 들어가시면 됩니다."

"감사해요."

지흔은 태연이 가리킨 사무실로 들어섰다. 사무실이라고 적혀 있긴 했지만 강의 때 필요한 물품 같은 것들이 자리를 차지하고 있어 창고 같은 느낌을 주었다. 거기다 큰 테이블 하나에 의자 여섯 개가 놓여 있어 일종의 회의실 같기도 했다.

그곳에 정장을 입은 남자가 게시판에 붙여진 양초공예 일정을 읽고 있었다. 소심한 남자치고는 키도 크고 어깨도 넓어보였다. 전부터 중압감을 느끼긴 했지만 본사에서 나온 남자의 정장차림을 보자니, 순옥의 몸살이 어떤 이유인지 완전히 현실로 와 닿았다. 지흔은 알 수 없는 위압감에 잠시 그대로 서 있었다.

"안녕하세요?"

그녀의 인사에 남자가 고개를 돌렸다.

"네, 안녕……."

눈이 마주친 순간 남자는 그녀를 보며 흥미로운 미소와 함께 미간을 살짝 좁혔고, 그녀는 저도 모르게 두 번 정도 눈을 깜빡였다.

임경준?

"김……문새 차장님?"

남자가 활짝, 미소를 지었다. 이유는 알 수 없었지만 괜히 고등학교 때 여학생이 된 듯 가슴이 뛰었다.

"김순옥 원장님?"

"아……, 저는 서지흔이라고 합니다. 원장님께서 몸이 많이 안 좋으셔서. 저는 원장님 공방에서 같이 일하는 서지흔이라고 합니다."

"아, 그렇군요. 반갑습……."

"네. 저도요."

"……니다. 서지흔 선생님."

그녀가 급하게 대꾸해서 말을 끊어버린 건지, 남자가 못했던 말을 끝까지 하며, 지흔의 이름을 천천히 발음했다. 너무 빨리 대꾸했나. 게다가 이름도 두 번이나 말하고. 왜 긴장하는 거냐, 서지흔. 살짝 입술을 깨물자 제 마음을 읽은 듯 남자가 또다시 웃었다.

임경준…….

왜 그 이름이 떠오르는 걸까. 순옥이 만날 때마다 와서 투덜대던 모습과는 많이 달라서일까. 생각보다 매우, 아주, 젊은 모습 때문이었을까. 아니, 정말 닮아서 그런 거지. 정말로 많이……. 하지만 그런 생각을 하고 있을 겨를이 없었다. 차장에게 잘 보여야 재계약이 유리해진다. 갑자기 뛰던 심장이 경직되는 기분이었다.

"오늘 수업은 어떠셨어요? 할 만하셨습니까?"

"네. 아주 즐거웠습니다."

"강의실 분위기는."

"분위기는 당연히 좋았죠. 제가 보기보다 강의를 재미있게 하거든요. 회원님들도 다들 좋았다고 하시더라구요."

자기 어필을 적극적으로 하는 게 흥미로웠는지 남자는 또다시 그녀의 얼굴을, 정확히는 눈을 들여다보고는 다시 미소를 지었다.

"아, 그렇군요."

남자는 참는 듯 입 안으로 웃음을 물고 있는 것 같았다. 금방 푸웃, 하고 뱉어낼 것처럼.

뭐지. 이 사람. 왜 괜히 사람 쑥스럽게…….

"전 강의실 시설이 어떤지 여쭤본 건데요."

"네? 아……! 아아. 그……랬군요. 네, 아주 좋았어요. 책상이 좀 좁긴 했지만 참을 만했어요. 아니, 괜찮았어요."

그녀는 자신의 설레발을 만회하기 위해 답한 말들이 자신을 더 창피하게 만들고 있다는 걸 알았지만 이미 늦었다. 남자는 이제 대놓고 피식, 피식 웃었다.

"성격이 급하신가 봐요."

망했다.

"강의실 시설 얘긴지 몰라서……. 강의 때는 안 그럽니다."

난처해진 그녀가 억지웃음을 지었다. 남자는 미소를 멈추고 그녀를 바라봤다. 그러자 또다시 그 애가 떠올랐다. 임경준. 그녀의 첫사랑이자 학생회장인 그 아이. 훈훈한 외모와 보기 드문 큰 키, 공부를 잘하는 것도 모자라 운동도 잘하는데다가 성격까지 좋았다. 게다가 부잣집 아들이었다지. 한 마디로 여자애들에게는 완벽한 동경의 대상이었다. 누군가에게 말하면 그런 사람이 어디 있느냐 하겠지만 어디나 그런 애들은 꼭 하나 있기 마련이었다.

그런데 여기 또 그런 느낌의 남자가 있을 줄이야.

"제가 못 들어서 그런데 이번 주만 대타인 겁니까?"

"네. 그렇습니다."

"그럼 다음 주 강의부터는 김순옥 원장님이 나오시는 거구요?"

"네."

그가 체크 리스트에 뭔가를 표시하며 말했다.

"첫 수업부터 회원님들이 혼란스러워하겠군요."

"아뇨. 제가 원장님의 커리큘럼에 맞춰 한 치의 오차도 없이 수업을 진행했습니다. 또한 회원분들께 이번 상황에 대해 말씀을 잘 드렸구요."

"그러셨습니까?"

"네. 어린 학생들이 아니니, 큰 문제는 없을 겁니다."

"그런가요?"

"네."

"그렇군요."

고개를 끄덕이는 남자와 조금은 길게 눈을 맞췄다. 그러자 남자가 아까보다 조금 더 큰 미소를 지었다. 웃는 게 예쁜 남자다. 그런데 왜 이렇게 마음이 서늘하지. 그 애도 죽지 않고 잘 컸으면 저런 얼굴일까. 그녀는 저도 모르게 그를 보며 측은한 표정을 지었다.

"왜, 그렇게 보시죠?"

"네?"

"날 신기한 사람 보듯 하시는 것 같은데요."

"아닌……데요."

"하실 말씀 있으면 하십시오."

"아뇨. 그냥……."

지흔이 머뭇거리자 남자가 자신의 뺨을 쓸어내렸다.

"내 얼굴에 뭐 묻었나요."

"아뇨. 깨끗하세요."

그건 사실이었다. 그의 피부는 정말 깨끗했다.

"그럼 누구랑 닮았나?"

정곡을 찔려서 그녀는 잠시 말을 잃었다. 표정에 다 드러나는 게 우스웠는지 남자가 쿡쿡 웃었다.

"그게 맞군요?"

"······네."

"누구랑 닮았나요. 남편?"

남편이라니. 내가 아줌마로 보이나.

그렇게 볼 수도 있는 나이이긴 했지만 오늘 엄청나게 꾸미고 온 그녀로서는 조금은 불쾌했다.

"아직 결혼 안 했습니다."

"아."

실례했습니다, 라고 말할 줄 알았는데 남자는 그저 빤히 쳐다만 볼 뿐이었다. 대답이나 하라는 듯이. 그녀는 쭈뼛거리며 묻지도 않은 말에 답했다.

"그냥 아는 사람이랑 좀 닮으셨네요."

"아는 사람 누구?"

"그냥 친구요."

"남자친구?"

질문이 조금은 집요한 듯했다. 그녀가 의아한 눈길을 주었는데도 남자는 아무렇지도 않게 되물었다.

"아니면 첫사랑?"

"아, 아뇨!"

첫사랑이라고 하기도 뭐하다. 선망의 대상쯤이면 모를까.

"그냥 동창이요. 지금은 연락하고 싶어도 못하는 친구죠."

얼굴까지 붉혀가며 부정하자, 그가 재미있다는 듯 웃었다. 그에게 놀림을 당한 기분이 들었다. 저도 모르게 입술을 삐죽 내밀었다.

"인터뷰는 끝난 건가요?"

사적인 질문을 그만해 달라는 뜻으로 그녀가 다시 일 얘기로 돌아왔다. 남자는 뭔가 말하려다가 그녀의 완강한 눈빛을 보며 마음을 바꾼 듯했다.

"회원님들이 완성한 캔들은 어디다 두셨나요?"

"유리 전시대에 있어요. 일단 이번 주에 만든 캔들은 유리 전시대에 전시를 하면서 홍보를 하기로 했다고 들어서요. 다음 주에 회원님들이 찾아가시면서 그 주에 만든 캔들로 교체될 거예요."

고개만 끄덕이고는 도로 빤히 바라보는 남자를 보며 그녀는 저도 모르게 고개를 돌렸다. 다 잊고 있던 죽은 경준 생각에 착잡하기도 했고, 순옥이 그렇게 욕하던 남자이건만, 훈훈한 미소 한 방에 얼굴을 붉힐 수도 없는 노릇이라 눈을 계속 마주하고 있는 건 좋을 게 없을 것 같았다.

"잘 알겠습니다. 수고 많으셨네요. 서지흔 선생님."

"별말씀을요."

"그만 가보셔도 됩니다."

남자가 제 앞에 놓인 서류에 메모를 하기 시작했다.

무슨 얘길 적는 걸까. 양초공예 선생이 조금 횡설수설함. 이런 걸까. 곧 원장으로 교체될 예정이니 군이 그녀에 대해서 적지 않을지도 모른다. 하지만 인터뷰 후 볼일이 끝났다는 듯 고개조차 들지 않는 남자를 보며 그녀는 의구심을 해결하지 못하고 사무실 밖으로 나왔다.

"이제 가시는 거예요?"

태연이 자리에서 일어나 그녀에게 인사했다.

"바로 유아 수업이 있어서 준비하느라고 차도 대접 못 해드렸어요."

"아뇨. 괜찮아요. 챙겨주셔서 감사해요."

그녀가 자신의 짐을 캐비닛에서 꺼냈다. 계속 일을 하게 되면 두고 다녀도 좋겠지만 하루 출장이라 그럴 수 없었다. 강의가 끝난 후에 몰려오는 피로 때문인지 생각보다 짐이 많고 무겁게 느껴졌다. 마트에서 장을 볼 수 있을지 모르겠다.

잠깐 맡기고 다녀올까.

"저, 혹시……."

"대리님!"

복도에서 들리는 큰 소리에 그녀는 말을 멈췄다. 도로 질문을 던지려는데 관리자 구역 밖에서 정장을 입은 여직원이 숨을 몰아쉬며 나타났다.

"대리님 어디 계셔?"

태연이 그쪽으로 시선을 돌렸다.

"대리님 사무실에 계시는데요? 무슨 일 있으세요, 매니저님?"

"아니. 본사에서 늦게 오는 바람에 일정 다 틀어져서 그렇지. 급한 거 아니야. 내가 들어가서 얘기할게. 와. 근데 어떻게 대리님이 오셨지? 나 횡재했다, 그지?"

"네. 저도 호강이요."

둘이 마주보며 법석을 떨더니, 매니저가 사무실 안으로 들어가자 태연이 도로 자리에 앉았다.

사무실에 대리님이? 사무실에는 김 차장이라는 남자밖에 없었는데.

"저……."

태연이 그녀를 보며 상냥하게 웃었다.

"무슨 하실 말씀이라도 있으세요?"

수업이 시작될 참인지 서서히 아이들과 보호자들의 소리가 시끄럽게 들려오기 시작했다.

"네, 저 안에……."

Rrrrr.

시끄러운 것도 모자라 센터 안으로 전화까지 들어왔다. 태연이 그녀에게 양해를 구하고 전화를 받았다. 아이들 소리 때문에 잘 안 들리는지 태연은 수화기에 대고 몇 번이나 되물으며 인상을 찌푸렸다. 그녀는 짐을 맡기는 일도 차장에 대해 묻는 것도 포기하고 그냥 밖으로 나왔다.

센터 앞에 놓인 테이블에 유모차를 끌고 온 어머니들과 아이들이 소란스럽게 앉아 있었다.

"마트라 그런가, 확실히 정신이 없긴 하네."

그녀는 잠시 미련을 두고 관리자 구역을 바라보다가 밖으로 나왔다. 어쨌든 수업을 망치지 않아서 다행이었다.

그 외에도 ......and than some...
더 많은 것들

2.

통유리 넘어 예쁜 양초들이 불을 반짝이고 있는 곳은 지흔이 일하는 곳이다. 우체통 모양의 맑은 숲&숨 간판이 통유리 앞에 은은한 불을 밝히며 세워져 있고 그 옆으로 작은 계단을 꾸려 양초들이 놓여 있었다. 저녁때가 다 되어 양초에 불빛들이 반짝이니 이 거리에서는 나름 장관이 아닐 수 없었다. 거리를 지나는 사람들이 한 번씩 힐끔거리거나 걸음을 멈추고 공방 안을 구경하였다.

안을 들여다보면 칸막이를 사이에 두고 오른쪽에는 리본아트가, 왼쪽에는 양초공예 수업이 진행 중이다. 깊은 안쪽으로 천연화장품이 진열되어 있지만 상점 바깥에서는 잘 보이지 않았다.

"이제 섞어주세요."

지흔이 왁스에 염료를 넣고 자신만 빤히 바라보고 있는 회원을 보며 말했다.

"아무리 고온이라도 제대로 섞어주지 않으면 왁스 굳고 나서 표면에 지저분하게 덩어리가 올라올 수 있어요. 염료 덩어리요. 제대로 잘 섞어주셔야 해요."

"아, 네."

회원이 씩씩하게 젓기 시작했다. 대부분 비슷한 수준이긴 했지만 회원마다 배우는 정도가 달라서 지흔은 돌아다니며 회원 한 명, 한 명에게 설명을 했다.

"저, 이거 식었는데요?"

다른 회원이 지흔을 불렀다.

"그래요? 그럼 부어볼까요? 젓가락으로 심지 고정해놓으셨죠?"

"네. 여기."

회원의 유리병 위에 심지를 꽂은 나무젓가락이 걸쳐져 있었다.

"이젠 말씀 안 하셔도 수준급이세요."

지흔은 신입 회원이 용기에 왁스를 붓는 것을 지켜보았다. 선생이 지켜보고 있어서 그런지 손이 심하게 떨리는 게 보였다. 걱정스러워 한 마디 하려는데 그 사이 실수 없이 왁스를 모두 용기에 부었다.

"잘하셨어요. 이제 이대로 뒀다가 다 마르면 심지 길이 확인해서 자르고 뚜껑 덮으시면 돼요."

"네."

그녀가 다른 곳으로 가서 회원들을 살폈다. 저마다 양초가 완성돼 가는 것을 본 그녀는 시간을 확인하고 말했다.

"자, 오늘은 여기까지 할게요. 마무리 더 하실 분들은 하시구요."

"네."

"모두 수고 많으셨어요."

퇴근 후 배우러 오는 직장인 회원들도 많아 늦은 시간까지 공방은 쉽게 닫히지 않았다. 회원들이 자리를 다 뜰 때까지 뒷정리를 하고 회원들의 작품을 체크하고 나면 그녀의 퇴근 시간도 꽤 늦었다. 어느새 밤 열 시.

"어. 은혜야, 왔어?"

은혜가 도착했다고 전화를 주었다. 지흔은 대충 가방을 둘러멨다.

"먼저 가보겠습니다."

남은 선생님들에게 인사를 한 후 밖으로 나와 두리번거리자 멀리서 은혜가 손짓을 한다.

"하여튼 이럴 줄 알았어. 결국은 내가 가져다주지?"

은혜에게 완전히 다가가지도 못했는데 벌써 툴툴대는 소리가 들려오기 시작했다. 지흔이 얼른 가서 은혜의 팔짱을 꼈다.

"일 때문에 갈 수가 없는데 어떻게 하나. 많이 기다렸어?"

"이거나 받아라. 팔 떨어지는 줄 알았다."

은혜가 쇼핑백을 건넸다. 그 안에는 졸업앨범이 들어 있었다.

경준의 사진이 있는 졸업앨범.

김 차장이라는 남자를 보고 나서 문득 경준의 얼굴이 보고 싶었다. 하지만 3학년 2학기가 시작되고 얼마 후 지흔이 전학을 간 터라 졸업앨범이 없었다. 당장 펼치고 싶었지만 참았다. 집에 가서 천천히 봐야 할 것 같았다.

"대체 죽은 애 사진은 왜 본다는 거야?"

"꼭 걔만 보려고 그런 건 아니야. 다른 애들 사진도 보고 싶고. 그냥 봄이라 그런가, 옛날 생각나서 그래."

그녀가 경준을 떠올리며 조금 쓸쓸한 목소리를 내자 털털한 은혜가 고개를 끄덕였다.

"알았다, 우아한 청순아. 청승은 집에 가서 떨고 지금은 맥주나 사."

"맥주?"

지흔이 자신보다 조금 작은 은혜에게 어깨동무를 하며 입맛을 다셨다.

"맥주 좋지. 맥주는 내가 살 테니까 안주는 네가 사."

"야, 그게 더 비싸잖아."

"네가 먹는 맥주 양을 생각해야지."

"그런가."

"나 안주로 쥐포튀김 시켜도 돼?"

지흔이 애교스럽게 묻자 은혜가 미간을 좁힌다.

"배도 안 차는 그거?"

"왜, 맛있잖아. 쥐포튀김 먹고 싶단 말이야."

"웃기지 마. 맥주엔 치킨이지."

"쥐포튀김이 더 맛있는데."

"영양가도 없이. 살도 없는 걸 왜 그렇게 좋아해?"

투닥투닥. 두 사람은 맥주집으로 향했다.

"너 승훈이 기억나?"

자리를 잡고 앉아 막 맥주를 시킨 참에 은혜가 동창과 관련된 흥미로운 얘길 했다.

"승훈이? 음, 이름 기억나. 잘 모르지만 걔가……."

"경준이 친구였지."

"아, 맞다. 그래, 기억나. 경준이랑 맨날 같이 다녔던 애. 안경 쓰고 키 좀 작고."

지흔의 말에 은혜가 고개를 끄덕였다.

"응. 근데 걔 이제 키 그렇게 작지 않대. 그때 경준이가 커서 작아보였던 거지. 지금은 경준이보다 크대."

말해놓고 둘이 잠시 말이 없다. 은혜가 쭈뼛쭈뼛 말을 이었다.

"물론 경준이가 지금 살아 있다면, 그렇다는 얘기지. 경준이가 살아 있음 여전히 승훈이가 경준이보다 작을지도 모르지."

"⋯⋯그래, 알아."

경준이 걔, 더 컸을 거야. 지금도 살아 있었다면.

그녀는 김문새 차장이라는 남자의 뒷모습이 떠올랐다. 큰 키에 넓은 어깨, 딱 남자다운 덩치. 경준이도 아마 그렇지 않았을까, 하는 마음. 그러자 다른 사람을 빗대 경준을 떠올려야 한다는 생각에 마음이 더 씁쓸해졌다. 은혜 역시 마음이 그랬는지 조금은 서글픈 목소리를 냈다.

"에휴. 나 경준이 되게 좋아했는데."

"나도."

"너도?"

얼결에 동조했는데, 은혜가 놀란 듯 바라본다. 지흔이 당황한 듯 살짝 미소를 지었다.

"아, 그게⋯⋯."

"너 경준이 좋아한다고 나한테 한 번도 말한 적 없었잖아."

"그거야 그땐 새침해서 그랬지. 그리고 그땐 다들 경준이 좋아했잖아."

"하긴."

금방 수긍한 은혜가 다시 눈을 가늘게 뜬다.

"그래도 넌 금시초문인데?"

"그렇게 많이 좋아한 건 아니었어."

"좋아하긴 좋아하셨다?"

"아니야, 안 좋아했어."

"에이, 아닌 것 같은데?"

"조금 좋아했어. 근데 그럼 뭐해. 전학 해버렸는데."

지흔이 쥐포튀김을 입에 물고 바스락 소리를 냈다. 은혜가 휘파람 부는 시늉을 했다.

"오호, 전학 가기 직전에 터진 마음이라 이거지?"

"그래. 그랬다."

"어쭈. 요 새침이가 좋아하는 남학생도 있었어?"

"놀리지 마. 너도 좋아해놓고."

"그래, 맞아. 걔 내 거였지."

"걔 모르게 그런 애들이 수두룩했다는 게 문제지."

은혜의 '내 거'라는 말이 거슬려 지흔이 괜히 한 마디를 보탰다. 하지만 다행히 그 마음을 눈치채지 못한 은혜는 아무렇지도 않게 맥주를 마셨다.

"그래도 기분 하나도 안 나빴어. 걔가 보통 괜찮았어야지. 그 친절하고 상냥한 말투하며, 부드러운 미소하며……."

둘 다 괜히 마음이 짠해져 맥주를 마시며 잠시 말이 없었다. 은혜가 푸념하는 듯 한숨을 내뱉었다.

"에잇. 이게 다 무슨 소용이냐. 걘 이제 없는데……."

"……"

"미인박명이라더니. 그렇게 괜찮은 애는 하늘에서 빨리 데려가고. 그래서 내가 남자가 없지. 경준이만 살아 있어도 내가 어떻게든 넘어뜨려서 시집을……."

은혜의 말에 그녀가 정색했다.

"워워. 참으세요. 발정녀 씨. 한은 야동으로 푸시자구요."

"야동을 좀 보내주면서 말해라."

"내가 너한테 할 말인데?"

둘이 동시에 한숨을 지었다. 이 나이에 실습할 남자가 없다니. 한심한 청춘, 한 많은 청춘이다. 그 사이 맥주와 함께 안주가 나왔다.

"그런데 어디까지 얘기했지?"

"승훈이 얘기?"

"맞아. 승훈이 얘기하다가 갑자기 왜 야동으로 끝났더라."

지흔의 질문에 은혜가 혀를 차며 고개를 저었다.

"네가 문제야, 서지흔. 무슨 얘기하면 꼭 '기승전야동'으로 끝나. 은근 밝힌다니까."

"끼리끼리 노는 거지, 무슨. 나한테 야동의 세계를 알려준 게 너일걸?"

지흔의 말에 은혜가 인상을 팍 썼다.

"무슨 소리. 난 서지흔 너로 기억하는데."

"그래서 승훈이가 뭐 어쨌다고?"

"말 돌리는 거 봐라."

"승훈이가 어쨌냐니까?"

"승훈이가 글쎄 연정이랑 사귀었댄다."

"뭐?"

"너도 안 믿기지?"

"우리랑 같은 반이었던 연정이?"

친하진 않았지만 연정은 고등학교 때 3년 동안 같은 반 친구였다. 늘 조용히 책만 읽어서 남자한테 관심 한 번 주지 않았던 걸로 기억한다.

"어떻게? 어떻게 걔랑, 걔랑 둘이 사귀어? 원래 알던 사이야?"

"아니. 연정이가 남자애들에겐 영 관심 없던 건 우리가 누구보다 더 잘 알잖아?"

"그거야 그랬지만. 근데 남녀 사이를 어떻게 알아. 대체 어떻게 된 거래?"

"그게 또 동창의 힘 아니겠냐. 서로 대화 한 번도 안 하고 인사도 한 적 없는데 우연히 만나니까 그렇게 반가울 수가 없었다나."

지흔이 흥미로운 얼굴로 쥐포튀김을 입에 넣고 바삭거렸다.

"그래서 보자마자 어? 너! 하면서 눈 맞았대?"

"너 어떻게 알았어?"

은혜가 놀라서 물었다. 지흔이 더 놀랐다.

"정말 그랬어?"

"응. 그랬대. 만나자마자 꼭 원래 친했던 사이처럼 그렇게 인사가 나오더란다. 사실 우리도 그랬잖아, 동창회 때. 고등학교 땐 인사도 서로 못하고 다니다가 보자마자 어? 너! 이랬잖아."

"그거야 그랬지. 근데 어떻게 그렇게 바로 사귀어. 우린 동창들 몇 번이나 만났지만 사귀지 않았잖아."

"야, 그게 동창회의 문제점이야. 다 같이 우르르 만나니까 썸을 탈래야 탈 수가 있냐. 여자 남자가 되기 전에 친구가 돼버리는데."

"그래서 썸 타고 싶은 남자는 있으셨구요?"

"넌 있었냐? 경준이 정도면 몰라두. 애들이 고생에 찌들어서 오징어가 됐드만."

"하긴 그건 그랬어."

"에휴, 어디 경준이 같은 남자 없나."

은혜의 푸념에 그녀는 문득 김 차장이라는 남자를 떠올렸다.

경준이 그렇게 컸다면 사귈 만하겠지?

지흔은 김 차장이라는 남자의 말투나 눈빛 같은 것을 되새기다가 고개를 저었다. 고급스러운 느낌의 그 남자는 눈이 꽤나 높은데다가 조금 못돼 보였다. 뭐랄까. 너무 잘나서 별 볼 일 없다 싶으면 눈길 한 번 안 줄 스타

그 외에도
더 많은 것들

일이라고나 할까.

"그런 사람 있다 해도 꿈 깨자. 우린 안 돼."

"야, 서지흔. 우린 안 된다니. 네가 안 되겠지."

지흔이 눈을 가늘게 떴다.

"정말 그렇게 생각해?"

"어, 애 좀 봐. 그 눈빛 뭐야. 너 혹시 지금 내 허릿살 본 거야?"

"그래. 너 살 뺀다는 게 대체 몇 년이냐."

지흔의 장난 섞인 말에 은혜가 미간을 좁혔다.

"와, 지는 이쁘다 이거지."

"으음. 내가 좀 하지."

그녀가 장난스럽게 어깨에 걸린 머리카락을 뒤로 넘겼다. 은혜가 닭다
리를 뜯었다.

"포기한다. 너 재수 없는 게 하루 이틀이냐."

"그래도 귀엽잖아."

"지랄도 가지가지."

은혜를 보며 쿡쿡 웃음 짓던 지흔이 친구의 팔짱을 끼며 애교 섞인 목소
리를 냈다.

"그래서 어떻게 됐다구? 둘이 잘된 거야? 결혼이라도 한다는 거야? 청
첩장 줬다고?"

"아니. 헤어졌대."

"왜?"

"왜긴. 급하게 먹은 밥, 체한 거지."

"뭐야, 그게."

"너무 금방 친해진 게 문제라고. 반가움을 호감으로 잘못 해석한 탓.

다 착각이더라, 이거지."

반가움을 호감으로 잘못 해석한 탓? 하긴 그럴 수도 있겠다. 오랜만에 만난 친구, 신선하고 반가울 수 있으니 그 마음이 누군가를 좋아하는 마음처럼 느껴질 수도?

혹시 자신도 괜한 감상에 빠진 걸까. 그저 추억 미화 같은.

그녀는 고개를 저었다.

뭐, 어때. 하루의 추억이든 뒤늦게 '폴링 인 러브' 이든 그 누가 말리랴. 어차피 이제 못 보는 사람인데.

"그나저나 네가 경준이 얘기하니까 괜히 보고 싶잖아. 걔 정말 착했는데."

은혜가 맥주를 벌컥벌컥 마셨다. 지흔의 마음도 좋을 리 없었다. 동창들 얘기를 하고 나니 경준이 생각이 더 난 것이다.

치킨을 뜯고, 아삭아삭 쥐포튀김까지 싹 먹고, 이 얘기 저 얘기하며 씩씩하게 웃었지만 지흔은 은혜와 헤어지고 돌아올 때까지 내내 앨범에 존재하고 있을 경준에게 신경이 쏠려 있었다. 얼른 얼굴을 보고 싶었다.

"이런 얼굴이었구나."

술이 좀 오른 그녀는 침대 쿠션에 기대 가만히 경준의 얼굴을 바라봤다. 보통 졸업앨범은 '흑역사'의 대명사라는데, 경준에겐 그것도 아닌 것 같다. 고작 고등학생 주제에 성숙한 남자처럼 그윽한 미소를 짓고 있는데 그걸 보는 순간 십 년이나 더 늙은 여자의 마음이 설렌다.

"맞아. 그때 너 참 예뻤지."

외모 때문만은 아니었다. 그 애는 싹싹하고 친절하고 상냥하고 다정한 남학생이었다. 추억하느라고 꽤 미화되긴 했겠지만 지금 이 생각을 동창들에게 말한다 해도 아니라고 반박할 애들은 없을 것이다. 은혜만 해도 벌써 인정하지 않았는가.

이 얼굴을 보니, 딱히 김 차장이라는 남자의 얼굴은 떠오르지 않는다. 그 남자를 보고는 계속 경준의 얼굴이 떠올랐는데.

지흔이 손으로 경준의 사진을 매만졌다. 그러고 보니 경준은 그녀의 첫사랑이라면 첫사랑이었다. 딱히 이루어진 적도 없고 마음을 깨달았을 때는 이미 전학을 한 상태라 뭘 어쩔 수도 없이 잊고 말았지만 어쨌든 모든 여학생의 선망의 대상인 경준은 그녀에게도 마찬가지였다.

다 같이 좋아해도 억울하지 않은 남학생.

동창들에게 경준의 죽음에 대해 듣고 잠깐 가슴이 아프긴 해도 실감은 없었는데 막상 이렇게 사진을 찾아보니, 마음이 몹시도 아파온다.

"왜 그렇게 빨리 갔니."

술기운 때문일까. 지흔은 훌쩍, 눈물을 훔쳐냈다. 아까움과 안타까움 그리고 그리움이 더해져 그녀의 밤이 난데없이 눈물바다. 앨범을 끌어안고 그대로 누워 울고 있는데 휴대폰으로 전화가 들어왔다. 받지 않으려 했는데 액정을 흘깃 보니, 수신인이 원장 순옥이었다.

지흔은 급하게 심호흡을 한 후 전화를 받았다.

"원장님?"

—지흔 씨. 아직 안 잤어?

"네. 아직요. 이제 자려구요."

—늦은 시간에 미안해.

"아니에요."

—오늘 공방은 잘 돌아갔지?

원장이 비번인 날이었다. 혹시 공방 상태 확인차 전화를 한 것일까. 그런 거라면 리본공예를 하는 나연에게 전화를 하곤 했는데.

"별일 없었어요."

—어, 그래. 그것 때문에 전화한 건 아니고.

"무슨 일 있으세요?"

—무슨 일이 있긴 하지.

"무슨 일······."

—김 차장한테 전화가 왔는데.

경준의 사진을 본 터라 그런지 김 차장이란 말에 그의 얼굴이 불쑥 떠올라 괜히 심장이 덜컹거린다.

"김문새 차장님이요?"

—응. 아무래도 마트 문화강좌 말이야. 지흔 씨가 거기 수업을 맡아줘야 할 것 같아서.

"네?"

—본사에서는 첫 수업에 지흔 씨가 나갔으니까 한 번이라도 했던 선생이 계속 해주길 바라는 것 같더라고. 첫인사가 중요한 건데 인사하고 나서 그다음에 또 다른 선생이 인사하는 꼴이니 왜 안 그렇겠어.

"하지만 거긴 원장님이 공을 많이 들이신······."

—그거야 그렇지만 사실 내가 수업하는 것보다는. 사실 아닌 말로 나야, 지흔 씨가 나가 주면 좋지. 게다가 거기 회원들이 지흔 씨를 아주 잘 본 모양이던데.

그녀는 뭐라고 대답해야 할지 몰라 잠시 망설였다. 자신에겐 좋은 기회니 당연히 하고 싶지만 너무 좋아해도 안 될 것 같았기 때문이다.

"커리큘럼도 이미 다 짜셨는데. 괜찮을까요?"

—그거야 언제든 바꾸면 되지. 그리고 서 선생도 이번 경우는 처음이니 내가 짠 대로 해도 문제없고. 잘되면 장기 계약을 할 예정인 것 같으니까.

"공방 스케줄은······."

—그건 내가 손쓸게. 지흔 씨, 나 좀 도와줘. 나 정말 지흔 씨 밖에 없다.

간절한 원장의 말에 그녀는 이미 마음으로 고개를 끄덕였으면서도 이제야 알겠다고 대답을 하였다. 원장은 한시름 놓은 사람처럼 목소리가 편안해졌다.

—고마워. 내가 병만 안 나도 이렇게 여러 사람 괴롭히지 않았을 텐데. 하여튼 고마워.

"아니에요. 제가 감사하죠. 폐 끼치지 않게 잘할게요."

금방까지 옛 추억을 생각하며 찔찔 짜던 지흔은 전화를 끊고 잠시 미소를 지었다. 그러고는 다시 앨범을 들여다보는데 경준의 사진과 눈이 마주쳤다. 그 애 역시 사진 속에서 미소를 짓고 있었다. 순간 김 차장의 미소 띤 얼굴이 떠올라 심장이 쿵 내려앉았다.

"닮긴······ 닮았다."

소름이 돋아났다.

3.

"어머, 이게 내 첫 작품이라니."

회원들은 지난주에 나온 자신의 작품을 챙기며 감탄을 금치 못했다. 지흔이 포장박스를 나눠주었다.

"양초 자체도 예쁘지만 제일 마지막 단계는 포장이에요. 집에 가셔서도로 풀어버리시겠지만 지금은 일단 예쁘게 포장해보세요. 갑자기 엄청 고급스러운 선물로 바뀝니다. 자, 이 리본도 가져가세요. 같이 쓰시면 더 예뻐요."

"어머, 리본까지?"

회원들은 지흔이 나눠준 리본을 보며 감탄을 금치 못했다.

"이것도 선생님이 만드신 거예요?"

"저도 배우고 있긴 한데 이 수준은 아니구요. 이건 저희 공방에 리본아트 하시는 분께서 특별히 주신 거예요. 위에다가 붙여보세요."

회원들이 너도 나도 싱글거리며 자신의 작품을 포장했다.

"어머어머, 이거 정말 고급스러워진다. 세상에, 너무 예쁘다."

회원들의 감탄에 지흔은 어깨가 으쓱했다.

"혹시 리본아트도 배워보고 싶으시면 마트에 추천하세요. 저희 공방에 정말 잘하시는 분 계시니까요."

"아휴, 서 선생님 영업도 잘하셔."

"그죠. 제가 이래봬도 못하는 게 없습니다."

"요리도 잘해요?"

"앗, 그건……. 자, 그럼 다 포장하셨나요?"

"선생님, 얼렁뚱땅 넘기는 거 봐."

회원들의 깔깔거리는 소리가 이어졌다. 몇 가지 농담을 더 하고 회원들의 예쁜 포장을 흐뭇하게 바라보고 있는데 열린 강의실 문 근처에서 낯익은 얼굴이 보였다. 김 차장이라는 남자. 눈이 마주치자마자 졸업앨범 사진의 경준처럼 그가 상큼하게 웃었다. 당황스러워진 지흔은 고개를 돌려버렸다. 어제 습관처럼 켜놓은 향초 때문에 사진을 보며 울고 추억하는 것이 추모식처럼 되어버린 탓인지, 경준의 꿈까지 꾸고 말았다. 그런데 여기서 그 얼굴을 또 보자니, 쿵하고 내려앉은 심장 때문에 머리가 다 새하얘지는 기분이었다.

언제부터 있었던 거지?

눈길을 주지 않으려고 했지만, 의식이 되는 걸 막을 길이 없다. 괜히 얼굴이 경직돼 회원들에게 억지웃음을 짓게 된다.

"그럼 오늘 만드신 건 지난번과 마찬가지로 진열대에 넣어놓을게요. 지나시다가 '인증샷'도 찍으시고 여기저기 자랑도 하시구요. 오늘 수고 많으셨어요. 다음 주에 봬요."

수업이 끝나고 고개를 돌렸을 때 다행히 그는 없었다.

"감시하는 것도 아니고."

그녀는 짐을 꾸리며 투덜거렸다. 아직 수업 초반이라 보고서를 작성해서 올려야 하는 회사 입장에서는 당연한 절차일지 모르지만 괜히 꼬인 눈으로 보게 된다.

"선생님."

관리직원인 태연이 다가왔다.

"두고 가실 물건 있으시면 주세요. 선생님 캐비닛을 마련했어요."

"정말요?"

"네. 앞으로 매주 오셔야 하는데 짐 들고 왔다 갔다 하실 순 없잖아요."

"감사합니다."

"저희 회원분들 좋으시죠?"

"네. 다들 소녀 같으세요."

"맞아요. 정말 그러세요. 동네마다 특성이 있긴 한데 이쪽 지역 어머님들이 성격이 꽤 괜찮으세요. 가끔 까탈 부리시는 분도 계시긴 한데 그건 정말 가끔이구요."

"네에."

태연이 친절하게 캐비닛 열쇠를 주었다.

"저쪽 사무실에 넣어두시면 돼요."

"감사합니다."

지흔은 저도 모르게 주변을 살폈다. 아까까지 강의를 지켜보던 김 차장이라는 남자는 보이지 않았다.

"저 혹시 오늘은 따로 남아서 얘기 나누거나 할 거 없나요?"

"네? 아, 오늘은 없으신 것 같은데요. 딱히 저한테 남기신 말씀이 없으셔서요."

"아……."

지흔은 문득 지난주에 직원들이 '대리님'을 운운했던 게 떠올랐다.

"저 근데……."

너무 늦게 불렀는지 태연이 듣지 못하고 밖으로 나갔다. 굳이 따라가서 물을 내용은 아닌 것 같아서 지흔은 어깨를 으쓱하고 말았다. 캐비닛에 차곡차곡 짐을 정리한 지흔은 문화센터 밖으로 나왔다. 평일 대낮의 마트는 한산했다. 문득 얼마 전에 바닥을 드러낸 트리트먼트가 떠올랐다.

"오늘은 필요한 거 꼭 사가야지."

매장 안으로 들어간 지흔은 가방에서 주섬주섬 수첩을 꺼냈다. 수첩 안에는 메모광인 지흔의 성격답게 바뀐 스케줄과 필요한 도구 구입 금액, 회원들 이름이 적힌 메모로 가득 차 있었다. 커리큘럼과 팸플릿 등이 사이사이 껴 있어 A5 크기의 수첩은 뚱뚱한 상태였다.

뒤적뒤적 장볼 거리를 메모해놓은 곳을 찾아 수첩을 넘기던 지흔은 '바나나, 트리트먼트, 스타킹, 건전지'라고 적힌 곳을 발견하고 페이지를 넘기던 손을 멈췄다. 바나나는 어제 과일집 앞을 지나가다 생각이 나서 구입을 했으니, 패스. 목욕용품이 있는 곳으로 다가가 이것저것 구경하던 그녀는 원래 쓰던 트리트먼트를 집어 작은 장바구니에 넣었다. 새 상품이 이벤트 때문에 저렴해서 구미가 당기긴 하지만 원래 쓰던 게 편했다. 천천히 스타킹이 있는 곳으로 걸음을 옮기던 지흔은 딱, 하고 걸음을 멈췄다. 여성의류가 놓인 매대 앞에서 김 차장이라는 남자가 맞은편 직원과 애기 중이었다.

쭉 뻗은 두 다리에 비율 좋은 어깨가 확연히 들어왔다. 일자로 딱 떨어지는 슈트 바지하며 옅은 초록색 와이셔츠가 그의 몸에 꼭 맞았다. 누가, 어디에서 봐도 눈에 띌 만큼 외모가 보기 좋았다. 지흔은 저도 모르게 그를 가만히 바라봤다. 남자의 옆모습에서 소년이었던 경준을 찾아보고 싶었을까. 닮았다고 생각했지만 또 잘 모르겠어서 지흔은 조금 더 가까이 다가가 그의 얼굴을 들여다봤다. 적당한 숱의 눈썹과 외꺼풀의 긴 눈, 하얀 피부를 보자니 소위 '꽃미남' 같기도 하고 오똑한 콧날과 날렵한 턱선을 보니, 강인한 남자의 인상이 풍겨왔다. 종합하자면 어디 내놔도 외모순위 하나는 1 등을 차지할 것 같은 외모. 지지직, 하고 무전기 소리가 울리자, 그가 허리에 찬 무전기를 꺼내 무어라고 이야기를 듣더니, 앞에 있는 사람에게 지시하듯 말하고 고개를 돌렸다. 확, 하고 눈이 마주쳤다. 정말 순식간에 일이었다. 절대 돌아보지 않을 것 같을 타이밍에 돌아보다니. 너무 뚫어져라 보고 있어서 시선을 느낀 건가, 뜨끔할 정도였다.

뒤늦게 어색한 몸짓으로 인사를 하던 지흔은 마치 급한 일이 있는 사람처럼 수첩을 뒤적거렸다. 그가 다가오고 있는 게 느껴졌다.

"안녕하세요, 서지흔 선생님."

"아, 네. 안녕……."

우르르르. 수첩에 껴 있던 종이들이 바닥에 떨어졌다. 참 추접스럽게도. 지흔이 물건을 집으려는데 그가 한쪽 다리를 굽혀 종이를 차곡차곡 모아주었다. 같이 주워야 했는데 그녀는 저도 모르게 그의 가마를 보게 된다. 반듯한 그의 가마를. 그는 심지어 가마 모양도 예뻤다.

어처구니없는 생각을 하는 동안 그가 종이를 주워 그녀에게 건넸다. 그녀의 사진과 함께 프로필이 적힌 팸플릿이 하필 맨 위에 있다.

"가, 감사합니다."

얼른 감추려는데 뒤늦게 그도 그게 눈에 띄었는지 도로 가져가 팸플릿을 살피더니, 다시 그녀에게 건넸다.

"실물이 더 예쁘네요."

"네? 아, 감사합니다."

분명 칭찬이라 금방 얼굴이 빨개질 뻔했는데, 실실 웃는 그를 보자 이게 곱게 들리질 않고 사진이 잘못 나왔다고 말한 거였나, 잠시 헷갈린다.

"장보시나 봐요?"

그가 그녀의 장바구니를 쳐다보며 물었다.

"아, 네. 강의 끝나고 필요한 게 생각나서요."

"강의는 어떠셨습니까?"

"저번 주보다 훨씬 수월했어요. 회원분들도 좋으신 것 같고요."

"적응이 빠르신가 봐요. 성격만큼."

"네. ……네?"

그녀가 슬쩍 미간을 좁히자, 그가 미소를 지었다.

"그럼 즐거운 쇼핑 되십시오."

그가 마트 방송 안내 멘트로 나올만한 인사를 하고 돌아선다.

"저기."

인사를 하고 마주한 두 눈이 앨범에서 보던 경준과 닮아도 너무 닮아 지흔은 저도 모르게 그를 불렀다.

"하실 말씀 있으세요?"

"아, 아니요……."

그가 도로 가까이 다가왔다.

"하실 말씀 있으시면 하세요. 서 선생님."

"혹시…… 저 본 적 없으세요?"

조금은 작업 멘트처럼 들릴 거라는 걸 알았다. 하지만 이렇게밖에 질문이 나오지 않았다. 혹시나 경준일까 싶은 그 눈빛 때문에.

설마 오해는 안 하겠지.

"네?"

"혹시 우리 어디서 본 적, 없나요?"

"좀 전에요? 아님, 저번 주에?"

그래, 그때 보긴 했지.

"아니 그게 아니라……."

뭐라고 말해야 할지 몰라 잠시 머뭇거리자 그가 엄청 이상한 눈으로 바라보는 게 느껴진다. 아무래도 작업용으로 오해하는 것 같다.

"아, 그러니까, 혹시 고등학교 때라든가, 그러니까 동창 중에 저를 닮은 뭐 그런 사람이 있었나 싶어서요……."

그가 흥미롭다는 듯 그녀를 잠시 바라보았다. 그러더니 알겠다는 듯 미소를 지었다.

"저번에 말했던 그 첫사랑 얘기죠?"

"네?"

지흔이 미간을 좁혔다.

"첫사랑이라고 한 적 없는데요. 그때 분명 그냥 동창이라고 한 것 같은데……."

"그런가요? 눈빛이 하도 야릇해서."

"야릇……이라뇨."

"몰랐어요? 난 하도 날 그렇게 봐서 첫사랑이라도 생각하나 했는데."

"처, 첫사랑 그런 거 아닌데요!"

놀라서 소리치는 그녀의 부정에 그의 미소가 아까보다 더 짙어진 기분이다.

"첫사랑도 아니고, 그냥 동창을 뭘 그렇게 찾아다녀요?"

장난기가 살짝 붙은 그의 질문에 기분이 상했다. 첫사랑이 아니면 동창은 찾아다니면 안 되는 건가.

"그냥 생각이 나서 그런 것뿐이에요. 많이 닮으신 것 같아서."

지흔이 슬쩍 입을 내밀자, 그가 재미있다는 듯 웃었다.

"그렇군요."

알겠다는 듯 쿨하게 고개는 끄덕이는데 미소를 잔뜩 머금는 게 아무래도 이 남자는 자신이 그한테 관심이 있는 걸로 착각하고 있는 게 틀림없었다.

"정말이에요. 저는 절대 김 차장님한테……."

그가 그녀의 뒤쪽으로 고개를 내밀었다. 누군가가 그에게 사인을 보내는 모양이었다. 살짝 고개를 끄덕인 그가 지흔에게 시선을 보냈다.

"죄송합니다. 더 얘기하고 싶은데 출장 나온 곳에서 데이트를 할 순 없어서요."

"데이트……라뇨. 그냥 얘기를 나눈 것뿐인데……."

"농담이에요."

그가 그런 센스도 없냐는 듯 그녀를 바라보는 것만 같았다. 센스하면 서지흔인데. 이런 오해는 풀 수도 없고 불쾌한 기억으로만 남을 테다. 기분이 완전히 나빠진 지흔이 수첩을 탁, 닫고 그의 옆으로 지나쳤다.

"수고하세요."

"스타킹은 저쪽입니다."

그녀가 놀라 바라보자 그가 손가락으로 수첩을 가리키고는 자리를 떠났다. 제 수첩에 적힌 쇼핑 목록을 내려 보던 그녀가 고개를 들었다.

"이런 건 언제 본 거야."

멀어지는 그를 바라보며 그녀가 투덜거렸다.

"저 남자가 임경준하고 닮았다는 게 첫사랑…… 아니, 동창으로서 기분 나쁘다, 경준아. 내가 대신 기분 나빠 해줄게."

팽, 하고 돌아선 지흔이 스타킹을 대충 집어 들고는 계산대로 향했다.

"일찍 왔다?"

성준이 마루와 거실의 경계가 딱히 없는 작은 자취방으로 들어서며 말했다. 자정이 넘은 시간. 하지만 일에 치여 사는 성준과 경준에게는 이른 시간이었다.

"어서 와, 형. 밥은 먹었고?"

"응. 너는?"

"나도."

성준이 식탁보다는 책상으로 더 활용도가 높은 테이블에 앉아 서류만 들여다보고 있는 경준을 힐끗 보다가 냉장고에서 캔맥주를 꺼내 경준의 책상 앞에 놓았다.

"난 됐어."

경준이 거절하자 성준이 캔을 따서 꿀꺽꿀꺽, 하고 마셨다. 갈증이 심했는지 원샷을 해버린 성준이 경준을 의아하게 바라봤다.

"근데 웬일로 이 시간에 집에 있어? 너 물류센터 가는 날 아니야?"

"오늘 스케줄 펑크 났어."

"회사 일 때문에?"

"응. 이제 끝났거든."

"요 근래 마트로 직접 출장 나가서 일한다더니, 일이 많은 모양이다?"

"어."

"대기업이라고 좋다 했더니, 거긴 야근 참 많다."

"대신 수당이 좋잖아."

"그래서 다른 직원 일까지 일부러 하는 거 아냐?"

"내가 천하장산가."

성준이 이번에는 물을 따라 마신다.

"천하장사도 아닌데 일 너무 많이 하는 것 같으니까 걱정돼서 그렇지."

"하루 이틀이야. 새삼스럽게."

경준의 가벼운 말에 성준의 눈이 어두워졌다. 하루 이틀이 아니지. 벌써 십 년인가. 부모의 사업이 망하고, 사고가 나고, 그리고 손쓸 새도 없이 이놈의 지긋지긋한 가난에 빠져버린 게.

"자식. 고생 많다."

성준이 그의 어깨를 툭 치고는 옆에 앉았다.

"근데 뭐하고 있어?"

"어, 아무것도. 이참에 밀린 번역이나 해놓으려고."

"감기 걸린다. 머리 말려. 옷이라도 입던지."

"어, 그래야지."

상의를 탈의한 채 머리에 수건을 걸치고 서류만 보고 있는 동생을 보며 성준이 걱정하듯 물었다.

"넌 여자 없냐."

급작스러운 성준의 질문에 경준이 미간을 좁혔다.

"지금 나한테 돈 있냐고 물어본 거야?"

"봄인데 하루 종일 일만 하니까."

"봄이 뭐 방학인가."

"너도 이제 장가가야 할 거 아냐."

성준의 말에 경준이 피식, 웃음을 흘렸다.

"형 가기 전엔 안 간다고 했던 내 말 못 들었어?"

경준의 말에 성준이 고개를 저었다.

"난 안 돼. 이 생은 틀렸어."

"형."

"누누이 말하지만 좋은 여자 생기면 먼저 가라. 괜한 고집 부리지 말고."

"나도 이 생은 틀린 것 같은데."

성준이 날카롭게 그를 바라봤다.

"임경준."

"여자가 안 생기는 걸 어떻게 하라고."

"네가?"

성준이 웃기지도 않는다는 듯 눈을 가늘게 떴다. 좋다고 연락 오고 찾아오고 선물을 보내온 여자들이 성준이 아는 것만 해도 몇 명은 되었다. 그때마다 눈 하나 깜짝 않고 잘라내던 동생 녀석이었다.

"그러는 형은?"

"난 여자라면 정말 질렸다."

"그걸 믿으라고?"

아직도 헤어진 아내를 기다리고 있다고 하면 모를까.

"안 믿으면 어쩔 거냐."

"네. 알아 모시겠습니다."

"너, 안 만드는 거지?"

"……."

"여자가 안 꼬일 리가 없는데, 다 쳐내는 거 맞지?"

"춥다. 내 옷 어디 있어?"

더 말하기 싫다는 듯 경준이 말을 돌리자 성준이 잠시 노려보다가 큰숨을 내쉬었다.

"네 옷은 네가 찾아라."

그가 서랍 위에 걸쳐진 옷을 입고 수건으로 머리를 말리기 시작했다. 그러고는 책상에 올려진 영문 서류들을 다시 살피기 시작했다. 그 모습을 물끄러미 바라보던 성준이 미간을 좁혔다.

"언제 잘 거냐?"

"응. 새벽까지 끝내줘야 돼."

"적당히 해라, 안 천하장사."

다 마신 맥주캔을 찌그러뜨려 쓰레기통에 집어넣은 성준이 욕실로 향했다. 서류에 열심히 줄을 치고 글을 쓰던 경준은 성준의 급작스런 '여자 있냐'는 물음 때문인지 문득 지흔을 떠올렸다.

'혹시…… 저 본 적 없으세요?'

갑자기 출장이 잡힌 김 차장을 대신해 지점으로 나간 경준은 그곳에서 고등학교 동창인 지흔을 보았다. 변한 게 없어서 그런 걸까. 아니면, 호감을 가지고 있어서 그런 걸까. 한 번도 같이 놀아본 적 없는 지흔을 한눈에 알아봤다. 그녀에게 막 호감을 느끼던 그때 그녀가 전학을 가버려서 그때 담은 마음이 한이 돼버린 건지도.

경준이 그녀를 생각하며 미소를 지었다. 그녀는 여전히 예쁘장한 인상에 씩씩한 모습을 하고 있었다. 거기다 나이가 들어서인지 한껏 여성스럽기까지 했다. 오랜만에 보는 더 예뻐진 동창. 한눈에 반하기 충분한 인상이라 걱정이 될 정도였다. 하지만 다행인지, 뭔지 그녀는 자신을 알아보지 못했다. 아니, 동창과 닮았다고 말하는 걸 보면 분명 자신을 말하는 것 같았는데, 자신이라고 생각하지 못하는 듯했다.

아마도 김문새 차장이라고 생각해서 그럴 테지.

그녀 역시 누군가의 대타로 나온 수업이라 알은체를 하지 않아도 된 거니 어쩌면 경준의 입장에서는 다행이었다. 처지가 처지인 만큼, 아는 사람이 없는 게 나을지도 모르니까. 첫 만남에서는 그렇게 생각하고 안심하고 있었는데 문제가 생겼다. 전화로 자신의 보고를 들은 김 차장이 회원 입장에선 초반부터 선생이 두 번이나 바뀌는 것을 원치 않을 거라며 하던 선생이 계속하도록 공방에 말을 해두겠다고 했다. 거기다 김 차장의 출장이 길어지는 탓에 결국 자신이 마트에 파견되어 한동안 마케팅 업무를 기획하고 보고해야 하는 상태가 되어버렸다. 더불어 얼마 전 지흔이 자신을 다른 사람으로 오해하고 있는데도 자길 본 적 없느냐는 질문을 던졌다. 아니라는 걸 알면서도 미심쩍은 뭔가가 있는 게 틀림없었다. 강좌 기간 동안 일주일에 한 번은 얼굴을 보면서 알은 척을 안 하기도 애매해지고 말았다.

"인사를 해야 되나, 말아야 되나."

뒤늦게 알면 뭐라고 할까. 어떤 표정을 지을까.

그녀의 얼굴을 하나하나 떠올려 보던 경준은 희한한 우연에 피식, 웃음이 났지만 금세 얼굴이 어두워졌다. 지흔을 보자마자 괜히 설레는 게 불길한 예감이 들었다. 그게 뭔지는 모르겠지만, 그가 걱정하던 무언가가 틀림없었다.

별일이야 있겠는가. 그동안 한 번도 누군가에게 준 적 없던 마음, 앞으로도 그럴 것이다. 경준은 쏟아지는 졸음을 몰아내며 다시 집중하기 시작했다.

갑자기 문화센터에 들어가서 그런지 지흔은 한동안 정신이 없었다. 바쁘게 일하다 보면 일주일이 금방. 고작 일주일에 한 번인데도 뭐가 그렇게 번잡스러운지 다시 원래대로의 평화를 찾기 위해 결국 몇 주가 소모됐다.

물론 정신적인 부분에선 여전히 정리가 안 된 채였다. 갑자기 튀어나온 생각도 못한 죽은 동창과 닮은 남자 때문이었다. 정리고 뭐고 사실 그런 걸 할 이유는 없었다. 그는 경준과 닮았지만 경준은 아니므로 신경 쓸 필요는 없었다. 그리고 그와 마지막으로 대화를 하고 그녀가 생각한 것은, 장난기가 많은 그와 아는 척을 하고 지내지 말자는 것이었다. 그러면 수 주 내에 원래의 평화를 찾게 될 터였다.

"나날이 발전하시네요. 모두."

그녀가 작품 마무리를 하는 회원들을 바라보며 흡족한 미소를 보냈다.

"선생님이 잘 가르쳐주셔서 그런 거죠."

"그러니까요. 굳어서 나오면 다음 주엔 다른 분들한테 선물도 하실 수 있겠어요. 혹시 선물하실 분 있으시면 편지라도 좀 써오세요. 포장박스 예쁜 걸로 가져다 드릴게요."

빼지 않고 넙죽 대답하는 지흔이 밉지 않다는 듯 회원들이 웃음을 지었다. 회원들을 보내고 뒷정리를 하던 지흔은 힐끗 강의실 밖을 바라봤다. 김 차장이라는 남자는 보이지 않는다.

"아는 척하지 말자고 하고 왜 찾는 것 같지?"

열심히 기웃거리다가 혼잣말을 하고 돌아서는데 바로 앞에 태연이 보였다. 지흔은 깜짝 놀랐지만 티내지 않았다.

"누구 찾으세요?"

태연의 물음에 지흔이 고개를 저었다.

"아뇨. 아까 회원님이 뭐 잃어버리신 게 있다고 해서요. 차, 찾았어요, 물론."

"아, 그러셨구나."

태연이 갈무리하지 못한 준비물들을 걷어주었다. 지흔이 미소를 지었다.

"감사합니다."

"별말씀을요. 수업 중에 혹시 필요한 거 있으시면 언제든 말씀하세요."

태연이 회원들의 작품을 조심히 들고 자리를 떠났다. "휴우."하고 큰숨을 내쉬고는 가방을 챙기려는데 태연이 빼꼼 고개를 내밀었다.

"참, 오늘도 딱히 확인하실 게 없으신가 봐요. 임 대리님이 그냥 가셔도 된대요. 그럼 조심히 가세요."

"네. 감사합니다."

가방을 들던 지흔이 미간을 좁혔다.

임 대리님?

알 수 없이 뒷덜미가 당기고 오소소한 소름이 돋아난다. 지흔은 빠르게 강의실 밖으로 나갔다.

"저, 태연 씨."

"네, 선생님. 하실 말씀 있으세요?"

"임 대리님이라니……. 그게 누구죠?"

그녀보다 태연이 더 황당한 얼굴이다.

"첫 주에 만나보지 않으셨어요? 사무실에서 뵀던 분."

"네, 보긴 했는데 그분은 김문새 차장님……."

"김 차장님 대리로 오셨잖아요. 말씀 들으셨는지 모르겠지만 김 차장님이 급하게 외국 출장 나가셔서요. 원래도 지점은 차장급들은 잘 안 내려오시는데 새로 생긴 마트라 차장님이 오시나 보다 했다니까요. 아니나 달라, 역시나 대리님이 내려오셨더라구요."

지흔이 마른침을 삼켰다.

"그럼 제가 처음 뵀던 그분은……."

"네, 임 대리님. 임경준 대리님이요. 참 잘생기셨죠? 우리 부서에 팬층이 엄청나게 두터워요. 아마 거기 부서에서도······."

쾅. 손에 들렸던 핫플레이트가 바닥에 떨어졌다. 엄청나게 아끼는 건데. 그런데도 그녀는 주울 생각을 하지 못했다. 왜냐면 지금 귀신을 본 것 같으니까. 아니, 부활을 목격한 기분이니까.

그 외에도 ......and than some...
더 많은 것들

4.

핫플레이트는, 다행히 망가지진 않았다.

그녀는 캐비닛에 제 물건들을 넣어놓고 잠시 테이블 앞에 앉았다. 기다렸다가 만나고 가야 할까, 아니면, 그냥 가야 할까 잠시 고민스러웠다. 일전에 추모식과 함께 눈물 등등을 흘리지 않았다면 이렇게 기막힌 기분으로 이곳에 앉아 있진 않을 것이다. 물론 그는 모르는 일이지만 그래도 어쨌든 혼자 흘렸던 눈물을 생각하면 화가 나서 이대로 가진 못하겠다. 게다가 저번 주에는 자신을 모른 척까지 하지 않았던가.

"대체 왜 이름을 안 밝힌 거야?"

아무리 생각해도 그날의 태도를 되짚어봤을 때 그는 자신을 알아본 게 아닐까 싶다. 그런데도 끝내 누군지 밝히지 않다니. 아니, 못 알아봤다 쳐도 애초에 김문새 차장이 아니라 임경준이라고 밝혔다면 이렇게 찜찜하고 상심한 채 지내는 일은 없을 것이다. 너무도 놀랍고 신기해 은혜에게 방방 뛰면서 전화를 했을지언정.

그녀는 가방을 정리하고 사무실을 나갔다. 투덜거리며 마트 안으로 슬쩍 눈길을 주던 지흔은 멀리서도 훤하게 보이는 남자를 보고 잠시 흠칫했다. 그였다. 김문새 차장인 줄 알았던, 임경준. 동명이인이 아니라면, 분명 동창인 친구.

그녀는 자리에 멈춰 서서 물끄러미 그를 바라봤다.

"임경준은 분명 죽었다고 들었는데……."

하지만 정말 닮았단 말이지.

세월이라는 '역병'을 맞아 '역변'을 해서 못 알아보는 일이 있으면 모를까. 다른 사람이 저렇게 비슷하기는 힘들 것이다. 게다가 이름도 같고!

문득 혹시나, 하는 마음이 멋대로 심장을 뛰게 만들었다.

"그래, 동명이인이 아니라면……."

그런 마음으로 그를 보자, 확실히 임경준 같았다. 청소년 때의 그 파릇파릇함이 없어지긴 했지만 모든 여학생의 동경의 대상인 학생회장 임경준일 때 멀리서 지켜보던 그 모습과 아주 크게 다르지 않았다.

"그래, 경준이 사고를 내가 목격한 것도 아니잖아."

동창들 사이에는 온갖 소문들이 존재했다. '누가 뭘 어쩌고 했다더라, 걔가 저쩌구 했다더라.' 경준의 사고 역시 '어떻게 죽었다더라'였다. 확인할 방법도, 이유도 없으니 들으면 늘 그러려니 했었다. 그러니 혹시 소문이 잘못된 거고, 그가 임경준이라면…….

'저번에 말했던 그 첫사랑 얘기죠?'

'첫사랑도 아니고, 그냥 동창을 뭘 그렇게 찾아다녀요?'

사람은 생사 걱정 때문에 했던 질문에 첫사랑이나 운운하면서 사람을 떠보다니. 갑자기 불끈하고 화가 나기 시작한다.

"15년 전 가격으로, 라는 문구로 현수막 내려올 겁니다. 그거 저쪽에 붙이시면 되고요."

그는 직원들과 함께 식품매장 쪽을 살펴보고 있었다.

"원래는 저쪽이었는데."

"거기엔 다른 마트보다 싸다는 현수막이 걸릴 겁니다. 각도가 딱 이쪽이어야 잘 보이니까. 아마 다른 지점도 다 바뀔 겁니다."

지점 담당자와 이야기를 나누는 경준에게 전화가 걸려왔다.

모르는 번호.

보통은 잘 받지 않지만 현수막 문제로 걸려올 전화가 있었기 때문에 경준은 전화를 받았다.

"네, 신선기업 마케팅팀 임경준입니다."

"대리님 저쪽은 어떻게 할까요?"

"저쪽은 비워두세요. 또 다른 거 들어올 거예요. 여보세요? 말씀하세요."

"저거 너무 지저분해지는 거 아닙니까."

"그러게 요새……."

—서지흔입니다.

"좀, 그렇……."

담당자에게 하던 말을 멈춘 경준이 잘못 들은 사람처럼 찡긋, 미소를 지었다.

—여보세요?

"누구……라고요?"

—서지흔입니다. 문화강좌 양초공예 선생이요. 아니면, 고등학교 동창이라고 해야 하나.

고등학교 동창?

경준이 계속해서 말을 하려는 직원들에게 양해를 구했다.

"잠시만요. 전화가 와서요."

자신이 김 차장이 아니란 사실을 결국 알아낸 모양이다. 경준이 담당자
에게 몇 가지 안내를 더 한 후 조용한 곳으로 자리를 옮겼다.

뭐라고 말해야 하나.

역시 먼저 말을 하긴 했어야 했다. 이유는 모르지만 금방이라도 따질 듯
이 화가 난 목소리를 들으니 그런 생각이 들었다. 하지만 자신이 어떻게 대
답해야 할지 알 수가 없었다. 그는 모르쇠 수법을 쓰기로 했다.

"강좌에 무슨 문제 있으셨습니까?"

―강좌에는 아무 문제가 없었어요.

"네, 그런데 무슨 일이시죠? 제가 오늘은 특별히 인터뷰 안 해도 된다고
말한 것 같은데."

―그랬죠.

"오늘 남지 않아도 된다고 태연 씨한테 들었습니다."

그가 수화기와 근처에서 들려오는 그녀의 두 가지 목소리에 잠시 혼란
을 느끼고 휴대폰을 귀에서 뗐다. 어느새 그녀가 경준의 눈앞에 와 있었다.

서지흔?

그녀는 자신보다 한 뼘은 작은 키로 그를 똑바로 올려다보며 또랑또랑
한 목소리를 냈다.

"바쁘신 것 같은데 죄송합니다. 잠깐 얘기 좀 할 수 있을까요?"

성격 정말 급하구나.

눈앞에 있는 그녀를 보니, 웃음이 절로 났다.

"저 지금 근무 중인데요."

"저 본 적 없다고 하셨죠?"

"아뇨. 그렇게는 말한 적 없습니다."

"저 말장난하는 거 아닌데요."

"그렇군요."

경준이 태연하게 고개를 끄덕이자, 지흔이 미간을 좁혔다.

"나 몰라요?"

그가 대답을 하지 않자, 지흔이 답답하다는 듯 한 발 앞으로 다가왔다.

"나 모르냐구요. 나 알았잖아요."

진하지 않은 화장에도 맑고 투명한 피부는 그녀의 것이리라. 작은 얼굴에 옹기종기 모여 있는 이목구비가 균형이 잘 맞는 듯 예쁘다. 총명해 보이는 눈빛에 종알거리는 입술이 사랑스럽다. 그런 얼굴로 따지는 모습이 귀여워 웃음이 났다. 하지만 그는 입술 끝만 살짝 올릴 뿐 아무 말도 하지 않았다.

"뭐라고 좀 말을 해보시죠."

"뭘 말입니까?"

"고등학교 동창인 거 알고도 모른 척한 심보. 그게 대체 뭐냔 말이죠. 그것도 모르고 나는, 나는 밤에……."

밤에?

"밤에 혼자……."

밤에 혼자?

뒷말이 심히 궁금해서 그는 그녀의 말이 나올 때까지 기다렸다. 그런데 뭔가 생각하던 그녀는 기가 막힌다는 듯 입술을 깨물었다.

"대체 왜, 아는 척을 안 한 거죠?"

"몰랐는데요."

"네?"

"우리가 동창인가요?"

그가 모른척하자 그녀가 두 눈을 두 번 깜빡였다. 지난번에 자신을 다시 처음 볼 때도 그랬던 것 같은데, 아마도 당황하면 나오는 버릇인가보다. 그러고 보니, 예전에 저런 표정을 한 번 본 적이 있었던 것 같다.

어디였더라……. 아, 양호실.

몸살 때문에 열이 오르는데 체육대회 진행을 맡아서 집에도 못 가고 양호실에서 약 먹고 잠깐 쉬고 있을 때, 서지흔이 제 침대 안으로 뛰어 들어왔었다. 아마 '땡땡이'를 치려다가 학생주임한테 걸려서 도망 중이었던 것 같았다. 갑자기 제 품에 들어온 여학생 때문에 잔뜩 놀랐는데 그게 서지흔이라서 심장이 다 내려앉았다. 그녀도 자신을 보고 너무 놀랐는지 아무 말도 못하고 그저 눈만 깜빡거렸다. 그때 이후로 그녀를…….

"그럼 김문새 차장님이 아니라는 말은 왜 안 하신 건가요?"

그녀가 당황스러운지 빠르게 말을 바꿨다. 붉어진 그녀의 얼굴을 보며 그가 옛 생각을 멈추고 미소를 지었다.

"그건 죄송했습니다. 소개할 시간도 없었지만 원장님이 다시 나온다는 말을 듣고 딱히 소개할 필요를 느끼지 못해서……."

그녀의 인상이 팍 구겨졌다.

"하지만 안 나오셨잖아요."

"죄송합니다. 기분 나쁘셨다면……."

"당연히 나빴습니다. 아무리 한 번 보고 말 사람이라지만 저랑 한 번이라도 보신 거잖아요. 저는 그동안 대리님을 차장님으로 알고 원장님과 얘기할 때도 엄청난 혼란을 느껴야 했습니다."

"그러셨어요?"

"네, 당연하죠. 원장님은 차장님이 나이도 좀 드셨고 속도 좀…… 암튼 그렇게 말씀하셨는데 제가 본 차장님은 나이도 안 많고 속은 좁은지 안 좁은지 알 수 없지만……, 동창 얼굴이랑 닮기도 했고, 어쨌든 계속 헷갈렸습니다. 게다가 친구한테 그놈의 앨범을 구하려고 덕분에 친구한테 맥주도 사고……, 사진 꺼내놓고 울고, 꿈까지 꾸고……."

그녀가 중얼거리며 자신이 겪었던 일들을 얘기하는 것 같았다. 뭔가 한 많은 사연이 있는 건 확실했지만 주변이 그다지 조용하지 못해 제대로 듣지 못했다.

"기분 나빴다면 사과드리겠습니다."

더 어떤 말을 해야 할지 몰라 그가 빤히 바라보자 그녀가 원망스러운 눈초리로 그를 노려보았다. 째깍째깍. 적어도 5초 이상은 서로 말없이 서 있었다.

"서…… 선생님?"

진정을 하라는 듯 미소를 지으며 부르는데도 미간을 팍 좁힌 그녀는 뚫어져라 그를 노려보고 또 노려봤다. 그게 무섭다기보다는 정말 귀여웠다. 웃으면 안 되는 상황인데 또 웃음이 나와 그는 입을 꼭 다물려고 애를 썼다.

"저, 선생님, 그게 절차상 그다지 필요한 일이 아니었기 때문에……."

"네, 그랬군요. 을의 입장에서 어쩔 수 없죠. 알겠습니다."

그녀는 팽 돌아섰다. 아무래도 자신에게는 그녀의 화를 풀게 할 방법이 없을 것 같았다. 붙잡기도 애매하고.

그녀는 총총걸음으로 마트 밖으로 나갔다. 그 모습을 보고 있자니, 미안했다. 가서 다시 사과를 해야 하나, 말아야 하나 고민하고 있는데 언제 온 건지 또다시 눈앞에 그녀가 와 있었다. 눈가가 빨개진 채로 씩씩거리고선.

"서 선생님?"

그래, 이게 오버라는 거 안다. 한 번 보고 말 사람 같아서 알은체를 하지 않았다는 사람에게 뭐 이렇게까지 화를 내나 싶으니. 따지고 보면 자존심 상할 일일 수도 있지만 사람이 죽었다고 생각한 입장으로서는 그런 걸 따져볼 때가 아니었다. 그저 아깝게 죽은 친구가 살아 있었다는 놀람, 그래서 진정되지 않는 마음, 한편으로 그때 인사만 제대로 했으면 굳이 다른 친구까지 끌어들여 경준을 애도하고 서글퍼할 일이 없지 않았을까 싶어 불쑥 올라온 분노.

그 모든 것들이 뒤섞여 그녀의 마음을 어지럽혔다.

"서 선생님?"

분명 자신을 알아봤다고 생각했는데.

그가 여전히 '선생님'이라는 호칭을 버리지 않는 것을 보면 그녀가 단단히 착각을 한 모양이다. 정말 자신을 모른다면 이런 원망스러운 눈빛이 다 무슨 소용이랴. 너 때문에 내가 얼마나 속상했는지 알아? 하고 따지는 게 무슨 의미가 있냔 말이다.

"서지흔 선생님."

하지만 못 참겠다. 따져볼 건 따져봐야겠다. 그가 자신이 아는 그 사람이 맞는지 아닌지 정도는.

"한샌고등학교 나오지 않으셨어요?"

"……."

"아닌가요?"

아니라고 하면 죄송했다고 사과하고 가버릴 생각이었다. 이름이 같은데 얼굴도 닮은 사람이 지구상에 한 명 정도는 있을 테니까. 그러니까 아니라고 하면…….

"맞는……데요?"

지흔은 제 귀를 의심했다.

"맞다구요?"

"네."

허!

놀라서 말이 나오지 않았다. 그녀는 나한테 왜 이래, 하는 표정으로 자신을 내려다보는 그를 한참이나 바라봤다.

"그러니까 6년도에 졸업한 임경준, 맞다는 거죠?"

"네, 그런데요."

"근데 날 모른……."

단 말이야! 하고 따지려 했는데 생각해보니까 그는 자신을 모를 수 있었다. 소녀 팬들은 자신의 우상에 대해 속속들이 모두 알겠지만 안타깝게도 그 우상들은 소녀 팬의 얼굴조차 다 외울 수 없는 법이다. 문득 뒷덜미가 차갑게 식는다.

"……하긴."

그녀가 작게 중얼거렸다.

"모를 수도 있구나. 넌 인기가 많았으니까."

어쨌든 살아 있다는 거다. 죽은 줄 알았던 동창이, 살아서 자신과 대화를 나누고 있다는 게 중요하다. 그 아깝고 안타깝고 그리웠던 임경준이 살아 있다는 것이.

다행이다, 정말 다행. 은혜가 이 사실을 알면 얼마나 기뻐할까.

하지만 이것 역시 다 무슨 소용이랴. 그는 자신을 알지도 못했는데. 그녀는 조금은 그가 미워져 원망스러운 눈초리로 그를 올려다보다가 한숨을 터트렸다. 그가 한 발자국 다가왔다.

"저기, 화 많이 난 것 같은데……."

"됐어."

그녀가 기운이 빠져 힘없이 말했다.

"살아 있으면 됐지."

"뭐?"

그녀는 황당한 눈빛으로 자신을 바라보는 그를 두고 별다른 설명 없이 뒤돌아섰다. 눈물이 솟은 것이다. 오늘 아침까지도 죽은 줄 알았던 사람이 눈앞에 서 있으니, 놀라기도 했고, 졸업앨범을 보고 삽질한 대가가 허무하기도 했고, 어쨌든 아까운 사람 하나 건졌으니 다행이기도 했고.

복잡한 심경이 눈물로 터져 나왔다. 그녀는 누가 볼 새라 눈물을 훔치며 그대로 마트 밖을 나왔다. 가는 방향을 잠시 까먹고 주변을 두리번거리고 있는데 누군가 불쑥 자신의 앞으로 다가왔다.

"서지흔 선생님."

그였다. 임경준.

"그래서?"

따지는 듯 물어보는 그의 얼굴이 진지했다. 그러자 예전에는 알은 척도 하기 참 힘들었던 학생회장의 위엄이 느껴졌다. 그러고 보니, 우리…… 안 친했다.

"뭐……가……."

"왜 그렇게 화를 내는데?"

그가 자연스럽게 말을 놓고 친근하게 말을 붙이자, 그녀는 오히려 아까의 박력을 홀랑 까먹고 그대로 굳어버렸다.

"너도 의심만 하고, 이름 확인도 안 했잖아."

"그거야 김문새 차장인 줄……."

"첫사랑도 아니라면서 뭐가 그렇게 억울해서 화를 내는 건데?"

이성적인 표정과 말투로 잘도 말한다.

왜 그렇게 화를 내냐고? 꼭 첫사랑이야 억울하냐. 첫사랑 비스름하긴 했지만. 야, 나는 널 닮은 사람 보고 갑자기 네 추억에 빠져서 혼자 추모식도 한 사람이야. 속상해서 끙끙 앓았던 사람이라고. 왜 화를 냈겠어, 나는 네가!

"죽은 줄⋯⋯."

"⋯⋯."

"죽은 줄 알았으니까 그렇지, 바보야!"

사실 그의 잘못은 아닐 것이다. 친구에게 죽었다는 말을 듣고 '삽질' 이상의 감정 소모를 한 자신의 잘못이지. 그걸 깨달았을 때는, 한 번도 제대로 대화해본 적 없는 옛 동창에게 화를 낸 후다. 성질 더러운 거 다 티 난 후라고! 하지만 쌓인 걸 좀 풀어서 속이 좀 후련해지긴 했다. 문제는 그였다. 그는 '바보'라는 단어 선정 때문에 놀란 탓인지 일명 '벙찐' 표정을 짓고 있었다. 자신이 임경준과 이렇게 얘기할 정도로 친하진 않았다는 진실이 퍼뜩 떠올랐다고나 할까. 소극적이었던 팬이 얼떨결에 스타에게 대든 기분이 든다. 그녀는 뒤늦게 입을 가리려 했지만 그것도 늦은 듯했다. 너무 친한 척을 한 것도 같고, 괜히 언성을 높인 것도 같아서 아무 말도 못하고 이게 다 네 탓이야, 하는 얼굴을 해버렸다.

"그래서 그랬어⋯⋯."

그녀는 슬며시 발을 뺐다.

"암튼 잘 지내니, 됐죠⋯⋯. 그만 가, 볼게⋯⋯."

그녀는 반말을 하기에도, 이제 와 존댓말을 쓰기도 뭐해 대충 말끝을 얼버무렸다. 그러고는 주춤주춤 돌아섰다.

"서지흔."

잘생긴 남자에게 이름을 불리는 건 근사한 일이었다.

"서지흔?"

물론 상대가 자신에게 사심이 절대 없다는 건 안타까운 일이지만.

"잠깐 거기 서지?"

단호한 말투에 그녀가 걸음을 멈췄다. 그가 가까이 다가왔다.

"내가 뭐 어쨌다고?"

"……."

"내가, 죽어?"

황당하다는 듯 되묻는 그의 목소리에 그녀가 그를 올려다봤다. 그는 심히 당황한 얼굴로 아무리 생각해도 어처구니없다는 듯 허탈한 웃음을 지으며 고개를 갸웃거렸다. 그는 사람의 눈동자를 들여다보는 것이 버릇인가 보다. 그건 소녀 팬에게 해서는 안 되는 몹쓸 버릇이다.

"내가 언제 죽었는데?"

그는 어느새 회포를 푼 친구처럼 반말을 마구 던져댔다. 마치 오래전부터 그랬던 것처럼. 정말 자연스러워 그녀는 자신도 모르게 같이 반말을 할 수밖에 없었다. 이게 임경준과 서지흔 사이에서 시작된 "어? 너!"의 과정일 수도, 그럴 수도. 그럴 수는…… 없겠지만.

"글쎄, 유학 때였나……."

"유학?"

그의 눈빛이 살짝 어두워졌다. 그는 전혀 자신의 소문에 대해 모르고 있었던 걸까.

"네가 유학 때 사고로……."

"사고?"

─대리님, 어디 계세요?

순간 그의 허리에 찬 무전기에서 잡음과 함께 여직원의 목소리가 들려왔다. 그는 본능적으로 무전기를 들고도 지흔에게서 눈을 떼지 않았다.

"무슨 사고라고 들었어?"

—임 대리님, 계세요? 본사에서 전달사항 있다고 합니다.

직원의 목소리가 다급한 게 느껴졌다. 그녀도 느껴졌는지 조심스럽게 무전기를 가리켰다.

"무전…… 받아야 할 것 같은데……?"

그가 짧게 숨을 내뱉었다.

"잠깐 있어."

그가 조금 떨어져서 무전기로 뭐라 뭐라 말을 하기 시작했다.

진지해 보이는 얼굴, 잠시 미소를 띤 얼굴. 대화를 하며 미간을 좁히는 얼굴. 그 다채로운 얼굴을 들여다보니, 정말로 임경준이 살아 있음이 실감이 났다.

임경준이 살아 있다.

뒤늦은 속앓이에 화가 난 것도 잊어버리고 그녀는 안도의 미소를 지었다. 그 사이 그가 그녀의 앞으로 다가왔다.

"미안한데, 내가 업무시간이라서 데이트할 시간이 안 되네."

데이트, 라는 단어에 그녀는 문득 지난번 센스 없는 여자가 됐던 일을 떠올리고 미간을 좁혔다. 그가 그녀의 표정을 보며 피식, 미소를 지었다. 비웃음 같아 그가 입을 열기 전에 먼저 입을 열었다.

"알아. 농담인 거."

"농담 아닌데."

"……응?"

"기다려. 얘기 좀 하자."

그의 적극적인 태도에 지흔은 괜히 주눅이 들었다.

"아니야, 더 할 말은 없는데……, 나도 일하러 가봐야 되고……."

기다리는 건 질색이었다. 기다리는 것도 기다리는 거지만 혼자만의 삽질의 분노를 모두 풀었으니 사실 그녀는 정말 할 말이 없었다. 옛날보다 더욱 만만한 구석이라곤 없는 남자. 게다가 자신을 기억도 못하는 남자와는 더더욱 할 말이 없었다.

"그만 가볼게……."

"갈래?"

"응."

"그럼 전화 받아."

"……응?"

"내 전화 받으라고."

말을 듣지 않고는 배길 수 없는 미소가 생생히 그녀의 눈동자에서 춤을 추고 있다.

"그럼 조심히 가라."

"……어."

얼떨결에 대답하는 사이 그는 사라지고 없었다. 순간, 꿈은 아닐까 싶었다. 깨기 좀 싫었다.

모두 알겠지만 전화를 기다리는 것은 매우 힘든 일이다. 서른을 몇 달 앞둔 서글픈 마지막 이십 대를 애인도 아니고, 남자친구도 아니고, 우상 같은 동창의 전화를 기다리면서 보내는 것은 더더욱 서글픈 일이다. 일을 할 때는 그나마 괜찮았지만 그 외 시간에는 온통 휴대폰으로 신경이 쏠려 있었다.

이게 요 근래 며칠 동안의 서지흔의 모습이었다.

"여보세요?"

—무슨 전화를 이렇게 빨리 받아? 아직 벨도 안 울렸다.

그나마 걸려온 전화가, ……엄마였다.

아직 안 반가운데.

"무슨 일이에요?"

—엄마가 전화를 했으면 잘 계셨어요, 뭐 그런 것부터 물어봐야지. 버릇없이 무슨 일이냐니.

"잘 계셨어요?"

—그래, 잘 지냈다. 너는?

"저두 잘 지냈어요."

둘 다 잠시 말이 없었다. 회사를 그만두고 의견 차를 보인 이후로 둘 사이는 이렇게 서먹했다. 사실 엄마는 딱히 서먹할 게 없었다. 엄마는 강한 사람이었다. 그저 그녀만 혼자 그러는 것이다. 아직도 자신의 일을 마뜩찮아 하는 엄마에게 다정히 대하고 싶지 않은 고집을 안고.

—넌 엄마가 전화 안 하면 통 전화도 안 하니.

"하면 뭐해, 욕만 먹는 걸."

—욕먹어야 오래 살지.

"감사합니다, 딸의 장수를 빌어주셔서."

—별말씀을요.

그녀의 농담을 받아치는 걸 보면 엄마의 기분이 조금은 나아진 듯했다. 그런데 그게 왜 불안하게 느껴질까.

"무슨 일이에요?"

—그냥 잘 있나 했다. 밥은 잘 먹는지. 그깟 돈 몇 푼 번다고 굶고 다니는

건 아닌지.

"엄마."

—왜?

"그렇게 계속 내 일 비하할 거예요? 그깟 돈 몇 푼 아니에요. 이젠 적금 부을 정도도 되고."

—예전만큼?

"그 정돈 아니지만."

—그 정도도 아니라면 말 다했지.

"또 싸우려고 전화한 건 아니겠죠? 그럼 이번엔 그냥 전화 끊을 거예 요."

—이참에 번호도 바꿔 버려라.

"정말 무슨 일 있으신 건 아니죠? 혹시 새아버지랑……."

—걱정 마. 너에겐 안 됐지만 우린 깨 볶고 사니까.

"그게 왜 나한테 안 된 일이에요? 잘된 일이지."

—그거 진심이니?

"그럼요. 엄마의 마음속 지분의 반을 새아버지가 가져가서 얼마나 좋은 지 몰라요. 안 그랬으면 나만 보고 있었을 거니까."

—그건 맞는 말이구나.

"정말 감사하다고 전해주세요."

—이제야 네 아버지의 고마움을 느끼는구나.

"내 아버지가 아니고 새아버지요."

—하여튼 계집애 고집은.

그래도 기분은 나쁘지 않았는지 엄마의 말 속에 웃음이 젖어 있었다. 그런데 마지막 통화에 대차게 싸우며 다시 보니 안 보니 했던 엄마가 갑자기 전화해서 웃음꽃을 피우니 더 불안하다.

"엄마?"

—그래, 왜.

"할 말 있는 거 맞죠?"

—그래. 있다.

순순히 인정하는 엄마에게 왜 더, 더 불안한 마음이 드는 걸까.

"뭔……데요?"

—네가 한다는 그 양초 만드는 거, 인정하기로 했다.

"갑자기요? 왜요?"

—왜긴. 자식 이기는 부모 없다는데 딸이 그렇게 좋다는데 반대할 순 없는 거 아니야.

"옳소."

—까불긴.

엄마가 다시 웃는다. 은근히 듣기 좋은 엄마의 웃음소리. 근데 왜 불안한 거냐고. 얼른 전화를 끊어야 할 것 같다.

"잘 알았으니까 주무세요. 나 졸려서 자야겠……."

—선봐.

"네?"

—선보라고.

"뭐? 선이요?"

—그래, 아빠 아는 분의 아는 분 중에 생긴 것도 그럭저럭, 잘 사는 집 아들 하나가 있대. 결혼하면 양촌지 뭔지 네 평생 그 돈도 안 되는 거 만들고 살아도 걱정 없이 살 수 있을 정도래.

"엄마."

―이 정도가 엄마가 할 수 있는 타협이야. 네 아버지가 그나마 내 마음 달래고 설득하신 방법이다.

그럼 그렇지! 엄마가 자발적으로 자신을 인정할 리 없었다.

"엄마!"

―얘, 엄마 귀청 떨어져.

"내 직업을 인정한 게 아니잖아, 그건!"

―여자 직업이 뭐가 중요해. 남자를 잘 만나는 게 중요하지.

"엄마!"

―선봐. 약속시간이랑 장소는 문자 보내마.

"엄마!"

―직업이 아니어두.

엄마가 한숨을 지었다.

―내년이면 서른인데, 시집갈 때 됐잖아? 안 그러니?

"그건 그래. 근데 선보는 조건으로 내 직업을 인정받고 싶지 않아."

―넌 애가 그렇게 유연성이 없니. 선도 보고 인정도 받으면 되지. 뭐가 문제야.

"선보고 싶지 않으니까 그렇지."

―너, 남자 있어?

헉. 엄마가 핵심을 찌른다.

"곧, 있을 거야."

―언제? 그 곧이 대체 언젠데.

"난 지금 남자 만나고 싶지 않아. 일이 중요하다고."

―뻥친다.

"진짜야."

―그래?

"그래!"

―그럼 너 말해봐. 너 만약에 지금 어떤 멋있는 남자가 나타나서 나랑 만나줘, 널 정말 좋아해, 넌 정말 귀엽고 사랑스럽고 섹시하고 어쩌구저쩌 구하면서 프러포즈하면 네가 진짜 그 남자를 마다한다고? 나는 일이 중요해, 미안하지만 일과 결혼했어, 라고 말할 수 있다고? 가슴에 손을 얹고?

물론 그건 아니다.

"엄마 그게……."

―선봐.

"엄마."

전화는 단호히 끊겼다.

이런! 왜 자신은 다른 골드미스들처럼 일과 결혼했다고 당당히 말할 수가 없단 말인가!

그녀가 머리를 부여잡았다. 어쩌면 다른 골드미스들도 그런 남자가 없었을지도 모른다고 위로를 해보려 해도 전혀 위안이 되지 않았다. 왜냐면 그녀는 골드미스들만큼 돈이 없으므로!

"으앙!"

그녀가 침대에서 이불 발차기를 해대며 엄마와의 전쟁에서 패배한 울분을 토했다. 그리고 일어나 물 한 잔 마시려는데 문득 침대 옆 책상에 놓인 졸업앨범이 보였다.

경준의 사진이 펼쳐진 졸업앨범.

'그럼 전화 받아.'

'……응?'

'내 전화 받으라고.'

그래놓고 5일이 지나도록 연락 한 번 안 했다. 전화를 하지 않아도 되는 사이인데, 자기가 한다고 했으면, 해야지. 전화를 기다리지 않아도 되는 사이인데, 자기가 한다고 해서 기다리는 거 아닌가.
갑자기 엄마에 대한 원망이 그에게 옮겨간다.
전화를 기다리는 것은,
정말이지 초조함과 기대감 혹은 실망 그리고 뭐 이런 자식이 다 있어, 하는 욕설로 시간을 보낸다는 것인 모양이다.
그녀가 휴대폰을 들었다.
[나 네 졸업앨범에서 어떤 녀석 눈에 구멍 좀 내도 돼?]
빠른 속도로 은혜에게 문자를 보냈다. 그 외에 다른 말은 하지 않았다. 자신을 기억하지 못하는 경준에 대한 불쾌한 마음에 괜히 은혜에게 경준의 생존에 대해서 말하고 싶지 않았던 것이다. 가뜩이나 기다리기 싫어 죽겠는데 은혜 요 계집애까지 한참 만에 답장을 보낸다.
[왜, 둘러보다가 갑자기 원한 있는 애가 나왔냐?]
[비슷해. 판다?]
[이미 판 건 아니겠지? 아니라면 내 대답은 노우!]
[제발.]
[경준이 볼 만큼 봤으면 앨범 가져와라]
임경준을 볼 만큼 보긴 했다. 그런데 괜히 기다리기까지 하고 있다고.
그녀가 휴대폰을 바라보다가 침대 구석으로 밀어버렸다. 그러고는 앨범에 있는 경준의 사진을 노려봤다.
"전화 받으라며? 전화가 와야 받지."

알은체할 이유가 없어서 알은체를 안 했다는 남자에게 왜 알은체 안 했
냐고 따지질 않나, 할 말도 없다고 해놓고 그가 전화한다니까 속절없이 기
다리질 않나. 한심함을 이루 말할 수 없다. 그녀는 휴대폰을 들었다. 그러
고는 김문새 차장, 아니 그의 생존 사실을 안 그날 저녁 임경준으로 이름을
바꿔놓은 전화번호를 찾아냈다. 이건 엄마의 탓일 수도 있지만 전화를 받
으라고 했던 그의 탓도 있다. 그녀는 열심히 타자를 친 후, 문자를 전송해
버렸다.

[전화 안 해도 돼.]

십 분도 안 돼 전화벨이 울렸다. 임경준이었다.

그 외에도 ......and than some...
더 많은 것들

5.

담배는 피우지 않는다. 술은 더더욱 마시지 않는다. 청렴함 때문이냐고 묻는다면, 그건 절대 아니다. 군대를 졸업하고 바로 학교를 마친 그는 죽어라고 취업 준비를 한 후 대기업에 입사했다. 다행히 영어 실력이 따라줘서 취업은 두 번 만에 성공했다. 하지만 대기업에 입사했다는 것이 당장의 부를 가져다준다는 뜻은 아니었다. 그에겐 여유라는 것이 없었다. 그 말은 대학 때부터 했던 아르바이트를 당장 그만둘 수 없다는 뜻이었다.

그는 주로 자정께부터 새벽 두 시쯤까지 일을 했다. 물류센터에서 지역별로 택배를 옮기는 일이었는데 처음엔 힘들었지만 나중엔 운동으로 여겨 가끔 일을 하지 않을 때는 몸이 찌뿌둥했다. 몸에 근육이 붙은 것도 이 일 덕분이었다. 그렇다고 버겁지 않다는 것은 아니었다. 학교를 다니면서 할 때와는 또 다르게 회사에 입사하고 나서는 적응을 하지 못해 간혹 코피가 터지는 불상사도 있었다. 그러나 그럼에도 그가 동기들 사이에서 가장 빠르게 승진을 해 대리를 따 낸 그 와중에도 그 일을 그만둘 수는 없었다. 여덟 살 많은 형 성준이 혼자 고생하는 걸 볼 수 없었기 때문이었다.

"좀 쉬지?"

오십 대, 딸 셋에 뒤늦게 아들을 늦둥이로 본 정씨 아저씨가 경준의 짐을 받으며 말했다.

"다른 사람들 다 담배 피우러 갔는데, 자네도 담배 피우는 셈 치고."

"괜찮습니다."

"아, 내가 좀 피우고 싶어서 그래. 자네가 안 쉬면 나도 못 쉬잖아."

경준에게 물건을 받아 자신의 트럭에 쌓아야 하는 정씨 아저씨는 경준 때문에 쉴 틈이 없다고 가끔 농담조로 불만을 터트렸다. 애를 넷이나 가진 오십 대가 혈기왕성한 이십 대와 손발을 맞추려니 보통 힘든 게 아닐 것이다.

"담배 끊으신다면서요."

경준이 장갑을 벗어 툭툭 터는 정씨 아저씨를 나무라듯 말했다.

"그거야 그런데, 일하면 어디 그런가. 이거라도 하면서 스트레스 푸는 거지. 우째, 담배 피우고 들어오면서 커피라도 뽑아다 줘?"

"그래 주시면 감사하죠."

"그래, 있어 봐. 내가 빨리 갖다 줄게."

"천천히 주셔도……."

정씨 아저씨가 기다리라고 손을 흔들며 자리를 떠났다. 경준이 그제야 허리를 좀 폈다. 요새 마트로 출장을 나가는 바람에 계속 서서 일하니, 다리에 피곤이 좀 쌓인 모양이다. 목을 이리저리 흔들고 있는데 정씨 아저씨가 종이컵을 들고 나타났다.

"뭘 벌써 가져오셨어요."

"나 담배 피우는 사이 심심할 것 같아서."

"에이. 그럼 제가 뽑으러 다녀와도 됐는데요."

"아냐. 내가 해주고 싶어서 그래. 마셔, 마셔. 나는 나가서."

정씨 아저씨가 담배 피우는 시늉을 했다.

"마누라한테는 절대 비밀이야."

누가 들을세라 속삭이며 떠나는 정씨를 말려야 했지만 그는 그저 웃음을 지을 뿐이었다.

경준이 커피를 한 모금 마시고 잠시 멍하니, 앉았다.

'죽은 줄 알았으니까 그렇지, 바보야!'

텅 빈 물류창고. 문득 자신에게 소리치던 지흔의 목소리가 울렸다. 그녀는 죽은 줄 알았던 사람이 살아 있어서 꽤나 놀란 눈치였다.

죽은 줄 알았다고, 내가?

처음엔 당황해서 그녀에게 반문을 했지만 뒤늦게 그는 자신이 왜 죽은 사람이 되었는지 기억이 났다. 승훈이 작품이었던가. 바빠서 깊게 생각해 보지 못했는데 동창들에게 연락이 안 왔던 게 그런 이유 때문이었나 보다.

"그냥 죽은 채로 있었으면 편했을 텐데."

좀 신경 쓰이는 일이 생긴 셈이지만 뭐, 사실 이젠 상관없었다. 예전에야 부잣집에 공부 잘하는 학생회장. 그 이미지가 깡그리 무너져버리는 게 미치도록 싫고, 나름의 자존심 때문에 차라리 죽은 존재가 되어버리고 싶었지만 이젠 그의 명예가 한순간에 무너지든 말든 돈 버는 일이 중요했다.

"여기 내 자린데……."

갑자기 양호실 침대 안으로 뛰어 들어온 지흔을 보고 경준이 겨우 입을 열었다. 얼굴이 화끈화끈. 이게 열 때문인지, 아니면 서지흔 때문인지는 알 수 없었다.

깜빡깜빡.

그녀도 놀랐는지 말없이 눈을 깜빡이던 지흔이 뒤늦게 침대에서 내려오려는데 쿵, 하고 문이 열리는 소리가 들렸다. 학생회장 3년째. 눈치로 먹고 사는 경준이 얼른 지흔을 제 품으로 끌어안고 이불을 덮었다.

"거기, 누구 있나?"

학생주임의 살 떨리는 목소리가 들려왔다. 색색, 아픈 숨소리를 내며 눈을 꼭 감고 자는 척을 하는데 심장이 쿵쾅거렸다. 그게 학생주임에게 걸릴까 봐 그런 게 아니라는 걸 잘 알았다.

차르르르.

커튼이 걷히고 제 주변을 배회하는 구두 소리가 들렸다. 그 짧은 순간에 제 품에서 꼬물거리는 서지흔의 몸짓이 느껴져 얼굴이 점점 더 붉어지고 있었다. 하지만 그 때문에 자신이 더 아파보였는지 학생주임은 그의 얼굴에 과하게 퍼진 열기를 보고는 문소리와 함께 사라졌다.

"으핫!"

지흔이 기다렸다는 듯 이불을 젖혔다. 숨이 막혔는지 그녀는 잠시 숨을 헐떡거렸다. 고맙다는 말이라도 할 줄 알았는데 그녀는 그대로 밖으로 나가버렸다. 아파서 말이 잘 나오지 않았으므로 그녀를 부르지도 못했다. 그녀는 그렇게 자신에게 쿵쾅거리는 심장을 남겨두었다. 그 이후로 그녀에게 눈길이 간 건 당연했다. 하지만 그녀는 마치 아무 일 없다는 듯 행동했다. 별일 아니라는 듯, 아니, 기억도 안 난다는 듯. 답답해진 그가 그녀에게 그때 일에 대해서, 아니, 둘 사이의 관계를 발전시키기 위해서 다가가려 했을 때 지흔은 전학을 가버리고 말았다. 허탈했지만 인연이 아니었다고 생각했다. 그렇게 생각하지 않고 열아홉 살이 더 뭘 어쩌겠는가.

그렇게 다 사라진 마음인 줄 알았는데.

그녀를 다시 만나고 말았다. 그리고 그때와 같은 심장박동을 느낀다.

지흔에게 다른 사람에게 얘기하지 말아 달라, 입막음을 시키려고 전화까지 한다고 했지만 그건 사실이 아닐 것이다. 그는 그걸 핑계라도 삼아 그녀와 대화를 더 해보고 싶었다. 하지만 그러면서도 그는 망설이고 있었다. 지금 상황에서 그녀와 통화를 해봤자 좋을 게 없을 것 같았다. 서지흔은 생각보다 귀여웠다. 그래서 위험하다. 그는 혈기왕성한 아주 팔팔한 청춘이다.

"아이고, 제사 지내?"

정씨 아저씨가 담배냄새를 풍기며 다가왔다. 아저씨의 손에도 커피가 들려 있었다.

"담배 끊으신다고 하시더니 왜 자꾸 피우세요?"

"아, 그게 쉽나. 담배도 술도 사랑도, 모두 모두 포기할 순 없잖아."

한때 트로트 가수가 꿈이었다던 정씨 아저씨가 멜로디를 넣어 말했다. 경준이 쓴웃음을 지었다. 그는 모두 포기한 것들이었다. 그가 커피를 쭈욱 마시고 자리에서 일어났다.

"왜, 벌써 일하게?"

"담배 다 피우셨잖아요."

"아, 커피가 아직 있잖나, 이 사람아."

정씨 아저씨가 손에 든 커피를 경준 앞에 보였다. 경준이 미소를 지었다.

"얼른 드세요."

"에헤, 젊은 사람이 이렇게 재미가 없어. 좀 즐기면서, 응?"

정씨 아저씨가 어깨를 들썩거리며 춤추는 시늉을 했다. 아마 그의 사정을 아는 사람이라 그를 안쓰럽게 여겨 일부러 더 그러는 것 같았다. 경준이 웃음을 지으며 장갑을 끼는데 휴대폰에서 진동이 울렸다.

[전화 안 해도 돼.]

그가 잘못 봤나 싶어 미간을 좁혔다. 자신에게 이런 문자를 보낼 사람이 없었다. 도로 집어넣으려다가 어쩐지 지흔이 떠올랐다. 설마하고 수신인을 확인하니, 지흔이 맞았다.

기다리고 있었던 건가. 별로 자신과 얘기하고 싶어 하지 않는 줄 알고 그녀가 기다릴 거라고 생각하지 못했다. 따질 거 다 따져대더니, 정작 대화하자 했을 땐 꽁무니를 빼는 모습이 분명 그래 보였다.

전화 안 해도 된다고? 전화하란 소리를 참 예쁘게 돌려 말한다. 풋, 하고 웃음이 났다.

"뭔 문잔데 그렇게 얼굴이 환해져?"

"네?"

"뭐, 여자여?"

정씨가 고개를 빼고 훔쳐보는 시늉을 했다. 딱히 숨길 필요가 없어 그가 고개를 끄덕였다.

"네. 여잡니다."

"잉?"

정씨의 눈이 휘둥그레졌다.

"자네 여자친구 생겼나?"

"아뇨. 그건 아닌데."

"아니긴. 얼굴색이 확 피는구만. 언제 만난 거야? 회사서 만난 건가? 그럼 사내연애여? 둘이 같은 회사 다니면서 연애하면 재미가 쏠쏠하겠지."

아직 아무 얘기도 하지 않았는데 정씨 혼자 소설을 쓰기 시작했다. 정씨가 오해를 하든 말든 그의 눈은 문자에서 떨어지지 않는다. 전화하면 안 된다는 걸 알았지만 안 하고 배길 수가 없었다.

"저 잠깐 전화 좀 하고 오겠습니다."

"어, 그래그래."

정씨 아저씨가 대답을 다 끝내기도 전에 경준은 밖으로 나갔다.

봄이 왔네. 봄이 와. 숫처녀의 가슴에도 나물 캐러 간다고 아장아장 들로 가네.

어딘가에서 꺾임이 많이 들어간 정씨의 노랫소리가 들려왔다.

너 설마 내 전화만 생각하고 있었던 거야? 전화를 하지 말라니, 하란 소리보다 더 무섭다! 라고 물을까 봐, 지흔은 경준의 전화를 빨리 받지 못하고 잠시 머뭇거렸다. 하지만 기다렸으므로 받지 않을 수도 없었다. 심장이 몹시도 떨려왔다.

"여보⋯⋯세요?"

—이 시간까지 안 자고 뭐해?

웃음기가 묻어나는 그의 목소리에 그녀가 잠시 할 말을 잃었다. 인사도 없이, 그는 마치 늘 통화하던 친구인 것처럼 그렇게 물었다. 하긴 열두 시가 다 된 시간. 늦게 일이 끝나고 돌아오는 그녀에겐 그다지 늦은 밤이 아니었지만 생각해보니 직장인들은 잠이 들 시간이었다.

"혹시 나 때문에 깼어?"

—그렇다면?

"정말? 미안해. 근데 난 전화하지 말라고 한 건데 네가 전화를 해버려서⋯⋯."

—농담이었어.

"아, 그래?"

쿡쿡 웃는 그의 웃음소리가 들려왔다. 어쩌면 센스 없는 서지흔이 맞는 건가, 싶다. 갑작스러운 통화에 당황한 자신과는 달리 그는 꽤 친근감 있게 이야기를 한다. 그와 친하지도 않았는데 어색함도 없다니. 동창이라는 건 이래서 재미있는 것 같다. 학교에서 한 마디도 한 적 없는 친구도 나이가 들어 만나면 자신들도 모르는 결속이 생겨버린다.

—집이야?

"어. 너는?"

—밖이야.

"이 시간에? 뭐 하는데?"

—일.

"정말? 아, 하긴 마트가 늦게까지 하지? 그럼 일하는 시간 방해한 거야?"

다시 웃음소리가 들려왔다.

—본사 직원이라 마트 끝나는 시간까지 안 있어도 돼.

"아, 그래? 그런데 무슨 일을……. 잔업 하는 거야?"

—어. 뭐, 비슷해.

"늦은 시간까지 고생이 많네."

—고생은 뭐. 어쩌겠어. 와이프랑 처자식 벌어먹이려면 일해야지.

그의 말에 그녀는 소스라치게 놀랐다. 와이프랑 처자식이라니. 그가 결혼했을 거란 생각을 하지 못했다.

"결혼……했구나? 아, 그것도 모르고 문자를……. 혹시 와이프가 오해……한 건 아니지?"

당황해서 머릿속이 뒤엉켜 말이 잘 나오지 않았다.

—아니긴. 너 때문에 지금 내 와이프 난리난리 치는 걸, 잘 봐라, 전화

하란 말이 아니라, 전화하지 말란 거다, 라고 문자까지 보여주면서 해명했는데.

그 정도라면 전화를 끊어야 할 것 같은데 생각지도 못한 결혼 소식에 손이 잘 움직이지 않았다.

"그랬……구나. 미안해. 그러게, 전화하지 말라니까 전화를 해서……."

—원래 사람이 하지 말라면 더 하고 싶잖아.

그건 맞는 말이다. 그녀의 일생이 그랬으니, 심히 동감. 하지만 지금 그와 그런 수다를 떨 분위기는 아닌 듯했다.

"그럼 나중에 마트에서 보자."

—벌써 끊으려고?

"아니, 와이프가 오해할까 봐……."

—그럼 문자를 보내지 말았어야지. 문자 받고 설레서 바로 전화한 사람한테.

"미안."

말해놓고 그녀가 잠시 미간을 좁혔다. 이상하다. 왜 내가 미안해하고 있지? 게다가 왜 설레고?

—미안하면 책임지던가.

"응?"

—나 집에서 쫓겨나면 네가 책임지라고. 서지흔.

왜 이 말이 작업 멘트처럼 들리는 걸까. 결혼도 한 유부남이라는데.

그녀가 이 기분을 뭐라고 정리해야 할지 몰라 입술만 잘근잘근 깨물었다.

—서지흔?

"응?"

─뭐하냐?

"응?"

─아, 알겠다. 너 나 결혼했다고 실망하고 있구나?

"내가?"

─갑자기 말이 없어서.

"절대 아닌데?"

─그래? 그럼 내가 실망이네. 조금 서운해 하길 바랐는데.

서운하긴 하다. 왜인지는 모르겠지만. 하지만 죽지 않았으니 된 거다. 그럼, 그럼.

─근데 왜 이렇게 말이 없어? 얼굴 보고선 엄청 말도 잘하더니.

"아, 아니 그냥. 네 와이프한테 오해를 어떻게 풀어줘야 하나 싶어서."

─왜, 통화라도 하려고.

"필요하면……."

─필요하면?

"응. 필요하면 말해. 내가 해명할게. 그냥 오랜만에 봤고, 죽은 줄 알았던 동창이 살아 있는 걸 보고 넘 기뻐서 인사 좀……."

─큰일 날 여자네.

그가 웃었다.

─그러다 머리채 잡히면 어쩌려고. 내 와이프 되게 무서워.

"아, 그래?"

내 와이프라니. 쳇. 부러우면 지는 거다.

"그럼 얼른 끊어야겠다. 나중에 다시……."

─농담이야.

"응?"

―농담이라고. 나 아직 결혼 안 했어.

다른 친구였다면 너 죽을래? 정도는 나왔을 텐데, 이상하게 말이 떨어지지 않았다. 그저 그가 살아 있는 것 이상으로 다행이라는 생각이 들었다. 여전히 왜인지는 모르겠지만.

―화났어?

"내가 왜……."

―화 잘 내는 것 같던데.

"내가? 아닌데."

―아니야?

"응, 아니야, 절대."

―내가 잘못 봤나 보네.

"어, 네가 잘못 봤어. 나 그렇게 화 잘 안 내."

―아하?

두 사람은 잠시 말이 없었다. 그런데 생각하니 조금 화가 나기도 한다. 얘가 날 가지고 논 건가? 대체,

"그런 쓸데없는 농담은 뭣 때문에 하나?"

그녀의 가시 돋친 말투에 그가 푸웃, 하고 웃음을 터트렸다.

―서지흔 좀 떠보려고.

"뭐?"

―근데 맞을 것 같아서 안 되겠다.

"나 사람 안 때려."

―옆에 있었으면 맞았을 것 같은데.

"야, 내가 널 어떻게 때리냐."

다른 놈들이면 몰라도. 우상 같았던, 가까이 가기도 힘들었던 널. 게다가

죽었다 살아난 사람을.

그런 경준과 늦은 밤중에 이렇게 자연스럽게 통화를 하다니, 믿기지 않았다.

—근데 정말 이 시간까지 안 자고 뭐해?

"응? 나? 나는……. 그러는 넌?"

그녀는 대답 대신 반문했다.

—난 전화하잖아, 너한테.

"나도 전화 받는데……."

그의 웃음소리가 들렸다. 아, 알 수 없지만 어딘가가 간질간질해서 말이 끝까지 잘 나오지 않는 것 같다.

—원래 늦게 자? 출근시간이 몇 신데?

"열 시."

—아침 열 시?

"응. 공방이 그 시간쯤 열어. 수강생들이 그때쯤 오거든."

—천국이네.

"넌 몇 신데?"

—난 일곱 시에는 나가야 돼.

"아침 일곱 시? 일어나는 게 아니라, 나가야 한다고?"

—응. 일찍 출근하는 게 신상에 좋거든.

하긴 대기업이니.

"거긴 지옥이네."

그녀의 말이 끝나자마자 피식, 하고 웃는 소리가 들려왔다.

—내가 죽어서 간 곳이 하필 지옥이라니.

"야, 난 심지어 죽지도 않았는데 천국에 와 있어."

그의 농담을 농담으로 받아쳤다. 또다시 피식, 하고 웃는 소리가 들려왔다.

오해를 했던 걸까. 잘 웃는 건 여전한 듯싶었다. 웃는 모습을 가까이에서 볼 수 있으면 좋겠다고 생각하며 앨범에 있는 그의 사진을 바라봤다. 죽은 줄 알고 눈물짓던 게 불과 몇 주 전, 그런데 어느새 살아 있는 그의 목소리를 들으며 사진을 보고 있다.

졸업사진에 눈 안 파서,

"다행이다."

그녀는 저도 모르게 중얼거렸다.

─뭐가.

하나도 놓치지 않는 경준의 질문에 그녀는 서둘러 말을 돌렸다.

"근데 넌 대체 왜 죽은 사람으로 돼 있는 거야?"

─나?

"응."

─근데 넌 어디서 들은 거야?

"난, 은혜한테."

─걔가 누군데.

"은혜 몰라? 신은혜라고 나랑 같은 반이던······."

하긴, 나랑 같은 반이라고 하면 알까. 나도 몰랐다는데.

"모를 수도 있겠다. 그냥 동창······."

─아, 신은혜. 걔 키 좀 작고 오른쪽 손가락으로 항상 머리 꼬고 다니던 애 아냐?

"기억······하는구나."

게다가 그렇게 디테일하게 왼손인지, 오른손인지까지.

—그럼 기억하지. 나 기억력 되게 좋거든.

근데 왜 나는 기억 못 하지? 적어도 은혜보다는 나하고 부딪히는 일이 더 많았을 것 같은데.

—그럼 내가 죽은 소식은 은혜한테 들은 거야?

"아니. 동창회 때 들었어."

—동창회?

"응. 애들이 승훈이한테 전해 들었대."

—아.

승훈이한테? 걘 대체 왜 남의 일을 멋대로 말하고 다니냐, 라고 대꾸할 줄 알았는데 그는 말이 없었다.

"너 걔랑 친했다고 하던데, 연락해?"

—그런 적은 있었지.

"연락도 했으면 아니라는 거 알 텐데. 대체 왜, 남의 목숨을 끊어놓은 거냐. 만나면 혼내줘야겠다."

—승훈이랑 친해?

"아니, 그냥 만나면 그렇다는 얘기지. 다음 동창회 때 나오면 따져보려고."

너랑 같이 다니던 애라고 말하기 전까지 기억도 못 했어, 라고 말하려다가 참았다. 그가 자신은 기억 못 하고 은혜만 기억한다는 게 기분 나빠서.

—동창회도 나가?

"두 번 정도 나갔어. 아! 그래, 맞다. 다음 동창회에 너도 나와라. 애들이 너 살아 있는 거 알면 정말 좋아할 거야. 마음 아파하는 애들 많았거든."

그녀가 조금은 들뜬 목소리로 말했다.

"당장 은혜만 해도 좋아서 난리일 거야. 걔가 너 고등학교 때 팬이었대.

하긴 걔만이 아니야. 너 팬 많았던 거 알지? 애들이 너 되게 좋아했는데.”

　　―넌?

　　“응?”

　　―너도 나 좋아했어?

　　“응?”

　　그가 보지도 않는데 괜히 얼굴이 화끈거렸다. 당황하는 마음을 들키고 싶지 않아 부산스럽게 핑계거리를 만들어냈다.

　　“아, 나는 그때 전학을 가서, 별로 그렇게, 나는 그다지 남자에게 관심이⋯⋯.”

　　―서지흔.

　　그의 목소리가 낮게 가라앉았다.

　　“왜⋯⋯?”

　　괜히 분위기에 위축돼 혹시 실수한 게 없는지 되짚으며 조심히 대꾸했다.

　　―너만 알았으면 좋겠다.

　　“⋯⋯뭘?”

　　―나에 대한 거.

　　“응?”

　　―그냥 시끄러워지는 게 싫어서.

　　그녀가 뭐라고 대꾸해야 할지 몰라 두 번 눈을 깜빡였다.

　　―너 지금 눈 깜빡였지?

　　“응?”

　　쿡쿡, 웃는 소리가 들려왔다.

　　―밥은 먹었어?

　　“응? 어, 당연하지. 너는?”

—대충.

왜 소문을 정정하지 않는지, 무슨 일이 있는 건지, 그날처럼 기세등등하게 뭔가 물어야 하는데 쉽게 입이 떨어지지 않았다. 침묵이 어색함으로 변질되는 찰나.

—늦었으니까 그만 자자. 너 내일 출근해야 되잖아.

"응? 어, 그래. 너도 일찍 나가야 할 텐데, 피곤하겠다."

호기심 때문에 일곱 시에 출근한다는 사람을 잡을 수는 없었다.

"끊……을게."

—기다려진다.

"……응?"

—문화강좌 하는 날. 잘 자, 서지흔.

"으응, 너……도."

전화가 끊겼다. 문화강좌 하는 날이 기다려진다고?

"세상에! 은혜한테 자랑할……, 아니지. 그럼 안 되지."

그녀는 은혜에게 문자를 보내려다가, 그의 묵직한 목소리를 떠올리고 고개를 저었다. 왜 말을 하지 말라는 걸까. 아직 풀리지 않는 궁금한 점들이 많았지만 그보단 그의 마지막 말만 그녀의 머릿속에 뱅뱅 돌았다. 그의 존재를 아는 유일한 사람이 되다니. 갑자기 조금 특별해진 기분이었다.

그녀가 저도 모르게 미소를 지었다. 잠이 올 것 같지 않았다.

6.

"오늘 잔뜩 꾸미신 것 같아요, 서 선생님."

리본공예 선생 나연이 그녀에게 리본을 챙겨주며 말했다. 새 구두에 잘 차려입은 정장. 기다려진다는 그의 한 마디에 잔뜩 꾸미고 나온, 마트 문화 강좌를 가는 날이라 조금 뜨끔했다.

"아니에요. 평소하고 똑같은데."

"그런가. 달라보여서요."

나연은 긴 손가락으로 마지막 리본을 접어 붙이고는 그녀에게 건넸다.

"이것도 가져가세요."

"어? 이것도요?"

"네. 갑자기 생겨서 챙기기 힘들까 봐 몇 개 만들어봤어요. 회원분들 반응 좋다면서요. 모양, 마음에 안 들어요?"

나연의 물음에 지흔이 세차게 고개를 흔들었다.

마음에 들지 않을 리가. 이렇게 예쁜 리본을.

나연은 행복해하는 지흔을 바라봤다. 예쁜 얼굴에 애교도 많고 싹싹한 그녀는 모든 일에 자신이 넘쳤다. 스물아홉. 처음엔 좋은 회사를 그만두고 이 일을 시작했다고 해서 무모한 편이 아닌가 했었다. 하지만 지내고 보니 그녀는 매사에 도전적이고 진취적인 스타일이었다. 자신보다 어리고 강의 경험도 적었지만 배울 점이 많았다.

"매번 감사해요."

지흔이 나연에게 인사하자, 나연이 미소를 지었다.

"다음엔 배운 거 꼭 직접 해가세요. 그래야 회원들이 더 좋아하죠."

"네, 그럴게요."

지흔은 리본을 바라봤다. 수제로 만들어진 예쁜 걸 보면 그게 어떤 종류든 참지 못하는 지흔이 못 견디겠다는 듯 리본을 흔들었다.

"으앙. 넘 예뻐요."

"지흔 씨가 더 예쁜데요?"

"아, 정말요? 넘 좋아서 아니라는 말은 못하겠지만 리본보다는 아닌 것 같아요. 정말 예뻐요."

나연이 귀엽다는 듯 웃었다.

"칭찬 고마워요, 지흔 씨."

"아뇨. 제가 감사하죠. 회원분들에게 자랑할게요."

운이 좋은 날 같았다. 가슴이 뛰었다.

"라벤더가 가장 무난하게 사용됩니다. 아시다시피 향도 좋고, 또 불안, 초조, 긴장 완화, 스트레스 해소, 불면증, 두통 등등 효과가 무궁무진해요."

수업 중 지흔의 발뒤꿈치가 쿡쿡 아파왔다. 아직 발이 편한지 검증하지 못한 새 신발 때문이었다. 수업 시간 내내 신지 못할, 조금은 높은 굽의 구두였지만 오늘 입은 투피스 정장에는 꼭 필요했다.

그 외에도
더 많은 것들

"그밖에도 향초에 넣는 에센셜 오일로는 로즈마리도 많이 사용돼요. 민트 허브향이라 신선한 느낌이 있어요. 주의산만, 기억력 증진에 도움이 돼 특히 수험생에게 추천되는 향입니다."

물론 지금은 그녀에게 필요한 향이다. 강좌 시간 이삼십 분 전까지 발뒤꿈치가 해지도록 굽 높은 구두까지 일찍 신고 왔건만 경준의 모습은 보이지 않았다.

기다린다고 했던 건 그냥 예의상의 말이었을까. 아니, 저번에 본 것처럼 그가 무척 바쁠 수도 있었다. 그래도 그렇지, 평소보다 일찍 갔음에도 아예 모습을 볼 수 없다니. 성질 급한 서지흔. 기다리지 못하고 태연에게 물어보려다가 참았다. 경준에 대한 물음에 그다지 친절하지 않은 태연에게 그의 안부를 묻기가 힘들었다. 동창이라고 밝힐 이유도 없으니, 왜 찾는 거냐고 물으면 핑계 댈 만한 것도 없었고.

그녀는 어쩔 수 없이 경준을 보지 못하고 수업을 시작했다. 수업에 임할 땐 그 어떤 걱정이나 고민이 있어도 몰입했었는데. 쓰라려 오는 발뒤꿈치 때문인지 욱신거리는 상처가 그녀의 수업 몰입을 방해하고 말았다.

"어머, 리본 너무 예뻐요!"

마지막 포장 단계에서 나연이 준 리본을 나눠주자, 회원들의 감탄이 또 다시 이어졌다. 지흔이 샐쭉거렸다.

"가만 보니까 양초보다 리본을 더 예뻐하시는 것 같은데요?"

"양초는 우리가 만든 거니까. 리본은 리본 전문가가 만든 거구요."

"에이, 그래도 제 눈엔 회원님들 만든 게 훨씬 예뻐요."

회원들이 웃음을 지었다.

"다음에 제가 만든 리본 가져올 때도 예쁘다고 해주셔야 돼요. 안 그러면 저 삐쳐요."

지흔의 말에 회원들이 알겠다고 큰 소리를 쳤다.

"어, 지금 대답하신 회원님들 이름 옆에 동그라미 쳐놓고 확인할 겁니다."

한바탕 시끌벅적한 웃음소리가 들렸다.

"다음 시간엔 이번하고 같은 향초지만 향하고 심지를 바꿔볼 거예요. 반복학습. 이건 중요하니까요. 다음 주에 늦지 말고 오세요."

"네, 선생님."

수업을 다 끝낸 지흔은 회원들이 다 빠져나갈 때까지 그 자리에 서 있었다. 발꿈치 때문에 꼼짝도 하기 싫었다. 모두가 가고 나서 강의실 문 앞으로 혹시나 그가 있을까 싶어 고개를 갸웃거렸지만 역시 그는 보이지 않았다.

"휴우, 대체 이게 뭐하는 짓이람."

그녀는 구두를 벗으려다가, 참았다. 스타킹을 벗을 수도 없는데 괜히 처참한 물집을 건드려봤자 좋을 게 없어 다시 모른 척하기로 했다. 그녀는 천천히 걸으며 회원들이 남기고 간 양초들을 거둬 진열대에 가져가 넣었다.

"도와드릴까요?"

행동이 더딘 게 느껴졌는지 태연이 다가왔다. 지흔이 미소를 지었다.

"고맙습니다. 근데 괜찮아요. 다 했는데요."

"네. 알겠습니다."

"저 그런데……."

"네, 선생님."

임경준은 어디 있나요?

입 끝에 맴도는 그 말을 차마 할 수가 없었다.

"아무것도 아니에요. 감사해요. 도와주시려고 해주셔서."

"별말씀을요."

태연이 인사를 하고 돌아설 때까지 그녀는 미소를 지었다. 머릿속으로
는 자신이 정말 바보 같다고 생각하면서. 그가 자신에게 관심이 있다고 말
한 것도 아니고, 자주 만난 사이도 아니건만, 그저 기다려진다는 말 한 마
디에 이렇게 마음을 쓰고 있다니.

그녀는 진열대의 향초를 마저 정리하고 유리문을 닫았다. 라벤더향이
문을 닫아도 퍼져 나왔다. 그제야 머리가 좀 맑아지는 기분이다. 그리고 또
렷하게 생각이란 걸 하게 된다.

"연애를 너무 안 해서 그런가."

동창의 한 마디에도 설레는 걸 보면 어쩌면 그럴 수도 있다. 이 일을 하
겠다고 회사를 그만두는 문제 때문에 연애하는 것도 잊고 있었다.

남자를 언제 만나고 안 만난 거냐.

문득 선을 보라는 엄마의 전화가 생각이 났다.

한 번, 해봐?

엄마가 자신의 일을 반대한다고 해서 엄마 말이면 무조건 '삐딱선'을 타
는 타입은 분명 아니었다. 자신보다 배경 좋은 남자를 만난다는 게 그렇게
나쁜 일도 아니고. 연애세포가 다 사라져 온갖 것에도 다 가슴 설레기 전에
조만간 생각을 좀 해봐야 할 것 같았다.

"그전에, 이 발부터 어떻게 좀."

그녀는 고통스럽게 중얼거렸다. 스타킹에 엉겨 붙은 상처가 어떨지 흰
했다. 그녀는 가방을 챙겨 관리자 구역을 나오며 태연에게 인사했다.

"그만 가보겠습니다."

"네, 선생님. 수고 많으셨어요."

"아니에요."

"참, 오늘도 따로 하실 말씀은 없으신가 봐요. 바쁘신 건지, 아까 서 선생님 오시는 날이라고 제가 얘기했는데도 임 대리님이 딱히 말씀 없이 매장으로 바삐 가시더라구요."

"아, 그래⋯⋯요?"

그녀는 그대로 구두를 내려 봤다.

기다려진다더니. 사람 잔뜩 설레게 해놓고 이렇듯 허무하게 만들어버렸다. 아니, 별말도 아닌 것에 자신이 설렌 건지도 모른다. 기대도 실망도 모두 제 탓이다.

어쨌든 은혜에게 비밀로 했던 게 차라리 다행인 듯싶었다. 그게 아니었다면 그가 강좌 날이 기다려진다 했다고 엄청난 자랑을 했을 테고, 온갖 부러움을 샀을 테고, 어떻게 됐냐는 물음에 오늘의 이 굴욕을 설명해야 할 테니. 은혜가 이 얘기를 들으면 아마 소리를 내서 깔깔 웃을 것이다.

"다신 이런 구두 신고 오나 봐라."

그녀는 당장 벗어버리고 싶은 것을 꾹 참고 천천히 걷기 시작했다. 그리고는 그와 통화했던 내용들을 되짚었다. 생각해보면 통화 내용은 별거 없었다. 그저 조금은, 가슴 떨렸을 뿐. 그게 그의 잘못도 아닌데 괜히 기분이 상한다. 그녀는 조금 절뚝거리긴 했지만 뒤도 돌아보지 않고 마트 밖을 나왔다. 뒤도 한 번 돌아보지 않고 걷는 것은 나름의 자존심을 지켜내기 위해서였다. 운수 좋은 날이라고 생각했는데 아니었나 보다. 그녀는 버스정류장으로 가려다가 약국을 찾았다. 아파트 단지들이 보이긴 했지만 한참 걸어야 할 것 같았다.

아, 마트에 있었을 텐데.

뒤늦게 마트 안에 약국이 있다는 걸 떠올렸다. 하지만 다시 돌아가기엔 발이 너무 아팠다. 그녀는 하는 수없이 다시 버스정류장으로 발걸음을 돌렸다.

경준이 이마에 송송 땀방울이 맺힌 채 강의실 주변을 돌아다녔다. 지흔을 찾기 위해서였다. 그런데 아무리 찾아도 그녀가 보이질 않는다. 그가 방금 산 슬리퍼를 내려다보았다.

멀리 못 갔을 텐데.

그녀를 만나는 목요일 아침. 설레는 마음으로 마트에 출근했다. 평소의 경준이라면 이런 마음이 우려스러워야 했겠지만 사실 여자에게 설레는 마음을 가진 게 오랜만이라서 그는 우려보다는 즐겁기만 했다. 그런데 아침부터 일이 꼬이기 시작했다. 식품코너 쪽과 문제가 생기는 바람에 문화센터 근처를 서성거리기가 어려웠다. 세일가로 판매하려는 가격이 잘못 책정된 탓에 식품코너 담당자랑 얘기하느라고 지흔과 인사를 할 타이밍을 놓쳤다. 자신의 일도 아니었는데 자신이 떠안게 된 문제. 덕분에 본사랑 통화를 하느라고 시간이 지체돼 양초공예 강의가 끝날 때야 겨우 강의실 안의 그녀를 볼 수 있었다.

전화 통화할 때도 느낀 거지만 그녀의 몸짓과 말하는 표정 하나하나가 다채롭고 귀여워 구경하는 재미가 있었다. 어쩐지 하루의 피로가 풀리는 기분이랄까. 하지만 이번 강의 때만은 그녀의 표정이 밝아 보이지 않았다. 아픈 곳이라도 있는 건지 살펴보다가 그녀가 회원들이 안 보이는 사이 신발에서 살짝 발을 빼서 오므렸다 폈다 하는 게 보였다. 왜 그런가 했더니, 그녀의 구두가 높아도 너무 높았다. 그래서 곧 다시 식품매장으로 내려가야 한다는 사명을 잊고 신발매장으로 달리기 시작했다. 발 치수를 정확히 몰라 대충 눈대중으로 가져온 슬리퍼. 그런데 그 사이는 그녀는 가버리고 없었다.

"어? 대리님."

태연이 경준을 발견하고 다가왔다.

"아, 태연 씨."

"무슨 일 있으세요? 아까 매장 내려가시는 것 같던데 다시 오셨네요?"

"네, 볼 일이 좀 있어서요."

"그러시구나. 저 혹시 대리님 이거 드실래요?"

태연이 그의 앞으로 쇼핑백을 내밀었다.

"이게 뭔데요?"

"제가 요새 초콜릿 만드는 걸 배우고 있거든요. 그래서 직원분들 드시라고 싸왔는데 챙기는 김에 대리님 것도 챙겼어요."

"아……."

챙기는 김에 챙긴 것치고는 포장이 과했지만 직원들에게 모두 줬다는 선물을 딱히 거절할 핑계가 없어 경준은 초콜릿을 받아들었다.

"많이 없으니까 집에 가서 혼자 드세요."

"네. 고맙습니다. 근데 잠깐 보관 좀 해줄래요? 이따 매장 다 돌고 가지러 올게요."

"네, 그럼요."

"저, 태연 씨."

"네. 무슨 하실 말씀 있으세요?"

"혹시…… 서지흔 선생님 가셨나요?"

기대에 찬 태연의 얼굴이 일순 가라앉았다.

"그럼요. 강의 끝난 지 십 분도 넘었는데. 무슨 일 있으세요?"

"아뇨. 수고하세요."

경준이 마트 밖으로 빠르게 걷기 시작했다. 그의 예상대로라면 발이 아픈 그녀는 강의가 끝난 지 십 분이 지나도 아주 멀리 가지는 못했을 것이다. 하지만 그녀의 모습이 보이질 않았다.

"벌써 간 건가."

그쯤에서 돌아서야 했지만, 빨리 가서 마무리해야 하는 업무가 있었지만, 그녀가 아픈 발로 절뚝거리며 이 길을 걸었을 걸 생각하니, 몸이 말을 듣질 않았다. 그저 아파하고 있을 서지흔만 떠오를 뿐.

빠른 걸음으로 걷던 그는 뛰기 시작했다.

드디어 고지다.

더딘 걸음으로 버스정류장을 보던 지흔 앞으로 누군가가 다가왔다. 그녀가 고개를 들었을 때, 이마에 살짝 땀방울이 맺힌, 경준이 서 있었다.

임경준?

심장이 쿵, 내려앉았다.

임경준이 어떻게 여기에…….

"넌 인사도 없이 가냐?"

그가 미소를 지으며 타박하듯 말했다. 분명 아까 할 말이 없었다고 들었다. 찾아도 없었고.

그런데 그를 마트 밖에서 볼 줄이야.

"여긴 왜……."

"신어라."

그가 그녀의 앞으로 슬리퍼를 들이밀었다.

"이게 뭐야."

"뭐긴. 신발이지."

"신발?"

이 상황이 뭔지 생각하는 사이, 그가 슬리퍼를 그녀의 앞에 내려놓았다.

"신어."

"⋯⋯."

"뭐해. 안 신고?"

"어? 어⋯⋯."

그는 대답을 기다리지 않고 그대로 한쪽 무릎을 꿇어 그녀의 아픈 발에서 구두를 벗기려 했다. 지흔이 놀라 흠칫하자 그가 두 손을 들었다.

"사심 없다, 나."

그녀가 멀뚱히 바라만 보자 그가 미소를 지었다.

"안 신을 거야?"

"⋯⋯."

"발 아픈 거 아니었어?"

"맞⋯⋯아."

"근데 왜 그러고 있어? 갈아 신지 않고. 아직 신을 만한가 보지?"

"그건 아닌데."

"것도 아닌데 왜 버티고 있어? 내가 해줘?"

"아니! 내가 할⋯⋯. 아얏."

그녀가 구두를 벗었다. 구두 뒷부분과 스타킹과 발뒤꿈치의 상처가 맞물려 저도 모르게 신음이 났다. 흘끔 봐도 여태까지 중에 가장 큰 상처였다.

하지만,

"치료해야겠는데."

여자의 발을 아무렇지도 않게 들여다보며 걱정 어린 소리를 하는 그를 보자니, 쓰라림 따위는 생각도 나지 않았다.

발모양, 발냄새, 여타 등등. 괜히 발가락이 오그라든다.

"연고 사올까?"

"아니야. 난 괜찮아. 참을 만해."

"많이 아파 보이는데?"

"정말 괜찮아. 공방 가서 보지, 뭐."

"늦었어?"

"아니, 아직. 오후 강의라 괜찮아."

"그럼 점심 먹을 시간은 돼?"

"응. 점심시간 지나서니까."

나랑 밥 먹을 생각인가?

"그래. 밥 꼭 먹고 다녀. 힘들게 왔다 갔다 하면서 밥 굶지 말고."

아니……구나.

"어, 고마워 신경 써줘서."

그가 귀엽다는 듯 그녀의 볼을 슬쩍 건드렸다. 닿은 것 같지는 않은데 볼이 화끈거리는 기분이다.

"근데 못해도 두 시간은 서서 강의하는데 왜 이렇게 높은 구두를 신고 왔어?"

"그, 그러게."

너 때문이라는 말도 못하고 그의 타박에 그녀가 멋쩍은 웃음을 지었다. 그가 자꾸 발을 내려다본다. 발이 그다지 예쁘지 않은데. 그녀가 시선을 옮기기 위해 물었다.

"여기까지 어떻게 온 거야?"

"어떻게 오긴. 너 신발 바꿔주려고 왔지. 난 내 얼굴 볼 때까지 기다렸다가 갈 줄 알았는데, 넌 애가 왜 그렇게 매정하냐?"

내가? 네가 아니고?

"매장에서 신발 사가지고 나오니까 너 갔다더라. 아, 허무해."

그가 원망하는 눈빛으로 그녀를 바라봤다.

"지난번엔 잘도 와서 말 걸더니만."

"그때는⋯⋯."

억울해서 그랬지만 지금은 무슨 감정인지 모르겠다.

"근데 신발을 샀어?"

"어. 너 발 아파보여서."

언제 날 봤는데?

그녀는 차마 묻지 못하고 그를 쳐다만 봤다. 그가 그녀의 이마를 톡, 건드렸다.

"감동했냐?"

"어, 조⋯⋯금."

"그렇다고 나 너무 좋아하진 마라. 상처받는다."

그의 농담에 그녀가 괜히 마음이 찔려 큰 소리를 쳤다.

"웃겨. 친구끼리 신발 좀 바꿔준 거 가지고 무슨⋯⋯."

"나 이제 친구 된 거야?"

"응?"

"아는 동창이라고 했었잖아. 우리 첫날."

우리 첫날.

별말도 아닌데 괜히 신경이 쓰여 그녀가 애써 옅게 미소 지었다. 그가 마주 웃으며 본능적으로 손목시계를 확인했다. 그는 바빠 보였다. 그런데도 슬리퍼를 사다 주다니. 하지 않으려 했지만 감동은 감동이다. 그가 얼굴을 불쑥 들이밀었다.

"왜 그렇게 봐? 아직도 감동 모드야?"

"어? 어……, 발이 좀 아팠거든."

"연고 정말 안 발라도 되겠어?"

"그 정돈 아니고."

"그건 다행이네."

"고마워. 신경 써줘서."

"뭐 친구끼리 신발 좀 바꿔준 걸 가지고, 라며?"

"그건 네가 좋아하니, 마니, 오버를 하니까 그렇지."

"오버였어? 실망이다."

하지만 말과는 다르게 그가 활짝 웃었다.

"정 고마우면 언제 한 번 밥이나 사던가."

"밥?"

"가는 게 있으면 오는 게 있어야지. 안 그래?"

그녀가 그를 따라 웃으며 고개를 끄덕였다. 눈을 마주하고 있자니 두근거리고, 떨리는 제 마음이 느껴진다. 그게 친구를 만난 반가움 이상을 넘어가는 기분. 그 순간 그가 그녀의 머리를 헝클었다.

"늦었다. 들어갈게."

"어, 그래. 늦었겠다. 얼른 들어가."

그녀가 아쉬움을 삼키며 말했다.

"같이 더 있고 싶은데."

하지만 그는 아쉬움을 아무렇지도 않게 내뱉었다.

친구라고 생각해서 그렇겠지.

"너 바쁘잖아."

"어. 바쁘지. 이 몸이 워낙 인기가 많아서."

장난스럽게 말한 그가 미소를 지었다. 그녀가 핏, 하고 웃으며 눈을 흘겼다.

"농담이지?"

"아닌데?"

둘은 같이 웃었다.

"신발 고마워. 조심히 가."

"먼저 가. 가는 거 보고 들어갈게."

"아니야."

"아니긴."

그가 자연스럽게 그녀의 양어깨를 잡았다.

"얼른 가시죠. 나 사유서 쓰기 전에."

"그럼 먼저 갈게."

아무렇지도 않게 친구처럼 손을 흔드는 그는 편해 보였다. 이 슬리퍼만 아니었으면, 자신 역시 그에 대한 호감을 접고 그냥 아는 사람 정도로 생각하고 편하게 대했을지 몰랐다.

"참, 서지흔."

"응?"

"담엔 나 꼭 보고 가라. 배신자처럼 혼자 가버려서 사람 허무하게 하지 말고."

오늘 인터뷰 없다고 했다, 그래서 일찍 간 거다, 라는 변명을 해야 하는데 나오지 않았다. 그가 기다린다는 뉘앙스로 말하는 게 듣기 좋았다.

"……밥, 살까?"

혹시나 사심이 들어간 거처럼 보일까 봐 최대한 아닌 척 애를 쓰며 묻는데 심장이 멋대로 뛴다.

"지금?"

"아니, 다음 주에."

"진짜로 사려고? 그냥 한 말이야."

"아니……, 고마워서……."

"뭐, 사고 싶으면 사던가. 나야 좋지."

잔뜩 긴장한 것치고는 그는 참 편하게 받아들인다. 그는 정말 친구처럼 생각하는 것 같은데 지흔은 경준이 친구처럼 느껴지지 않는 것 같았다.

"하아."

버스정류장에 선 그녀는 그제야 안도의 한숨을 내뱉었다. 슬리퍼 안에 있던 발가락도 그제야 제대로 펴지고, 뒤꿈치 상처가 이제야 쓰라리기 시작한다. 그녀는 제 손에 들린 굽 높은 신발을 바라보다가 이번엔 걱정 섞인 한숨을 지었다.

갑자기 찾아온, 새로운 우정에 적응할 시간이 필요했다.

그 외에도 ......and than some...
더 많은 것들

7.

기다리고 기다리던.

그 말이 딱 맞다. 그녀는 그와 점심을 먹는 일을 기다리고 기다렸다.

"오래 기다렸어?"

시간에 맞춰 마트 구경을 끝내고 나오자 그가 다가왔다. 강좌가 끝나고 경준의 점심시간까지 한 삼십 분. 두근거리고 떨리는 마음에 그 삼십 분이 참 길었다. 하지만 기다렸냐는 질문에 그녀는 고개를 저었다. 기다리는 시간이 하나도 지루하지 않았으니, 생각해보면 그녀가 보냈던 삼십 분 중에 가장 즐거운 시간이었다.

"이 동네 맛있는 파스타집 있는데, 파스타 괜찮아?"

"어, 나 좋아해."

"그럼 거기 갈래?"

김치찌개나 된장찌개를 찾을 줄 알았는데 경준의 제의에 지흔은 조금 놀라며 고개를 끄덕였다.

"그래. 가자."

"덥석 그래야? 거기 좀 비싼데, 가격도 확인 안 하고 괜찮겠어?"

"무시하냐. 나 돈 괜찮게 벌어. 너 정도는 아니겠지만. 문화강좌 때문에 월급도 올랐어."

"아하. 돈 자랑을 하신다? 그럼 가자."

그가 고개를 끄덕이고 그녀를 리드했다.

"일은 할 만해?"

그의 점심시간이 주변 다른 직장인들의 점심시간보다 한 시간 정도 늦은 까닭에 다행히 파스타 가게에는 사람이 줄어들고 있었다. 그녀가 창문가 자리에 앉게 도와주고 맞은편에 앉은 그가 메뉴판을 보기 전에 그녀를 바라보며 미소를 지었다. 그 미소가 남자치고는 하도 예뻐서 그와 점심을 먹기 불과 1분 전까지 친구, 친구, 친구를 읊조렸던 지흔의 굳건한 마음이 한순간에 투둑, 투둑 금이 간다. 연애를 하도 안 해서 남자 면역력이 떨어진 게 틀림없다.

"응, 할 만해. 회원분들도 좋으시고."

"문화강좌 말고 네 일을 말하는 거야."

"아, 일. 응, 좋아. 할 만해."

일 얘기에 지흔의 얼굴에 빛이 났다.

"언제부터 배운 거야, 그 일은. 전공이야?"

"아니. 전공은 행정학. 그걸로 윤성을 다녔어."

"윤성?"

대기업은 아니었지만 이름만 얘기해도 제 나이 때 친구들은 모두 아는 곳이었다. 복지가 좋아서 취업할 때 몇 순위 안에 들곤 했으니까. 그도 그걸 아는지, 자신을 의아하게 보더니 금세 웃어버린다.

"설마 그 회사 때려치고 이 일, 시작한 거야?"

"응. 만드는 게 재미있더라고."

"재미만으로 이름난 회사를 때려치우다니. 아버지 뭐 하시냐."

그녀가 풋, 웃었다.

"그런 거 아니야. 원조 하나도 안 받았어. 엄마가 지금도 반대하는걸, 뭐."

"부모님 반대에, 좋은 회사도 때려치우고, 이 일을?"

"그 좋은 회사가 나한테 좋은 것 같지는 않아서."

경준이 조금은 생경한 듯 지흔을 바라봤다. 혹시나 경준이 자신을 오해할까 봐 지흔이 얼른 말을 보탰다.

"배부른 소리 같지만 일하면서 행복해야 하잖아. 난 돈보다 내 행복이 더 중요한 게 아닐까 싶었어. 물론 앞날 불안하고 힘들긴 하지만 어차피 그건 회사원들도 마찬가지고. 그래도 난 나 좋아하는 일을 하는 거니까 보람은 건질 수 있잖아."

반짝거리는 눈빛에 가득 찬 자신감. 그게 지흔의 얼굴에서 반짝이고 있었다.

"왜, 너도 나 한심해?"

지흔의 걱정스러운 물음에 그가 고개를 저으며 웃었다.

"한심이 아니라 궁금해."

"뭐가?"

"어디까지 가볼 셈이야?"

"응?"

"꿈 말이야. 이루고 싶은 꿈."

그가 그녀의 꿈을 묻고 있었다. 아주 흥미진진한 얼굴로. 혹시나 경준도 자신을 조금은 한심하게 볼까봐 걱정했는데 그건 아닌 것 같아 다행이었다.

"그냥 책도 내고, 공방도 내고, 또 내 작품 전시도 하고."

생각만 해도 행복한 듯 그녀가 미소를 지었다. 그런 그녀를 그가 말없이 바라봤다.

"왜, 너무 거창해?"

그녀가 또다시 걱정스럽게 물었다. 그가 또다시 고개를 저으며 웃었다.

"어쩐지 넌 다 해낼 수 있을 것 같아."

무슨 근거로 그런 말을 하느냐고 물어야 하는데, 그의 말에 그동안 엄마의 못마땅한 말로 상처받았던 마음이 스르륵 녹는 게 느껴졌다. 그의 잔잔한 목소리가 그녀의 상처 위에 발라지는 연고 같았다. 간질간질, 어느새 상처가 나아가는 시기의 어느 때처럼 마음이 간질거렸다.

"주문하시겠습니까?"

종업원이 다가왔다. 잠시 생각에 잠긴 듯한 그가 물었다.

"뭐, 먹을래?"

"난 크림 종류가 좋아. 너는?"

"아, 나는……. 크림만 빼면 뭐든……. 음, 나는 밥이 먹고 싶은데……."

"그럼 리조또 하자. 크림 없는 걸로 찾아서, 음……. 치즈는 괜찮아?"

"아니."

그녀가 눈을 두 번 깜빡였다. 그가 귀엽다는 듯 웃었다. 지흔이 그런 그를 의아하게 바라봤다. 파스타집에 오자고 한 사람이 메뉴 선정에 별로 적극적이지 않았다. 게다가 크림도 싫고 치즈도 싫고 밥이 먹고 싶다니. 최대한 그의 눈치를 살피며 열심히 메뉴를 골라 종업원에게 말했다. 메뉴판을 걷어가는 종업원을 바라보다가 그에게 물었다.

"여기 별로야?"

"어? 아니? 너 별로야?"

"아니, 아닌데……, 혹시 나 때문에 오자고 한 거야?"

최대한 기대감을 빼고 물었는데 그가 아무렇지도 않게 고개를 끄덕인다.

"당연하지. 난 느끼한 거 안 좋아해."

"근데 왜 여기 오자고……."

"네가 파스타를 좋아할 것 같아서. 아니야?"

"맞아, 좋아해. 여자들은 싫다고 하는 사람 별로 없을 거야."

"그래서 온 거야."

"아, 난 네가 좋아하는 줄 알고……."

그의 배려에 설렘을 감추며 그녀가 중얼거리자 그가 얼굴을 들이밀고 눈을 가늘게 떴다.

"너, 남친 없었지?"

"어?"

"모태솔로 아니냐고."

눈치 없다는 소릴 돌려한 건가. 그녀는 선수 같은 남자 앞에서 '모솔'은 아니지만 '모솔'과 비스름한 여자임을 티내고 싶지 않아 연애 경험을 끌어모았다.

"무슨 소리야. 연애한 거 세 번이나 되는데."

'이나'라는 말은 하지 말 걸. 말하고 나니 경험이 적어 보인다. 그도 좀 비웃는 것 같고.

"그래? 어디, 어떻게 사귀었는지 들어볼까?"

"어?"

그가 기대에 찬 얼굴로 바라본다. 딱히 기억도 안 나는데. 없는 얘기를 가져다 붙여야 하나 고민스럽다.

"어……, 한 번은 대학 때."

"씨씨?"

"어. 같은 과 친구."

"어떻게 사귀었는데?"

"그냥, 걔가 사귀자고 해서."

딱히 '밀당' 같은 건 없었던 기억이 난다. 대학에 입학한 기쁨과 신입생이라면 으레 그래야 한다는 생각에 캠퍼스 커플을 만들었던 것 같다.

"그 사람이 첫사랑인가."

그녀는 경준을 가만히 바라봤다. 첫사랑의 정의가 뭘까. 사귄 적은 없지만, 저 애라면 좋겠다 하면서 혼자 마음속으로 짝사랑한 것도 첫사랑에 들어간다면, 확실히 경준이 첫사랑일 텐데.

"왜 그렇게 봐?"

그건 너, 라는 속마음을 감추고 그를 바라보자 그가 묻는다. 그녀가 고개를 저었다.

"지난번에도 그렇고. 네가 첫사랑에 좀 집착하는 것 같아서."

"그랬나?"

"응. 그랬잖아."

첫사랑도 아닌데 동창은 왜 찾아나서냐고 하면서.

그가 어깨를 으쓱했다.

"말했잖아. 네 눈빛이 꼭 첫사랑 찾는 여자처럼 야릇했다니까?"

"그건 죽은 줄 알았던 사람이……. 그래도 야릇까지는 아닐 텐데?"

"그랬어. 야릇."

야릇, 이라고 발음하는 그의 입술이 정말 야릇해 보였다. 그 입술을 바라보며 저도 모르게 침을 꿀꺽, 하다가 무슨 생각을 하는 거냐고 얼른 말을 돌렸다.

"그러는 넌 첫사랑이…… 누구야?"

"나?"

경준이 그녀를 바라보며 미소를 지었다.

"음, 나는."

간질간질 대답할 듯 안 할 듯 굴며 쳐다보기만 하는 그 때문에 괜히 오금이 저렸다.

혹시 나라고 해주길 바라고 있는 것은 아닐까. 그저 동창이라는 이유만으로.

"비밀인데?"

그럴 리 없으면서도.

"와, 치사해."

"치사한 건 너지. 네 얘기하다가 왜 내 얘기로 돌려? 네 얘기가 다 끝나야 내 얘길 하던가 하지. 그래서 어떻게 됐는데?"

"뭘 어떻게 돼. 군대 가고 나서 흐지부지 끝났지."

"너야말로 치사하다."

"뭐가?"

"군대 간 사람, 기다려주지도 않았단 말이야?"

기다려보려고 했다. 그런데 그럴 만큼 마음이 당기지 않았다. 딱히 재미있다는 생각도 없었는데 2년을 또 지루하게 기다리고, 돌아와서 또 재미없는 연애를 해야 한다고 생각하면 누구나 다 그렇지 않겠는가.

"기다릴 자신이 없어서, 기다린다는 말을 안 했어."

"와, 냉정하다."

"뭐, 걔도 딱히 기다려달라고 하지 않았어. 근데 내가 뭐 하러."

"그래서 그렇게 끝났어?"

"응. 서로 뭐……. 아마 아쉬움 같은 건 없었던 것 같아."

음식이 나왔다. 그는 자신의 앞에 놓인 음식에 잠시 미간을 찡그렸다. 지흔이 놀라 혀를 내밀었다.

"치즈……가 들어가는 거였네. 이상하다. 내가 잘못 봤나? 잘못 시켰나 봐. 어떻게 해."

"아냐. 네가 먹어주면 되지."

"응?"

그가 숟가락으로 리조또 위에 올려진 치즈를 걷어 그녀의 스파게티 위에 올렸다. 갑자기 굉장히 친한 사이가 된 기분이었다.

"먹어줄 거지?"

"어……."

"혹시 싫어? 싫으면."

"아니야. 미안해서 그래. 그냥 백반집 같은데 갈걸."

"다음 주엔 그런 거 먹자."

그가 리조또를 입에 넣으며 말했다.

다음 주. 다음 주란 말에 이게 그냥 하는 말인지, 아님, 진심인지 치열하게 분석하게 된다.

"안 먹고 뭐해?"

"응? 먹어야지."

그녀가 씩씩하게 포크를 찍어 파스타를 돌돌 말아 한 입에 넣었다. 그런 그녀를 보며 그가 기분 좋게 웃었다. 그가 자신을 보고 미소를 지을 때마다 가뜩이나 면역성 없는 연애세포가 임경준이라는 친구로 잠식되는 게 느껴졌다.

그녀는 설레는 마음을 친구, 친구, 친구라는 단어를 상기시키며 달래본다. 잘될 리가 없다.

"두 번째는 어떻게 됐어?"

두 사람의 두 번째 점심은 마트 주변에서 유명한 기사식당 집이었다. 빈말인 줄 알았는데 경준이 마트 직원들에게 직접 물어 장소를 알아왔다. 그게 그저 단순히 호의일지는 모르겠지만 여전히 면역성이 없는 지흔에게는 감동적이었다.

"응?"

"연애 경험 세 번이라며. 근데 첫 번째밖에 말 안 한 것 같아서."

기억력도 좋다. 원래 두 번에서 하나 보태 올렸는데, 세 번째도 물어보면 어떻게 해야 하나 벌써부터 걱정이 든다.

"그냥……."

이곳에서 제일 유명한 돼지고기 김치찌개를 함께 떠먹으며 할 얘긴 아닌 것 같지만 그녀는 또다시 옛 기억을 떠올려 보았다.

"회사에서, 신입 때."

"와. 사내연애네?"

"뭐, 그렇게까지 거창한 건 아니었어."

"누가 대시했는데?"

"응. 그 회사 대리였는데 잘 가르쳐주고 도와줘서 고맙다고 인사했는데 사귀자고 하더라고."

"아하, 서지흔 이제 알았다."

"뭘."

"남자가 사귀자고 하면 다 사귀는 타입이구나. 그럴 줄 알았으면 나도 말해볼 걸 그랬네?"

그가 밥을 입에 넣고 웅얼거렸다. 그녀가 그를 바라봤다.

"뭐라고 했어?"

"아니, 씨씨도 모자라서 사내연애도 했냐고. 어디 가나 연애 한 번씩은 하신 것처럼."

"그렇게 되네. 어딜 가나 연애……."

하지만 그 이후로는 정말 연애라고 말할 수 있는 그런 건 해보지 못했다. 그래도 지흔이 어깨를 으쓱했다.

"봤지, 나 무시하지 마라. 나름 할 거 다 했다?"

"그러게. 순진한 척하면서 할 거 다 했네."

그가 눈을 가늘게 뜨고 말했다. 그녀가 그와 눈을 마주했다.

"내가 순진해 보여?"

"아니야?"

갑자기 은혜의 얼굴이 떠오른다. 아마 경준의 말을 들으면 서지흔이 얼마나 밝히는지 침을 튀기며 '야동' 이야기를 꺼낼 것이다.

"맞아, 나 순진해."

순순히 대답하자 그가 의심스럽다는 듯 눈을 가늘게 떴다. 그녀가 고개를 돌렸다.

"그 사람하고는 어떻게 헤어졌어?"

경준의 질문에 그때 생각이 나 웃음이 났다. 참 특이한 인간이었다.

"왜 웃어. 생각만 해도 좋아?"

"아니. 우스워."

"우습다고?"

"응. 그 사람하고는 얼마 못 가서 헤어졌어."

"그래?"

"응. 근데 그 사람 생각만 하면 지금도 웃겨."

"왜, 재미있는 사람이었어?"

"아니. 그 사람이 갑자기 결혼하자고 했었어. 나 그때 스물셋이었나."

"뭐?"

놀란 그를 보며 그녀가 배시시 웃었다.

"놀랍지? 나 일찍 유부녀 될 뻔했어."

"그 남자 나이 많았냐."

"응. 나랑 일곱 살 차이 정도."

"서른이네. 그럼 결혼 얘기할 만했네. 얼마나 사귀었는데?"

"한 육 개월 사귀었나."

"뭐? 육 개월?"

그가 기가 찬 듯 허, 하고 숨을 뱉었다.

"거 봐. 우습지?"

"근데 왜 안 했는데?"

"왜긴. 난 결혼에 대해 아무 생각이 없었는걸. 그 남자에 대한 확신도 없었고. 그냥, 뭔가, 뭔가 무서웠어. 아니나 달라, 내가 마음 없다고 하자마자 헤어지자더라고. 그러고 나서 다른 과 여직원이랑 사귀었는데, 얼마 있다가 결혼한다고 청첩장 돌리더라. 어쩐지 비밀연애를 하자더니."

한참 동안 놀라 바라보던 그가 풋, 하고 웃는다.

"왜 웃어?"

"그게 연애냐?"

그의 무시에 그녀가 입을 쭉 내밀었다.

"연애는 연애지. 육 개월을 만나든 석 달을 만나든, 사귀었으면 연애 아냐?"

그녀의 항변에도 그가 쿡쿡, 웃는다. 그녀가 기분 나쁘다는 듯 미간을 좁혔다.

"그러는 너는?"

"나, 뭐."

"내 얘기 끝나면 네 얘기해주기로 했잖아."

"아직 안 끝났잖아."

"끝났는데?"

"세 번째."

"아."

그녀가 눈을 두 번 깜빡였다. 그가 미간을 좁혔다.

"너 설마 두 번 해놓고 세 번 했다고 한 건 아니지?"

"아닌데."

"그런 것 같은데."

"아냐."

"그럼 그 사람하고 지금도 진행 중?"

"그건 아냐."

그가 의심스럽다는 듯 눈을 살짝 찡그렸다. 이 순간 뭐라도 할 말을 만들어야 했는데 아무리 해도 생각이 나지 않았다. 지흔이 반쯤은 인정하듯 그에게로 화제를 돌렸다.

"이제 네 얘기하자."

"할 거 없는데."

"뭐?"

"할 거 없다고."

그녀의 얼굴에서 웃음기가 가시는 걸 봤는지, 그가 풋, 웃었다.

"정말이야. 여자라곤 네가 처음이라."

네가 처음이라니.

그게 농담이라는 걸 아는데도, 거짓말일 텐데, 그저 임경준이 말했다는 이유로, 마주한 눈에 찡, 하고 마음이 저려온다. 그녀의 연애사—무려 단 두 번!—중에 한 번도 이런 느낌이 없었다. 이 느낌이 신선해서, 쉽게 그가 마음에 들어오려 한다. 아, 역시 면역력이 문제다.

"여자는 무슨. 내가, 여자냐……."

그녀는 얼버무리는 듯 말했다. 그가 재미있다는 웃었다.

"네가 남자냐, 그럼?"

"그건 아니지만."

"아. 남자만큼 먹긴 하는 것 같다."

그가 싹싹 비운 그녀의 밥공기를 보며 말했다.

"거의 장사처럼 드신다?"

"야, 이건 그냥……."

사실 경준이 밥 하나를 더 시켜서 자신에게 반을 더 떠올려 주었는데 그걸 거절 없이 다 먹어버리긴 했다.

"강의하려면 잘 먹어야 해서 그런 거야."

"그래. 잘 먹어서 예쁘다고."

그가 그녀의 머리에 손을 올려 강아지를 쓰다듬듯 쓰다듬었다. 왜 갑자기 주인한테 사랑받고 싶은 강아지의 기분을 알 것 같을까.

"다 먹었으면 가자."

그가 자리에서 일어났다. 계산을 하려는지 그녀가 가방을 다 챙기기도 전에 저만치 가고 없었다. 그녀도 얼른 따라나서려는데 식탁에 놓인 그의 휴대폰이 보였다. 스마트한 요즘 시대에 참으로 보기 드문 기종이었다.

아직도 이런 거 쓰는 사람이 있네.

하루 종일 온갖 오락을 폰으로 즐기는 이 시대. 눈앞에 사람이 있어도 각자 스마트폰으로 다른 사람들과 대화를 하는 이 시대에 그는 2G 기종의 휴대폰을 쓰고 있었다. 기종 자체는 오래된 것이었지만 외관은 낡거나 오래된 느낌이 없이 깔끔하기만 했다. 꼭, 임경준처럼.

그녀가 계산을 하고 있는 그를 바라봤다. 깔끔한 와이셔츠에 패션을 완성시켜주는 벨트와 구두. '핏'이 살아 있는 다림질 잘된 바지. 그의 단정한 옷차림이 참 마음에 들었다. 그것뿐이랴. 웃음과 말투에선 늘 여유가 넘쳤다. 부잣집 아들이라 그런가. 그런 사람치고는 과함이 없어 보인다.

"안 나오고 뭐해?"

계산을 마친 그가 그녀를 보며 손짓을 하고 있었다. 그녀가 그를 따라나섰다.

"응, 나가."

작고 북적이던 가게에서 나오자 속이 탁 트였다. 거리에는 따사로운 햇살이 쏟아지고 있었다. 봄의 기운이 물씬했던 몇 주 전과 다른 공기. 곧 여름이 올 모양이다.

"이거."

"아."

지흔이 그에게 휴대폰을 건네자, 그가 받아서 주머니에 넣었다. 손끝이 살짝 닿아 간지러운 기분이 느껴졌지만 그는 별로 신경 쓰지 않는 눈치였다. 그녀도 그러지 말아야지, 하고 말았다.

"커피 마실래?"

그녀가 커피 전문점을 가리키자, 그가 대번에 고개를 저었다.

"왜. 점심 네가 샀으니까, 커피는 내가 살게."

그가 그녀를 빤히 바라봤다.

"왜."

"오천 원짜리 김치찌개 사주고 육천 원 넘는 커피 얻어 마시라고?"

"아메리카노는 그 정도는 아니야."

그가 마치 '너 된장녀야?' 라고 눈으로 묻는 것 같았다. 절대 그런 여자는 아니었지만 굳이 따지고 보면 '그게 뭐 어때서?' 쪽이었다. 역시 남자들은 이해 못할 세계인 건가.

"아니, 맛있는 밥 사준 거 고마워서. 저번 파스타집도 괜찮았거든."

"그래? 그렇게 고마우면 차라리 다음 주에 밥을 사라. 난 커피 안 마시니까."

"아."

임경준은 커피를 마시지 않는다. 덕분에 점심 약속이 또 생겼다.

"그러지, 뭐."

기억하듯 되새기고 얼떨결에 다음 주에 또다시 점심을 같이 먹는 것에 기뻐한다. 일주일에 한 번씩 점심을 함께 먹는 친구. 그런 친구가 생겼다. 좀 기분 좋다.

그 외에도 ......and than some...
더 많은 것들

8.

[도시락 괜찮아?]

언제 이런 문자가 들어온 걸까. 이게 벌써 하루나 지난 문자였다. 오래된 휴대폰이라 상태가 안 좋다. 성준이 바꾸라고 성화였지만 딱히 고장 난 곳도 없고, 통화도 잘되는데다가 굳이 이런 곳에까지 돈을 들이고 싶지 않아 바꾸지 않았다. 물론 외관에서 보이는 LED 점등이 고장 나 있긴 했다. 그래서 살펴보지 않으면 문자나 부재중 전화가 왔는지 겉으로 봐서는 알 수 없었다. 그걸 알고 있으면서도 휴대폰을 수시로 들여다볼 만큼 여유롭지 않은 경준은 딱히 휴대폰을 자주 확인하지 않았다. 사실 그동안은 그렇게 자주 들여다봐야 할 문자나 전화가 오지도 않았다. 물론 지금도 크게 달라진 건 없었다. 그런데 지흔에게 문자가 들어온 걸 하루나 지나서 발견하고 나니, 휴대폰을 살펴보지 않았던 게 살짝 미안해진다.

"고쳐야 하나."

지난번 AS센터에 갔을 때 다음에 고장 나는 게 있으면 휴대폰을 바꿔야 할 거라고 했던 말이 떠올랐다.

"바꿔야 하나, 겠지."

쓸데없는데 돈 들이지 말자, 하던 경준이 지흔의 문자 한 번에 이런 걸 고민하고 있다.

"뭐하나?"

성준이 휴대폰을 만지작거리는 경준의 어깨를 잡았다. 경준이 고개를 들었다.

"어, 형. 깼어?"

"오늘 새벽에 나가야 돼서."

성준은 친구들과 작은 사업을 하고 있었다. 패션 쪽 유통업이었다. 아무리 사장이라지만 규모가 작다 보니, 직접 자신들이 만든 물건을 옮겨야 할 때가 있었다. 지방으로 물건을 옮길 때면 가끔 새벽에 일어나 막노동 수준의 육체노동을 하곤 했다. 그래도 처음보다 성과가 좋아 지방까지 물건이 나가는 것이니, 심적으로는 그다지 힘든 일은 아니었다.

"도와줘?"

"아서라. 주말엔 쉬기로 한 거 잊었어?"

성준이 경준을 말렸다. 형제는 밤낮없이 일하는 서로가 안타까워 빚을 다 갚은 날, 그들만의 수칙을 정했었다. 일주일에 하루는 반드시 쉬는 것이었다. 물론 다들 제대로 지키진 못하고 있었다. 친구들과 하는 사업이니 성준이 쉬는 건 여의치 않았고, 경준 역시 문서 번역 일을 하느라 그러지 못했다.

"기다리는 전화 있어?"

휴대폰을 만지작거리는 경준을 보며 성준이 물었다.

"아니, 휴대폰이 고장 난 것 같아서."

"그래? 뭐가 문젠데?"

성준이 경준의 휴대폰을 집어 들어 여기저기 살폈다. 엉뚱한 곳만 보고 있는 형을 보며 경준이 휴대폰 안테나 옆을 가리켰다.

"LED 점등이 맛이 갔어."

"그래?"

대답은 하면서도 성준은 듣는 둥 마는 둥 휴대폰 안만 살펴보고 있었다.

"바깥쪽이 문제라니까."

"그래, 그건 아는데."

성준이 피식 웃으며 경준에게 휴대폰 액정을 보였다.

"이건 누구냐."

[도시락 괜찮아?]

지흔의 문자. 제길. 빠르기도 하지.

경준이 휴대폰을 낚아챘다.

"잘못 온 거야."

"잘못 오긴. 서지흔. 이름 딱 저장돼 있던데."

경준이 모른 척 문서만 바라보자 방해하듯 성준이 얼굴을 내밀었다.

"누군데, 누군데 도시락까지 싸줘?"

성준의 물음에 경준이 고개를 저었다.

"싸준 게 아니라, 괜찮냐고 물어보는 거야."

"괜찮다고 하면 싸준다는 거잖아."

"그냥 예전 친구야."

"예전 친구? 친구, 누구?"

성준이 놀란 얼굴로 물었다. 부모가 사고로 함께 돌아가시고, 아버지가 하던 법인사업체에 명의를 빌려준 일 때문에 성준이 큰 빚을 떠안을 때, 성준은 여전히 친구들과 연락하고 도움을 받고 있었지만 경준은 아예 아무도 만나지 않고 살았다. 자존심이 강한 아이라는 걸 알고 있었지만 그렇게 독할 줄은 몰랐다. 그런데, 예전 친구라니. 성준이 꽤나 놀랄 수밖에 없었다.

"설마 남자는 아닐 테고?"

이름 때문인지 확신하지 못하고 성준이 그의 표정을 살피자, 그가 고개를 끄덕였다.

"어, 여자야."

"와!"

성준의 환한 표정에 경준이 경고하듯 눈을 찡그렸다.

"오버하지 마. 정말 친구니까."

"야, 너 형이랑 장난하냐. 친구끼리 무슨 도시락?"

"그냥 점심을 같이 먹어서 그래."

"점심을 같이 먹어?"

"일주일에 한 번이야."

"그것도 정기적으로?"

"형."

그가 말리듯 성준을 불렀다. 그런데 성준은 아랑곳없었다.

"예쁘냐?"

"몰라."

"모르긴, 자식. 예쁘구나? 어떻게, 연예인으로 치면 어떤 과인데?"

성준의 오버가 극심해지고 있었다. 경준이 눈을 가늘게 떴다. 성준은 전혀 멈출 생각이 없어보였다. 성준이 경준의 어깨를 쳤다.

"야, 친구가 연인 되고 연인이 와이프 되고 그러는 거지. 뭘 부끄러워하고 그래."

"그럴 일 없어."

"그럴 일 없다니. 너도 이제 장가가야 할 거 아냐."

"친구 얘기하는데 장가가 왜 나와. 여자라면 무조건 다 엮으려고?"

"무조건 엮어서 보내야지. 그래야 하늘에 계신 부모님한테……."

"돈 있어?"

경준이 성준의 설레발을 멈추려는 듯 진지하게 물었다.

"결혼해서 어디서 살게. 여기서 형이랑 셋이?"

그가 주변을 둘러보라는 듯 말했다. 주방이 따로 분리되어 있지 않은 작은 거실 하나, 좁은 방 두 개뿐인 월세 집. 그렇게 일을 해서 빚을 갚고 나니, 가진 것 하나 없고 아직은 학자금 대출이 남아 있어 이제 시작이나 다름없는데 지금 여자를 만나 사랑만을 담보 삼아 결혼을 하라고?

경준의 말에 성준이 기분이 잡친 듯 미간을 좁혔다.

"여기서 돈 얘기가 왜 나오냐."

"그럼 어디서 돈 얘기가 나와야 하는데."

"야, 돈 없어도 결혼할 수 있어."

이혼도 할 수 있지.

그가 성준에게 차마 하지 못한 말을 꾹 눌러 담았다. 그러나 이미 그 마음을 안 사람처럼 성준이 그의 어깨를 토닥였다.

"알았어, 그래. 결혼 말고, 연애. 연애만."

"그런 거 아니라니까."

그러나 성준은 이미 그의 대답을 듣고 있지 않았다. 어느 틈에 휴대폰을 가져가서 틱틱틱, 하고 버튼을 누르더니 경준 앞으로 휴대폰 액정을 들이밀고 히죽 웃었다.

[나 도시락 완전 좋아해♡ 기대할게^^]

"형!"

사실 싫은 건 아니었다. 고등학교 이후로 도시락 같은 거 꿈도 못 꾸고 살아서 그녀가 문자를 보낸 순간, 그 도시락이란 거 구경하고 싶었다. 그런데 그게 혹시나 가뜩이나 귀여운 서지흔을 더 예쁘게 보는 계기가 될까 봐 걱정됐다. 안 그래도 대학 졸업예정자들이면 누구나 들어가고 싶어 안달하는 회사를 시원하게 그만두고 하고 싶은 걸 시작했다는 여자에게 경외심을 느끼고 있는 차였다. 자신의 삶을 스스로 개척하는 추진력에, 예쁘고 귀여워 자꾸 눈이 가는 여자를 만난다는 건 분명 행운이지만 그로서는 정말 위험한 일이다.

그는 안 되는 건 시작도 하지 말자 주의였다. 그래서 여자 쪽으로 고개도 돌리지 않는 청렴한 인간으로 살아왔다. 그런데 갑자기 훅, 치고 들어오는 여자에게 그동안 세웠던 철벽이 맥없이 무너지고 있었다. 강의를 하는 그녀를 훔쳐보고 그녀의 아픈 발을 신경 써 신발까지 사다가 신겨 주고, 그녀의 연애사에 관심을 준다. 그 시절엔 한 번도 대화한 적 없지만 동창이라는 무기를 가진 여자라 친근감이 백배는 더해져 철통같은 그의 마음에 접근이 용이했다. 게다가 그녀랑 대화를 하고 있으면 그동안 지내왔던 꽉 막힌 시간에 대한 보상처럼, 재미있고 즐거웠다. 그래서 저도 모르는 사이, 자꾸 점심 약속을 잡고 있었다. 한 번 더, 한 번만 더. 안 된다는 걸 알면서도 그녀와 같이 밥을 먹고 싶고, 대화를 나누고 싶어서.

커피 사먹는 돈도 아까운 주제에.

빚을 다 갚았다고 해도 모아놓은 돈이 없으니 처음부터 다시 시작해야 하는 처지. 이러면 안 되는 걸 알면서도 우연히 만난 동창 앞에서 그의 긴장감은 느슨해지고 있었다.

"후기 기대한다."

얄밉게 웃으며 성준이 경준의 어깨를 다시 한 번 토닥였다.

"하트는 너무 했잖아?"

그가 노려보자, 성준이 모른 척 돌아섰다.

"형수한테 형 결혼한다고 연락할 거다."

그의 날카로운 목소리에 성준이 움찔했다. 하지만 이윽고 여유로운 척하는 목소리가 들려왔다.

"그래라. 그 여자 꼼짝도 안 할 텐데, 뭐."

돈 때문이라고 할 수는 없지만, 돈 때문이기도 했던 형의 이혼. 그런 일을 겪었는데도 아직도 성준은 자신에게 결혼을 부추기고 있었다. 부모 대신이란 꼬리표가 성준에게 붙어 있기에 더 그런다는 걸 이해 못하는 건 아니다. 하지만 그것도 적당히 자격이 되는 사람에게나 권할 수 있는 것이다.

그는 콧노래를 부르며 새벽일을 나가기 위해 옷을 갈아입는 성준을 보며 고개를 절레절레 저었다. 힘들게 대학을 다니고, 쉴 틈 없이 돈을 벌며 생각한 건 자신의 아내, 자식들에게 절대 이 고생은 하지 않게 할 거라는 굳건한 결심뿐이었다. 자신은 자격이 안 됐다.

[빠른 답장 고마워♡ 아주 많이 기다리진 않았거든^^]

그녀에게 답장이 들어왔다.

"하트……."

경준이 빠르게 자판을 눌렀다.

미안하다, 형이 장난으로…….

잠시 자신이 누른 문자를 보던 경준이 오버인가 싶어, 지움 버튼을 눌렀다. 라임을 맞추듯 돌아온 그녀의 문자 속 하트가 생각보다 나쁘지 않았다.

귀엽고 예쁘고 센스도 있는 동창, 서지흔.

형에게 언제 실눈을 떴나, 싫게 기분 좋게 웃던 경준은 뒤늦게야 자신의 표정을 깨닫고 입술을 깨물었다. 감정의 경계가 희미해지고 늘 긴장되었던 마음이 느슨해지는 것만 같다. 뭔가 두렵다.

"별일 없을 거야."

눈을 꼭 감은 경준이 반드시 그래야 한다는 듯 중얼거렸다. 인생이란 어떻게 될지 알 수 없다는 걸 그렇게 겪었으면서도.

날씨가 좋다. 마트 주변 공원 벤치에 앉았을 뿐인데 소풍을 나온 기분이었다.

"와."

소풍의 트레이드마크. 지흔이 3층이나 되는 도시락을 벤치 가운데 꺼내 펼쳤다. 그냥 밥, 반찬 뭐 이런 정도로 상상하고 있었는데 그녀가 펼쳐 보인 도시락을 보자 감탄이 절로 나왔다. 도시락 반찬들이 병아리같은 귀여운 동물들로 변해 있었다. 꼭 광고 작품 같아서 함부로 먹어도 될까 싶었다. 손으로 뭔가를 만드는 직업을 가졌으니, 솜씨가 좋을 거란 생각을 하긴 했는데 이런 수준급의 도시락은 상상도 하지 못했다.

"굉장하네."

아마도, 경준의 기억에, 돌아가신 어머니의 도시락보다는 화려한 것 같았다. 잘 기억은 안 나지만.

"괜찮아?"

지흔의 조심스러운 질문에 "엄청 괜찮지!"라고 대꾸하고 보니, 너무 어린애처럼 좋아한 것 같다. 지흔이 쑥스러운 표정을 지으면서도 자신을 빤히 바라보고 있었다.

"아, 도시락, 너무 오랜만이라서."

"그랬구나. 하긴 학창시절에나 도시락 싸지, 이렇게 크고 나면 어머니 도시락을 싸가지고 다닐 일이 없지."

그가 대답 없이 웃었다. 요리한 음식들을 나눠 먹기 좋아하셨던 어머니. 살아계셨더라면 지금도 가끔은 직원들과 나눠 먹으라고, 도시락을 싸주셨을지도 모른다.

"잘 먹을게."

그가 음식을 떠서 먹기 시작했다. 아, 집밥이다. 그래도 형수가 있을 땐 아주 가끔 얻어먹곤 했는데, 이게 얼마 만인지 모르겠다. 지질하게도, 찔끔, 눈물도 나려 했다. 입에서 살살 녹는다는 게 이런 건가. 형수에게는 정말 미안하지만 지흔의 것이 조금 더 맛있는 것 같다.

"맛 괜찮아?"

"당연하지."

그가 웃자, 그녀가 안심한 듯 큰숨을 내쉬었다.

"난 네가 부담스러워할 줄 알고 걱정했거든."

"내가?"

"어."

"내가 왜?"

"아니, 도시락 괜찮냐는 문자에 답장이 없길래."

"아. 휴대폰이 늙어서 기운이 없는지 문자 온 걸 티를 안 내주네."

"그랬구나. 난 또……."

그녀가 옅은 미소를 지었다. 질문의 문자였으니, 대답을 기다렸을 것이다. 혹시나 자신이 부담스러울 걸 생각하고 전화도 하지 못했을 거라고 생각하자 조금 미안했다.

"다음엔 답장 없으면 그냥 전화해."

"어? 그래……."

그의 선선한 말에 그녀가 또다시 옅은 미소를 지었다. 그러다 문득 뭔가 생각났다는 듯 물었다.

"근데 혹시 동생 있어?"

"응?"

"아니, 그, 문자 말이야."

"무슨 문자."

"그냥, 그, 네가 보낸 문자에 하트 무늬가……."

"앗, 뜨거."

하트라는 단어에 하마터면 마시던 미소된장국 그릇을 놓칠 뻔했다. 지흔이 그를 걱정스런 눈으로 바라봤다.

"괜찮아?"

"어, 그럼. 손이 미끄러워서."

"덴 거 아니지?"

"어, 그럼."

그가 어색하게 미소를 지으며 그녀를 안심시켰다. 지흔이 말을 이었다.

"어쩐지 나는 네가 그런 걸 보내는 타입은 아닌 것 같아서, 난 혹시 네가 여동생이 있나, 싶었어."

동생. 그것도 여동생이란다. 이 사실을 형한테 말해주면 재미있어 할 듯했다.

"아니, 난 형뿐이야."

그가 맛있게 음식을 씹어 먹으며 그때의 일을 떠올렸다. 도시락 후기를 알려주기엔 여전히 형이 얄미웠지만 한편으로는 무지하게 고마웠다.

"아, 형이 있구나."

그녀가 알겠다는 듯 고개를 끄덕였다. 하지만 그럼 형이 보낸 거야? 하고 묻지는 않는다. 당연히 그렇겠지. 설마 형이 '하트'를 붙여준 거라고 생각하지 못할 것이다. 근데 문제는 그럼 그게 자신이 보낸 게 되는 거다.

이런 도시락을 얻어먹는데 하트의 오명쯤이야.

그가 반찬을 입에 가득 넣고 행복한 미소를 지었다. 지흔이 흐뭇하게 바라보는 게 느껴졌다. 저게 엄마 미소라는 건가. 아, 왜 이렇게 기분 좋지. 그가 속으로 쿡쿡, 웃었다.

"넌 안 먹어?"

경준의 물음에 그녀가 젓가락을 들었다.

"먹고 있어."

"얼른 먹어. 다 식기 전에. 정말 맛있어."

"누가 보면 네가 해온 건 줄 알겠다."

"그러게."

그러면서 그가 또 입 안 가득 반찬을 집어넣고 꼭꼭 씹었다. 그녀가 놀란 눈으로 바라봤다.

"너 먹방 방송 같은 거 해도 되겠다."

"왜, 너무 맛있게 먹어서?"

"응."

"그건 네 도시락이라서 그런 것 같은데."

"그런 거야?"

"응."

지흔이 풋, 웃음을 지었다.

"너 결혼하면 나중에 와이프한테 완전 사랑받겠다."

"왜?"

"정말 맛있게 먹어서."

"왜, 내가 사랑스러워?"

경준이 장난스럽게 말하고 지흔과 눈을 마주했다. "아니, 미쳤냐!"라는 말이 돌아와야 했는데, 그녀의 얼굴이 딱 굳어버렸다. 하필 이런 타이밍에 침묵해버리는 바람에 긍정의 느낌을 받았다. 어색해지는 타이밍에 그가 재빨리 그녀의 볼을 잡았다.

"정색하긴."

대충 둘러대며 분위기를 쇄신하려고 했지만 쉽지 않았다. 뜨거워진 게 그녀의 볼인지 자신의 손인지 모르겠다. 그가 얼른 손을 떼고 마저 도시락을 먹었다. 햇빛은 따사로웠고 뒤늦은 꽃잎들이 나풀거리며 바람을 쫓아다니고 있었다. 갑자기 떨리는 가슴이 멈추질 않는다.

"소풍하는 기분이네."

소풍. 그래, 이건 소풍이다. 십 년 동안 죽어라고 산 자신의 삶에 우연히 찾아온 행운 같은 소풍. 마치 양호실 제 침대에 훌쩍 뛰어 들어와 제 가슴을 헝클어놓았던 그 순간처럼.

"근데 넌 왜 전학을 간 거야?"

그가 진심으로 궁금해져 물었다.

"어?"

"너 졸업하기 전쯤에 전학 갔잖아?"

"아, 그거."

그녀가 잠시 머뭇거린다.

"뭐, 안 좋은 일이야?"

"……."

"힘든 얘기면 안 해도 돼."

"아니, 그런 건 아니고."

그녀가 뭔가를 생각하더니, 미소를 지었다.

"엄마가 재혼을 하셨어."

그녀의 말에 그의 표정이 굳어졌다. 밝은 그녀에게도 어두운 일이 있었던 모양이다.

"혼자 산다고 했는데 엄마가 절대 안 된다고 해서. 새아버지가 사는 곳에서 같이 사느라고 전학 간 거야."

"그럼 아버지는 혼자……"

"아, 아버지는 오래전에 돌아가셨어. 지병이 있으셨거든."

그녀의 씩씩한 목소리가 애잔하게 들려온다.

"그랬구나. 몰랐어. 괜한 거 물어봐서 미안하다."

"난 괜찮아. 그냥 졸업을 원래 다니던 곳에서 못해서 아쉬울 뿐이지. 엄마는 모르는데 난 아직도 그걸로 조금 화가 나 있어."

"왜?"

그녀가 대답 없이 웃기만 한다. 생각해보니 자신도 조금 화가 난다. 그녀에게 사귀어 보자고 말하고 싶었던 때니까. 그녀를 더 빨리 알 수 있는 타이밍이었는데. 그리고 그땐 지금보다는 조금 더 멋있었던 때고.

"엄마한테 말씀드려 보지 그랬어? 가기 싫다고."

그의 말에 그녀가 고개를 저었다.

"얘기했는데 무시당했어. 그래서 더 화가 난 거야. 지금 얘기하면 뭐 그런 거 가지고 그러냐고 할 거야. 엄마는 내 생각은 조금도 하지 않는 사람이거든. 지금도 내가 하는 일이라면 다 뭐라고 해."

투덜대는 그녀가 예뻐 보인다. 도톰한 입술도 사랑스럽다. 조곤조곤한 목소리도 듣기 좋다.

"특히 이 일하는 걸 얼마나 못마땅해 하는데."

"그럼 뭘 했으면 하시는데? 아, 예전처럼 그냥 회사 다니는 거?"

"어. 한동안은 다시 윤성 같은 곳에 들어가라고 난리였지. 근데 내가 하도 고집 피우니까 작전을 바꾸셨더라고."

"어떻게?"

"선보래."

"선?"

"응. 선보면 내가 하는 일을 인정해 주시겠다나?"

그녀는 흥분이 가시지 않는 목소리로 말을 이었다.

"나 아직 서른도 안 됐는데 선 얘기 나와서 깜짝 놀랐어."

그녀의 '선'이라는 말에 그도 깜짝 놀란다. 서지흔이 선을 본다……라. 기분이 유쾌하지 않았지만 그는 애써 유쾌하게 대꾸한다.

"곧 서른이잖아."

"그래도 그렇지. 예전에 그건 굉장히 나이 든 사람이나 하는 건 줄 알았잖아. 물론 알고 보니 그게 고작 서른에 하는 거였지만. 아, 근데 내가 서른이라니. 나, 늙어 보여?"

그녀가 좋은 평가를 기다리듯 그를 마주봤다. 모르겠다. 서른. 나이만 서른이지, 그의 눈에는 열아홉 살의 서지흔 같다. 자신 역시 마찬가지고. 그땐 서른이면 정말 다른 인생을 살 줄 알았었지. 이렇게 별다를 게 없을 줄은. 아니, 마음 변한 것은 하나도 없는 채로 닥쳐오는 인생에 버둥거리며 사는 인생이 되어 있을 줄은 몰랐다.

"누가 늙었댔냐? 결혼 준비할 나이는 됐다는 거지."

"너는?"

"어?"

"너도 곧 서른이잖아. 결혼 준비 중이야?"

결혼 준비 중……. 그런 건 생각해본 적도 없었다.

"난 곧 있어도 서른 아닌데?"

그의 말에 그녀가 미간을 좁혔다.

"일 년만 있으면 서른이잖아."

"어? 아닌데요, 누나? 제가 생일이 빨라서 한 해를 일찍 들어가서요. 저는 2년 있어야 서른인데요."

"뭐? 그거 진짜야?"

금방 흥분하는 지흔을 보며 경준이 씨익 웃었다.

"진짜면, 누나라고 부를까?"

"당연히 그래야지."

"잘 먹었습니다, 누나."

그가 다 먹은 도시락을 차곡차곡 쌓아올렸다. 그녀가 뭔가 분한 듯이 아직도 빤히 바라본다. 그가 웃음을 터트렸다.

"농담이야. 나 생일 안 빨라."

"거짓말. 어떻게 믿어."

"농담이니까."

"못 믿겠는데?"

씩씩거리는 지흔 앞으로 그가 지갑을 꺼내 주민등록증을 보여줬다. 0629로 적혀 있는 숫자에 죽죽 손가락으로 줄을 그었다.

"자, 보이지? 이제 됐냐?"

"……어."

흥분을 가라앉힌 그녀가 금세 미안한 표정을 지으며 그를 올려다봤다. 눈이 마주치자, 그녀의 표정이 아까처럼 잔뜩 긴장한 채로 굳어지는 게 보였다. 갑자기 미치도록 키스가 하고 싶어진다.

그녀의 도톰한 입술을, 그녀의 따스한 숨결을……. 딱 한 번만. 안 될까?

"가자."

그가 벌떡 일어났다. 소풍 끝. 안 될 건 절대, 해선 안 되는 법이다.

그 외에도 ......and than some...
더 많은 것들

9.

경준과 일주일에 한 번씩 점심을 먹는 즐거운 몇 주가 쏜살같이 지나가고 있었다. 그리고 두 사람은 어느새 전화를 주고받을 만큼 편한 사이가 되었다.

"편하긴 개뿔."

그가 전화를 하라고는 했지만 막상, 그건 쉽지 않았다. 그가 전화를 한다면 차라리 편하련만. 딱히 용건도 없는데 전화를 하기는 좀 뭐했다. 하지만 오늘은 용건이 있다.

도시락을 맛있게 먹어준 답례.

생각해 놓고도 우습다. 도시락을 맛있게 먹은 답례도 아니고, 먹어준 답례라니.

그녀는 테이블 위에 올려놓은 향초를 바라봤다. 시트로넬라향을 넣은 테이퍼 캔들이 촛대와 함께 깔끔하게 포장돼 있었다. 오늘 아니면 늦어버리는데. 그녀는 휴대폰을 만지작거렸다.

경준의 장난으로 우연히 그의 생일을 알아버렸다. 그가 보여준 주민등

록중. 보자마자 그의 생일이 바로 입력돼버렸다. '0629'. 공교롭게도 다음 주에 만나면 지나버리고 만다.

말도 안 되는 답례를 핑계로 생일선물을 해주면 이상하게 보일까. 그렇겠지. 자신이 얻어먹었으면 몰라도. 그걸 알면서도 향초를 만들어 주고 싶은 이 마음이 멈추지 않고 멋대로 움직인다.

"좋아해서 그렇지, 뭐."

그래, 좋아해서. 그녀는 그를 친구처럼 여기려 했지만 그건 정말 쉽지 않은 일이었다. 왜냐면, 친구로 여기기 전에 호감이 먼저 느껴졌기 때문에.

그녀는 잘 웃고, 잘 먹고, 말도 잘하는 그가 좋았다. 그것뿐이랴. 목소리도 좋지, 말투도 좋지, 옷 입는 거, 행동하는 거, 심지어 그냥 머리 스타일, 손가락 모양도 좋았다. 나이도 먹어놓고, 꼭 고등학교 때, 그때 그대로. 딱 그만큼.

"제길. 어째서 보는 눈은 안 자란 거냐, 서지흔."

더 하면 더 했지.

그래, 더 하면 더 했다. 얼마 전에는 자신의 도시락을 엄청 맛있게 먹어주는 그가 정말로 사랑스러워 눈이 마주치는 순간 그와 키스하고 싶다는 생각도 했으니 말 다 했지.

다행인지, 불행인지 경준은 전혀 사심이 없어 보였지만 혹시나 경준도 같은 마음이었다면, 그녀는 분명 그와 키스를 했을 것이다.

"이거 주면서 그냥 고백을 해?"

그녀는 더듬더듬 경준에게 제 마음을 고백하는 상상을 해본다. 아, 생각만으로 얼굴이 시뻘게지고 만다. 어쩐지 점심을 함께 먹으며 즐겁게 이야기를 나누는 일들이 그날로써 끝이 날 것 같아서 고개가 저절로 저어진다.

"이놈의 팔자. 임경준하고는 짝사랑만 하다 끝날 팔자인가."

뭐 그렇게 열렬하다, 라고는 말할 수 없지만 어쨌든 고등학교 때 가진 호감을 풀어버릴 기회가 왔는데 더더욱 호감만 안고 있는 자신이 한심스러워 승부욕이 올라왔다. 그녀는 떨리는 마음을 잘근잘근 입술을 씹는 것으로 대신하다가 빠른 속도로 문자를 작성했다.

있잖아. 잠깐 만날 수 있을까? 할 얘기가…….

마음에 안 든다는 듯 그녀가 다시 지움 버튼을 눌렀다.

저기 혹시 오늘 시간 돼? 잠깐 만나서 줄 게…….

주절주절. 이것도 딱히 마음에 들지 않았다.

연락 바람.

이런 건 너무 성의 없이 보이려나.

이러니, 저러니 하다가 급한 성격을 참지 못하고 통화 버튼을 눌러버렸다. 발신음이 울렸다.

"으아."

콩닥콩닥 뛰는 가슴에도 전화를 끊진 못하고 전화 벨소리만 가만히 듣고 있었다. 하지만 한참이 지나도 전화를, 받지 않는다. 실망스러운 마음으로 전화를 끊어버린 지흔의 입이 실룩, 밖으로 나왔다.

'다음엔 답장 없으면 그냥 전화해.'

전화하면 언제든 받을 것처럼 얘기해놓고.

"어차피 문자 보내도 안 봤겠네."

그럼 또 이제나저제나 답장 기다렸을 게 뻔하고.

그녀는 휴대폰을 만지작거리다가 그가 전에 보냈던 문자의 하트 무늬를 바라보며 한숨을 지었다.

얘는 왜 갑자기 나타나서 경험도 별로 없는 사람 마음을 흔들어놓은 거야.

욱신욱신 머리가 아파왔다. 다시 한 번 휴대폰을 들어 전화를 하려던 지흔은 갑자기 들어온 문자수신음에 심장이 철렁했다.

[이번 달 말에 한샌고 동창회 있다. 너도 참석한다고 말할게.]

쳇. 은혜였다.

지흔은 실망스러운 마음으로 경준 대신 은혜에게 전화를 걸었다.

―뭘 또, 전화까지 다 주시고.

은혜가 무슨 마담처럼 콧소리를 내며 전화를 받았다.

"너 지금 팩 하냐?"

―우리 혹시 영상통화 하니?

"안 봐도 비디오지."

―비디오? 무슨 비디오. 뭐 좋은 거 볼 거 있어?

"밝히기는."

지흔이 고개를 저으며 실룩거렸다.

―뭐야. 굳이 전화해서 비난을 하는 이유는?

심기가 불편하시다, 왜.

"웬 갑자기 동창회야?"

―몰라. 누가 결혼하나 봐. 부조금 받으려고 애들 죄다 끌어 모으고 계신다.

"그럼 난 좀 빼주지?"

―너 결혼 안 할 거냐?

"아니."

―그럼 조용히 나와서 청첩장 받아와라.

이럴 수가. 안 간다고 할 수가 없다. 동창들에게 빼앗긴 부조금을 돌려받기 위해 반드시 결혼을 해야 한다는 사명감이 느껴진다.

"난 그 학교 졸업도 안 했는데 뭘 그렇게 불러싸?"

—그 사실을 아는 애들이 별로 없다.

"왜? 경준이는 알던······."

그녀가 그대로 굳어버렸다. 경준에 대해 말해버릴 뻔해서가 아니었다.

'근데 넌 왜 전학을 간 거야?'

'너 졸업하기 전쯤에 전학 갔잖아?'

분명 경준이 자신은 기억하지 못하고 은혜만 기억하고 있었는데, 동창회에 나오는 애들도 잘 모르는 자신의 전학 사실을 알고 있었다.

뭐지? 갑자기 가슴이 심하게 뛴다. 은혜에게 경준에 대해서 얘기하고 '이거 그린라이트인가요?' 하고 묻고 싶은 심정이다.

—뭔 말을 하려다 말아?

"······응?"

—방금 뭔 얘기하려다 말았잖아.

"어? 아니, 그게 아니라, 누······, 누구누구 나오는데?"

—몰라. 경준이 빼고 다 나오겠지.

경준이라는 말에 괜히 뜨끔했다. 말 나온 김에 은혜에게 고백을 해야 하나 고민도 되고. 하지만 경준이 당부한 것도 있고, 자신 역시 경준의 존재를 혼자만 알고 싶다는 생각이 컸다. 게다가 경준이 은혜만 기억하고 있는 줄 알았는데, 그게 아니었다는 사실에 괜한 희망을 품게 되고. 한 마디로 일종의 소유욕이랄까.

"죽은 사람 애긴 왜 자꾸 해."

양심을 최대한 빗겨가며 어렵게 물었다.

—몰라. 요새 걔가 자꾸 꿈에 나오네. 나 아직 네 곁에 있어, 하고.

"뭐? 그거 진짜야?"

—귀 따갑게 왜 전화기에 대고 소리를 질러?

"아, 아니. 그냥……."

—꿈에 나왔으면 좋겠다, 이거지.

"없는 애 가지고 장난치지 마라."

—알았다. 동창회도 있고, 네가 졸업앨범이니 뭐니, 해서 사람 괜히 들쑤
셔 놓은 것도 있고 해서 한 말이야. 그나저나 졸업앨범은 언제 가져올 거냐?

"끊어."

—뭐…….

뚝. 지흔이 전화를 끊고 눈앞에 포장된 캔들을 가만히 바라봤다. 어쩌야
하나, 싶은데 전화가 들어왔다. 은혜였다. 전화를 받으려던 지흔은 액정을
바라보며 두 번 눈을 깜빡였다. 언제 온 건지, 문자가 떠 있었다. 어쩐지 이
문자를 빨리 봐야 할 것 같은 느낌이 들었다. 과감하게 은혜의 전화를 수신
거부하고 문자를 들여다봤다.

[전화했었어? 전화하니까 통화 중이네.]

헉. 경준이었다.

"이런 몹쓸 타이밍 같으니라고."

그녀는 바로 통화 버튼을 눌렀다.

지흔은 그야말로 달려 나갔다. 얼마 만에 달려보는 걸까. 고등학교 때
이후로 처음인 것 같았다. 혹시나 준비한 선물들이 망가질까 걱정하면서도

설레는 마음을 어쩌지 못하고 뛰고 또 뛰었다.

"헉헉헉."

목까지 차오르는 숨을 고르며 섰다. 놀이터 그네에 경준이 앉아 있는 게 보였다. 심장이 터질 것 같았다. 뛰어서 그런 거라 믿고 싶지만 아니라는 걸 알았다. 잠깐 보면 좋겠다는 말에, 아주 잠깐이면 된다는 말에 흔쾌히 내가 그쪽으로 갈게, 라고 그가 말해준 그 순간부터 그녀의 심장은 이렇게 뛰고 있었다. 이렇게 밤늦게도 아무렇지도 않게 집 앞으로 찾아온다고 하다니. 어쩐지 조짐이 좋았다. 이참에 고백도 해버릴까. 그녀는 이런저런 성급한 생각들을 일단 꾹꾹 눌러 담고 머리부터 매만졌다. 그러고 보니, 얼굴도 제대로 안 보고 나온 기분이다. 급해도 뭐라도 바르고 나올걸. 양 볼을 탁탁 치며 생기를 주는 것 외에는 지금 당장 할 게 없었다.

그녀는 언제 뛰었나 싶게 조심스러운 발걸음으로 그에게 다가갔다.

"어?"

그네에 앉아 있던 경준이 그녀를 먼저 발견하고 반갑다는 듯 한쪽 손을 올렸다. 그녀도 손을 흔들었다. 자신이 다가설 때까지 그가 가만히 바라보고 있으니 괜히 더 긴장된다. 밤늦은 시간 가로등불이 켜 있는 놀이터 앞에서 그네에 앉아 있는 남자 앞으로 다가서는 기분. 아, 이건 정말 드라마감이다.

"밤늦게 미안해."

그녀의 인사에 그가 고개를 저으며 미소를 지었다.

"나한테는 그렇게 늦지 않은 밤이야."

"그래도 자야 할 사람 불러내서."

"아직 잘 때 안 됐어. 집에서 나온 것도 아니고."

그러고 보니 집에서 나온 차림은 아닌 것 같다. 그렇다고 자신을 만나기 위한 '데이트룩'도 아닌 것 같고, 출근할 때 입던 복장도 아니었다.

"어디…… 다녀오는 길이야?"

그가 대답 없이 고개만 끄덕인다. 어딜 다녀오는 길인지 궁금했지만 더 물어선 안 될 것 같은 느낌이다. 그와 대화를 하고 있으면 가끔 그런 느낌이 들 때가 있다. 알아서는 안 될 무언가가 있다는 느낌.

삐걱. 삐걱.

경준이 그네를 살짝 움직여 잠시의 침묵을 깨트렸다.

"생각보다 시끄럽네."

"그러네."

민망한 듯 말하는 경준과 경준의 시선이 괜히 쑥스러운 지흔이 서로 마주하며 웃었다. 어떻게 하지. 생각보다 가슴이 더 떨린다.

"무슨 일 있어?"

"……응?"

"갑자기 보자고 해서."

"아……."

그녀는 어색한 기운이 들지 않도록 그에게 얼른 쇼핑백을 내밀었다.

"이게 뭐야?"

"받아 봐."

가만히 바라보던 그가 그녀가 건네는 쇼핑백의 손잡이를 잡았다. 덕분에, 손이 잡혔다. 따뜻하고 부드러운 느낌. 딱 임경준의 손이었다. 갑작스러운 스킨십에 움찔하고 그를 바라보는데 그는 언제 그랬냐는 듯 쇼핑백을 가져간다.

"음. 양초네?"

"어. 향초야. 시트로넬라라고 레몬향이 섞인 풀냄새인데 이게 피로에

좋대. 우울증에도 좋고."

"내가 우울해 보였어?"

"아니, 그냥…… 생일선물이야."

"응?"

"저번에 민증에서 생일을 본 것 같아서."

"아……."

그가 조금 당황한 듯했다. 덕분에 그녀도 따라 당황한다.

"0629. 그거 네 생일…… 아니야? 혹시 음력으로 하거나 뭐 그런 거야?"

"아니. 생일 맞아."

그가 아무 말도 하지 않고 향초만 바라보고 있다. 잠시 동안 바라보던 그가 시선을 그녀에게로 옮겼다.

"설마 이거 직접 만든 건 아니지?"

"어? 맞는데?"

"그렇구나."

그는 또다시 한참 동안 아무 말도 하지 않고 그녀가 만든 향초만 바라보았다. 어쩐지 굉장히 당황한 것 같았다. 그에게 고백할 생각을 해보았지, 부담을 느낄 거란 생각은 차마 할 겨를이 없었는데. 지금 생각해보니, 그가 부담스러워할 수도 있겠다, 싶어 등줄기에 식은땀이 났다.

"너무 부담 가질 필요 없어."

그가 아무 말 없이 고개를 들어 그녀를 쳐다본다. 웃지도 않는 진지한 표정을 보니, 금방이라도 정색을 하며 뭔가 차가운 말을 던져 고백도 전에 차일 것 같았다. 그녀가 서둘러 변명의 문장들을 조합해보았다.

"이런 거 만드는 직업이라 다른 거 만들면서 생각나서 만든 거니까. 이왕이면 생일 전에 주는 게 좋잖아. 내가 원래 친구들한테 뭐 주는 걸 좀 좋아해. 그래서 그런 거니까……."

"그래. 고마워."

그 정도면 오해를 하지 않아도 되겠구나, 싶었는지 그는 인사말 외에 더 말하지 않았다. 어쩐지 분위기가 자신이 생각한 것과는 영 딴판으로 돌아가는 것 같았다.

"아, 맞다."

그녀는 분위기 쇄신을 위해 얼른 말을 돌렸다.

"이번 달 말에 동창회 있다는데 안 갈래?"

가만히 자신을 바라보는 경준을 보며 히죽, 웃어보였다. 그런데도 그는 표정 없이 그녀만 바라보고 있었다.

"내 말 듣고 있는 거야?"

"응."

뭔가 할 말이 있는 건가. 자신을 가만히 바라보고 있는 남자 앞에 서 있자니, 오금이 저린다.

"역시 동창회는 가기 싫은 거지?"

"응."

"아, 그렇구나."

그녀가 애써 미소를 지었지만 그는 그저 그녀를 보고만 있다. 역시 이런 건 앞으로 하지 말라는 말을 차마 하지 못해서 그런 거겠지?

"저기, 경준아 그 향초는……."

"너는 가?"

"응?"

"그 동창회."

"어. 은혜가 결혼할 거면 꼭 와야 한다고 해서."

"결혼?"

"어. 부조금 때문에. 동창끼리 서로 빚 만드는 거지, 뭐. 결혼하고 돌잔치까지 한 애들은 잘 안 보여. 받을 거 다 받았다 이거지, 뭐. 애들 다 사라지기 전에 결혼해야 하는데. 호구만 되고 실속은 못 차릴 것 같아서 걱정이야."

내내 말도 별로 없고, 표정도 없던 그가 훗, 하고 웃었다. 그 웃음 하나로 어찌나 안심이 되는지.

"동창회는 못 갈 것 같아."

"어, 그래. 난 그냥 혹시나 해서 물어본 거야."

그의 말에 그녀가 이미 알고 있다는 듯 고개를 끄덕였다.

"그래도 다른 애들 다 사라져도 나는……, 네 결혼식에 꼭 갈게."

그의 목소리가 쓸쓸하게 들려왔다.

"왜? 너보다 내가 더 빨리 결혼할 것 같아서?"

"난 결혼 생각이 없어."

그의 웃음기 없는 단호한 목소리에, 뭐랄까. 헛된 희망에 바람이 빠지는 느낌이 들었다. 그와 결혼할 생각을 한 것도 아닌데 쪼글쪼글 흉하게 쪼그라지는 내 희망의 주름진 모습을 눈으로 목격하는 기분이랄까.

"여자애들이 널 그냥 둘까?"

"……."

"너 인기 되게 많았잖아. 너는 가기 싫다 해도 좋다고 하자고 하는 애들 있을 텐데."

그녀의 말에 그가 훗, 하고 웃었다.

"아마 그러자고 해도 난 안 될 거야."

"왜, 혹시 사귀는 사람 있는 거야?"

"아니."

"그럼……."

"사랑하는 사람을 만들기 싫으니까."

의외의 말에 그녀는 조금 당황했다. 그에게 무슨 일이 있었던 건지, 아니면, 원래 그런 건지 물어봐야 하는데 생각이 잘 안 났다. 그저 그가 자신의 마음을 알아버려서 먼저 선수 친 느낌밖에는 들지 않았다.

"결혼식 하객 예약, 고마워."

그녀가 아무렇지도 않은 척 말했다. 아무래도 차인 것 같았다.

다행이다, 고백은 안 해서. 그녀가 다시 히죽, 웃고는 잠시 하늘을 올려다봤다. 하필이면 분위기 좋게도 달도 참 밝다. 저도 모르게 한숨을 쉬고 고개를 돌리는데 눈앞에 경준의 어깨가 보였다. 언제 일어났는지 그가 그녀의 앞에 선 것이었다. 너무 가까워서 흠칫, 했다.

눈을 들자 그가 자신을 가만히 바라보고 있는 게 보였다. 헛된 희망이 바람이 빠진지 채 1분도 되지 않아서 금세 터질 듯이 희망이 차고 말았다.

"지흔아."

낮게 깔린 그의 목소리가 하도 감미로워서 하마터면 눈을 감을 뻔했다. 바라보는 이 눈빛에 마음이 녹아내릴 것 같아서 이대로 안기고 싶었다.

어쩌면 좋지, 나는 네가 좋은가 봐. 정말로 좋은가 봐. 너는 아니라고 하는데 나는 맞는 것 같으니, 이걸 어쩌면 좋지.

"지흔아."

"……응?"

그의 숨소리가 가까이에서 느껴졌다. 차분하지만 벅차오르는 숨소리. 듣기 좋았다. 그녀 가까이에 다가온 그의 체향이 좋았다. 바람에 따라 이리저리 흔들리면서도 코를 타고 들어와 찌잉, 하고 가슴을 찌르는 그의 향기가. 이게 내 것이라면, 이게 내 것이라면. 간절한 마음으로 그를 바라보자,

그녀를 바라보던 그가 그녀의 뺨을 매만졌다.

알고 싶어, 경준아. 너를 알고 싶어. 네 입술의 감촉이, 네 숨의 온도를.

가만히 눈을 감으려는데 그의 손이 머뭇거리다가 어깨를 스쳐 가만히 팔을 붙들었다. 닿고 싶었다. 그와 가슴이 닿고, 입술이 닿고, 마음이 닿고 싶었다. 하지만 어쩐지 닿을 수 없을 것 같았다. 그의 팔이 그녀를 붙들고 놔주지 않았다. 아니, 붙들었다고 생각했지만 사실은, 밀어내고 있는지도 몰랐다. 말리듯이. 말리듯이……. 뭔가를 말리듯이.

"나 그만 갈게."

"어? 아, 그래?"

심장박동 소리를 그에게 들켜버린 걸까.

"많이 늦었지?"

그녀가 싱긋, 미소를 짓자 그도 옅은 미소를 지었다. 그 눈빛이 왜 이렇게 먼 곳에 있는 것 같을까. 눈을 마주하고 있지만 너무 아득해서 영영 닿을 수 없을 것만 같았다.

어쩌면 좋지, 나는 너를 정말 좋아하는 것 같은데. 아니, 좋아하는데. 그렇다는 걸 방금 정말로 깨달아버렸는데. 이제 어쩌면 좋지.

그가 팔을 놓자, 전기놀이를 한 것처럼 몸으로 찌르르, 하고 무언가가 퍼지더니 이윽고 사라졌다. 그리고 잠시 후 그도 사라졌다. 꿈을 꾼 것 같았다. 길몽인지 악몽인지 모를 꿈을.

악몽이었다. 그때의 일들은.

죽었……다고 해.

경준아.

내 말 안 들려? 죽었다고 하라고!

그 외에도
더 많은 것들

경준아······.

갈기갈기 찢겨서 형체도 알아볼 수 없게, 그렇게 죽어버렸다고. 그렇게 죽어버렸다고······.

경준은 졸업을 하자마자 영국으로 유학을 가게 되었다. 그때까지도 부모님은 당신들에게 닥친 일들에 대해 아무 말도 하지 않으셨다. 그러니 경준은 아무 스스럼없이 큰 비용을 치르고 유학길에 오를 수 있었다. 한 학기를 무사히 마치고 2학기가 시작되기 전에 미리 군대 입영 연기를 신청하려고 한국에 들어간다고 했을 때 부모님은 겨울에 나오라며 그의 입국을 말렸다. 그때 이상하다는 것을 알았어야 했다. 하지만 아직 성인식도 치르지 못한 젊은 그는 아무것도 알지 못했다. 외지에서 여태껏 잘 살았던 집안의 사정을 의심하기란 쉽지 않았다.

어색했던 기숙사의 생활이 익숙해지고 그들의 언어를 조금씩 알아듣기 시작했을 때였다. 방학 전에 떨어진 엄청난 과제 때문에 방학 내내 억지로 잠을 참고 공부를 하고 있는데 전화가 들어왔다. 이런 새벽에 전화가 올 리가 없는데. 그는 불안한 마음으로 울리는 전화기를 바라봤다.

마지막으로 부모님을 본 게 언제더라. 졸업식날이었던가. 사업 때문에 워낙 바쁘신 아버지와 그때쯤 부쩍 외출이 잦으셨던 어머니. 졸업식날도 학교엔 오지 못하신 부모님과 저녁만 겨우 먹었던 것 같다. 영국에 가기 전날, 그 시기에 절정의 신혼을 맞이하고 있던 성준이 시간을 마련하지 못했다면 가족들 다 같이 저녁 한 번 못 먹고 헤어졌을 것이다.

넌 잘할 거야. 늘 그랬으니까.

어머니의 쓸쓸한 목소리가 잊히지 않았다.

밥 잘 챙겨 먹고 전화 자주 하렴.

걱정 마세요, 어머니.

경준이 어머니를 보며 마주 웃었다. 생각해 보면 참 쓸쓸한 미소였는데 그는 왜 그걸 눈치채지 못했을까. 눈치챘다면 손 한 번, 포옹 한 번 더 할 수 있었을 텐데. 그는 몰랐다. 아니, 아무도 몰랐다. 그래서 가족들은 그렇게 각자의 일을 위해 헤어졌다.

공항엔 성준과 형수 채은이 나와 주었다. 그러니까, 경준은 부모님을 마지막으로 본 게 그가 유학길에 오르기 전날이었고, 그 이후에 단 한 번도 부모님을 만날 수 없었다.

경준아, 한국에 들어와야겠다.

왜, 형. 나 생일 축하해주려고? 며칠 지났잖아.

되도록 빨리 와.

무슨 일인데, 형.

들어와 보면 알아.

나 학기 중이잖아. 곧 있으면 시험도 있고 지금 과제도…….

들어오라면 들어와, 새꺄.

왜 화를 내고 그래. 무슨 일 있어?

무슨 일……. 그래, 일이 있었다. 그는 상상하지 못했던 많은 일들이. 부모님의 사업이 망했고, 짐작도 하지 못하는 빚들이 쌓여 있고, 그리고 어떻게든 수습하려고 여기저기 뛰어다니던 부모님이 교통사고로 돌아가셨다.

인사도 한 번 못했는데.

인사도 한 번 못했는데 인사도 못하고 헤어진 부모를 그리워하고 슬퍼할 겨를이 없었다. 그의 인생은 완전히 달라져버렸으니까.

임경준은 더 이상 이 세상 사람이 아니라고. 죽었다고. 죽어버렸다고…….

스무 살. 폐인처럼 망가진 그의 정신을 붙든 건 형의 가족이었다. 미루겠다는 군입대를 형수인 채은의 설득으로 들어갔다. 그땐 정말 입대할 상태가 아니었다. 하지만 성준과 채은은 옆에서 이미 이런 사실들을 알고 있던 자신들보다 갑자기 소식을 들은 경준의 안정을 무엇보다 걱정하고 있었다. 뒤늦게야 군대에서 다양한 사람들을 만나면서 자신이 얼마나 행복하게 살았는지 알았다. 더 이상 철없이 슬퍼만 하고 있으면 안 된다는 생각을, 그때서야 '빡' 세게 한 것 같았다.

정신을 겨우 차리고 제대를 한 경준은 안 가겠다던 대학을 성준의 협박으로 편입해 들어갔다. 자신이 그놈의 자존심 때문에 끊어버린 친구 관계. 하지만 성준은 닥쳐온 일들을 수습하느라고 친구들에게 손을 벌리고 온갖 고생을 다 하고 있었다. 아버지의 부탁으로 회사 법인체에 빌려준 형의 명의. 아버지가 계셨다면 어떻게든 수습됐을 일이었지만 당신은 이미 돌아가시고 없었다. 신용정보회사에 몇 번이나 사정을 이야기하고 감액을 받았지만 그럼에도 감당할 수 없는 금액에 성준과 채은은 지쳐가고 있었다.

경준은 부모 때문이 아니라, 성준에게 도움이 되고 싶어 일을 하기 시작했다. 그래서 그때부터는 정말 아무 생각도 하지 않고 공부만 하고 남은 시간엔 오직 돈만 벌었다.

임경준은, 죽었다. 죽었다, 임경준은.

그렇게 이를 악물고 살아왔다. 그러니까 십 년 만에 챙겨 받은 생일선물에 감동해서도 안 되고, 멋대로 제 마음으로 들어온 여자를 안아서도 안 되고, 그 탐스러운 입술을 훑고 그녀의 입술을 탐해서도 안 됐다.

"야, 임경준."

그게 당연한 것이었다. 사랑하는 여자와 행복하게 웃고 싶은 마음을 드러내서는 안 된다고, 그렇게 살아왔다.

"임경준?"

"……으으."

"임경준!"

번쩍. 눈을 떴다. 성준의 얼굴이 보였다. 그가 자리에서 일어나 앉았다. 식은땀을 얼마나 흘렸는지 등줄기에서 한기가 느껴졌다. 부모님 기일 때만 되면 꾸는 악몽을 여지없이 꾼 모양이다.

"형 왔어?"

"뭐야, 꿈꿨어?"

"……어. 아냐."

그가 정신을 깨치려는 듯 머리를 털었다. 기일이라 회사에 연차를 냈었다. 성준과 함께 납골당에 가 의식을 치르고 돌아와 물류센터에는 나가려고 했지만 정씨가 끝끝내 말렸다. 남는 시간에 그동안 못 잤던 잠을 자려니 이때마다 늘 컨디션이 난조를 보였다. 몸살에 걸리거나 악몽을 꾸는 것도 그 때문일 것이다.

"몇 시야?"

그가 눈을 비비며 물었다. 회사를 다니는 자신과는 달리 성준은 사업을 하다 보니, 부모의 기일이라고 해서 딱히 쉬거나 하지 못했다.

"다섯 시. 뭔데. 무슨 꿈이길래 이렇게 땀을 흘려?"

"아니야."

"어디 아파?"

성준이 경준의 머리를 매만졌다. 경준이 성준의 손을 뿌리쳤다.

"괜찮. 더워서 그래."

"난 또. 걱정했잖아."

걱정했던 성준이 흥흥, 하며 웃는다. 경준이 미간을 좁혔다.

"형 술 마셨어?"

"아냐."

"아니긴. 술 냄새 나는데."

"무슨 술 냄새. 두 잔 먹은 거 가지고."

"두 잔이면 형네 세계에서 한 병 아냐?"

"그렇게 됐다."

성준이 경준의 옆으로 쑤시고 들어와 벌렁 누웠다.

"아이고, 우리 이쁜 동생. 형이 좀 안아보자."

성준이 경준의 허리를 안았다.

"왜 이래, 징그럽게. 기일이라 마신 거야? 아니면 무슨 일 있는 거야?"

"무슨 일은. 아무 일도 없다."

축 처진 목소리가 듣기 안쓰러웠다.

"형수 일이야?"

"도시락녀하고 잘돼 가냐?"

도시락녀. 그 말에 경준이 피식, 웃었다.

"아이고, 생각만 해도 좋은가 보네."

"그런 거 아니야."

"아니긴. 울 경준이 장가가기 전에 이 형이 좀 안아보자."

"징그럽게 미쳤어?"

"그래, 미쳤다. 근데 징그럽게는 아니고, 귀엽게."

성준이 씨익, 미소를 지었다. 미친 게 확실하구만.

"형수 때문에 그런 거지?"

"야, 우리가 이혼한 게 언젠데 아직도 형수야?"

"글쎄. 일 년 됐나."

"일 년? 야, 자그마치 368일이다."

"그게 얼마…… . 날짜까지 세고 있는 거야?"

"너도 알다시피 내가 셈이 빠르잖아."

"셈이 빠른 건 형수였던 걸로 아는데."

"야, 형수 아니라니까."

"그럼 채은 씨라고 부를까?"

성준이 고개를 번쩍 들더니, 경준의 머리를 콩, 하고 쥐어박았다.

"쪼마난 게 어디 형수한테 건방지게 이름을 불러?"

그가 취한 성준을 보며 재미있다는 듯 쿡쿡 웃었다. 성준이 도로 경준의 허리를 안고 누웠다.

"너, 내가 형으로서 한 마디만 할까?"

"뭔데."

"성채은을 채은이라고 부를 수 있는 건 나뿐이다."

"……."

"나, 임성준뿐이라고. 알아들어?"

"알았어, 그래. 어련하시겠습니까. 피곤할 텐데 빨리 자."

벌써 잠들었는지 성준의 숨소리가 잦아들었다. 경준이 시계를 찾았다. 삼십 분은 더 잘 수 있었는데. 하긴 어차피 악몽을 꿔서 잠을 잔 것 같지도 않았다. 다시 잠들면 일어나지 못할 것 같아 경준이 기지개를 폈다.

"이게 무슨 냄새야?"

남자 둘뿐인, 홀아비 냄새가 가득 찬 이곳에 상큼한 레몬향이 난다. 고개를 돌리니, 지흔에게 받은 쇼핑백이 망가져 있고 그것도 모자라 고이 포장돼 있던 캔들에 불이 켜져 있었다. 경준의 두 눈이 커졌다.

"저거 누가 건드린……."

경준이 고개를 돌려 성준을 바라봤다. 아무것도 모르고 옷 속으로 손을 넣어 배를 쓸어내며 음냐음냐, 잠을 자는 성준밖에는 범인이 없었다.

"형."

"……"

"형!"

"……"

"야, 임성준!"

"아이씨, 왜에……."

성준이 경준에게 파고들었다. 경준이 보기 싫다는 듯 형을 밀어냈다.

"저거, 형이 건드렸어?"

"머얼."

"뭐긴 뭐야, 양초지."

"아, 몰라……."

성준이 귀찮다는 듯 손을 내저었다.

"모르긴 뭘 몰라. 저게 얼마나 귀한 건 줄 알아?"

그녀에게 받은 감동을 꾹꾹 눌러 담은 향초. 어떤 감정도, 마음도 한 마디도 표현하지 못하고 돌아오면서 차마 만지지도 못하고 눈으로만 바라보던 건데. 꼭 서지흔처럼. 이미 눈으로는 백 번도 그녀를 안고 만졌으면서도 차마 진짜로는 서지흔에게 다가서지 못했던 것처럼, 그렇게 귀중히 여기고 들고 온 건데.

"형, 진짜 일어나면 죽을 줄 알아. 형이라도 이건 못 봐줘."

"경준아……."

"왜!"

"채은이 보고 싶다."

"뭐……?"

"성채은 보고 싶다……."

경준이 안타까운 듯 성준을 바라봤다. 아직도 채은을 잊지 못하는 건 알았지만 이렇게 그리워하는 모습을 드러낸 건 처음이었다. 아마 늘 같이 보냈던 기일을 혼자 보내야 했던 게 힘들었던 모양이다.

"보고 싶다고 전화해라?"

"싫다."

"왜."

"안 받으니까."

"찾이가."

성준이 잠결에도 고개를 심히 저었다.

"싫어. 안 보여준대. 얼굴도 안 보여주고, 목소리도 안 들려주고, 그냥 결혼한다고 문자만 보내더라……."

"결혼?"

경준이 놀라 미간을 좁혔다. 성준이 후우, 하고 큰숨을 뱉었다.

"경준아, 형이 충고 하나 할까?"

"뭔데."

"결혼하지 마라."

"안 그래도 그럴 생각이었어."

"그래도 연애는 하자. 이 쓸쓸한 세상에 나 사랑해주는 여자 하나 없다는 건 너무 억울하지 않겠냐."

아무래도 주사를 받아주고 있는 기분이다. 경준이 고개를 저었다.

"얼른 자라, 형."

"나만 사랑해주는 여자. 나만 생각해주는 여자. 날 위해서만 웃어주는 여자. 그게 어떤 기분인지 너는 모를 거다."

"네, 저는 그런 거 모릅니다."

"바보 같은 년."

"뭐?"

"고생할 때는 가라고 해도 안 가더니, 왜 빚 다 갚을 때 되니까 못 참고 가버려? 미안해서, 내가 미안해서 이렇게 미련이 남는 거 아니냐. 근데 뭐? 결혼한다고? 미안해서 죽을 것 같은 사람 뒤통수를 이렇게 쳐? 나쁜 년. 나쁜 녀언……."

성준이 그대로 잠에 빠져들었다. 경준이 성준을 바라보다가 지흔의 선물로 눈을 돌렸다. 그녀가 준 향초가 어느새 1센티미터쯤 줄어든 것 같았다. 아까워라. 뚝뚝, 하고 녹아떨어지는 촛농을 바라보던 경준이 지흔을 떠올렸다. 그녀 가까이에서 은은하게 퍼지던 그 향을.

'난 돈보다 내 행복이 더 중요한 게 아닐까 싶었어.'

자신의 일 얘기를 하면서 빛나던 그녀의 눈빛이 떠올랐다. 요즘 친구들 답지 않게 자신의 길을 개척해 나가는 그녀는 정말로 행복해 보였다. 혹시나 그런 그녀에게 괜히 끼어들어 행복을 망칠까 두려우면서도 자신에 차 있는 그녀가 그의 상황을 이해하고 오히려 독려해줄지도 모른다는 생각도 들었다.

나만 사랑해주는 여자. 나만 생각해주는 여자. 날 위해서만 웃어주는 여자. 그게 서지흔이라면 참 괜찮겠다. 그가 저도 모르게 미소를 지었다. 기일 때문에 빠져 일주일에 딱 한 번 보는 그녀의 얼굴을 보지 못한 게 안타까웠다.

보고 싶네, 서지흔.

'그래. 결혼 말고, 연애. 연애만.'

일전에 들었던 형의 말을 떠올리던 경준이 후우, 하고 불을 껐다. 주변이 어둑해졌다. 향초에서 나오는 연기가 어지럽게 흐트러지며 그의 마음에 퍼져들고 있었다.

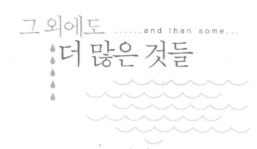
그 외에도 ......and than some...
더 많은 것들

10.

　문화센터 수업을 하는 지흔은 기운이 하나도 없었다. 경준과 따로 문자
나 전화를 한 건 아니었지만 생일선물을 건네준 그날 이후로 어떤 연락도
오지 않았다. 문화센터에 오면 볼 수 있을 거란 기대감에 그나마 참고 버텼
는데 그마저도 소용이 없었다. 경준의 모습은 보이지 않았다. 혹시 제 마음
을 눈치채고 피하는 걸까. 그가 자신의 도시락을 정말 맛있게 먹어줘서, 자
신의 선물도 흔쾌히 받아줄 거란 생각을 했나 보다. 그가 이토록 부담을 가
질 거란 생각을 하지 못했다.

　"선생님, 오늘 어디 아프세요?"

　"네?"

　"아니, 집에 가고 싶으신 분처럼 밖을 내다봐서요."

　"아……. 아니에요. 저는 아주 말짱합니다."

　애써 웃음을 지었지만 기운이 없다. 눈치 빠른 회원들이 더는 의심하지
않도록 그녀는 집중을 하려고 노력했다. 하지만 결국 수업 시간 내내 저도
모르게 강의실 밖만 내다본 것 같았다.

"임 대리님이요? 오늘 연차 내신 걸로 알고 있는데요."

문화센터 강의가 끝나고 어렵게 경준의 행방을 물었을 때 태연은 아무 의심 없이 친절히 말했다.

"아……. 연차를, 그렇구나……."

"혹시 뭐 하실 말씀 있으셨어요? 급하신 거면 저에게 하세요. 내일 오시면 전달해드릴게요."

넌 좋겠다. 경준이를 내일도 볼 수 있어서.

"아니에요. 일전에 공방 일 때문에 얘기한 게 있어서요. 별일 아니니까 신경 쓰지 않으셔도 돼요."

그렇게 기다리고 애태웠건만. 허탕을 치고 돌아오는 그녀의 심정이란. 그와 자신의 거리가 얼마쯤인지 여실히 깨닫는 순간이다. 연차 쓰는 것까지 일일이 다 보고해야 하는 사이는 아니지만 실망감은 이루 말할 수 없었다.

도시락까진 괜찮았는데 생일선물이 부담이 많이 된 모양이지?

"뭐 그렇게까지 마음을 많이 담은 건 아니었는데."

사실은 제 마음을 '거의 몽땅' 녹여 만들었다고 해도 과언이 아니긴 했다. 바쁜 시간을 쪼개 재료 준비에서부터 양초가 굳을 때까지 엄청난 정성을 쏟아 준비한 것이었다. 마음에 드는 여자한테 받는 거면 몰라도 그렇지 않은 여자에게 받은 거라면 엄청나게 부담이 될 선물이었다.

"그래도 그렇지. 그동안 매주 점심 같이 먹었는데, 안 나온다고 미리 말해주면 좀 좋아?"

그에게는 그럴 의무도 이유도 없다는 걸 알고 있었다. 게다가 도시락 이후로 딱히 점심 약속을 잡지 않기도 했다. 그러니 그녀가 이렇게 우울해할 이유가 없다. 하지만 우울해할 자격도 없는 위치라고 생각하니 더 우울했다.

며칠 뒤 동창회 날, 음울한 기분도 털어버리고 바람도 쐴 겸, 지흔은 한 껏 멋을 부리고 길을 나섰다. 그런데 제길. 거리에 보슬비가 내리기 시작했다. 이제 막 내린 비라 사람들 손에 우산이 없다. 약속 장소가 얼마 남지 않은 지흔도 마찬가지였다. 버스를 타기 위해 정류장으로 걸어가는 거리나 약속 장소로 걸어가는 거리나 같은 거리, 집에 다시 돌아가기도, 택시를 타기에도 애매해 상황이 어정쩡해지고 말았다.

　비 맞는 걸 싫어하는 건 아니었지만 이 기분에 비까지 맞기는 싫었다. 고대기를 찾아 머리에 웨이브까지 말았으니 더 했다. 그녀는 가방으로 머리를 가리다가 그것도 그만두었다. 재작년 말에 휴가를 포기하고 구입했던 고가의 명품 가방이 빗물에 젖어 들어가는 건 제 머리가 젖어 들어가는 것보다 더 가슴 아픈 일이니까.

　지흔은 뛰려다가 제 신발을 바라봤다. 아슬아슬한 신발이 그녀의 발을 예쁘게 감싸고 있었다. 이런 비에 뛰다가 넘어지면 이게 다 무슨 소용이랴 싶어서 그냥 순리대로 비를 맞기로 했다. 그러다가 신경 쓰고 나온 게 다시 아까워져 휴대폰을 꺼내 들었다. 한참만에야 상대방이 전화를 받는다.

　"은혜야, 나 우산 없어."

　데리러 오라는 말이 간략했다. 은혜는 알아들었는지 고작 이 비에 사람 불러댄다고 네가 공주냐고 떠들어대기 시작했다. 어차피 은혜 역시 오는 길일 텐데 꼭 그렇게 한 마디를 보탠다. 지금의 이 모습을 상상하지 못할 테니 그럴 만도 하지. 동창회에 나갈 때 한 번도 꾸미고 나간 적이 없었다. 아니, 나름은 꾸민다고 꾸며도 명품 가방에 뾰족한 구두에 하늘하늘 원피스, 잔뜩 웨이브진 머리스타일까지 고수한 적은 없으니 그깟 비 좀 맞는다고 운전하는 사람 불러 대냐고 할 만했다.

　"알았어. 난 근처 사거리니까 그냥 걸어갈게."

은혜가 올 거라는 걸 알기에 삐친 적 위치를 말하고 전화를 끊었다. 조금 걷다가 멈춰선 지흔은 손바닥으로 빗방울의 크기를 가늠해보았다. 지금은 그저 그런 보슬비일 뿐이지만 빗방울이 어떻게 변할지 알 수 없는 일이었다. 은혜가 올 때까지 빗줄기가 굵어지지 않기를 바랄 뿐이었다.

몇 분이 지났을까.

"꺄악, 이게 누구야!"

근처로 다가온 차에서 차문이 열리고 소란스러운 소리가 들려온다. 은혜였다. 은혜가 오른쪽 차창으로 자신을 올려다보고 있었다.

계집애. 엄청나게 가까운 거리에 있었으면서 그렇게 잔소리를 퍼부어댔냐.

"누구긴 누구야. 공주지."

지흔이 민망해진 얼굴을 아닌 척하려고 괜히 인상으로 구기며 보조석에 올라탔다. 은혜는 그녀의 나온 입 따위는 신경 쓰지 않고 계속 그녀를 구경했다. 머리에서 발끝까지 스캔이 끝났는데도 동그란 입모양이 바뀌지 않는다.

"운전이나 해."

지흔이 은혜의 얼굴을 차 정면으로 돌려놓아도 소용이 없었다. 웃음기 가득한 얼굴이 끝내 한바탕 웃음을 쏟아낸다. 깔깔 웃더니 종내는 꺼억, 꺼억. 저러다 죽겠다. 친구가 공주 흉내 좀 낸 게 그렇게 재미있나.

"그만 하지?"

"뭐야, 서지흔."

"뭐긴. 공주라니까."

그 뭐야, 가 대체 왜 이런 행동을 한 거냐는 질문인 줄은 알았지만 그녀는 끝까지 시니컬한 대답으로 모른 척했다.

"대체 뭔 일일까. 서지흔이 화장을 다하고."

"원래 했어."

"머리를 말아 잡수고?"

"그냥 빗질한 건데."

"명품 가방을 꺼내 드셨어."

"그러려고 산 거지."

"굽 높은 구두를."

"네가 신고 다니라며."

"원피스에다가."

"같이 사러 갔잖아."

"그리고 동창회를!"

"그냥 바람도 쐴 겸……."

임경준 때문에 요새 심란하다는 말을 할 수도 없고. 지흔은 입을 다물었다.

"너 무슨 일 있어?"

"무슨 일."

"좀 수상한데?"

"수상할 것도 많다."

"아니야, 조금 수상해. 오, 저기 다 왔다. 근데 주차되나?"

은혜가 그녀의 '변신급'의 변화를 잠시 묻어두고 현실에 눈을 돌렸다.

"저기 주차장 있다. 지하인가 본데?"

지흔은 찔리는 양심을 끝까지 감추며 손가락으로 주차장을 가리켰다. 그러자 은혜가 도로 한쪽에 차를 멈춘다.

"먼저 내려."

"왜, 같이 가지."

"자리 잡고 있으라고."

"이왕이면 남자애들 사이에?"

"당근이지."

지흔이 히, 하고 웃으며 먼저 차 밖으로 나갔다. 비가 아까보다 조금 더 굵어졌지만 몇 걸음을 걷고 가게 앞으로 들어서 가방도 구두도 머리 스타일도 지켰다. 그런데 누군가가 가만히 서서 자신을 바라보고 있는 기분이랄까. 돌아보니, 바로 옆에 웬 남자가 쓰고 있던 선글라스를 벗는 게 보였다.

"어? 너."

남자가 그녀를 보며 알은체를 했다. 뭐야, 하고 생각한 것도 잠시 언젠가 본 얼굴 같았다. 딱, 하고 생각이 나지 않아 한참 동안 생각하고야 누군지 알았다. 승훈이었다. 언제나 경준에게 가려져 이미지는 희미했지만 분명 승훈이 맞았다.

"어, 너는⋯⋯?"

"너, 서지흔 아니야?"

다가온 승훈이 무지하게 반가운 얼굴을 했다. 경준을 볼 때만큼 그렇게 반가운 것은 아니었지만—경준의 경우 만날 때부터 무지하게 반가웠던 걸 보면 역시 그녀에게 있어 경준은 특별한 사람이었다—어쨌든 오랜만에 보는 얼굴을 보며 미소를 짓지 않을 수 없었다.

"어, 안녕?"

그녀가 어색하게 손을 들어보였다. 승훈이 미소를 지었다.

"너 내 이름 기억 안 나는구나, 그치?"

"어? 아니, 기억나."

"누군데?"

"너 김승훈이잖아."

"올."

승훈이 휘파람 부는 시늉을 했다. 제대로 맞힌 모양이다.

"이승훈인데."

틀렸구나.

"아, 맞다. 이승훈. 미안."

승훈이라는 아이에게 성씨가 있는 줄도 몰랐다, 면 너무 하려나.

"솔직히 말해. 너, 나 기억 안 나지?"

지흔의 표정을 본 승훈이 재미있다는 듯이 웃으며 물었다. 그녀가 강한 부정을 했다.

"아니야. 아주 잘 기억해."

"믿어주고 싶은데 한샌고에 김승훈이라는 애가 있었잖아."

그랬어? 그녀가 조금 놀란 눈으로 승훈을 바라봤다. 혹시나 착각으로 실수를 할까 봐 걱정이었지만 그럴 리는 없을 것 같았다. 지금은 키도 좀 크고 어딘가 변하긴 했지만 확실히 경준이 옆을 꼭 붙어 다닐 때 풍기던 그 느낌이 여전히 남아 있었다.

"역시 기억 못 하는구나."

"아냐. 정말 기억해. 너 경준이랑 같이 다니던 승훈이잖아. 맞지?"

승훈의 얼굴빛이 살짝 달라졌다.

"경준이 친구 승훈이가 아니라 한샌고 3학년 6반 17번 이승훈이다."

"어, 그래그래."

그거나 저거나. 그녀의 귀에는 경준이라는 이름만 크게 들려온다.

"어떻게 사나 궁금했는데 이렇게 만나고. 반갑다?"

승훈이 악수를 하자는 듯 손을 내밀었다. 악수라니. 조금 어색했지만 양복을 잘 차려입은, 엘리트처럼 보이는 승훈에게는 무척이나 잘 어울리는 행동이었다. 지흔이 손을 내밀자, 덥석 손이 잡혔다.

"너 더 예뻐졌다?"

"그래? 고마워."

지흔이 조용히 손을 뺐냈다. 그 모습이 뭐가 우스운지 슬쩍 입꼬리를 올린 승훈이 양손을 주머니에 넣고 잔뜩 폼을 잡고 섰다.

"동창회 온 거지?"

그의 물음에 그녀가 고개를 끄덕였다.

"응. 넌 일찍 왔네?"

"어, 내가 시간이 좀 남아돌아서."

승훈이 여유 있는 미소를 지으며 말했다.

"너 백수……야?"

이런 말이 정말 실례라는 건 알지만 입이 간질거려 참을 수 없었다. 조심스럽게 말했는데 승훈의 표정이 살짝 일그러지는 것 같더니만 금방 큰 웃음을 터트렸다. 그러더니, 승훈이 지갑에서 뭔가를 꺼내 그녀에게 건넸다.

"받아."

"뭔데?"

"명함."

"어……."

엉겁결에 받고 보니, 승훈이 뭔가를 기다리듯 서 있는 게 보였다.

"넌 안 줘?"

"응?"

"명함."

"아……."

그녀가 가방에서 주섬주섬 명함을 꺼내 주었다. 사람 민망하게 그 자리에서 명함을 해부하듯 바라본다.

"양초공예? 뭐, 취미 활동하는 거야?"

애가 원래 이렇게 얄미웠던가. 말하는 게 은근 얄밉다.

"아니, 난 그거 가르치는 강사야."

"호오. 얼굴만 예쁜 줄 알았더니 이런 재주가 있었구나?"

그녀가 대답 없이 애써 미소를 지었다.

"연락할게. 따로 한 번 보자."

"어, 그래……?"

우리가 따로 봐야 할 이유가 있을까? 만약 그녀가 승훈을 따로 본다면 이유는 한 가지. 경준이 그때 왜 죽은 사람이 된 건지, 묻기 위해서.

승훈은 분명 그 이유를 알고 있을 것이다. 하지만 아마 물어볼 일은 없을 것이다. 경준이 정말 죽은 거라면 몰라도 이런 식으로 승훈에게 들은 걸 나중에 경준이 알게 되면 별로 좋을 것 같지 않았다. 경준이 영영 알 일이 없다고 해도 그녀 성격상 계속 찜찜할 것이다.

"안 들어가?"

"어. 들어가야지. 이것만 좀 하고."

승훈이 담뱃갑을 보였다. 담배를 피우고 들어오려는 모양이다.

"그럼 먼저 들어갈게."

가게 안으로 들어간 지흔이 그제야 승훈의 명함을 내려 봤다. 유니텍 어쩌구라고 적힌 회사명으로는 그가 무슨 회사에 다니는지 알 수 없었지만 '대표 이승훈'이라는 이름은 확연히 잘 보였다.

성공한 모양이지?

기억도 잘 안 나던 동창이 성공해서 동창회에 나타나 애들을 놀라게 한 다더니 승훈이 그런 케이스인가 보다.

지흔이 은혜를 위해 남자애들이 많은 자리를 찾았다. 하지만 안타깝게 도 남자애들보다는 여자애들이 많았다. 은혜가 귓속말로 투덜거렸지만 곧 분위기가 무르익었다. 청첩장도 두 개나 받았다. 뭐하고 사냐, 같은 미래지 향적인 이야기가 끝나자 곧 동창회는 과거로 돌아갔다.

이야기 속에서 간간이 경준의 이름이 오갔다. 분위기가 침울해졌다가도 또다시 금방 주제가 바뀌어 화기애애해졌다. 누가 누굴 좋아했니, 싫어했 니, 하는 등의 흔한 이야기들도 오갔다.

지흔은 경준이 생각을 했다. 그가 보고 싶었다. 옛 친구들 사이에 있으 니, 마음이 더 그랬다. 당장 전화를 걸고 싶은 걸 꾹꾹 누르다가 더 있다가 는 술 먹고 '꽐라'가 되어 경준에 대한 이야기를 꺼내 실수를 할 것 같았다. 결국 이어지는 3차 얘기에 친구들 사이를 몰래 빠져나와 집으로 향했다.

잔뜩 꾸미고 온 보람은 자신보다 더 꾸미고 나온 여자애들 때문에 사라 지고, 괜한 그리움만 더 커져서 돌아온다. 게다가 축의금 나갈 일이 두 건 이나 생겨버리고.

'난 결혼 생각이 없어.'

자신도 딱히 없었다. 하지만 그래도 경준이 그렇게 말하니 조금 절망적 이라고나 할까. 떡 줄 사람은 생각도 안 하고 있는데 혼자 이렇게 질척이다 니. 나이가 먹으면 달라질 줄 알았는데 사람의 마음이란 뜻대로 되지 않는 모양이다.

'사랑하는 사람을 만들기 싫으니까.'

그의 쓸쓸한 목소리가 어딘가에서 들려와 바람이 차지도 않은데 가슴이 시리다.

"정말 선이나 볼까."

못난 짓 그만하고 그래야 할 것 같았다. 그녀는 집에 가자마자 따뜻한 물로 샤워를 하고 잠이나 자야겠다고 생각했다.

실수였다. 승훈에게 명함을 준 것이. 떡하니 버티고 명함을 달라고 할 때, 지금 없네? 하고 그냥 말았어야 했는데.

따뜻한 물에 샤워도 하고 우유도 데워 마시고 향초를 피우는 등의 잠들기 의식을 해도 가뜩이나 싱숭생숭해서 잠을 못 이루는데 새벽녘에 괴이한 문자가 들어왔다.

[자.]

[?]

[안 자면 잠깐 통화 좀 하자.]

[ㅎㅎ]

[자나보네.]

누군가, 하고 한참 생각하다가 혹시나 싶어 승훈이 준 명함과 대조해보니, 그 전화번호가 맞았다.

[혹시 자다가 깨면 전화해.]

[난 일찍 안 자거든.]

[ㅋ]

이 바보가 문자메시지가 무슨 SNS인 줄 안다. 톡에 익숙해져서인지 자신도 간혹 문자로 채팅하듯 'ㅇㅇ'이런 문자만 담아서 메시지를 보내긴 했는데 엄마한테 돈 아까운 줄 모른다고 된통 욕을 먹은 이후로는 그러지 않고 있었다.

[술 먹다가.]

[갑자기 네 얘기가 나와서.]

[왜.]

[케 빨리가써]

[?]

띠링띠링 문자 알림이 시끄러웠다. 보니까 샤워하는 사이에 전화를 했는데 안 받아서 문자를 보낸 모양이다. 이러다가 다시 전화가 올 것 같았다. 정작 기다리는 문자는 안 오고 쓸데없는 문자만 들어온다.

"답장해야 되나."

시끄러워서 무음으로 바꾸는 와중에 또 문자가 들어왔다.

[안 자면 잠깐 통화 좀 할 수 있을까?]

"아 정말, 귀찮게."

도저히 참지 못하고 지흔이 꾹꾹 버튼을 눌렀다.

[너무 늦은 것 같지 않냐? 나 자고 있으니까 연락하지 말아줘.]

신경질적으로 전송 버튼을 누름과 동시에 몸에서 소름이 돋았다. 메시지 주인이 승훈이 아니고 경준이었다. 임경준. 그 이름이, 이제야 보였다!

"어떻게 해!"

지흔이 자리에서 벌떡 일어났다. 잠깐 통화하자는 경준의 문자에 대체 뭐라고 보낸 것인가. 그녀는 자신이 한 짓이 믿기지 않았다.

"아, 진짜 김승훈인지, 이승훈인지 때문에!"

잠시 머리를 쥐고 흔들던 그녀가 황급히 경준에게 전화를 걸었다. 문자를 보고 있었던 건지 경준이 바로 전화를 받았다.

—서지흔?

그의 놀란 목소리가 들리는 듯했다.

"아……, 경준아. 아, 안녕?"

—어, 안녕.

그의 부드러운 목소리에 그동안 마음고생 했던 게 스스로 녹는 기분이다.

—자는 거 아니었어? 안 그래도 늦은 것 같아서 미안하던 차에 네 문자 보고 반성했는데. 연락해서 미안…….

"자긴! 안 잤어. 자는 사람이 어떻게 문자를 보내겠어."

—그래? 답장에는 분명히……. 나 방금 귀신한테 문자 받은 거야?

그래, 귀신 맞다. 영혼 없이 보낸 문자니까.

"비, 비슷해."

—혹시 나 때문에 깬 거 아냐?

"어. 안 잤어. 문자는 그냥 보낸 거야."

—그래?

그의 혼란이 수화기를 통해 느껴졌다. 덕분에 지난번 선물을 주고받을 때의 어색함은 사라지게 된 듯했다. 그녀가 한숨을 지었다.

"아니, 그냥 누가 자꾸 문자를 보내서, 내가 혼동한 것 같아."

—이 밤에?

"어."

—남자……야?

"어? 응."

굳이 성별을 따지자면 남자긴 했다.

"동창회 갔다가 명함을 줬는데, 애들이 술에 취했는지 자꾸 장난질이네?"

—그랬어?

"어. 그래서 그랬어……."

—……서지흔 인기 많네.

"에이, 무슨. 너만 하려고?"

—나 인기 별로 없었는데.

"장난해? 넌 거의 스타급이었는데."

—그럼 뭐해. 서지흔은 나 쳐다도 안 봤는데.

진심으로 섭섭해 하는 목소리에 그녀의 마음이 약해졌다.

"쳐다는…… 봤어."

—정말?

"그냥 조금."

—아하?

"정말 조금이었어."

그의 웃음소리가 뭔가를 간파한 사람의 그것과 같았다. 하긴 인기가 좋았으니 웬만한 행동들은 대충 눈치를 챌 수 있을 것이다. 따지고 보면 도시락도 생일선물도 다 '조공'의 아이콘이 아니었던가. 그저 과거의 얘길 하는 것뿐인데 왠지 좋아하는 걸 들킨 기분이었다. 괜히 창피해진 지흔은 경준이 자신을 기억하고 있었으면서도 아닌 척을 했던 걸 떠올렸다.

—동창회는 재미있었어?

"어, 조금. 애들이 아저씨 아줌마가 됐어."

—그래?

"이름은 잘 생각 안 나는데, 윤, 윤태인가 뭐 하여튼 걔는."

―강윤태?

"어! 그런 이름이었던 것 같다. 걔 애가 셋이래."

―정말?

"응, 애들이 완전 능력남이라고."

―그러네. 능력남이네.

"아 참. 승훈이도 잘 됐나봐. 무슨 회사에 대표직 맞고 있더라?"

―윤승훈, 이승훈?

"윤승훈도 있었어?"

김승훈, 이승훈, 윤승훈. 승훈이가 참 흔한 이름이었구나.

―이승훈이구나.

착각일까. 그의 목소리가 착, 하고 가라앉는 것 같았다.

"응. 암튼 괜히 명함을 주고받았나 봐. 술 취해서 계속 문자를 보내고 있어."

―걔한테 연락 온 거야?

"어."

―전화 좀 받아주지, 왜.

그의 말에 지흔이 입술을 삐죽였다.

"계속 오면 받아야지, 뭐."

―사귀자면 사귈 거고?

"내가? 나 그런 사람 아닌……."

아, 남자한테는 과거를 얘기하면 안 된다더니. 두 번의 연애사의 시작, 사귀자고 해서 사귄 그 일들을 잊지 않고 있었다. 별거 아니지만 살짝 후회된다. 이럴 땐 말 돌리는 게 최선이다.

"근데 참, 생각해보니까 너 나한테 거짓말했더라?"

―뭘?

"너 예전에 나 기억 안 난다고 했잖아. 근데 내가 전학 간 걸 어떻게 알았어?"

뽀로통하게 묻는 그녀의 질문 끝으로 그의 웃음소리가 들려왔다.

듣기 좋…….

―나 너 좋아했어.

그녀가 눈을 크게 떴다. 그가 지금, 뭐라고 한 것 같다.

"……뭐?"

―너 좋아했었어.

좋아한다, 가 아니라, 좋아했었다, 인데도 얼굴이 뻘겋게 달아올랐다.

―너 갑자기 전학 가서 진짜 학교 다닐 맛 안 나더라.

"그, 그럼 연락을 한 번 해보지 그랬어."

―그때 유학 일정 때문에. 대화도 제대로 안 했었는데 갑자기 전화해서 기다려달라고 할 수 없잖아. 미친놈처럼.

하지, 했으면 분명!

두 사람은 잠시 말이 없었다. 조금 어색한데, 그게 설렘을 가득 안은 어색함이라 지흔의 심장이 콩콩거렸다. 아니, 쿵쿵.

하여튼 이래서 문제다. 좋아 '한다' 는 것도 아니고 '했다' 는 것에도 이렇게 행복할 수 있다니. 갑자기 자신의 칙칙한 학창생활이 빛나는 학창생활로 바뀌고 그녀가 꽤나 괜찮은 여학생이었구나, 싶었다. 아, 아! 은혜에게 자랑하고 싶다!

―뭐해? 자, 아니면 감동의 도가니?

"감동은 무슨. 익숙한 일인데, 뭐."

우물우물 할 말을 다 하자 풋, 하고 그가 웃는 소리가 들려왔다.

—그땐 네가 이런 앤 줄 몰랐는데.

"이런 애? 이런 애가 어떤 앤데?"

—음……

"너 설마 약 주고 병 주는 건 아니겠지?"

—맞는데?

"그래서 환상 깨져서 실망했다고?"

—아니. 더 좋다고.

그녀는 그대로 굳어버렸다. 더 좋다니. 이게 무슨 뜻이죠? 적극적인 감정 표현에 갑자기 머릿속이 복잡하게 헝클어지는 기분이었다.

—이번 주 강의 잘했어?

하지만 그는 아무 일 없었다는 듯 그가 연차 낸 날에 대해 물었다.

일을 잘했겠니, 네가 없는데.

"아참, 그래. 너 그날 없더라?"

태연에게 물어 연차에 대한 얘길 들은 건 쏙 빼놓고 내숭을 떨었다.

—연차 썼어.

"아, 그랬구나. 어쩐지 안 보이더라. 무슨 일…… 있었던 거야?"

—넌 내가 안 보이는데 전화도 안 하나?

묘하게 말을 돌리는 기분. 그에 대해서 물을 때마다 느껴지는 벽이었다.

"너는 뭐 연차 쓴다고 나한테 말했냐?"

저도 모르게 불만스러운 목소리가 나왔다.

—미안. 다음 주에 내가 밥 살게.

"정말?" 하고 빠르게 묻고 나서 후회스러웠다. '밥' 때문에 너무 빨리 넘어갔다. 하지만 그가 미안해하는 게 왠지 기분 좋다.

—뭐 먹고 싶은 거 없어?

"응? 난 아무거나. 지난번에 먹었던 김치찌개도 괜찮고."

—그거 말고 다른 건 없어? 파스타나 뭐 다른…….

"괜찮아. 그 백반집 진짜 괜찮았어."

—난 도시락에, 생일선물도 받았는데 너무 소소한 것 같네.

"소소하면 어때. 요란한 것보다 난 그런 게 더 좋아. 그리고 너 치즈 종류 안 좋아하잖아. 난 그냥 너랑 같이 먹는 밥이면……."

그녀가 입을 막았다. 경준이 자신을 좋아했었다는 사실에 들떠서 아무 말이나 할 뻔했다. 못난 짓 그만하자고 단단히 결심한 것치고는 참으로 한심스럽다. 그녀는 최대한 도도한 느낌으로 자세를 고쳤다.

"선물 준 거 너무 신경 쓰지 마. 어차피 만드는 김에 만든 거라고 했잖아."

—……그래.

멀리서 그의 이름을 부르는 목소리가 들려왔다. 그러고 보니, 주변이 꽤나 시끄러웠다.

"너 어디 밖……."

—그럼 다음 주에 보자.

"어?"

—먼저 끊을게.

"어, 그래."

끊긴 전화를 한참 바라보던 지흔은 그녀 휴대폰으로 들어온 폭탄 문자에 입을 벌렸다. 승훈뿐 아니라 다른 동창들이 돌아가면서 문자를 보내왔다.

"와. 술 취하면 곱게 취할 일이지."

여자애들이나 남자애들이나 친구들 만나 술에 취해서 누구 얘기 나오면 꼭 이런 식이다. 지흔은 전화기를 꺼버렸다.

'나 너 좋아했어.'

못난 짓 말아야지. 도도해져야지. 선도 볼 테다, 하면서도 귓속에서 자
동 재생되는 경준의 목소리를 음미하면서 지흔은 그렇게 잠이 들었다.

그 외에도 ......and than some...
더 많은 것들

11.

어떻게 알고.

선을 보겠다, 다짐한 지 딱 이틀 만에 선보자는 엄마의 재촉 문자가 왔
다. 뒤이어 새아버지의 안부 전화도 받았다. 우리 딸 보고 싶어서, 라는
말씀을 하긴 하셨지만 뻔했다. 아버지 역시 엄마의 닦달을 이기지 못하
고 전화를 한 것일 거다. 그녀가 새아버지에게 약한 걸 이용해보려는 엄
마의 수법. 선을 보긴 하겠지만 훤히 보이는 수법에 넘어가고 싶지 않아
수업 중이라고 대충 전화를 끊었다. 사실은 문화센터 수업이 막 끝난 참
이었지만.

회원들과 인사를 하고 나날이 늘어가는 그들의 화려한 양초를 유리장
안에 넣어두고 짐을 챙겨 나오는데 경준이 보였다. 반가움에 얼굴이 활짝
펴졌다. 얼른 사물함이 있는 사무실로 향해 물건을 정리해 넣어두고 나오
려던 지흔은 걸음을 멈췄다. 회원들이 경준에게 말을 걸고 있었다.

"그게 무슨 말씀이십니까?"

경준이 회원 중 한 아주머니에게 정중하게 반문하는 게 들려왔다.

"아니, 혹시 여기 선생님하고 사귀나 해서요."

"누구……."

"우리 양초공예 선생님. 서지흔 선생님이요."

굳이 숨을 이유는 없었는데 자신의 이름이 들려와 나가기가 애매해져 잠시 사물함이 있는 사무실 안에 서 있었다.

"별건 아니고 그냥 사귀나 안 사귀나만 좀 확인하려고요."

"네?"

경준의 황당한 표정이 보였다.

"아니, 내가 저번에 공원에 우리 강아지 데리고 나갔는데, 우리 양초 선생님이 웬 남자하고 도시락 드시길래 보니까 어디서 많이 본 남자분이라, 한참 생각했는데, 아 글쎄. 여기 대리님이더라고."

"아……."

그가 곤란한 표정을 지었다. 다른 회원이 말을 보탰다.

"우리 형님이 원래 남자들한테 관심이 많아요. 안 보던 잘생긴 직원분이 있다 보니까 관심을 주셨나 봐."

"내가 어디 이 나이에 대리님을 남자로 봐서 그런가. 여기 본사 직원이라며. 대기업 다니는 잘생긴 총각인데 우리 딸한테 소개해줄라 그랬지."

"아……. 네에."

그가 얼버무리듯 대답하는 게 느껴졌다. 인기도 많지. 보통의 회원이면 선생님을 아들들한테 소개하고 그래야 하는 거 아닌가. 어떻게 선생님의 상대를, 그것도 짝사랑 상대를 훔쳐가려고 할까. 배은망덕한 제자 같으니라고.

"근데 서지흔 선생님이랑 사귀는 거면 뭐, 내가 양보하고. 복잡한 건 영 질색이라. 어째, 사귀어요?"

선심 쓰듯 말하며 묻는 회원의 말에 옆에 있던 다른 회원이 팔뚝을 쳤다.

"언니두. 사귀겠지. 안 그러면 왜 도시락을 같이 먹겠어."

"그건 모르지. 저번에 보니까 여기 손님으로 오는 다른 여자한테 선물도 받던데. 맞죠? 와인병 같던데."

"아……."

헉. 경준에게서 아니라는 말이 들려오지 않는다. 그건 대체 언제 받은 거야? 안 듣고 싶다. 그런데 회원들의 수다는 이제 시작인 것 같다.

"어머 정말? 와인병을?"

"그것만 그래? 여기 태연 씨도 슬쩍 마음 있는 것 같던데. 저번에 초콜릿 주지 않았어요? 직접 만든 거다, 하면서 주는 거 같던데."

헐. 초콜릿까지. 양초는 아무것도 아니었구나.

"어머나, 세상에. 대리님 인기가 대단하시네요."

옆에 선 회원이 박수까지 치며 환호한다.

"그렇지. 딱 인물값 하게 생기셨잖아. 체격도 반듯하니 잘 컸고. 오죽하면 내가 딸 소개를 하려 할까."

"감사합니다."

싫다는 말이 들려오지 않았다. 그저 넙죽, 감사인사를 한다. '업' 되는 밖의 분위기와는 달리 그녀의 기분은 점점 '다운' 되고 있었다.

"우리 선생님하고 사귀는 건 아니죠?"

경준이 미소를 짓는 게 보였다. 그걸 보던 그녀도 따라 살짝 미소를 지었다. 저 미소를 보자니, 사귄다고 말해주면 좋겠다 싶다. 저 미소는 서지흔 거라고. 하지만,

"동창입니다."

그녀의 미소가 멎었다. 그래, 안다. 저 미소는 자신의 것이 아니었다. 아

니 정말? 하고 놀라는 회원의 목소리가 들렸다. 뭐 그런 인연이 있어? 하고 수선을 피우는 목소리도. 친한 건 아니었습니다, 라고 말을 보태는 잔인한 그의 목소리까지 다 듣고 말았다.

그녀는 경준과 회원들이 모두 자리를 뜰 때까지 그곳에 서 있다가 화장실 세면대에 서서 한참 동안 멍하니 거울을 바라봤다.

와인병에, 초콜릿에. 대체 언제 그런 걸 받은 거야?

자신이 없을 때도 그는 이곳에서 일을 하고 있었으니, 자신이 모르는 많은 일들이 벌어질 수 있었다. 차라리 양초를 주지 말걸. 경준에게 있어 자신이 그 어떤 여자와도 다르지 않다는 생각에 폭풍 후회가 밀려왔다.

사귄 것도 아니고, 동창 관계고, 친한 것도 아니고.

틀린 말은 하나도 없는데 이상하게 기운이 없었다.

"그래, 좋아했다고 해서 친한 건 아니지."

그가 자신을 좋아했었다는 말을 진행 중으로 착각이라도 한 모양이다. 하여튼 이놈의 못난 짓.

[먼저 식당에 간 거야? 나 한 십 분만 있으면 끝나니까 조금만 기다려 줘.]

경준에게 들어온 문자를 조금은 원망스러운 눈으로 바라보다가 화장실을 나왔다. 경준이 태연과 이야기하는 모습이 보였다. 볼이 발그레해진 태연은 뭐가 그렇게 즐거운지 연신 미소를 짓고 있었다. 태연을 보자니, 태연과 자신이 다른 게 뭐가 있나 싶었다.

점심을 먹는 것 하나뿐이지.

괜히 심술이 난 지흔이 슬쩍 경준을 흘겼다. 문화센터에 나온 새 전단지를 가지고 얘기를 나누는 걸 보니, 딱히 수다를 떠는 것 같지는 않았다. 경준의 표정도 웃음기 하나 없었다. 그런데도 태연은 입까지 가려가며 웃고 있다. 냉정과 열정 사이라는 말이 바로 저런 걸 두고 하는 말인가 보다.

그래, 내가 너의 그 마음을 모르는 건 아니다.

'나 너무 좋아하진 마라. 상처받는다.'

문득 그와 만난 초반에 그가 했던 말이 떠올랐다.

자길 좋아하는 여자가 한둘이 아니니, 벽부터 치고 보는 모양이지?

그녀가 터벅터벅 힘없는 발걸음으로 두 사람 사이를 지나쳤다. 경준이 자신을 쳐다보는 것 같았지만 무시해주면서.

"저기요."

경준이 자신을 불렀다.

"서지흔 선생님?"

그녀가 돌아보자 경준이 자신을 의아한 눈으로 쳐다보는 게 보였다.

"안녕……하세요?"

"네. 안녕하세요."

인사를 끝으로 더는 말이 없자 그의 미간이 살짝 좁아진다. 그녀가 퉁명스럽게 물었다.

"뭐, 하실 말씀 있으세요?"

"아, 네. 수업 잘하셨어요?"

"네."

그녀가 단답형으로 말하는 게 이상했는지 경준은 잠시 할 말을 잃은 사람처럼 멀뚱멀뚱 자신을 보고 있었다. 용무가 끝났다고 생각한 건지, 태연이 하던 말을 계속하자는 듯 그에게 말을 걸었다. 경준이 자신을 쳐다보고 있는 게 보였지만 지흔은 별다른 말없이 살짝 목례를 하고 그 자리를 떠났다. 이제야 알았다. 서지흔은 포커페이스가 되지 않는다는 걸. 아직도 세상엔 배워야 할 것이 너무도 많다는 걸.

먼저 복작거리는 식당에 자리를 잡은 지흔은 생각할수록 조금 속이 상해 휴대폰을 꺼내 엄마에게 문자를 보냈다.

[날짜 잡아요.]

[토요일.]

그렇게 잔소리 많던 엄마의 답장은 빠르고 간단했다. 그녀의 마음도 이렇게 간단하면 좋으련만.

"너 오늘 어디 아파?"

지흔의 기분이 안 좋아 보인다. 무슨 일이 있는지 궁금해 아까부터 쳐다보는데 그녀는 고개를 돌리거나, 다른 행동을 하면서 시선을 피하고 있었다. 그녀랑 조금 더 같이 있고 싶어서 마시지도 않는 커피까지 마시러 왔는데 그녀는 빨대로 쪽쪽 커피를 빨아 마실 뿐 영 말이 없다.

"서지흔."

턱을 괴고 있는 지흔의 소매를 잡고 흔들었다.

"아픈 거야?"

"아니……야."

"나 좀 봐."

그가 그녀의 얼굴 앞으로 얼굴을 들이밀었다. 지흔이 팍, 인상을 쓰더니 뒤로 확 얼굴을 피했다. 애써 미소를 짓긴 했는데 자신을 귀찮아하는 그녀를 보는 게 조금 섭섭했다. 그가 소매를 잡고 있던 손을 놓고 잠시 다른 곳을 바라봤다.

늘 밝고 재미있던 지흔이 말이 없으니, 살짝 긴장된다. 그가 용기를 내서 다시 그녀와 눈을 맞췄다. 자신을 보고 있었던 건지, 그녀가 화들짝 놀라며 고개를 돌리는 게 보였다.

"지흔아."

"······응?"

"내가 뭐 잘못한 거 있어?"

그녀가 아무 말도 하지 않는다.

"내가 뭐 잘못했구나?"

"그런 거 아냐."

"근데 왜 그래. 말 좀 해주면 안 돼?"

그가 최대한 부드러운 목소리로 물었다. 슬쩍 곁눈질을 하던 지흔이 한숨을 쉬었다.

"그냥, 며칠 동안 엄마한테 시달림 받았더니 피곤해서 그래."

"왜, 무슨 일인데?"

그녀가 잠시 자신을 물끄러미 바라봤다. 어쩐지 쏘아보는 것도 같고, 조금은 우울한 것 같기도 하고, 하지만 아무 말도 하지 않으니 답답했다.

"서지흔?"

"선보래."

"응?"

"엄마가 선보라고 하도 잔소리해서."

"아······."

동창에 이어서 맞선까지. 입이 말라와 경준이 음료수를 마셨다. 자신의 처지 때문에 지흔과의 관계 발전을 망설이고 있었는데 중요한 건 자신의 상황이 아니라 그녀의 마음이었다. 자신이 아무리 이런 여자라면 연애를 하고 싶다, 결심했다고 해도 그녀가 자신에게 마음이 없다면 아무 의미가 없었다. 그녀가 자신에게 마음이 있다는 근거도 없고. 자신에게 준 선물도 그녀가 다른 것 만들면서 만든 거라고 하지 않았는가. 그렇다 해도 그는 무척이나 행복했지만 어쨌든 자신의 마음과 그녀의 마음이 같을 순 없었다. 마음이 제 쪽으로 향해있는 것도 아닌데 자신의 조건을 재는 게 무슨 소용이람.

"그래서 나가려고?"

"응, 주말에."

"그렇구나."

그가 애써 미소를 지었다. 그러면서도 머릿속으로는 치열하게 생각해본다. 결혼 말고 연애. 연애만. 스물아홉은 그게 가능한 나이가 아니었다. 결혼을 배제하고 그냥 사귀기만 하자면 따귀를 맞겠지. 그의 마음이 씁쓸해진다. 하지만 드러내지 않기 위해 미소를 유지했다.

"근데 의외네."

"뭐가."

"연애결혼이 아니고 왜 중매결혼이야? 평소에 그런 마음이 있어서 어머님이 주선하신 거야?"

그가 음료수를 마시며 아무렇지 않은 척 물었다.

"아니. 그건 아니야. 엄마도 원래 중매 같은 걸 안 좋아했는데, 내가 회사를 그만뒀잖아. 안정돼 보이지 않는 게 걱정이 됐나 봐."

"하긴. 그럴 수 있겠다."

"응. 울 아빠가 되게 가난했거든. 그런데도 좋다고 결혼했다가 엄마가 고생 많이 하셨어. 그래서 돈 없는 남자는 안 된다고 못을 탕탕."

경준이 그대로 굳어버렸다. 그녀가 망치질하는 시늉을 하는데 그게 꼭 자신의 마음에 망치질을 하는 것 같았다.

"어렸을 때부터 지겹게 들었어. 여자가 남자 잘 만나야지, 안 그러면 엄마처럼 고생하고 산다고. 그런데 내가 일자리까지 바뀌니까 더 심해진 것 같아. 그래서 애초에 조건 맞는 사람 찾아서 보내고 싶은가 봐."

그의 표정이 확연히 어두워졌다. 아무것도 모르는 그녀는 말을 이었다.

"너한테 할 말은 아니지만 엄마랑 싸우는 거 진짜 지겨워."

"너도……."

그가 웃음기 없이 물었다.

"너도 그렇게 생각해?"

"뭐, 이왕이면 고생 안 하면 좋지."

그녀가 웃음 지었다.

"근데 지금은 가릴 처지가 아니라서. 내년이면 서른이잖아."

시작도 못 해보고 차이는 게 이런 건가 보다. 그가 비릿한 미소를 지었다.

"그래, 이왕이면 잘 사는 남자가 좋겠지."

"너는?"

그녀가 반문한다.

"부모님은 잘 계셔? 예전에 아버님이 학교 후원도 하시고 그러지 않았어? 언뜻 그렇게 들었었는데."

경준이 말없이 음료수를 마셨다. 그렇게 다디단 음료가 모래처럼 서걱거리며 목 안으로 흘러들어 간다.

'울 아빠가 되게 가난했거든. 그런데도 좋다고 결혼했다가 엄마가 고생 많이 하셨어. 그래서 돈 없는 남자는 안 된다고 못을 탕탕.'

그래, 그렇겠지. 부모니까. 사람이니까. 그래, 돈 없이는 안 되는 세상이
니까.

다 이해하고, 자신도 그렇게 생각하고 있었는데 갑자기 화가 난다. 그저
사랑하는 여자 하나를 만드는 것조차 할 수 없는 세상이라는 게. 그게 자신
의 세상이라는 게.

"내 말 듣고 있어?"

아무것도 모른 채 자신의 대답을 기다리는 그녀에게 갑자기 미친 듯이
욕정이 느껴진다. 안 되면 더 탐이 나는 법이니까. 꿀꺽. 음료수를 모두 삼
켜버리고 미소를 짓는다.

"두 분 다 돌아가셨어."

그녀가 놀란 눈으로 자신을 바라봤다.

"언제……?"

"좀 됐어. 스무 살 땐가."

"그랬……구나. 전혀 몰랐어."

그녀가 그를 가만히 바라본다. 동정의 눈빛이라는 걸 알았지만 상관없
었다. 자신이라도 친구의 부모님이 모두 돌아가셨다고 하면 그런 표정을
지었을 테니까. 그가 그녀의 볼을 툭, 하고 건드렸다.

"그럴 거 없어. 난 괜찮아."

"어. 그냥 내가 놀라서 그랬어."

"그래? 놀라게 해서 미안하네?"

"네가 왜……."

그녀의 휴대폰이 울렸다. 테이블 위에 올려져 있어 의도치 않았지만 수
신자의 이름을 볼 수 있었다.

[이승훈.]

아, 짜증나.

욱하고 짜증이 올라온다. 그녀가 전화를 받지 못하고 자신의 눈치를 살피는 게 느껴졌다. 받지 말라고 하고 싶었지만 그럴 수 없다는 게 짜증나 미칠 것 같았다.

"받아."

짧게 웃고는 자리에서 일어났다.

"늦어서 먼저 갈게."

"전화할게."라고 말하는 그녀에게 대꾸도 하지 않고 먼저 돌아왔다. 현실은 지질해도 지질한 놈은 되지 말자 했건만. 잘 보여도 모자랄 판에 지질한 짓을 해버렸다.

돈 밝히는 여자처럼 보였을까.

그는 아무렇지도 않은데 괜히 예민한 거라고 생각하면서도, 그가 뭔가에 실망했을까 자신이 한 말들을 곰곰이 떠올렸다. 부모 얘기에 기분이 울적해진 건가. 정말 너무 놀라, 내지 말아야 하는 놀란 티를 심하게 낸 것 같았다. 자신이 혹시 너무 동정하는 것처럼 보였을까. 먼저 카페를 나서는 그의 뒷모습이 어쩐지 다가가기 어려워보였다. 전화할게, 라는 말을 하긴 했는데 그가 들었는지 모르겠다.

"아, 어려워. 어려워."

좋아해도 이렇게 어려운 남자를.

"하필 잘나고 잘난 임경준을. 아휴, 내 팔자야."

한숨을 푹 쉬는데 뭔가가 눈앞에 다가왔다.

"아씨, 깜짝이야."

기척도 없이 은혜가 눈앞에 있었다. 은혜가 뭘 그렇게 놀라느냐고 핀잔을 주고 맞은편에 앉았다.

"왔어?"

"그래, 오셨다. 근데 왜 이렇게 죽을상이야?"

"내가 언제."

모른 척을 하면서도 은혜에게 경준에 대해서 얘기하고 싶어 입이 간질거렸다.

"팔자타령은 뭔데?"

"내년이면 내가 서른이라 서글퍼서 그런다."

그녀는 은혜가 '임경준'이라는 이름을 듣지 못했음에 안도하며 말했다. 은혜가 "새삼스럽긴."하고는 메뉴판을 지흔에게 건넸다. 이리저리 살펴보고 있는데 은혜가 먼저 묻는다.

"뭐 시킬래? 샐러드?"

지흔이 기분이 상한 듯 메뉴판을 탁, 하고 내려놨다. 은혜가 움찔했다.

"왜 이래?"

"나 오늘 대따 많이 먹을 거야."

지흔의 말에 은혜가 콧방귀를 꼈다.

"원래도 많이 드셨어."

"더 많이 먹을 거라고."

세상에 술친구가 있다면, 은혜와 자신은 '먹친구'였다. 스트레스 받을 때마다 폭식을 해대는 친구 사이. 많이 먹겠다는 건 샐러드 말고 스테이크 같은 걸 시킬 거니 같이 동조를 해달라는 거였다.

"뭔 일 있어?"

은혜가 걱정스럽게 바라본다.

"없어."

"빨리 얘기해라. 안 그러면 나 정말 샐러드만 시킬 거야."

"나 차였어."

"안심스테이크로 하자."

친구를 위해 결연한 표정을 지어보인 은혜를 보며 지흔이 고개를 끄덕이고 웨이터를 불렀다. 주문 내용이 다채롭다. 다 먹을 수 없음이 분명한데 주문하는 이 입을 말릴 수가 없다.

"너무 많지 않아?"

저도 모르게 혼잣말처럼 말하는 은혜를 지흔이 확, 째려봤다.

"아니, 그냥. 남으면 아깝잖아."

"다 먹을 수 있어."

"그래, 알아."

은혜의 대꾸에 지흔이 또다시 눈을 흘겼다.

"대체 어떤 자식이 어떻게 한 거야?"

은혜가 지흔의 상태가 심상치 않은 것을 보며 물었다.

"몰라. 그런 게 있어."

"몰라? 모르다니, 짝사랑이야?"

"아니, 그건 아닌데……."

아니긴 뭐가 아닌가. 짝사랑이지! 또다시 경준이 떠오른다. 제길.

선을 본다는데도 싫은 내색 하나 없고, 다른 남자에게 전화가 와도 받으라고 말하는 남자, 임경준!

"그거였나 봐, 짝사랑……."

입 내밀고 퉁퉁거리며 말하자 은혜가 놀란 얼굴이다.

"나한테 그런 거 있다는 말 없었잖아."

"그게 뭔데."

"러버."

"러버는 얼어 죽을."

"대체 언제 그렇게 된 거야?"

"……."

"서지흔?"

"……어."

"내가 아는 놈이야?"

지흔이 아무 말도 하지 않자 은혜가 미간을 좁혔다.

"너 설마 혹시 동창놈들 중에?"

그녀가 딱히 부정을 하지 않자, 은혜가 입을 벌렸다.

"그 자식이구나?"

"누구."

"이승훈."

"뭐?"

"걔가 너 찜했다고, 자기 거라고 그러고 다닌다던데."

"뭐? 대체 어디서?"

"어디긴. 동창들 사이에서지."

"그런 미친놈을 봤나!"

"걔 아니구나?"

"당연히 아니지."

"당연은 또 뭐냐. 걔 차도 벤츠에다가 회사 CEO라던데."

"그래서? 차 있고 회사 있으면 무조건 내가 걔 거라는 거야?"

"그건 아니지. 근데 외모도 괜찮잖아."

"걔가?"

흥분을 하고 있는데 음식이 나왔다. 그런데 영 당기지 않는다. 승훈이 자신에 대해 그렇게 말하고 다닌다는 걸 듣자마자 식욕이 사라지고 말았다.

"안 먹어?"

은혜가 의아하게 바라본다.

"먹어야지."

"너 설마 지금 발 빼는 거 아니지?"

"포장되잖아?"

"서지흔!"

"걱정 마. 먹을 거야."

그녀가 포크를 집어 은혜가 잘라놓은 고기를 입에 넣고 씹기 시작했다.

"대체 멀쩡한 애를 생리증후군 걸린 여자처럼 만든 그 작자가 누구야?"

지흔이 잠시 은혜를 바라봤다. 더 늦게 얘기했다가는 친구 사이에 금이 갈 것이고, 지금 얘기하면……, 어떻게 될지 잘 몰랐다. 에라, 모르겠다.

"경준이."

"경준이 뭐."

"경준이라고."

"뭐가."

"날 이렇게 만든 러버가 경준이라고."

"뭐?"

은혜가 자신을 미친년 보듯 한다. 지흔이 주저하다가 우물거렸다.

"처음엔 이 정도는 아니었는데. 어쩌다 보니까 이렇게 됐어."

"너……."

"알아. 우상급이었잖아. 처음엔 정말 욕심 없어. 근데 볼수록 자꾸 좋아져서. 걔가 보통 괜찮았어야지."

"야……."

은혜가 기가 막힌 듯 잠시 말을 잃었다. 하지만 이윽고 정신을 차려보려는 사람처럼 물을 들이켠다.

"너, 너 지금 사랑과 영혼 찍냐? 죽은 남자를 어떻게 사랑하게 됐는데?"

"응?"

"죽은 남자를 어떻게 갈수록 좋아하게 됐냐고. 매일 졸업앨범만 보면서?"

"아……."

맞다. 경준이 살아 있다는 말을 먼저 했어야 했는데. 은혜가 기절초풍할 얼굴을 하고 있었다. 순간 경준의 얼굴이 떠올랐다. 부모님이 모두 돌아가셨다고 할 때 그 표정이, 혼자서만 알았으면 좋겠다고 했던 그때의 전화통화가. 그러자 경준의 애길 꺼낸 게 후회가 됐다. 고등학교 때 이후로 부모님이 모두 돌아가셨고, 그가 죽은 사람이 돼 있었다면 분명 사연이 있었던 걸 텐데. 자신의 기분이 우울하다고 경솔하게 아무 말이나 할 뻔했다.

"농……담이야."

"뭐?"

"농담 한 번 해봤다고."

은혜의 눈빛이 싸늘하게 가라앉았다.

"죽은 사람 얘기 꺼내지 말라고 했던 거, 너 아니야?"

"어, 마, 맞아. 그래놓고 내가 꺼냈네?"

지흔이 모른 척하고 꾸역꾸역 음식을 먹기 시작했다. 한참 동안 지흔을 바라보던 은혜가 고개를 살짝 끄덕였다.

"그래, 접수했다. 아직은 차인 거에 대해 말하기 싫다 이거지?"

"어, 그, 그렇지."

"좋아. 네가 내 앞에서 아니면 어디서 미친년인 걸 드러내겠냐."

"그, 그럼, 그럼."

"조만간에 그 러번지 라반지가 누군지 밝히는 게 좋을 거다. 이 언니 인내심 별로 없다."

"응."

"먹자."

두 사람은 전투적으로 먹기 시작했다. 양이 정말 많았지만 한 번 더 변덕을 떨면 은혜에게 정말 죽을 것 같아 열심히, 열심히 꾹꾹 담아 먹었다.

돌아오는 길에 제대로 생각해보지 못했던 걸 생각해보았다. 그에게 무슨 일이 있었던 걸까. 뭔가 있었을 것 같다는 생각이 떠나질 않았다. 그의 생사를 유일하게 아는 자신이 왜 그걸 물어볼 수가 없는지에 대해서도. 하지만 그건 아무리 머리를 굴려도 알 수 없는 일이라 결국 왜, 대체 왜! 자신은 왜 그에게 그렇게 쉽게 빠지고 만 것인가에 의문으로 생각이 옮겨갔다. 혹시 반가움을 호감으로 착각한 거, 그런 게 아니었을까. 경준이 죽은 줄 알았으니까, 반가움이 더 할 수도 있지 않겠나 싶었다. 그래서 승훈이나 다른 동창을 만났을 때보다 훨씬 마음이 떨려온 걸까. 그렇다면 이 감정은 대체 뭘까. 이게 정말 착각일 수 있을까. 생각만 해도 기분 좋고, 잘 보이고 싶고, 이런 감정이 모두, 그저 반가움에서 시작된 걸까.

그런데 오래 생각할 수 없었다. 그녀는 집에 오자마자 구토를 시작했다. 무리를 한 게 틀림없었다. 엄청난 배탈이 시작되고 있었다. 배가 정말 심하게 아팠다.

그 외에도 ......and than some...
더 많은 것들

12.

짝!

등짝에 스매싱이 날아온다.

"앗, 엄마 나 아파."

"아프긴, 이제 다 나았지."

식탁에 앉자마자 날아온 엄마의 야무진 손에 욱, 하고 짜증이 서린다. 가뜩이나 기운이 없는 그녀는 손으로 등 비빌 힘도 없어 그냥 인상만 찡그리고 말았다. 그런 그녀를 째려보던 엄마가 그녀의 앞으로 야채죽을 내밀었다.

"먹어라."

"네, 어머니."

넙죽하고 죽을 받아든 딸이 미운지 엄마는 입술을 삐죽거렸다.

"하여튼 계집애가 사람을 이렇게 놀라게 하고."

"죄송해요. 죄송하다고 몇 번 말해. 가뜩이나 기운 없어 죽겠는데."

"이게 다 따로 나가 살아서 그래. 안 그랬으면 이런 일이 있겠어? 꼬박꼬박 끼니 챙겨 먹고 그랬으면 이렇게 위가 약해질 이유가 없잖아."

또 시작된다. 엄마표 잔소리. 너무 많이 먹어서 그런 거라고 말하기도 기운이 없어 그녀는 죽만 떠먹었다. 얼마 만에 먹는 음식인지. 삼 일 만인가.

그날, 경준과 그런 일이 있고 기분이 안 좋은 상태에서 은혜랑 먹은 저녁 때문에 구토와 설사를 반복하다 결국 더는 참지 못하고 119에 전화를 했다. 새벽녘에 병원에서 온 전화에 엄마는 혼비백산. 그저 배탈인 걸 알고 나서 짓던 표정이란. 새아버지가 아니었다면 응급실 안이 떠나가라 딸을 잡을 태세였다. 하지만 그녀는 거의 반송장처럼 아무 말도 아무 생각도 하지 못한 채 누워있었다. 다행히 통증에 비해서 퇴원은 빨랐다.

그대로 집에 간다는 걸 엄마가 혼자 있는 건 안 된다고 극구 말렸다. 새아버지도 동참해서 말리니 못 이기는 척 엄마네로 들어와 이틀 동안 잠만 잤다. 강사 일을 시작하고 아파서 수업을 빠진 건 처음 있는 일이었다. 오랜만에 잠으로 체력을 보충하고 나니, 짐승 같은 회복력이 빛을 발하기 시작했다.

"엄마, 이거 간이 너무 없는데?"

"죽은 원래 그런 거야."

"그래도 그렇지. 간장이라도 좀 쳐야지, 이게 뭐야."

"싱겁게 먹어. 짜게 먹으면 건강에 안 좋아."

"엄마."

기운 없는 눈으로 바라보자 엄마가 못 이긴 척 간장에 참기름을 톡, 뿌려 그녀의 앞으로 내밀었다.

"하여튼 마음에 드는 게 하나도 없어."

"엄마 마음에 들려고 태어난 거 아니야."

"그래도 엄마가 낳아줬는데 한 군데 정도는 마음에 들어야 하는 거 아니니?"

"잘 찾아봐요. 한 군데 정도는 있을 거야."

"글쎄. 미션 임파서블이다."

더는 대꾸하지 않고 푹푹 죽을 떠먹는 지흔의 모습을 바라보던 엄마가 혀를 차기 시작한다.

"기운이 나려면 어제부터 나지. 왜 하필 오늘부터야."

무슨 말을 할지 알 것 같아 입 꼭 다물고 죽만 먹었다.

"맞선 잡은 거 취소되고. 이게 뭐니, 이게."

그래, 역시 그렇다. 엄마가 이렇게 피치가 오른 건 딸의 건강보다는 맞선 취소에 있었다. 자신 역시 그다지 기분이 좋지 않다. 경준에 대한 생각을 떨쳐버리고 남자라는 생물을 좀 만나보려고 했더니만. 서지흔 인생에 있어서 남자란 그렇게 쉽게 오지 않는 모양이다.

"다음에 잡으면 되잖아."

"얘가 세상을 아주 우습게 아네. 그렇게 괜찮은 사람이 뭐 너만 기다려주고 있다니? 본 적도 없는 여자를?"

"그래? 그럼 그 사람은 끝난 거야?"

"당연하지."

그녀가 이제야 알았다는 듯 고개를 끄덕였다.

"그럼 난 맞선을 볼 운명이 아니었나 봐. 그렇게 생각하고 맘 접어요, 엄마."

"뭐야? 너 그럼 다시 선을 안 보겠다는 거야?"

"물 건너갔다면서."

"또 잡으면 되잖아."

"내가 아까 그러라고 했는데 엄마가 안 된다며."

"안 된다는 게 아니고 잡기가 힘들다는 거지. 여자도 남자 조건 보지만 요샌 남자도 여자 조건 봐. 요새 세상에 너같이 미래를 예측할 수 없는 직장을 가진 여자를 누가 좋다고 하니. 이것도 사정사정해서 겨우……"

엄마가 뒤늦게 말을 멈췄지만 지흔은 듣고 말았다.

"선봐달라고 사정했다고?"

"오버가 좀 가미됐지."

"어쨌든 없는 얘긴 아니다?"

"없는 얘기는 아닌데, 그렇다고 엄청 사정을 한 건 아니고 아주 조금, 조금……"

"취소할래."

"뭐?"

"나 선보겠다고 한 거 취소한다고요."

그녀가 단호하게 말하자, 엄마가 다급히 대꾸했다.

"애, 오죽하면 그랬겠니. 그 남자가 엄청 잘난 남자긴 했어. 저쪽 분당에 건물이 두 채나 있다더라. 부모 명의긴 한데 그 부모가 팔십이 넘었다잖아. 다른 형제도 없고. 그럼 그 남자 거지, 뭐."

엄마가 자세를 고쳤다.

"너 나이 서른다섯에 건물 두 채가 무슨 의민 줄 아니?"

"그래서 시부모 죽길 기다리면서 살라고?"

"그런 뜻은 아니고."

"아니긴."

"지병 때문에 어디 타운에서 요양 중이래. 돈 많아서 며느리 손 갈 것 하나 없고."

지흔이 노려보자, 엄마가 움찔하더니 이내 평정을 되찾은 듯 고운 목소리를 냈다.

"알았어. 어차피 물 건너갔어. 다시 찾아볼게."

하지만 이미 늦었다. 관자놀이를 꾹꾹 누르는 엄마의 행동에서 어디서 또 그런 인물을 찾아야 하나, 하는 엄마의 생각이 여실히 드러났다. 엄마에 대한 실망감 또는 배신감에 맞선에 대한 생각도, 입맛도 날아가 버렸다. 그녀가 숟가락을 내려놨다.

"왜, 더 먹지."

"선 자리 이제 알아보지 마요."

"뭐?"

"내 상대는 내가 찾을게요. 내 수준에 맞게."

"서지흔."

"못난 딸 때문에 괜한 고생할 거 없어요."

"애!"

"아, 너무 오래 있었다. 씻고 그만 가야겠어."

지흔이 식탁에서 일어나 화장실로 들어갔다. 아파서 그런지 금세 서러워져 찔끔 눈물이 났다. 자식이 저 좋다는 일하는 게 그렇게 잘못된 건가. 열심히, 성실하게 일해도 단지 엄마 눈에 안 찬다는 이유로 제 직업을 깎아내리다니, 속상해 죽겠다.

아, 엄마를 볼 때마다 파괴되는 나의 자존감이여.

그녀는 퀭한 몰골을 샴푸와 치약과 비누 등으로 씻겨내고 밖으로 나왔다. 미안했는지 엄마가 화장실 앞에서 서성이고 있었다.

"처음에나 그렇지, 애. 잘된 케이스도 많아."

딸의 자존심을 뭉개고도 아직도 미련을 못 버린 모양이다. 트레이닝 차림의 그녀는 옷도 갈아입기 싫어 그대로 웃옷만 걸쳤다. 추운 날씨는 아니지만 몸이 안 좋아 아직 몸에 한기가 있었다.

"넌 얼굴이 되잖아. 얼굴 보면 아마 남자들이 좋아서 난리일 걸? 아, 그래! 엄마 아는 사람 중에 윤 권사님이라고, 너도 알지?"

현관으로 향하는데도 엄마는 말을 멈추지 않았다. 그녀가 신발을 찾았다.

"그 집에 조카 있잖아. 자령이라고. 왜 지난번에 엄마가 말한, 중매결혼 했다던 그 집. 걔가 생긴 게 좀 반반하잖니."

누가 듣지도 않는데 속삭이듯 말한 엄마가 말을 이었다.

"걔는 얘 태양광설빈가 뭔가 그쪽 회사 사장이랑 맞선 봐서 결혼했잖아. 지금 떵떵거리고 잘 산다더라."

"……"

"이런 말 하면 좀 그렇지만 그 조카가 어렸을 때 이혼한 부모한테 반은 버려져서 조부모 밑에서 자란 거 아니야. 윤 권사는 아주 자기 조카 잘났다고 자랑자랑하는데, 들어보니까 학교도 그렇고 회사도 뭐 그렇게 변변하지도 않은데 맞선 보고 남자 하나 잘 만나서 그렇게 잘된 거라니까."

"그래도 괜히 그런 시집갔겠어요? 엄마 딸은 없는 나름의 매력이 있었 겠죠. 축하한다고 전해주세요."

지흔은 신발을 신고 엄마에게 꾸벅 인사를 했다.

"너 정말 이러기니?"

"며칠 동안 감사했어요."

"너 정말!"

엄마가 더는 딸의 고집을 꺾을 수 없다는 걸 알았는지 한숨을 지었다.

"있어 봐. 아빠한테 데려다주라고 전화 넣을 테니까."

"괜찮아요. 새아버지한테는 폐 끼치기 싫어요."

'새'라는 말을 강조하며 말하자 휴대폰을 찾던 엄마가 행동을 멈췄다.

"서지흔. 너 정말 이렇게 가면 엄마가……."

지흔이 엄마를 안았다. 그래도 딸이 쓰러졌다고 직장에 연락도 해주고, 죽도 챙겨주는 엄마가 있다는 건 고마운 일이다.

"걱정해 줘서 고마워요. 놀라셨을 텐데. 나 가고 나서 엄마도 좀 쉬세요."

애써 미소를 지으며 집 밖을 나왔다. 집에 가려면 버스와 지하철을 이용해서 한 시간은 족히 가야 했다. 재혼한 엄마의 부부 생활과 귀가 아프도록 듣는 잔소리에서 해방되기 위해 다급하게 얻었던 자취집. 벌써 5년이 넘어갔다. 엄마는 근처로 이사를 오라고 했지만 요새의 모녀관계를 보자면 더 오기 힘들게, 오는 길이 더 복잡해져도 괜찮겠다 싶었다.

시계를 보기 위해 주머니에서 휴대폰을 꺼낸 지흔은 전원이 꺼져 있는 것을 보고 도로 주머니에 넣었다. 아파서 자느라고 충전을 할 겨를이 없었다. 그녀는 동네 세탁소를 지나며 시간을 확인했다.

저녁에나 도착하겠네.

천천히 버스정류장으로 향했다. 속을 다 비워내고, 잠도 많이 자고. 기운은 없었지만 몸은 가벼웠다. 마음은, 그렇게 가볍지만은 않았지만.

고생 끝에 낙이 온다더니.

"이제야 만나네."

아프고 나니까 헛것이 보인다. 동네 놀이터를 지나가는데 경준이 다가온 것이다. 잠깐 멍, 하니 그를 바라보고 있는데 그가 눈앞에 와서 손을 흔든다. 아팠던 건 자신인데 이상하게도 그가 몹시 지쳐 보였다.

"어디 다녀오는 길이구나?"

"어? 응."

"맞선?"

"어? ……어."

그녀는 자신이 입은 옷을 머릿속에 떠올리다가 얼른 외투를 여몄다. 긴 스웨터 카디건이 그녀의 트레이닝복을 잘 가려주길 바라면서.

"여긴 어, 어쩐 일이야?"

"그냥."

그냥?

"지나는 길이었어."

"그……래?"

이곳을 지날 일은 뭐가 있을까. 궁금해서 바라보자 그가 희미한 미소를 지었다. 그를 따라 그녀도 미소를 지었다.

"그랬구나. 하마터면 엇갈렸겠다."

그가 대답 없이 웃었다. 그녀가 그 타이밍에 엄마 집에서 나오지 않았더라면, 그를 보지 못했을 수도 있겠구나 하는 생각에 자신이 잠시 기특해 그녀도 웃음을 지었다.

"이왕 만난 거 잠깐 얘기 좀 할래?"

"그래."

저녁 놀이터엔 아무도 없었다.

삐걱, 삐걱.

그네를 탄 두 사람은 말이 없었다. 왜인지 어색함이 감돌아 고개를 숙이자 운동화가 보였다. 맞선을 이런 차림을 봤다면 누가 믿을까. 하지만 남자라 그런지, 경준은 그런 것엔 신경도 쓰지 않고 제 말을 믿고 있는 것 같았다. 그래도 지흔은 옷깃을 더 여미며 들키지 않으려 애썼다.

"비 오려나 봐."

습한 기운이 느껴졌다. 그녀를 보던 그가 걱정스러운 표정을 지었다.

"혹시 추워?"

"아니."

몸이 아직 안 좋은 상태라 오한이 있었다. 하지만 그를 보자마자 그렇게 욱신대던 배가 아픈 줄도 모르겠는데 이깟 오한쯤이야. 잠시 말없이 주변을 보던 두 사람 중 경준이 먼저 입을 열었다.

"어땠어?"

"응?"

"맞선남."

"아……."

지흔은 거짓말에 약했다. 엄마한테 흘려들은 이야기들을 주섬주섬 모아본다. 엄마 말에 따르면 어느 지역에 건물도 두 채가 있고 시부모가 나이도 많아서, 남자가 아주 괜찮다, 였다. 하지만 남자 자체에 대해서는 들은 바가 없다. 괜찮은 남자야. 왜냐면 건물이 있대, 이렇게 얘기했다가는 아무리 친한 은혜에게도 비난을 받을 것 같다.

"괜찮았어?"

"응?"

"그 남자."

"어, 괜찮았지. 와, 완전."

완전? 완전은 개뿔. 완전 얼굴도 못 봤겠지.

"아하. 그럼 이제 사귀는 일만 남았나?"

"응?"

"사귀자면 사귀는 서지흔."

그가 웃음을 지었다. 그녀가 발끈했다.

"나 사귀자고 하면 다 사귀는 그런 여자 아니거든."

"완전 괜찮았다며."

"그냥 괜찮았다는 거지, 나 사귀자고 막 사귀는 그런 여자 아니……야."

제길. 맞선남과 잘됐다고, 잘될 거라고 말했어야 했는데 이놈의 성질 때문에 실패했다.

"그럼 어떻게 해야 사귀어?"

"응?"

"너랑 어떻게 하면 사귈 수 있는데?"

"어? 그거야…… 진심을 보여야지."

실은 생각해 보지 않았다. 하지만 진심이 없다면 사귀기 힘들겠지.

"진심?"

"응. 좋아한다는 진심."

그가 그녀를 물끄러미 바라본다. 그윽한 눈빛에 마음이 흔들흔들. 가슴이 콩닥콩닥.

"너 좋아해."

"응?"

"이렇게 말하면 돼?"

그의 장난에 얼굴이 달아오른다.

"그냥 좋아한다고 말하는 게 아니라, 정말 좋아해야지."

"그렇구나."

자신을 보며 웃던 경준이 고개를 돌려 하늘을 올려다봤다. 그런 그의 멋있는 옆모습을 보고 있자니, 참 아까웠다. 그윽하고 멋진 그의 옆모습. 이런 모습을 가진 남자를 언젠가 만나게 될 수 있을까? 그냥 그였으면 좋겠는데, 왜 그녀는 다른 남자에게서 그의 모습을 찾아야 할까? 아쉽게 입맛을 다신 그녀가 한심한 마음으로 고개를 저었다.

"근데 여긴 무슨 일 때문에 들른 거야?"

물어본 건 자신인데 도리어 의아하게 바라보는 건 그였다. 그가 풋, 웃는다.

"너 솔직히 말해봐."

"뭘?"

"모솔 맞지?"

"왜. 저번에 세 번이라고 했잖아."

"세 번은 무슨. 두 번도 거짓말 같은데?"

"두 번은 정말이거든?"

제길. 나 지금 내 입으로 두 번만 진짜라고 분 건가?

그가 큭큭 웃는 걸 보니까 그랬나 보다.

"웃지 마라."

"응."

"응, 하고 웃으면 안 웃는 거냐?"

그녀가 눈을 흘겼더니, 그가 웃음을 멈추고 빤히 바라본다. 괜히 민망해 눈을 흘겼다.

"너 지금 내가 한 질문에는 대답 안 하고 말 돌린 거 알아?"

"뭐가."

"이 근처에 무슨 일 있었냐고 물어봤잖아."

그가 다시 웃었다.

"서지흔 진짜 센스 없네."

"뭐가."

그가 아예 그녀 쪽으로 몸을 돌렸다.

"뭘 것 같아?"

"응?"

"내가 여기 온 이유."

그의 눈빛이 날카롭고 뜨겁게 느껴져 순간 겁이 났다.

"뭔……데?"

"누가 전화한다고 하고 안 해서."

"누가……."

설마, 내 얘긴가.

"전화도 안 하고."

"……."

"전화도 안 받고."

"……."

"사람 속 있는 대로 태우고."

"……."

"그래서 여기 오면 얼굴은 볼 수 있나 싶어서 왔지."

"그게 누군……데."

그가 하아, 하고 숨을 내뱉는다. 안다, 답답하다는 거. 근데 자신이 더 답답하다. 그가 말하는 사람이 설마 자신일까 싶어서.

"보고 싶었어."

그의 말을 잘못 알아들었나 싶어 멍해졌다.

"……보고 싶었어, 서지흔."

"……."

"그래서 왔다. 일이 안 돼서."

그의 눈빛이 깊어졌다. 그저 상대방의 말을 듣고 있는 것뿐인데 손에 땀이 나고 심장이 마구 뛴다.

"들른 게 아니라…… 기다린 거야, 너를."

"……."

"네 말대로 엇갈릴 일도 없어. 네가 올 때까지 기다렸을 테니까."

그녀가 눈을 두 번 깜빡였다. 놀라서 말이 잘 안 나온다. 아무 말도 하지 못하고 굳어버리자 뜨거운 눈으로 그녀를 바라보던 그가 희미하게 미소를 짓는다.

"널 좋아해. 아주 많이."

꿈처럼 달콤한 목소리가 그의 입에서 흘러나왔다. 아파서 헛것이 들려오는 게 아닐까, 너무 바라다보니, 그의 다른 말이 이렇게 환상처럼 들려오는 게 아닐까 걱정스러웠다.

잘못 들은 거 아니겠지.

그의 진지한 눈빛을 마주하며 꼼짝도 못하고 굳어버리자 이윽고 언제 그랬냐는 듯 그녀의 볼을 툭, 하고 건드렸다.

"알아. 당황스러운 거. 조건 좋은 남자 만나서 결혼해야 하는 너한테 이런 얼토당토않은 말하는 거, 얼마나 바보 같은지."

그가 다시 하늘을 바라봤다. 허공에서 들려오듯 그의 목소리가 쓸쓸하게 들려왔다. 하지만 그 목소리에 그녀의 심장은 터져나가는 것 같았다.

"뭐 어쩌려는 거 아니야. 그냥……, 고백이라도 안 하면 정말 후회할 것 같아서."

놀란 그녀가 여전히 아무 말도 하지 못하자, 그가 별일 아니라는 듯 웃어버린다.

"얼굴 봤으니까 됐다. 그만 갈게."

그가 그네에서 일어났다. 하지만 그녀는 여전히 꼼짝도 하지 못하고 그 자리에 굳어 있었다. 그가 잡고 일어나라는 듯이 손을 내밀었다. 그녀가 그를 물끄러미 올려다봤다.

"안 가?"

그제야 그가 내민 손을 잡았다. 그 손을 통해 온기를 느끼자, 이게 꿈이나 환상이 아니라는 게 느껴졌다. 뜨거운 무언가가 울컥하고 손을 통해 그녀에게 들어온 것만 같다. 온몸에 찌릿한 무언가가 심장 깊은 곳을 찌른다. 자신을 번쩍 일으킨 그가 손을 놓으려는데 그녀는 그럴 수 없었다. 그의 손을 놓을 수가 없었다.

그녀가 손을 놓지 않자 그가 의아한 눈으로 그녀를 바라본다.

"서지흔?"

그가 밉다. 좋아한다는 말도 이렇게 쿨하게 할 수 있는 그가 밉다. 좋아한다고 말하면서도 다른 이에게 보낼 수 있는, 냉정한 구석이 있는 그가 밉다. 다가서면서도 다가오지는 못하게 하는 그가 밉다.

"너야말로 되게 눈치 없다."

그런데 그녀는 그가 좋다. 그래서 더 그가 좋다.

"너야말로 모솔이지?"

그가 정말 좋다.

"서지흔."

그녀가 그의 손을 놓지 못하고 물끄러미 그를 바라봤다. 그가 놓지 못하게 그저 손만 꽉 잡은 채로, 그렇게 그를 바라봤다.

"나도 너 좋아해, 상상 이상으로."

"……."

"나도 뭐 어쩌려는 거 아니야. 그냥 후회할 것 같아서 그래."

가까스로 말하고 가지 말라는 눈으로 바라보자, 그가 한쪽 눈을 찡그린다. 괴로운 듯도 하고 고통스러운 듯도 하고 아픈 것도 같은 그 눈빛의 의미를 그녀는 몰랐다. 하지만 이상하게도 누군가 그녀를 부추기듯 자꾸만 그를 놓지 말라고, 꼭 잡으라고 시키는 것만 같았다.

천천히 팔을 뻗어 자신의 뺨을 매만지는 그의 손을 꾹, 잡았다. 천천히 다가온 그의 입술이 훅, 하고 그녀의 입술에 닿았다. 말도 안 된다. 사귀는 사이도 아니었다. 이제야 고백을 한 사이일 뿐. 그런데 서로 이미 조금은 알고 있었던 것처럼, 이렇게 되길 기다린 사람처럼 그들은 서로의 입술을 물었다. 봇물이 터지듯, 그렇게.

나중에 생각해보면, 그때 왜 그랬을까, 하고 생각할지도 모른다. 하지만 그때 왜 그랬을까, 보다 그때 왜 그걸 하지 않았을까, 라는 생각이 더 괴로울 것 같았다. 그때 왜 그에게 고백을 하지 않았을까. 그때 왜 그를 그냥 보냈을까. 그런 생각을 하지 않아도 된다는 것으로, 일단 그녀는 행복했다. ……행복하다.

그녀의 연애 경험 중 세 번째는 더 이상 거짓말이 아니다.

그 외에도 ......and than some...
더 많은 것들

13.

살면서 탐나는 게 있어도 오래가지 않았다. 마음이 금방 식어서가 아니다. 그저, 절제를 하려고 애를 썼다. 절제가 안 될 때는 꼭 가져야 하는 것이 아니라고, 그냥 쉽게 생각하려 하며 망각하는 방법을 쓰곤 했다. 그런데 서지흔, 그녀는 안 됐다. 절제도, 망각도. 꼭 가져야 하는 여자같이, 자꾸 그렇게 집착과 미련이 쌓였다. 이토록 탐이 나는 여자가, 아직은 오지 않았으면 좋겠지만 이미 와 버린 이상, 그녀를 떠나보내면서 마치 아무 일 없었다는 듯이 지낼 수는 없었다. 만약 그녀가 언젠가, '선을 봤는데 그 남자와 잘됐다'거나, '승훈과 연락을 하다가 자신보다 더 가까운 사이가 됐다' 공표한다면 웃음이 나오지 않아도 바보처럼 웃으며 축하한다고 말해야 할 걸 생각하면 끔찍했다. 아쉽고, 미련이 남고, 내내 바보 같았던 자신을 원망하고 살 것 같아서 두려웠다. 그래서 결국, 절제도 망각도 실패한 채 일을 팽개치고 그녀의 집 근처로 와 버렸다. 그렇다고 뭘 어쩌려고 한 건 정말 아니었다. 그저 타이밍을 놓치기 전에 딱 한 번만. 어차피 그녀가 자신의 여자가 되지 못할 거라는 걸 알았으니, 마음이라도 딱 한 번 고백해보자는 심산이었다. 혹시나 생길지 모를 미련이라도 털어버리게.

하마터면 정말 놓칠 뻔했다. 그녀가 이렇게, 자신의 손을 잡아줄 줄 모르고.

"들어가."

놀이터에서 그녀의 집 앞까지는 백 미터가 좀 안 되었다. 그 걸음걸이 참으로 느렸는데도 도착하는 데는 단 몇 분도 걸리지 않았다. 그는 그녀의 자취집이라는 건물을 이리저리 확인해보다가 어렵게 말했다. 들어가라고.

"응."

대답하고는 그녀도 그 자리에 서 있었다. 그가 미소를 지었다.

"빨리."

"응, 너도 얼른 가."

"먼저 들어가야 가지."

그의 말에 그녀가 우습다는 쿡쿡거렸다. 웃음소리가 심장을 간질인다.

"왜?"

"아니, 그냥."

이유를 듣지 않아도 알 것 같긴 했다. 말과는 다르게 손을 놓지 못하고 있었다. 자신의 손을 잡아준 그녀의 손을 놓기 싫었다. 그는 제 엄지로 그녀의 손가락 끝을 누르며 그녀의 손을 관찰하는 척을 한다. 며칠 동안 마음고생 한 걸 생각하면, 아직 놓기는 일렀다.

문화센터 강의 날, 그녀의 어머니 얘기를 듣고 심상한 상태에서 승훈이 전화까지 하는 걸 보자 밀려오는 짜증을 어쩌지 못하고 돌아왔다. 그는 오후 내내 그녀가 한 말에 대해서 생각하지 않으려고 애를 썼다. 어차피 자신과 상관없었다.

자신과 상관없는 여자.

일시적으로는 그랬을 수 있었지만 계속 그렇게 생각하기란 쉽지 않았다. 서지흔을 자신과 상관없는 여자라고 생각하기엔 조금은 늦은 기분, 혹은 조금은 깊어진 기분. 그저 그녀와 함께 있는 게 즐거웠을 뿐이었는데. 밝고 건강하고 이렇게 매력이 있는 여자를 만나긴 힘들겠지, 하는 생각이 들었을 뿐인데.

결국 그는 딱 하루가 지나고 전화를 걸었다. 하지만 그녀와 연결이 되지 않았다. 받지 않는 전화에 오만가지 생각을 하다가 퇴근 후, 물류센터를 가기 전에 그녀의 집 근처에 들렀다. 그렇게 두 번이나 허탕을 치고, 일요일 아침 문자 한 통 없던 그의 휴대폰을 바라보다가, 아, 정신 차려야지, 하고 번역 일을 시작했다.

평소처럼 아무 생각 없이 빨리 해야 한다는 생각으로 시작한 것 같은데, 어느 순간부터 알파벳 사이사이로 그녀의 이름이 보이더니 사라지지 않았다. 이윽고 그녀의 얼굴, 미소, 목소리, 하나에서 열까지 다 떠오르더니 사라지질 않았다. 그러니 일이 될 리 없다. 그는 어느새 그녀 동네의 놀이터에 서 있었다. 그때까지만 해도 그는 사실 후회를 하고 있었다. 그녀를 기다리고 있던 것을. 하지만 그녀의 얼굴을 보자마자, 아, 기다리길 잘했구나 싶었다.

왜, 어느새, 어떻게.

그는 자신했었다. 그에게 대시하는 여자들에게 눈길 한 번 주지 않았으니, 누군가를 사랑하는 마음은 조절될 수 있다고 생각하고 살았다. 그러니까 서지흔에게도 가능하다고 생각했다. 그런데…… 그녀는 안 됐다. 들어오라고 한 적도 없는데, 멋대로 마음속에 들어온 그녀는 영 나가질 않았다. 왜 들어왔는지, 어느새 들어왔는지, 어떻게 들어왔는지, 그런 걸 모르겠다. 안 된다, 안 한다, 그럴 리 없다. 그러면 그럴수록 그녀가 생각날 뿐이었다.

그 외에도
더 많은 것들

생각만 하고 말면 좋았을 텐데. 탐이 나고 말았다.

"다음 주에 점심 먹자."

"응."

"전화할게."

"응."

지흔의 대답에 경준이 미간을 좁혔다.

"응, 밖에 할 줄 몰라?"

"응."

경준이 웃자, 지흔도 따라 웃었다. 이렇게 웃어본 게 언제더라. 꼭 학창 시절로 돌아온 것 같았다. 그땐 아무 걱정 없이 웃을 수 있었다. 지금은……. 그제야 경준이 손을 떼고 그녀의 머리칼을 매만졌다. 지금도 그녀 덕분에 웃을 수 있다.

"진짜 간다."

"응."

그녀가 들어가는 것을 확인하고 돌아오는 길. 걱정이 들어야 했지만 의외로 아무 생각이 들지 않았다. 그냥 웃음이 날 뿐. 그저 웃음이 날 뿐.

그날 밤, 그는 남은 번역 일을 하면서 피식, 피식 웃음을 짓다가, 그대로 드러누워 가만히 그녀를 떠올려 보았다. 예쁜 얼굴과 길고 하얀 목선, 머리를 질끈 묶으면 건강해 보이고, 머리를 어깨까지 풀면 단아해 보이는 마법의 머리카락을 가진 서지흔. 그리고 그의 엄지에 닿던 그녀의 손가락 끝.

그녀는 손톱이 예쁘다. 가만히 모으고 있으면 그녀의 가지런한 치아 같다. 아니다. 그녀는 손톱도 예쁘다. 그녀의 가지런한 치아만큼 예쁘다. 그래도 제일 예쁜 걸 찾는다면 웃을 때 살짝 쳐지는 눈썹. 시원하게 벌어지는 입술.

입술…….

경준은 그녀와 키스를 했던 일을 떠올려본다. 따뜻하고 부드럽고 짜릿했던 그 입술에 입을 맞추던 그 순간을. 그가 그녀의 입술을 떠올리고는 가만히 들여다본다.

왜 그렇게 봐? 예뻐서?

그녀가 히, 하고 입술을 늘려 웃는다. 그가 미소를 지었다. 예쁘긴 예쁘다, 생각하면서 말없이 그녀의 손을 더 꼭 잡았다. 오랜만에 아주 행복한 꿈을 꾼다.

벌떡.

지흔이 자리에서 일어났다. 비몽사몽, 다시 누워 눈을 감으려는데 순간 눈이 번쩍 떠진다. 그 일이 꿈이 아닐까, 하고 잠시 혼동을 일으켰다.

보고 싶었어.

……보고 싶었어, 서지흔.

그래서 왔다. 일이 안 돼서.

널 좋아해. 아주 많이.

"아, 말도 안 돼."

경준의 목소리가 귓가를 울린다. 그녀가 크게 안도의 한숨을 내쉬며 미소를 지었다.

"꿈이 아니다. 꿈이 아니야, 서지흔. 이건 현실이라고."

그녀는 더듬더듬 손을 뻗어 휴대폰을 찾았다. 새벽 세 시. 한 시간 전에 깬 것 같은데 또 깼다. 몸이 회복되려면 잠을 푹 자야 한다는데, 앞으로 쉬이 잠이 들긴 힘들 것 같았다. 그래도 좋았다. 뭐 어떤가 싶었다.

경준이 자신을 좋아하다니. 아무리 생각해도 믿기지 않는다. 그녀는 사랑 같은 건 하지 않을 거라던 경준의 말도 다 잊은 채 그의 달콤한 목소리만 재생시키고 있었다. 세상에, 아무리 생각해도 꿈만 같다.

그녀는 헤벌쭉 미소를 짓고는 그의 품을 떠올리며 다시 잠을 청했다. 어제까지만 해도 노랗던 세상이 찬란하게 빛나며 그녀의 잠을 방해하고 있다.

"아, 빨리 목요일이 와야 하는데."

지흔은 문화센터 강의 날까지 쭉 잠만 잤으면 싶다는 생각을 하며 애써 잠을 청해 본다. 아마 한 시간 뒤쯤 다시 잠에서 깨겠지만 그녀는 기꺼이 깨어나 그와 있었던 일이 꿈이 아니었음을 확인하며 또다시 미소를 지을 것 같았다.

—뭐라고?

수화기 넘어 은혜가 세 번이나 같은 질문을 던졌다. 아무래도 은혜에게는 이 기쁜 소식을 전해야 할 것 같아서 며칠 고민 끝에 출근길 득달같이 전화를 한 것이다. 하지만 같은 질문을 여러 번 하니, 기분이 확 상한다. 짜증을 내려던 그녀가 버스 안에 가득 찬 사람들의 눈치를 살피다가 꾸욱, 참고 손으로 입을 가리고는 "남자공략법." 그러고는 "빡가게……."하고 덧붙였다.

—참 나. 나 가는 귀가 먹었나봐. 아니면 오는 귀던가. 너 지금 남자 빡가게 하는 공략법이라고 했냐? 그것도 아침 열 시에, 부랴부랴 회사에서 회의를 끝낸 친구에게 전화해서?

열 시면 뭐 남자 얘기하기 딱 좋을 때 아닌가.

"안 알려줄 거면 끊어."

—너 불과 며칠 전에 차였다고 하지 않았어?

"그건 그랬지."

그런 줄 알고 얼마나 먹어댔는지. 미련곰탱이가 따로 없었다.

—아하. 새로운 남자를 찾아 떠나시겠다?

"그렇다고 볼 수 있지."

그 남자가 그 남자이긴 하지만.

"알려줄 거야, 말 거야?"

—알았어. 잠깐만, 아무도 없는 곳으로 가야 하니까.

은혜가 어디론가 자리를 옮겼다. 복사실일 게 뻔했다. 문 닫히는 소리가
나더니 흐음, 하는 은혜의 숨소리가 크게 들려왔다.

—남자를 뻑가게 하는 공략법이라······.

거드름을 피우듯 은혜가 말끝을 늘렸다.

"빨리 얘기해. 어차피 너도 누구한테 들은 거잖아."

—어허? 이런 식으로 나온다 이거지?

"밥 살게."

—섹스를 해.

밥을 산다고 하자마자 바로 나온 공략법에 귀를 의심했다.

"뭐?"

—다 들어놓고 왜 이래.

"장난해?"

—진지해.

"근데 그게 무슨 말 같지도 않은 소리야. 섹······, 으를 하라니."

지흔이 주변을 둘러보다가 말을 흐렸다.

—너 나이 몇이야?

"스물아홉."

―결혼할 거야, 말 거야.

"하겠지?"

―바로 그거야. 남자 뻑가게 하는데 이것만큼 빠른 게 없다.

"뻑이 빨리 갈지는 모르지만 그렇다고 쉬운 여자로 찍힐 일 있어?"

―쉬운 여자라. 왜 그게 쉬운 여자라고 생각하지? 쉬운 여자는 말이야, 그런 거 내숭 떨고 검증 같은 거 해보지 않고 그냥 결혼하는 여자가 쉬운 여자야. 내 인생 뭐 되든 말든 당장에 안일한 이미지 관리를 위해서……

"내 말은 그게 아니라, 남자들이 그런 여자 싫어하잖아."

―헐. 왜 싫어? 나한테만 쉬운 여자가 왜 싫은 건데? 길 가다가 물어봐라, 어느 남자가 나한테 쉽게 구는 걸 싫어하나. 남한테 쉽게 구는 걸 싫어하는 거지.

"그런가?"

―그럼, 그럼.

"그게 정말 전문가들에게 들은 남자 뻑가게 하는 공략법이야?"

버스에서 내려 공방으로 걸어가는 길, 은혜의 말이 영 미심쩍은 지흔은 좀 더 목소리를 높였다.

―그래. 어차피 연애를 하면 언젠가 잠을 자잖아. 연애의 궁극의 목표를 섹스로 만들 순 없지. 너 슬램덩크에 그 명언 알지? 왼손은 그냥 거들 뿐. 섹스가 그런 왼손 같은 거야. 연애 점수를 낼 때, 섹스는 그냥 거들 뿐. 연애의 목표는 사랑으로 하는 거야, 알았지?

어이고, 박사 나셨네.

대체 어디서 다 주워들은 건지 모르겠다. 진작 좀 물어봐서 비웃기라도 해볼걸. 막상 자신에게 닥칠 일이 될지 몰라 웃지도 못한다. 그녀가 한숨을 쉬었다.

"그렇다고 다짜고짜 그것부터 하라고?"

은혜가 낄낄거리고 웃기 시작했다. 지흔이 미간을 좁혔다.

"뭐하는 거야, 지금?"

—널 놀리는 중이지.

"뭐?"

—너 정말 섹스부터 하라고 하면 할 수 있어?

"왜 못해?"

잠시 경준의 얼굴을 떠올려본다. 키스만으로도 심장이 저리는 데 그와 섹…….

"아, 그건 아직 안 되겠어. 넌 빨라."

—얼마나 됐는데.

"삼 일?"

—어머, 꽤 됐네. 할 때 됐다, 야. 빨리 해. 너, 나이도 많겠다, 속궁합도 봐야겠다, 유전자 검사도 눈으로 해볼 겸.

"헛소리만 할 거면 끊자."

—대체 누구야, 그 남자?

"경준이."

—끊자.

말이 끝나기 무섭게 전화가 끊겼다. 헛소리라 이거지?

"난 말했다, 신은혜. 나중에 왜 말 안 했냐고 뭐라고만 해봐라."

은혜에게 말—정확히 하자면 자랑—은 해야겠고, 입은 안 떨어지고. 괜한 말로 돌려서 해보려고 했는데 은혜의 엉뚱한 대답에 타이밍은 다음 기회에, 를 외치고 있었다.

"대체 언제 말하지?"

공방 근처에 다다랐을 때 문자가 들어왔다.

[아무래도 그건 무리겠지만 뭐 스킨십은 서지흔도 할 수 있겠지. 열심히 부비부비 해보도록.]

부비부비? 손잡고 뭐 그런 걸 얘기하는 건가. 키스도 한 번 했는데 자연스럽게 스킨십을 해도 이상하지 않겠지?

[오케이.]

답장을 하자마자 바로 문자가 들어왔다.

[잘돼서 소개해주는 날 밥 사라.]

"그래 네가 까무러치지 않는다면."

지흔이 미소를 지었다.

영화관에 몇 년 만인지 모르겠다. 바빠서 영화관을 못 와봤다고 하자 그녀가 먼저 나서서 예매를 하고 팝콘을 고르고, 그러지 않았다면 눈뜬장님처럼 다닐 뻔했다. 게다가 토요일 하루 꼬박 있는 물류센터 일도 빼먹고 노는 건데도, 그런 적이 없어서 그런지, 좌석이 생각보다 편해서 그런지 영화를 볼 땐 그만 잠들어버렸다. 분명 좌석에 머리를 기대 그녀의 옆모습을 보고 있었는데.

"진짜 재미있었다, 그치?"

"어? 어……."

"너는 어떤 캐릭터가 젤 좋아? 나는 엄청 빨리 달리는 애. 걔가 좋더라."

"그랬어?"

그가 영화 속에 나오는 캐릭터들을 떠올려봤다. 잘 모르겠다. 힐끗 영화관 밖에 붙은 커다란 포스터를 훔쳐본다.

"난 날아다니는 애."

"그래? 맞아, 걔두 괜찮았어. 아, 근데 팝콘은 왜 하나도 안 먹었어? 괜히 많이 시켰나봐. 아깝게 다 버리고. 너 음료수도 안 먹더라."

"어, 그러게."

그가 멋쩍게 웃었다. 평소 같으면 애초에 아까울 짓은 하지 않았을 텐데. 저녁 먹고 영화를 보느라고 물류센터의 하루 일당이나 다름없는 돈을 썼지만 돈이 아깝지는 않았다. 언제는 그게 아까워서 아무것도 못한다 했었는데, 막상 이렇게 되니, 돈보다는 시간이, 그게 그렇게 아깝다.

잠에서 깨고 나니 그녀와의 시간이 훌쩍 가버리고 없었다. 영화 볼 때 그녀가 어떤 표정을 짓는지 관찰했어야 했는데 평소엔 잠도 안 자놓고, 이런 중요한 순간을 잠으로 보내다니. 바보같이 두 시간을 그냥 소모한 게 아쉬웠다. 보상이라도 받고 싶은 마음에 그가 그녀의 손을 감싸듯 쥐었다. 그녀가 그런 그의 얼굴을 올려다보고는 히죽, 미소를 지었다. 꿈에서 보던 표정이다. 예쁘다, 생각하면서 그가 마주 웃었다.

"주말엔 보통 뭐해?"

그녀가 물었다. 주 5일제 덕분에 회사를 나가지 않는 주말엔 새벽부터 밤까지 물류센터 일을 했었다. 부모의 빚은 다 갚았지만 아직 학자금 대출이 남아 있는 상태. 기한의 여유가 있어 미뤄두고 있었지만 빚을 다 갚았으니, 전셋집이라도 구하려면 빨리 털어야 했다.

일요일에도 일을 하면 좋을 텐데.

일요일엔 형의 눈치가 보여 나가지 못하니, 가만히 앉아서 할 수 있는 번역 일을 했다. 사실은 다음 주까지 보내야 하는 번역 일을 다 끝내지 못했다.

"너는 뭐하는데?"

하지만 그걸 설명하려면 너무 많은 시간이 필요했다. 언젠가 얘기를 해야 하는 건 알았지만 그는 저도 모르게 말을 돌린다.

"난 토요일엔 오전에 수업이 있어."

그녀의 말에 그가 놀란 듯 그녀를 바라봤다.

"그럼 오늘 일 끝나고 온 거야?"

"응."

"피곤하겠다."

"아냐. 하나도 안 피곤해."

그러면서도 그녀가 가만히 팔짱을 끼고 그에게 몸을 기댔다. 손을 잡는 것보다 훨씬 밀착된 느낌에 저도 모르게 긴장이 됐다. 더워진다. 여름 날씨라 그런 거겠지만 날씨 때문만은 아닌 것 같다.

"일요일엔?"

"일요일은 쉬어."

"그렇구나. 그나마 다행이네."

"응. 그런데 내일은 나가야 돼."

"왜?"

"보강."

"보강?"

"땡땡이친 게 있어서, 그거 보강해주느라고."

"땡땡이도 쳐?"

그녀가 고개를 그의 팔에 비비듯 끄덕끄덕했다. 이러면 정말 고맙긴 하지만 그는 곤란하다는 듯 그녀의 이마를 검지로 누르며 머리를 슬쩍 뒤로 밀어냈다.

"땡땡이를 다 치고. 선생이 뭐 그러냐."

"왜 땡땡이 좀 치면 안 돼?"

물어보고도 답을 아는 눈치다. "아, 돈 받아놓고 땡땡이치면 안 되지?" 하고 중얼거리는 게 귀엽게 들려왔다.

"일요일 날 보강하러 나가느니, 그냥 제날짜에 하는 게 낫지 싶다?"

"그건 그래. 근데 아파서 그런 거니까, 뭐."

그가 걸음을 멈췄다.

"아팠다고?"

"응. 배탈."

그러고 보니, 말라 보인다. 혈색도 없어 보이고.

"뭐 잘못 먹은 거야?"

"아니, 많이 먹은 거야."

"뭐? 뭘 얼마나 먹었길래?"

그녀가 대답 없이 배시시 웃더니 반문했다.

"너는?"

"뭐가?"

"내일 뭐해?"

"나? 나는 쉬지."

어쨌든 집에는 있는 거니까.

"좋겠다."

부럽다는 듯 바라본 그녀가 다시 그의 팔에 얼굴을 기대온다. 서지흔의 뺨이 닿은 팔뚝이 화끈거린다. 안고 싶다는 충동이 불쑥, 그의 마음에 들어온다. 이대로 안아버리고 싶다. 하지만 이 밤의 이런 충동은 그다지 좋지 않은 듯했다. 불화살의 활시위를 당기는 것과 다름없으니까.

"공방 구경도 할 겸 내일 데리러 갈까?"

그는 생각을 휘이휘이 저어내며 물었다. 그녀가 놀란 듯 얼굴을 뗐다.

"정말?"

방금 핀 꽃처럼 활짝 하고 피는 얼굴. 사실은 더는 미루면 안 됐다. 다음 주까지 빨리 끝내고 문서를 넘겨야 한다. 보통은 원래 마감일보다 며칠 더 빨리 마치곤 했었다. 그래야 또 다른 일을 더 빨리해서 돈을 벌 수 있으니까. 그런데 뭐 어떠냐 싶게 마음이 풀어진다. 영화관에서 잤으니까 밤을 새우면 되겠지, 하면서. 그래야 내일, 오늘 못 본 시간만큼의 그녀를 볼 테니까.

집으로 돌아온 경준은 옷도 갈아입지 않고 자리에 앉아 일을 시작했다. 꼼짝없이 한 시간 동안 고개를 고정하고 있었는지, 담이 오는 듯 굳어버린 느낌이 들고서야 자세를 고치며 목을 턱턱 쳤다. 시간을 확인하려 휴대폰을 연 경준은 그대로 굳어버렸다. 지흔에게서 부재중 전화가 두 통이나 들어와 있었다.

"왜 몰랐지?"

아무리 집중력이 좋다 해도 코앞에 있는 전화 벨소리도 모를 정도로 몰입할 리는 없었다. 가만히 살펴보니, 무음이었다. 영화를 보려고 무음으로 해놓고 깜빡 잊은 모양이다. LED 점등만 살아 있었어도. 이놈의 휴대폰. 조만간 바꿔야 할 것 같았다. 통화 버튼을 누르려고 보니, 문자가 들어와 있었다.

[자나 보네. 그냥 잘 들어갔는지 궁금해서. 잘 자♡]

아차. 내일 볼 생각에 집에 와서 연락도 안 하고 일부터 했다. 형 덕분에 받게 되는 하트 무늬를 바라보며 미소를 짓고 있는데 불쑥, 문이 열렸다. 깜짝 놀라 바라보니, 자신보다 더 깜짝 놀란 얼굴이 보였다.

"형?"

"어, 너……, 이 시간에 왜 집에 있어? 오늘 물류센터 안 나갔어?"

"어, 그렇게 됐어. 오늘 일이 좀 있어서."

"그랬구나. 어디 아픈 건 아니지?"

"그럼. 당연하지."

"근데 뭘 그렇게 히죽거리고 있어?"

"어? 아닌데?"

"아니긴. 빙구처럼 웃고 있어놓고."

내가 그랬나? 피식, 하고 웃자 형이 미간을 좁혔다.

"어쭈. 또 웃어? 뭐 좋은 일 있냐? 혹시 도시락녀……."

"아니. 번역문 중에 웃긴 말이 있어서."

그가 자연스럽게 휴대폰을 숨기고 문서를 가리켰다. 물론 성준이 그다지 믿는 눈치는 아니었다.

"흐음. 딱 봐도 맛이 간 얼굴인데."

"언제는 아니었나. 일하느라고 항상 맛은 가 있었지."

"그걸 아는 놈이 연애도 안 하고 맨날 일만 해."

"맨날 일만 하는 놈이 어떻게 연애를 해?"

"하여튼 동생이란 놈이 한 마디도 안 지고."

"근데 왜 이렇게 빨리 들어온 거야?"

"어? 그냥 볼 일이 좀……. 그럼 일해라."

성준이 방으로 들어갔다. 조금 이상해 보여서 의아한 눈길을 주다가 도로 일을 시작하는데 방에서 성준이 또다시 나갈 채비를 하고 나왔다.

"들어온 거 아니었어?"

"아냐. 다시 가봐야 돼."

"그럼 왜 들어왔어?"

"아, 오, 옷 좀 갈아입느라고."

경준이 미간을 좁혔다.

"형 어디 아파?"

"아니."

"근데 얼굴이 좀 안 좋아 보이네."

"왜 형도 맛 가보이냐?"

"어. 완전."

"형은 예전에 맛이 갔다. 성채은이 사라진 이후쯤이라고 볼 수 있지."

성준이 신발을 신으며 한탄하듯 말했다. 그가 미소를 지었다.

"저녁은 먹은 거야?"

"당연하지. 이 시간까지 안 먹었으려고."

"언제 들어올 건데?"

"일찍 올게."

"이미 밤인데?"

경준의 말에 나가려던 성준이 미간을 좁혔다.

"넌 나 체크하지 말고, 도시락녀나 체크해서 잘 잡아."

성준이 밖으로 나갔다. 좀 급해 보여 이상했지만 형의 말대로 그는 자신을 궁금해 하고 있을 지흔에게 관심을 돌렸다.

[나 안 자. 전화한다?]

문자를 보내고 그녀의 사랑스런 뺨이 닿아 뜨끈했던 팔뚝을 슥슥 매만지던 경준이 그대로 누워 전화를 걸었다. 아무래도 이 밤, 번역 일을 끝마치긴 다 틀린 듯했다.

14.

뭐라고 해야 할까, 그냥 느낌만일 수 있는데 이상하게 경준에게는 아직 다가갈 수 없는 벽이 있는 것 같았다. 서로의 마음을 확인했고 약속을 잡고 만나고 서로 웃음을 짓고 손이나 팔짱을 끼는 게 어색하지 않은데도 지흔은 뭔가 부족한 기분이었다.

자신이 경준에게 더 빠져서 그런 걸까.

혹시 그것이라면 은혜가 알려준 남자공략법 최종 편을 써볼 마음이 있었다. 다만 그게 안 먹힐 거라는 것을 이미 알고 있어서 쓰지 않는 것뿐이다.

기본적인 스킨십도 안 통하는 걸.

그가 은근히 자신이 다가오는 걸 피한다는 걸 느낄 때마다 이 세상엔 제 남자에게 쉽게 구는 여자를 좋아하지 않는 남자가 있다는 것을 은혜에게 꼭 말해주고 싶은 기분이었다.

"바뀐 폰은 어때?"

문화센터 점심이 끝나고 두 사람에게는 꿀맛 같은 산책 시간이었다.

"완전 좋던데? 신세계야, 신세계."

경준이 흥분한 듯 말했다. 처음 폰을 사고 어떻게 하는 거냐고 물어볼 때, 그 귀여운 표정이 기억나 지흔은 웃음이 났다.

"촌스럽긴. 극장도 안 가봤다더니."

"앞으로도 그런 거 많을걸?"

"그래?"

"아마 깜짝 놀랄 거야."

"대체 뭐하고 살았어?"

"바쁘게…… 살았지."

"아 맞다, 유학 가 있어서 그런가? 거긴 또 우리나라랑 달라서 괴리가 좀 있을 거 아니야."

"유학은, 못 갔어."

"응? 갔다고 했었잖아."

"중간에 그만뒀어."

그녀가 의아하게 바라보자 그가 말없이 웃음을 지으며 시선을 돌렸다. 더 이상 얘기하고 싶지 않다는 뜻일까. 안 그래도 휴대폰을 바꾼 이후로 톡도 하고 대화가 늘었다. 그렇다 해도 그에 대해서 알게 되는 건 어느 정도일 뿐이었다.

그와 자신의 사이에는 스킨십이 먼저가 아닐 수도 있으려나. 이상하게 겉도는 느낌이다.

"공원 산책하면 좋은데."

그녀가 아쉬운 마음을 뒤로하고 하늘을 올려다보며 말했다. 장마철이라 그런지 날씨가 꾸물꾸물하다. 이런 날엔 그다지 산책하기 좋지 않지만 그녀는 모른 척한다.

"여기도 괜찮잖아."

버스정류장으로 가는 길. 두 사람이 헤어지는 길이 괜찮다고 말하다니, 전 같았으면 속으로 섭섭해 했을 게 틀림없다. 하지만 이제 그녀는 굳이 그렇게 생각하지 않는다. 이젠 사귀는 사이니까.

"회원분한테 들어보니까 거기 산책로가 유명하다더라고. 그늘이 많아서 여름에도 시원하대."

그녀의 말에 그가 의아하게 쳐다본다. 아까 점심을 먹을 때부터 공원 얘기를 했으니 이상하게 보는 게 당연했다. 그가 싫다고 한 것도 아니었다. 점심을 다 먹고 시간이 되면 가자, 했는데 영 시간이 될 것 같지 않아 그냥 이 길을 선택한 것이었다.

"공원에 뭐 있어?"

"아니, 그냥 거기가 괜찮은 것 같아서."

그가 다시 시계를 들여다본다. 아무리 봐도 산책을 하고 나오면 점심시간이 훌쩍 지나 있을 것 같을 시간. 사실 그녀는 정말 공원 산책을 하고 싶었던 게 아니었다. 지금 이 길도 꽤 괜찮았다. 푸른 나무도, 꽃도, 그도 모두 볼 수 있는 길이니까.

"시간이 안 될 것 같은데."

실은 묻고 싶은 게 있었다.

"남들 눈 때문에 안 되는 거 아니고?"

"남들 눈? 누구 눈?"

경준의 물음에 지흔이 입을 다물었다. 그가 눈을 가늘게 떴다.

"너, 할 말 있지?"

"없는데."

입은 벌써 오물오물, 간질간질했다.

"할 말 있으면 편하게 해."

그렇다면, 물어볼까.

잠시 고민하던 그녀가 "지난번에……." 하고 일전에 회원이 경준에게 가서 다짜고짜 지흔과 사귀냐고 물어봤던, 내내 걸렸던 일에 대해서 슬쩍 물었다.

"아, 그 일. 너, 들었어?"

그녀가 고개를 끄덕이자 경준이 의아한 표정을 지었다.

"근데 그게 왜?"

물어놓고 뭔지 알았다는 듯 "아……." 하고 금방 표정을 굳혔다.

"그게, 그땐 사귀지 않아서……."

사귀진 않았지만 친하지 않다고도 했었지. 그녀가 한 마디 하려는데 그가 금방 덧붙였다.

"너한테 피해갈까 봐 친한 척도 못 했다."

"피해?"

"어. 거기 회원분들을 흉보긴 싫지만 남 뒷얘기에는 친목이 워낙 강하신 관계로. 마트에 잘못 소문나면 혹시 네 자리에 지장 줄까 봐."

그런…… 거였어? 그날 정말 엄청 삐쳐 있었는데. 성별의 차이일까. 깊이의 차이일까. 어쨌든 생각도 못했다.

"그게 섭섭했구나?"

"섭섭하긴. 아냐."

"아니긴. 딱 봐도 나 그때 기분 나빴다, 라고 말하는 것 같은데?"

그렇긴 했지만.

"것보단 와인 선물이……."

"응? 와인?"

"초콜릿이랑……."

"아하하. 어디까지 들은 거야, 대체?"

뭐가 재미난 건지 그가 유쾌하게 웃었다. 아마도 질투하는 제 모습이 우스워 보였겠지. 그게 참 별거 아닌 것 같아도 은근 기분 나쁜 거라는 걸 그는 절대 모를 것이다.

"초콜릿은 매장 분들하고 나눠 먹었고, 와인은 형 줬어."

"정말? 와, 아까워."

"왜, 너도 초콜릿 먹고 싶었어? 아님, 와인?"

"내가 먹고 싶다고 하면 줬을 거야?"

"응. 있었으니까."

선물 받는 게 생활화되어 있어서 그런가. 이렇게 무심하다니까. 그녀가 살짝 눈을 흘기자 그가 뭐가 잘못됐냐는 듯 눈썹을 들어올렸다.

"이래서 짝사랑이 서러운 거지."

"응?"

잠시 생각하던 그가 무슨 말인지 이해했다는 듯 그녀를 바라봤다.

"너무 무개념인가? 근데 단것 잘 안 먹어서. 술도 안 마시고. 전엔 안 받는다고 말도 해봤는데 그럼 너무 무안해하더라고. 어차피 그냥 썩혀서 버리는 것보다 그게 낫지 않아?"

"그래? 그럼 향초는……."

"향초?"

그가 뭔가를 생각하면서 웃음을 지었다.

"걱정 마. 서지흔은 서러울 일 없으니까."

자신은 짝사랑이 아니라는 말. 그에게 선물을 줬던 여자들이 잠시 가여웠지만 자신의 코가 석 자인지라 언짢았던 마음이 슬쩍 돌아왔다. 속으로 무지 좋아하는 게 얼굴에도 티가 났는지 그가 그녀의 머리를 헝클었다. 슥슥, 그가 헝클어놓은 머리를 도로 매만지며 미소를 지었다.

이렇게 오래도록 걸으면 좋으련만.

그녀가 팔짱을 끼고 얼굴을 기대자마자 은근 자세를 바꿔 도로 그녀의 손을 잡는다. 뭘까, 이 알 수 없는 밀어냄은. 착각이겠다, 생각하고 싶은데 다가오는 걸 싫어하는 느낌이 드는 걸 어쩌지 못했다.

정말 짝사랑 아닌 거 맞는 거야?

지흔이 한숨을 지었다. 그가 걱정스럽게 바라봤다.

"왜, 아직도 기분 나빠?"

"아니야."

"그래 보이는데. 또 뭐 문제 있어?"

응. 내가 널 만지고 싶은데 네가 막는 것 같아, 라고 말하는 순간 정말 이상한 여자가 되겠지? 그녀가 고개를 저었다.

"이상하네. 뭔가 있어 보이는데."

"없어, 아무것……. 누구지?"

지흔이 울리는 휴대폰을 들었다.

[이승훈.]

그녀가 저도 모르게 고개를 들어 경준을 바라봤다. 그의 눈빛이 살짝 변한 것 같았다.

"승훈이네?"

"어, 끈질긴 녀석. 전화를 안 받는데도 계속 전화하네."

그녀가 슬금슬금 전화기를 내리며 수신거부를 눌렀다.

"받지, 왜?"

"어? 안 받아도 돼."

"언제 승훈이랑 따로 만난 적 있어?"

"아니. 동창회 때 한 번 본 거야."

경준이 눈을 가늘게 떴다.

"동창회 가서 얼마나 매력을 발휘하셨기에."

"알잖아. 철철 넘치는 거."

그가 살짝 미소를 지었다. 안 그래도 넘치는 매력에, 그날따라 너무 과하게 꾸미고 나간 것 같았다. 언제 한 번 만나서 평소엔 절대 그렇지 않다는 걸 보여주고 싶은 심정이다.

그가 질투를 할 리는 없지만 그녀는 괜히 눈치를 살핀다. 그가 표정 없이 입을 다물었다. 승훈의 전화 한 방에 좋았던 분위기가 싹 가라앉은 것 같다. 잠시 말이 없이 걷던 그가 걸음을 멈췄다.

"승훈이 전화번호 좀 알려주라."

"응?"

"나한테 문자로 보내줘."

"어? 왜?"

"그냥 할 얘기가 있어서."

설마, 내 여자 건들지 마라? 어쩌면 그럴 수도 있을 것 같아 슬며시 걱정이 됐다.

"그럴 거 없어. 경준아."

그녀가 말리듯 그를 바라봤다.

"그냥 몇 번 전화 안 받다 보면 연락 안 하겠지. 동창들 사이에서 시끄러워지는 거 싫어서 너 동창들에게 연락도 안 하고 생사 확인도 안 시켜주는 것 같은데 나 때문에 나서서 그럴 거 없어."

목에 핏대까지 세우고 말했는데 그가 쿡, 웃는다.

"왜……?"

"너 때문에 그런 거 아닌데?"

"어?"

"그냥 오랜만에 보고 싶어서. 나랑 제일 친했던 친구잖아."

"아······?"

민망해진 지흔이 애써 미소를 지었다.

"하하······. 나도 알지. 나도 노, 농담이었어. 지금 보내줄게."

얼굴이 화끈을 넘어 후끈거린다. 그녀가 휴대폰을 뒤지는 척 빨개진 얼굴을 식혀본다. 그가 자신을 내려 보며 웃는 것 같았지만 쳐다보지는 않았다. 지흔은 연애를 하며 한 가지 알게 되었다.

'남친' 앞에서도 쪽팔릴 수 있다는 것.

청소를 하고, 공방에 밝혔던 불들을 모두 끄고, 뒷정리를 하는 사이, 선생들은 하나 둘씩 사라졌다. 보통 리본공예 선생인 나연이 공방 문을 닫고 가곤 했는데 금요일 수업엔 리본수업이 오전밖에 하지 않는다, 그래서 어찌어찌 하다 보니 공방의 문을 닫는 게 그녀의 몫이 되었다고 반쯤은 투덜대더니. 혹시 끄지 않은 촛불이 있는 건 아닌지, 자물쇠를 잘 돌렸는지 보안작동을 잘했는지 등등 공방 문을 닫는 모습이 야무져 보인다.

경준은 한 번 그녀의 공방 근처를 다녀오고 나서부터 회사에서 퇴근하고 물류센터를 가기 전에 가끔 지흔의 공방 앞에 가서 그녀를 보곤 했다. 가서 인사를 하고 손을 잡고 대화도 나누고 싶었지만 만나고 갈 시간이 되지 않아 그냥 얼굴만 살짝 보고 가곤 했다. 아쉬움이 크지만 이것도 꽤 괜찮았다. 자신이 모르는 서지흔의 모습을 구경하는 일도, 그런 사람이 생겼다는 이 마음도. 왜인지는 모르지만 그녀를 가만히 바라만 봐도 고마운 느낌, 그런 게 있었다.

공방을 나오자마자 그녀가 쭉, 기지개를 폈다. 볼록한 가슴과 잘록한 허리가 그의 마음을 뜨겁게 만든다. 막 안고 싶다, 서지흔. 그럴 수 있다면 좋겠다. 하지만 그는 저도 모르게 여전히 조심하고 있었다. 지켜주고 싶다는 마음이 충동을 애써 가라앉힌다. 얼마나 갈지 모르지만 최대한 오래, 그리고 최대한 많이 참아볼 생각이었다.

"어? 너……."

지흔이 버스를 탈 때까지 조용히 따라가려던 그가 걸음을 멈췄다. 공방 밖으로 나온 지흔 앞으로 기다렸다는 듯 웬 남자 하나가 섰다. 그 모습을 보자마자 생긴 경계심을 안고 다가서려는데 지흔의 목소리가 들려왔다.

"이승훈?"

"와. 얼굴 한 번 보기 힘들다, 서지흔."

승훈이라는 말에 걸음을 멈췄다. 가뜩이나 승훈이 자꾸 지흔에게 전화를 해서 짜증이 나는 상태였다. 그녀에게 승훈의 전화번호를 가르쳐달라고 한 건 친한 친구였던 승훈을 오랜만에 다시 만나고 싶은 마음도 반은 있었지만 사실 지흔 때문이었다. 질투 때문에. 그게 아니었다면 경준으로서는 그냥 이대로 지내는 게 훨씬 나았다.

"여긴 어쩐 일이야?"

둘 사이로 다가가려던 경준이 걸음을 멈췄다. 지흔이 어째 자신보다 더 싫은 얼굴을 하고 있었다. 그 얼굴을 모른 척하는 건지, 승훈은 아랑곳하지 않고 대꾸했다.

"그냥. 지나는 길이었어."

"그렇구나? 그럼 지나가."

지흔이 길을 터준다. 웃으면 안 되는 상황인데 경준은 저도 모르게 웃음이 났다.

"와. 정말."

승훈이 짜증난다는 듯 인상을 찌푸렸다.

"너 정말 너무하다. 친구를 이렇게 대하냐?"

"친구가 아니라 동창이겠지."

"그게 그거지."

"말은 바로 하자. 난 네가 김승훈인지 이승훈인지도 기억 못 했어. 그게 친구야?"

"좋아. 그래, 동창."

승훈이 금방 수긍했다. 그러자 지흔이 고개를 끄덕였다.

"그럼 먼저 갈게."

"야. 내가 왜 왔는지 알면서 그냥 가려고?"

"네가 왜 왔는지 나는 모르겠는데?"

"에이, 왜겠어. 너 보러 왔지."

"날 보러 여길? 여긴 어떻게 알았는데? 너 설마 스토커야?"

"명함에 주소 있길래 왔다. 나 막 뒤에서 훔쳐보고 그런 저질 아니거든."

승훈의 말에 경준이 피식, 웃음 지었다. 그 저질은 자신이니까.

"지금 퇴근하는 거냐?"

"응."

"그럼 저녁이나 같이 먹을까?"

승훈이 자신의 차를 가리켰다. 고급스러워 보이는 벤츠가 야밤에도 번쩍거렸다. 그 모습을 보던 지흔이 비웃듯 입을 실룩였다.

"싫은데."

"왜?"

"왜긴, 싫으니까."

"너는 오랜만에 친구를 만나서 어떻게 대놓고 그렇게 사람을 싫다고 그러냐."

승훈이 툴툴거리자 그냥 지나치려던 지흔이 고개를 들어 승훈을 노려봤다. "아, 맞다. 동창."이라고 중얼거리는 승훈을 바라보는 눈빛이 곧 욕설이라도 뱉을 표정이다.

"말 한번 잘했다. 너는 어떻게 한 번밖에 안 본 동창을 네 친구들 사이에서 네 거라는 둥 건들지 말라는 둥 그러고 다닐 수가 있어?"

아하. 그런 일도 있었군. 지흔이 승훈에게 공격적인 이유를 알 것 같았다. 경준도 못마땅하다는 듯 승훈을 바라보며 미간을 좁혔다. 승훈이 당황한 듯 보였다.

"어, 어디서 들었어? 누가 그랬는데?"

"누가 그랬겠어. 네가 그 말을 한 걸 들은 사람들이 말해줬겠지?"

지흔이 승훈의 앞에 다가서며 따지듯 물었다.

"내가 네 거야?"

"그게 말이야……."

"내가 왜 네 건데?"

"아, 그건……. 일종의 찜이지. 찜."

"찜?"

"어, 그래야 딴 놈이 너한테 집적 안 되지. 난 내가 찜한 거 누가 건드리는 거 싫거든."

허세 부리는 건 여전하네.

그땐 장난이 반이었는데 주변 환경이 받쳐주는 건지, 완전 진지해졌다. 쳐다만 봐도 자신을 좋아한다고 믿고 여자애들에게 집적대다가 금방 차이고, 또 새로운 사랑을 찾고 하던 승훈의 모습이 떠올랐다.

"야, 그 많은 동창들 중에 내가 널 찜한 건데, 너도 좋잖아?"

너, 내가 누군지 알아? 하고 묻듯 거만하게 말하는 승훈을 보고 뭐라고 말할지 말을 고르는 듯 온갖 표정을 다 짓던 지흔이 매우 짜증스러운 표정을 짓더니, 안 되겠는지 퍽, 하고 가운뎃손가락을 들어올렸다.

풋! 경준이 저도 모르게 웃음을 터트렸다. 왜 저리 모든 행동이 귀여운 건지.

"와우……."

승훈이 넋을 잃은 얼굴로 지흔을 바라봤다. 지흔이 확 미간을 좁혔다.

"입으로도 욕먹기 싫으면 그만 가라."

지흔은 여전히 화가 난 얼굴인데 승훈은 어쩐지 맛이 간 눈빛을 하고 있었다. 아, 안 되겠다. 승훈이 더, 지흔의 매력에 빠져들기 전에 승훈을 구해 줘야 할 것 같았다. 경준이 지흔에게 전화를 걸었다. 손가락을 올린 채로 다른 손으로 휴대폰을 찾던 그녀는 자신의 이름을 확인하고 금방 화색을 띤다.

"서지흔? 뭐 해?"

—어? 어, 나 일하지.

그녀가 주춤주춤 손가락을 치운다. 승훈이 여전히 멍한 얼굴로 그녀를 보고 있는데도 지흔은 무시하는 듯 몸을 돌렸다.

"일 아직 멀었어?"

—아냐. 금방 끝나.

"그래? 그럼 너 공방에서 집에 가는 버스정류장 있잖아. 거기서 볼까?"

—정말? 언제?

그녀가 뛸 듯이 기뻐하는 게 보였다. 고맙게도.

"지금. 잠깐만 보자."

―어, 금방 갈게.

즐거운 표정의 지흔이 전화를 끊었다. 그러고는 멀뚱멀뚱 서 있는 승훈을 보며 경고의 눈을 했다.

"나는 남친 있거든. 한 번만 더 엉뚱한 소리 해서 걸리는 날에는 네 차 긁어버릴 테니까 알아서 해라?"

무섭게 경고한 그녀는 버스정류장으로 걷기 시작했다. 승훈은 여전히 그 자리에 서 있었다. 지흔의 뒷모습을 멀뚱멀뚱 바라보며, 제 심장박동을 확인하듯 가슴에 손도 올리며. 그러더니 겨우 제 차에 올라타고 자리를 떠나는 게 보였다.

"어째 조짐이 안 좋네."

중얼거리던 그가 버스정류장으로 향했다.

버스정류장에 다다르자 그녀가 주변을 두리번거리며 서 있는 것이 보였다.

"서지흔."

눈이 마주치자 그녀가 활짝 웃었다. 언제 무슨 일이 있었냐는 듯이 그 미소가 참 환했다. 안고 싶다. 충동적으로 커져버린 그 마음을 알아버린 듯 그녀가 반가움에 바짝 다가섰다. 심장이 터질 것처럼 뛴다. 하지만 팔을 뻗은 그는 그녀의 어깨가 아닌 머리에 손을 얹고 살짝 물러섰다. 오늘 같은 날은 정말, 한 번의 손길에도 그녀를 놓지 못할 것 같았다.

"일찍 왔네?"

"응. 여긴 어떻게 온 거야?"

"잠깐 얼굴 보러 왔지."

"잠깐?"

"어. 일이 남아서."

"퇴근한 거 아니었어?"

"맞아."

"근데 왜 잠깐……."

"어? 저거 너희 집 가는 버스 아니야?"

경준이 다가오는 버스를 가리켰다. 잠시 고개를 돌린 지흔이 그를 보고 고개를 끄덕였다.

"맞아, 우리 집 가는 버스."

"그럼, 탈래?"

"벌써?"

"잠깐 얼굴만 보러 온 거야. 보고 싶어서."

"난 아직 네가 보고 싶어 하는 얼굴 보여주지도 못했어."

"그래도……."

"그냥 놓칠래."

그녀가 애교스럽게 그를 올려다봤다. 그런 그녀의 얼굴에 가만히 손을 올려 머뭇머뭇 뺨을 매만졌다. 같이 있고 싶다. 가만히 제 가슴에 얼굴을 기대는 그녀를 포옥, 안으려다가 그녀의 손목을 잡아끌었다.

"같이 타자. 집까지 데려다줄게."

이럴 줄 알고 그냥 얼굴만 보고 가곤 했는데.

"정말?"

늦을 텐데. 하지만 좋아하는 그녀와 같이 버스를 탄다. 자신의 어깨에 기대어오는 그녀를 말리지 못하고 창가에 비치는 그녀의 모습을 가만히 바라본다. 미소를 짓던 경준이 승훈의 벤츠를 떠올린다. 입술을 질끈 깨문 경준이 그녀의 손을 꼭 잡는다. 벤츠가 아닌 버스를 택한 그녀에게 어쩐지 좀 미안해하면서.

그 외에도 ......and than some...
더 많은 것들

15.

"임경준!"

시끄러운 팝음악 사이로 자신을 부르는 소리가 들려왔다. 담배연기 속
에서 당구를 치는 사람들 사이를 지나치는데, 바(bar) 앞에 앉아 맥주를 마
시고 있는 승훈이 보였다. 승훈에게 다가가는 사이, 승훈이 앞에 선 웨이터
에게 뭐라고 얘기를 하는 게 보였다. 승훈이 말을 끝내자 웨이터가 어딘가
를 가리켰다. 바로 자리에서 일어난 승훈이 경준에게 웨이터가 가리킨 문
앞으로 오라고 손짓을 했다.

경준이 다가가자 문 앞에서 기다리고 있던 승훈이 미소를 지으며 덥석
그를 안았다. 승훈은 여전히 경준보다 반 뼘 작았다.

"이게 꿈이야, 생시야? 임경준이라니."

"반갑다, 승훈아. 잘 지냈냐."

경준이 인사를 하자, 승훈이 문을 열었다.

"들어가자. 저긴 워낙 시끄러워서."

승훈을 따라 들어선 곳은 조용한 룸이었다. 승훈이 자신의 맞은편으로

자리를 권했다. 앉자마자 승훈이 다시 악수를 청했다.

"진짜 반갑다."

활짝 웃는 승훈을 보며 경준이 마주 악수를 했다.

"뭐 하고 산 거야?"

"일하면서 살았지."

"그래, 부모님은 어떠……, 아, 미안. 형님은 잘 계시고?"

이미 부모님의 장례식을 봤던 승훈이 조심스러운 듯 물었다.

"어. 그래. 잘 있어. 너희 부모님들은 어떠셔?"

"우리 부모님들이야 아주 짱짱하시지. 제주도에 땅 사놓은 게 잘되셔서 거기서 숙박업 하시면서 노후 보내신다고."

"그래? 다행이네."

웨이터가 들어와 대화가 끊겼다.

"뭐 마실래? 뭐 좋아해?"

"그냥 맥주로 하지, 뭐."

경준은 술을 잘 먹지 않았다. 시켜만 둘 생각이었는데 승훈이 손사래를 쳤다.

"에이. 오랜만에 만났는데 맥주는 무슨. 양주 먹자, 양주."

"아니. 이따가 들를 곳이 있어."

"어딜 들러? 친구 만나러 와놓고."

"일이 안 끝나서."

"웃긴다. 그런 게 어디있냐, 오랜만에 친구 만나놓고. 아, 너 돈 때문에 그러는 거야, 혹시? 걱정 마. 이 형이 낼게."

"그래, 고맙다. 근데 정말 가봐야 돼."

"너, 투잡 뛰냐?"

"어."

경준이 웨이터 쪽으로 시선을 돌렸다.

"맥주 주세요."

"짜식 시시하긴. 아까 내가 먹던 걸로 가져와, 그냥."

승훈의 말에 웨이터가 고개를 끄덕이며 나갔다.

"단골이라."

경준을 보며 윙크를 한 승훈이 어깨를 소파에 잔뜩 기대앉았다.

"그런데 정말 임경준을 다 보고."

"그러게."

"십 년인가, 벌써?"

"그렇게 됐네.

"안 그래도 애들은 죽은 줄로만 아는데 연락도 안 하고, 이쯤 해서 폭로를 해야 하나, 고민 좀 했다. 정말 죽은 건 아닌가 걱정도 하고."

승훈의 말에 경준이 미안한 듯 미소를 지었다.

"그러고 보니, 인사도 못했네. 그땐 고마웠다."

"뭐가. 너 죽었다고 애들한테 말해준 거?"

"아니. 부모님 장례식장에 있어준 거."

경준이 한국으로 입국하던 찰나에 승훈에게 안부 전화가 왔었다. 마침 한국에 가는 길이니까 얼굴이나 보자고 해서 공항 근처에서 약속을 잡았는데, 입국을 하고 승훈을 만나 집으로 돌아오는 길, 경준이 가야 했던 곳은 집이 아니라 장례식장이었다.

경준의 인생이 완전히 달라진 순간. 그때 같이 있었던 게 승훈이었다.

"그땐 정말 많이 놀랐지."

승훈이 그때 생각이 나는지 한숨을 지었다. 부잣집에 잘나가던 친구가 하루아침에 거지가 된 것도 모자라서 고아가 됐으니, 승훈도 놀랄 만했다.
빚쟁이들이 쫓아와 성준과 경준을 잡아먹을 듯 다그칠 때 친구들을 부르려
던 승훈에게 소리를 지르며 죽었다고 하라고 했던 것을 이해해준 것도, 그
때 그 혼란 속에 같이 있어서였을 것이다. 그렇다고 자신이 죽은 시나리오
를 그렇게 완벽하게 짜내 동창들에게 말할 줄은 몰라서, 처음 지흔에게 그
얘기를 들을 땐 혼란이 있었지만. 그가 다시 한 번 인사했다.

"그땐 경황이 없어서. 못 챙겨서 미안했다."

"무슨 그런 말을 하냐. 다 지난 걸."

승훈이 경준의 인사에 조금은 으쓱해진 듯 말했다. 경준이 미소를 지었
다. 승훈이 물었다.

"그래서 요즘은 좀 어때?"

"그냥 회사 다니지."

"회사는 어딘데?"

"신선기업 다녀."

"홀."

승훈이 휘파람 부는 시늉을 했다. 의외라는 눈빛이었다.

"명함 있어?"

경준이 명함을 꺼내 건넸다. 그 사이 웨이터가 들어와 맥주병을 잔뜩 내
려놓고 떠났다. 웨이터가 나갈 때까지 천천히 명함을 살피던 승훈이 경준
을 바라봤다.

"영업부가 아니네?"

"어. 마케팅부야."

승훈의 표정이 조금은 아쉬워 보였다. 영업부라면 뭔가 팔아줄 요량이
었나.

"이야, 신선이라……. 죽는다, 죽는다 해도 솟아날 구멍은 있구나. 그땐 유학 못 다니고 빚쟁이들한테 쫓겨 다니더니, 대기업에 다 들어가고."

"그러게 말이다."

"근데, 여기 다닐 학벌이면, 학비 만만치 않을 텐데? 너 지금도 투잡 뛸 정도면 그건 어떻게 감당한 거냐?"

승훈의 말에 경준의 미소가 경직됐다. 친구를 만나고 반가운 마음은 같아도 역시 세월은 속일 수 없나 보다. 친구는 순수하게 있는 얘기를 하는지 모르지만 경준에게는 그렇게 들리지 않는 걸 보면. 네가 그걸 내고 다닐 재간이 있었냐, 는 듯이 들려왔다.

경준은 그것도 자격지심일 수 있다 싶었다. 그냥 웃어넘기자 싶어 그가 도로 미소를 지었다.

"장학금도 받고, 못 탈 땐 그냥 내고 했지. 그런 너는 뭐 하는데?"

"나? 그냥 뭐……."

승훈이 양복 재킷에서 지갑을 꺼냈다. 얌전해 보이지만 그게 명품이라는 걸 경준은 한눈에 알았다. 지갑을 보여주듯 꺼내든 승훈이 펄이 곱게 들어간 명함을 건넸다.

"D&A 유니텍 컴퍼니 대표?"

"어. DNA 관련 사업이야. 친구 따라서 속는 셈 치고 투자했는데 이게 갑자기 좀 잘됐다."

"그렇구나. 좋아 보이네. 회사 대표라. 잘 어울리는데?"

"그래? 하하, 이게 또 직위가 있다 보니까. 어때, 얼굴도 좀 더 잘생겨 보이지 않냐?"

승훈이 경준에게 얼굴을 보이며 제 턱을 쓸었다.

"그래. 근데 너 생긴 건 전에도 괜찮았어."

"네가 뭘 좀 아는구나. 너만 알아서 그렇지."

유쾌하게 말하는 승훈을 보며 경준이 귀엽다는 듯 웃었다.

"그런데 이젠 좀 어때?"

승훈의 질문에 경준이 고개를 들었다.

"뭐가."

"살 만하냐?"

"……."

"빚 말이야."

"아, 빚?"

승훈의 물음에 경준이 어깨를 으쓱했다.

"뭐, 대충 해결됐다."

"해결됐다고?"

승훈이 조금 놀란 얼굴을 해보였다.

"해결이 됐어, 그게?"

"어. 뭐, 대충."

"홀."

승훈이 어깨를 으쓱했다.

"난 또, 혹시 돈 때문에 연락한 줄 알았더니."

"응?"

"아니, 갑자기 동창한테 연락 오면 그렇잖아. 보험 들어달라는 거 아니면 혹시나 돈 빌릴 수 있을까 해서."

경준이 무슨 소리냐는 듯 물끄러미 바라보자 승훈이 말해놓고도 민망했는지 어깨를 으쓱했다.

"아니, 자존심 강한 네가 그럴 리 없다는 건 내가 잘 아는데. 네 상황이 상황이다 보니까. 내가 마지막 본 네 모습이 워낙, 좀 그랬잖아, 안 그래? 그땐 내가 어려서 잘 몰랐는데 나중에 보니까 그때 그 상황이 진짜 최악이었더라? 그래서 네가 이렇게 일어설 줄 정말 몰랐어."

저 녀석, 학교 다닐 때 나하고 안 좋은 감정이 있었던가. 자격지심으로 치부하기엔 말하는 게 영 삐뚤게 느껴진다. 경준이 미소를 지었다.

"내가 돈 빌려달라면 빌려줄 거냐?"

"그럼 당연하지. 이 형 잘나가는 거 안 보이냐?"

승훈의 어깨가 산처럼 오르고 있었다. 어쩌면 무엇보다 경준에게 자랑하고 싶었던 모양이다. 어릴 때부터 경준의 친구라는 이유만으로 생긴 열등감을 풀 기회를 찾고 싶다는 듯. 경준이 받아준다는 뜻으로 고개를 끄덕였다.

"든든하네. 고맙다."

경준의 여유 있는 미소에 승훈이 뭔가 아쉬운 듯 입을 쩝쩝 다셨다. 여유는 승훈이 있고, 경준이 쩔쩔매야 하는데 분위기상 오히려 반대가 된 게 어쩐지 영 기분이 좋지 않은 것 같았다.

"근데 너 고생 진짜 많이 했겠네? 그 빚 다 해결했으면."

그래서인지 뭔가 트집을 잡으려 안달 난 느낌이었다.

"내가 뭐 한 거 있나. 우리 형이랑 형수가 다 했지."

"그랬구나. 형님이 정말 힘들어 보이시긴 했지, 그때. 이 새끼, 이거. 너도 좀 돕지. 이와 중에도 대학 다니고 너 할 거 다 했냐, 나쁜 새끼."

"그렇게 됐네."

"하긴. 너 전부터 좀 샌님 같은 구석이 있었잖아. 봉사활동 가도 여학생들이랑 사진 찍기 바쁘고. 청소도 뭐 너 좋다는 애들이 미리 해놓고. 너는 손 딱 놓고 있고."

"그래, 내가 좀 그랬지?"

그런 기억은 전혀 없었지만 또 그래 보였을 수도 있겠다 싶어 경준이 웃고 말자, 승훈이 조금 시시해진 얼굴을 하더니, 머리를 긁적였다.

"도움 필요하면 말해. 친구 있다는 게 어디냐. 것도 이렇게 잘된 친구."

"그래, 고맙다."

"그나저나 너 동창들한테 살아 있다는 말 다시 안 할 거냐?"

"글쎄."

지흔 때문에 언젠가 하긴 해야 할 것이다. 자신은 이대로가 편했지만 지흔의 친한 친구가 한샌고등학교 동창이기도 하니, 언제까지 비밀로 둘 수도 없는 일이었다.

"언젠가 기회가 되면 말해야겠지."

"애들 아주 난리 나겠다. 재미있겠어."

승훈이 생각만 해도 재미있다는 듯 어깨를 들썩이며 웃었다. 그러다 뭔가 생각났다는 듯 눈썹을 들어올렸다.

"아! 맞다. 동창회. 한샌고가 가끔가다가 동창회를 해. 거기 짠, 하고 나타나 봐. 아주 다들 놀라서 자빠지겠다."

"동창회?"

"어. 나도 내내 바빠서 못 가다가 이번에 짠, 하고 나타났더니, 애들 그 놀란 눈이란. 크크. 참, 그래. 너 동창회 와라. 내가 찍은 애가 있는데 걔 한 번 보여줄게."

"네가 찍은 애?"

그게 지흔……일까.

"어. 이번에 월척을 하나 발견했어."

승훈이 낚시질하는 시늉을 했다. 혹시 그가 낚으려던 그 월척이 지흔이라면. 문화센터에서 먼저 지흔을 만나지 못하고 뒤늦게 승훈이 소개하는 여자로 봤다면 어땠을까, 생각만 해도 끔찍해 상상하기 싫었다.

"사실 너도 딱 봐서 알겠지만 내가 보통 여자애들이랑 놀겠냐? 사실 한 샌고에 그렇게 예쁜 애 없었잖아? 근데 이번에 갔더니 있더라니까. 난 살면서 원피스 그렇게 잘 어울리는 여자 처음 봤다?"

원피스? 서지흔이 원피스도 입었어? 대체 그런 건 왜 입고 간 거야?

이리저리 상상해도 상상 불가. 가서 잔소리를 하던가, 보여달라고 하던가 해야겠다, 생각하고 미소를 짓는데 승훈의 중얼거리는 뒷말이 들려왔다.

"걔 한 번 따먹겠다고 내가 지금 얼마나 공을 들이고 있는데."

경준의 미소가 멈췄다. 이게 농담일 수도 있었다. 보통 허세가 있는 남자들 사이에서 종종 마음이 있다는 얘기를 이런 식으로 하는 애들이 있곤 했으니까. 하지만 다른 여자라면 몰라도 지흔을 두고 그런 말을 하는 건 참을 수 없었다. 그게 십 년 전 신세를 진 친구라고 해도.

"승훈아."

"어?"

"그 원피스 잘 어울리는 여자가 혹시 지흔이냐?"

"어? 어, 맞아. 서지……."

승훈의 눈이 커졌다.

"너, 어떻게 알았어?"

경준이 짧게 미소를 짓자 승훈이 미간을 좁혔다.

"내가 좀 전에 이름 말했나?"

"걔 내 여자친구다."

"……뭐?"

"내 여자친구야."

고등학교 시절, 승훈이 좋아하던 여자들이 경준에게 고백하는 일이 흔했다. 선생한테 칭찬받는 것도 늘 경준의 몫이었다. 승훈도 모자람이 없었지만 워낙 잘난 친구를 둬서 오히려 등잔 밑이 어두워진 케이스였다. 눈치빠르고 일을 잘했던 승훈은 그보다 월등한 친구 앞에서 늘 좌절을 맛봐야했다. 그러니 승훈이 친구 경준을 좋아하는 마음과 별개로 마음속 깊은 곳에선 늘 열등감에 사로잡혀 있었다. 그런데 또 여자 문제로 얽히다니. 십년이 지나 상황이 역전됐다고 생각했는데 여전히, 경준을 뛰어넘을 수 없다는 좌절감을 맛보는 승훈의 얼굴에 굉장한 짜증이 서려 보였다.

"그랬구나? 몰랐다, 야. 내가 뭐 말실수한 거 있었나. 있었으면 잊어버리고."

"뭐, 몰랐으니까. 근데 이젠 조심해라."

진지한 눈빛으로 말하자, 승훈이 그래그래, 하고는 애써 웃음을 터트렸다. 맥주를 벌컥벌컥 마신 승훈이 제 허벅지를 슥슥 쓸었다. 경준에게 또밀렸다는 생각에 목이 타는 모양이다.

"이야. 임경준하고 서지흔이 사귀다니, 이거 참, 뭐라고 해야 할지. 내연락처 그럼 서지흔한테 받은 거냐?"

"어."

"그럼 내가 서지흔한테 연락한 것도 혹시 알고 있었냐."

"본의 아니게."

"와. 진짜. 서지흔 걔 그렇게 안 봤는데 완전 내숭이다. 왜 너랑 사귄다고 말을 안 한 거야? 웃기는 애네."

"네 말대로 내 상황이 상황이니까."

"아니, 그래도 그렇지. 아, 진짜. 완전 쪽팔리네."

"넌 몰랐잖아."

"그래도. 시발. 아, 쪽팔려."

승훈이 맥주를 벌컥벌컥 마셨다.

"근데 둘이 얼마나 된 거야?"

"뭐, 좀 됐다."

그렇게 말하지 않으면 승훈이 억울해할 것 같아 그냥 그러고 말았다.

"와, 진짜 빅뉴스네. 애들이 알면 아주 난리 나겠는데?"

자신이 비밀로 해달라고 부탁하길 바라는 눈치였다. 누군가의 약점이나 비밀을 가지고 흔드는 일. 그게 승훈에게 익숙해보였다. 하지만 그는 그 옛날 승훈이 알던 때처럼 여전히 자존심이 강하지도, 그다지 멘탈이 약하지도 않았다.

"그러게, 화젯거리 좀 되겠냐?"

"그렇……겠지. 임경준이 살아 있다는 사실도 충격인데. 와, 근데 임경준 별걸 다 하네."

승훈이 생각할수록 기가 찬다는 듯 고개를 내저었다.

"뭐가."

"아니, 빚 갚으면서 여자를 다 만나고. 형님은 빚 갚느라 고생하시는데 넌 놀러 다닌 거냐?"

"그런 건 아니고."

"아니긴 인마. 요새 데이트 비용이 얼마나 많이 드는데 여자를 만나고 다녀. 너 왜 그렇게 헤프냐."

"그렇게 됐다."

"대단하다, 대단해. 이런 와중에도 여자를, 그것도 서지흔을, 히야."

승훈이 다시 맥주를 삼켰다.

"근데 걔가 너 지금 힘든 상황인 거 아냐?"

굳이 자신이 힘든 상황이 아니라고 우기고 싶진 않았다. 사실이니까. 승훈이 말을 이었다.

"하긴 모르고 만나는 건 아니겠지."

"……."

"서지흔 참 대단하네. 어떻게 너랑 사귈 생각을 다 했을까."

승훈은 트라우마 같은 열등감을 자제하지 못하고 작정하고 경준에게 모욕을 주고 있었다. 승훈이 삐딱한 눈으로 경준을 바라봤다.

"너 너무 가혹한 거 아니냐?"

"어떤 게?"

"아니, 그렇잖아. 사랑을 핑계로 여자한테 못할 짓 하는 거 아니냐고."

못할 짓. 가난한 남자가 사랑하는 여자를 만나는 건 못할 짓이라는 건가. 지금 자신이 그런 걸 하고 있는 걸까, 서지흔에게?

"하고 싶은 얘기가 뭐냐?"

더 이상 경준의 목소리도 좋게 나가지 않았다.

"뭐, 그냥. 너도 알잖아. 걔 예쁘고 매력 있는 애라는 거. 그런 애를 고생이 훤한 곳으로 끌고 들어간다는 게……. 아, 물론 네가 빚을 갚았다니까 뭐 할 말 없지만. 그렇다고 해도 사실 벌어놓은 건 없을 거 아니야."

"오지랖이다, 그거?"

경준이 미소를 띤 채, 하지만 무서운 눈을 하고 말했다. 잠시 움찔하던 승훈이 어깨를 으쓱하며 맥주를 마셨다.

"하여튼 걱정을 해줘도 이래요. 너 혹시 자격지심 있냐? 아니면, 자존심?"

"……."

"이제 자존심은 버려야지. 네가 아직도 한샘고에서 그렇게 잘나가던 학생회장 임경준인 줄 아는 모양인데, 너 잘나가던 시절 끝났어, 모르겠냐?"

경준이 미소를 지었다.

"내가 자존심이면 넌 무슨 콤플렉스인데?"

"뭐?"

"난 내가 잘나갔던 거 아예 기억도 안 나. 그런 거 생각하고 있을 시간이 없거든. 근데 넌 항상 생각하고 있었던 것 같네? 아직도 내 고등학생 때 얘기하는 걸 보면."

승훈의 얼굴이 굳어졌다. 경준이 자리에서 일어났다.

"뭐, 어쨌든 다 좋은데 지흔이한테는 집적대지 마라. 고맙다는 인사도 할 겸, 사실은 그 얘기하러 왔다. 네가 아무리 잘나도 친구 여자한테 그럴 놈은 아니라는 거 아니까 걱정은 안 하지만. 바빠서 먼저 갈게."

"자식, 폼 잡기는."

밖으로 나가려는데 승훈의 목소리가 들려왔다.

"지금 세상이 어느 세상인데 의리 따지면서 여자 만나냐? 내가 좋으면 만나는 거지."

"네가 좋으면 만나는 게 아니라, 상대도 좋아야 만나는 거 아니야?"

지흔이 승훈에게 관심이 없음을 에둘러 말하자, 승훈의 표정이 확연히 굳었다.

"여자 마음 돌리는 거 금방이지."

"그래?"

"그래. 막말로 너 내가 작정하고 서지흔한테 애정 공세하면 어떻게 될 것 같아? 지금이야 뭐 좋을 때라 그렇다 쳐도, 시간 지나 봐. 돈 있는 나와 돈 한 푼 없는 너. 둘 중에 누굴 더 좋다고 할까?"

"……."

"나한테 경고할 시간 있으면 돈이나 더 벌어, 새끼야. 서지흔이 언제까지 널 좋다고 하겠냐. 좆도 가진 것 없는 새끼를."

경준이 미소를 지었다.

"충고 고맙다. 맥주값은 돈 많은 네가 내라. 다음에 보자."

경준이 룸 밖으로 나왔다. 술집 안에는 경준의 나이 또래의 사람들이 술을 마시고, 담배를 피우고, 당구를 치고, 춤을 췄다. 여유롭고 즐거워 보이는 모습이었다. 시끄러운 음악 소리가 귓가를 울렸다. 쿵쿵쿵. 그의 심장도, 그의 발걸음도 빨라졌다.

건물 밖으로 나온 경준은 시원한 공기를 폐부 깊숙이 빨아 당겨 후우, 하고 뱉어냈다.

서지흔이 언제까지 널 좋다고 하겠냐. 좆도 가진 것 없는 새끼를.

좆도 가진 것 없는 새끼…….

"언제는 안 그랬나."

새삼스럽게 우울해할 필요 없다. 전보다 훨씬 상황이 나아졌으니 오히려 두려울 게 없다.

"더 열심히 살면 되지."

경준이 지흔의 얼굴을 떠올렸다. 놓치기 싫은 여자를 만났으니, 더 열심히 살면 된다.

그러면 된다, 그러면 될 것이다, 되게, 할…… 것이다. 늘 그랬듯이.

그 외에도 ......and than some...
더 많은 것들

16.

[전화 안 받네? 요새 왜 그렇게 바쁜 거야?]

바쁘니까 핸드폰을 바꾼 것이 의미가 없었다. 지흔의 전화가 들어오는 것을 알면서도 받기가 힘들었다. 요 근래 회사에서 일이 많아져 마트로 나왔다가 회사에 가서 야근을 하고 있었다. 야근이 끝나자마자 물류센터로 가서 일을 하고나면 거의 몸이 하나여도 부족한 상태가 되곤 했다. 그런 와중에도 그녀에게 전화를 꼬박꼬박 하고 있었는데 야근의 강도가 세져서 제시간에 일을 끝내기 어려워 숨 쉴 틈도 없었다.

승훈을 만난 이후, 지인을 통해 인터넷으로 외국에 자전거 물품을 파는 회사를 하나 소개 받았다. 물건을 사고팔 때 필요한 영문 메일을 작성하는 일이었는데 생각보다 장사가 잘되는 편이라, 눈코 뜰 새 없이 바빴다. 신선에 업무량이 그렇게 많아 사람이 죽어나갈 정도라더니.

회사 업무에 더해진 다른 일들까지. 요 근래는 정말 그럴 수 있겠다, 싶었다. 그나마 주말에나 숨을 쉴 수 있을 텐데, 최근에는 그럴 수 없었다.

—여보세요?

퇴근길 집 근처로 걷던 경준이 지흔에게 전화를 걸었다.

"서지흔."

—어, 경준아.

"뭐하냐?"

—뭐하긴. 전화 기다렸지.

"그래? 아무것도 안 하고?"

—어. 숨만 쉬면서.

예쁜 말만 골라서 한다. 바쁘게 걷던 그가 가던 길을 멈추고 길가 벽에 등을 기댔다. 아직 일이 다 끝난 건 아니지만 지흔의 목소리를 들으니 피로가 풀리면서 나른해지는 기분이 든다.

—대체 회사에서 일을 얼마나 부려먹는 거야? 목요일 아니면 얼굴을 볼수가 없어.

"보고 싶어?"

—당연하지.

"서지흔."

경준이 눈을 꼭 감았다.

—왜?

"그냥."

—임경준.

"왜?"

—그냥.

그가 웃음을 터트렸다.

"밥은 먹었어?"

—응. 너는?

"이제 먹어야지."

—이제 먹어야지?

지흔이 목소리를 올렸다.

—아직도 밥도 안 먹었단 말이야?

"어. 시간이 안 나서."

—헐. 그 회사 미쳤나봐. 밥 먹을 시간도 안 주고 일을 시켜?

지흔의 표정을 안 봐도 알 것 같아 그가 웃음을 지었다.

"어. 완전 미쳤어. 와서 사장 좀 혼내줄래?"

—알았어. 내가 혼내줄게.

"만날 수만 있다면."이라는 뒷말이 들려와 그가 미소를 지었다.

—것보다는 내가 먹여주는 게 빠르긴 하겠다.

"아, 그러고 보니 서지흔이 해준 도시락 먹고 싶다. 그거 정말 맛있었는데."

—정말? 또 해줄까?

"해줄래?"

—응. 이번 주말에 시간 돼?

"주말에?"

경준도 지흔을 만나고 싶었다. 주말에 쉬지도 못하고 일하느라 그녀의 얼굴을 제대로 보지 못해서. 그나마 문화센터 점심시간이 아니었다면 정말 어땠을지 생각만 해도 아찔했다. 경준이 반쯤은 눈물을 삼키며 말한다.

"이번 주말엔 안 될 것 같은데."

—그래? 무슨 일…… 있어?

"어."

—무슨 일인데?

"그냥, 좀 바쁘네?"

그가 그녀를 만나지 못한다는 사실에 속이 상해 낮게 한숨을 쉬었다.

—그렇구나. 그럼 수업 있는 담 주에나 봐야겠네.

"어. 담 주에 보자."

저 멀리에서 성준이 걸어오는 게 보였다. 영 힘이 없어 보이는 얼굴. 그러고 보니 자신이 바빠서인지 요새 통 얼굴 보기 힘들었던 것 같다.

"지흔아. 내가 나중에 또 전화할게."

—어? 어……. 그래.

전화를 끊은 경준이 성준의 앞으로 다가갔다.

"형."

"어? 너 오랜만에 보는 것 같다?"

"나도."

"밥은 먹었냐."

"형은?"

"먹었지. 넌?"

"난 아직."

성준이 미간을 좁혔다.

"아직도 밥을 안 먹었어? 뭐하고 다니는 거야, 대체?"

"한 끼 안 먹는다고 죽나."

성준이 경준을 노려봤다.

"야, 사람이 밥을 먹어야 힘이 나는 거야."

"그래? 어쩐지 이상하게 힘이 안 나더라."

경준이 성준의 목에 팔을 걸고 어깨에 머리를 기댔다. 성준보다 경준이 조금 더 큰 탓에 가끔 경준은 성준에게 이렇게 기대곤 했다.

"그럼 형, 나 라면 끓여줘."

"이럴 줄 알았다."

"끓여줄 거야?"

"안 돼. 나가봐야 돼."

"또?"

경준이 미간을 좁혔다.

"형 요새 무슨 일 있지?"

"일이야 늘 있지."

경준이 성준에게 기댔던 몸을 뗐다.

"돈 문제야?"

"그런 거 아냐."

"한두 번 속아?"

경준에게 말하지 않고 혼자 갑자기 터진 빚을 해결한 게 한두 번이 아니었다. 경준이 뒤늦게 알고 늘 빚진 기분으로 사는 걸 성준은 모를 것이다. 그게 형수인 채은에게도 부담이 돼 두 사람의 끝이 그렇게 된 걸까 봐 늘 미안했다.

"이번엔 진짜야."

"나중에 내가 알게 되면 형 가만 안 둬."

"내 동생 라면 끓여줄까?"

성준이 먼저 집으로 들어서며 애교스럽게 물었다. 경준이 눈을 가늘게 떴다. 영 수상해서 언제 한 번 뒤라도 밟아야겠다. 시간이 없어서 문제지만.

"형, 혹시 뭐 다른 일할 거 없어?"

성준이 끓이는 라면은 거의 전문가 수준이다. 경준이 가장 좋아하는 음식이기도 하지만 어디 가서도 형이 끓여주는 라면만큼 맛있는 건 못 먹어봤다.

"무슨 일?"

"아니, 다른 일, 뭐 할 거 없나 해서."

"왜?"

"왜긴. 돈 좀 더 벌어보려고 그러지."

후루룩, 라면을 삼키며 별일 아니라는 듯 말했지만 성준의 눈에는 뭔가가 보이는 모양이었다.

"왜, 도시락녀가 돈 없는 남자는 싫대?"

도시락녀는 자신이 돈이 없다고 하면 뭐라고 할까. 잘 모르겠지만 썩 그렇게 기쁠 일은 아닐 것이다.

"돈 없는 남자 좋다고 하는 여자가 어디 있어."

"하긴."

전에는 채은이 있다고 큰소리로 말하던 성준이 경준의 라면에 젓가락을 대며 순순히 고개를 끄덕였다. 경준이 슬쩍 그릇을 옮겼다. 성준이 미간을 좁혔다.

"어쭈?"

"먹고 싶으면 하나 끓여 드시든가?"

"내가 끓인 거거든."

"내 거 끓인 거지. 같이 먹자고 할 땐 괜찮다고 했다가 꼭 내가 뭐 먹으면 뺏어 먹더라?"

"네가 워낙 맛있게 먹어야지."

어렸을 때부터 복스럽게 먹어서 넌 복 받을 거야, 라는 소리를 워낙 많이 듣긴 했다. 그 복이 대체 언제 오는 건지는 모르겠지만.

"그냥 하나 더 끓여라?"

"시간 안 돼."

"그럼 얼른 가든가."

"이 자식이 형이 끓여줬으면 십일조는 해야 할 거 아냐?"

"아, 진짜. 그놈의 식탐."

끝내 경준의 라면을 뺏어 먹은 성준이 입을 닦으며 물었다.

"근데 일은 왜 갑자기?"

"그냥. 학자금 빨리 치워버리고 적금도 들어야 하니까."

경준의 말에 성준이 눈을 가늘게 떴다.

"너 지금 하는 일만 해도 넘치게 많잖아. 어제오늘 일도 아닌데 뭐가 그
렇게 급해?"

지흔을 만나고 이 여자를 계속 옆에 두면 좋겠다는 마음이 생기고 승훈
처럼 자신보다 유리한 조건의 남자에게 뺏기기 싫어서겠지. 결혼은 꿈도
꾸지 못하면서도.

"결혼자금이라도 마련하려는 거냐."

"결혼은 무슨. 줄 일 없으면 됐어."

경준이 냉장고에 가서 물을 벌컥벌컥 마셨다. 성준이 곁으로 다가갔다.

"결혼 생각은 없는데 돈은 필요하고. 연애하는데 돈 많이 들어? 하긴 너
휴대폰도 바꿨더라. 형이 용돈 줄까?"

"됐네요."

"아니면, 도시락녀가 뭐 선물 사달래? 가방? 아니면, 뭐 돈 빌려달래?
혹시 걔 꽃뱀 아니야?"

"꽃뱀이 눈멀어서 날 만나냐?"

"반반하고 있어 보이면 그럴 수 있지."

"그쪽은 그럴 수 있어도 난 아니야. 내 취향은 꽃뱀이 아닙니다."

"그럼 무슨 생각으로 그렇게 일을 찾는지 얼른 형한테 불어라?"

경준이 입 좀 다물라는 듯 성준에게 물통을 건넸다. 성준이 꿀꺽꿀꺽 물을 다 마시고는 그 자리에서 페트병을 발로 찌그러뜨렸다. 고개를 들다 그 모습을 끝까지 보고 있던 경준과 눈이 마주치자, 성준이 흠칫했다. 경준이 눈을 가늘게 떴다.

"형이야말로 불어?"

"뭘."

"수상한 건 형이잖아."

"내가 뭘."

"어디서 빚 터진 거 있으면 빨리 부는 게 좋을 거다."

"불 거 없어."

"그러시겠지."

경준이 옷을 갈아입었다.

"어디 가?"

"일하러."

"전엔 야근하면 물류센터 안 나갔잖아."

"그럴 때도 있고, 이럴 때도 있는 거지."

"갈 거면 같이 나가. 형도 나가야 돼."

"시간 없어."

경준이 밖으로 나왔다. 그새 여름도 가려나 보다. 밤공기가 드러날 만큼 시원해지고 있었다.

혹시나 다른 회원들이 볼까 싶어 두 사람은 산책로 쪽이 아닌 나무가 많은 쪽으로 자리를 잡았다. 돗자리까지 가져온 정성을 그가 알려나. 날씨가 서늘해져 소풍하기 딱 좋은 날씨라 분위기가 참 괜찮았다.

지흔은 얼굴 보기 무척 힘든 제 남자의 얼굴을 뚫어져라 바라봤다. 그리고 그는……, 도시락을 참 잘 먹었다. 도시락만 잘 먹어서 문제지. 그의 앞에 자신이 있다는 건 알고 있는 걸까, 싶게 먹을 것에만 열중하는 기분이었다.

어느 정도 사귀고 나면 괜찮을 거라고 생각했다. 그보다 자신이 더 그를 좋아하는 기분이 사라질 거라고. 그런데 교제가 어느 정도 깊어져 날이 가면 갈수록 더 짝사랑하는 기분이 들었다. 자신과 만나지 못하는 것에 아쉬워하는 마음도 없어 보이고, 전보다 훨씬 바빠 보이고. 일한다는 사람에게 뭐라고 할 수도 없고, 일에다가 질투를 할 수도 없고.

임경준은 대체 어떤 마음일까.

일주일에 단 한 번, 일 때문에 만나는 상황이 아니면 과연 한 달에 몇 번이나 얼굴을 볼 수 있었을까 싶어 이 시간이 무척이나 소중했고, 또 아쉬웠다. 그런데 아무것도 모르는 이 남자는 먹는 것에만 열중한다.

그녀가 속으로 한숨을 지으며 그가 먹는 밥 위로 반찬을 올려주었다. 다른 말을 하지도 못하게 그가 정말 맛있게 먹고 나서 또 올려달라고 숟가락을 들이댄다. 그녀가 또 다른 반찬을 얹어주자 행복한 얼굴로 숟가락을 입에 넣는다.

얄미운 구석이 있긴 하지만 자신의 음식을 먹어주는 모습만 보면 예뻐서 막, 막 안아보고 싶다.

"맛있어?"

"완전."

"얼마나?"

"음. 말로 표현이 안 되는데?"

그녀가 그의 옆으로 다가갔다. 그가 의아하게 바라보는데 그녀가 팔을
벌렸다.

"상 줘."

"무슨 상?"

"도시락 맛있게 해온 상."

"그게 뭔……."

그녀가 그의 목을 감싸고 그를 끌어안았다.

"일단 나부터 받는 거다."

잠시 가만히 있던 그가 그녀의 팔을 잡고 살짝 뒤로 물러섰다. 오해를
하고 싶진 않았지만 그가 또 자신을 밀어낸 기분이다. 슬쩍 눈을 가늘게 뜨
자, 그가 젓가락으로 도시락을 가리켰다.

"아직 밥 다 안 먹었잖아."

"뭐 어때."

"나도 얼른 먹고 상 받아야 하니까."

그렇게 말한 그가 자리를 틀어 살짝 빗겨 앉는 게 보였다. 심경이 갈수
록 복잡해져 가는데 더욱이 손잡는 것 외에는 절대 스킨십을 하지 않으려
는 그를 느끼며 지흔은 서서히 한계가 다가오고 있었다.

"나 뭐 물어봐도 돼?"

참다못한 지흔이 물었다.

"뭐."

"내가 그렇게 매력이 없어?"

그가 행동을 멈췄다.

"……응?"

"날 보면, 그러니까, 내가 내 입으로 이런 말 하긴 싫지만 막, 안고 싶다

거나, 뭔가, 하고…… 싶다거나 그런 마음이……."

그의 젓가락 사이에 들려 있던 튀김이 뚝, 떨어졌다. 데굴데굴 구른 튀김이 돗자리 밖으로 나가버렸다.

"어? 아, 미안하다. 갑자기 힘이 빠져서."

"아니야, 괜찮아."

"그래도 힘들게 해온 건데. 아깝다."

"괜찮아. 아직 더 남았잖아."

으휴, 눈치 없는 튀김이다. 힘겹게 말했는데 시선을 분산시킨다. 그녀가 남은 튀김을 집어 그의 입에 넣어주었다. 그가 행복한 듯 웃는다.

"그래서, 뭘 하고 싶다고?"

"어?"

"나랑 뭐 하고 싶다며."

"너랑 하고 싶은 게 아니라, 나랑 하고 싶은 게 없냐고 물은 건데."

"그게 그거 아냐. 어차피 같이 하는 거면."

"그래도."

"좋아, 너랑 뭘 하고 싶냐고?"

"그냥……."

"그냥 뭐."

아니, 자신은 이렇게 힘들게 말하고 있는데 얘는 어떻게 이렇게 심플하게 되묻는 건가. 미소를 짓는 그를 보자 갑자기 기분이 상해 욱, 하고 올라온다.

"아니 그냥, 그냥 뭔가 그런 게 없나, 하고."

"뭔가가 뭔데."

"아니, 내가."

그녀가 푹 한숨을 쉬었다.

"내가 매력이 없어? 그것만 말해봐."

"그럴 리가. 철철 넘쳐흘러서 문제지."

"근데 왜 피해?"

"뭘."

"나를."

"너를? 내가 언제."

"아니, 날 보면 손을 잡고 싶다거나."

그가 덥석 그녀의 손을 잡았다.

"완전 잡고 싶지."

"그럼 다른 건?"

"응?"

"다른 뭔가를 하고 싶다는 생각이 안 드냐고."

"다른 뭔가? 다른 뭔가가 뭔데?"

자신은 이렇게나 진지한데 어쩐지 그가 아까부터 못 알아듣는 척 놀리고 있는 것 같았다. 그녀가 고개를 번쩍 들었다.

"키스나 섹스 말이야."

당해보라는 듯 정확한 바람으로 말하자, '벙찐' 표정을 지은 그가 이번엔 젓가락을 떨어뜨렸다.

"아……, 떨어졌네? 젓가락 혹시 또 있어?"

"밥그릇에 떨어졌으니까 그냥 주우면 되지."

"그래도. 없어?"

젓가락을 주워 올리는 그를 보던 지흔은 젓가락을 찾아 건넸다. 그걸 받아든 두 사람 사이에 약간의 어색함이나 묘한 기류가 감도는 기분이었다.

하도 놀리기에 자신도 장난으로 한 말인데 너무 들이댔나 싶어 후회스러웠다. 그녀가 변명하듯 오물거렸다.

"그냥 물어본 거야. 사귀는 사이니까, 물어볼 수 있잖아. 내 남친이 어떤 타입인지."

"그지, 내 여친은 아주 저돌적인 타입이거든. 너도 네 남친이 어떤지 알아야겠지."

"아니, 정말로 그냥 네가 날 좀 놀리는 것 같아서……."

지흔이 민망해져 둘러대자 그가 웃는다. 지흔이 미간을 좁혔다.

"그만 놀려라, 혼난다?"

"내가 언제 놀렸어. 아무 말도 안 했는데."

"웃고 있잖아, 지금. 그거 완전 놀림 당하는 기분이야. 난 진지한데."

서서히 열이 올라가는 그녀의 뺨에 조금은 차가운 그의 손이 닿았다. 찌르르, 닿기만 해도 전기가 오른다. 그런데 이놈의 전기가 어째서 자신에게만 오르는 것 같냐고!

"임경준, 나는……."

"네 남친은 혼전순결주의자야."

"……뭐?"

"네 남친 말이야. 혼전순결주의자라고."

지흔이 입을 떡 벌렸다. 남자를 '뻑가게' 하는 남자공략법을 성공시키려면 반드시 필요한 '섹스!' 그것을 원치 않는 남자라니.

그럼 왼손으로 거들지 못하고 슛을 쏴야 한다는 거야?

그녀가 믿을 수 없는 눈으로 그를 바라봤다. 자신은 그가 뺨에 손을 대기만 해도 확확 달아오르는데 그는 이런 여친을 두고 그런 걸 고집한단 말인가.

"저, 정말이야?"

"응."

"정말로?"

"그래. 네가 매력이 없어서 그런 게 아니라, 내가 원래 그런 성격이라서 그래."

원래 성격? 아니 그럼, 나만 밝히는 거야? 나만 이렇게 그를 보면 뭔가를 하고 싶어지는 거냐고!

생각지도 못한 말에 그녀의 머리가 복잡해졌다. 그런 지흔의 마음을 아는지 모르는지 그는 느긋하게 말한다.

"그러니까 매력이 있니, 없니 그런 말은 하지 말자. 매력이 너무 철철 넘쳐서 골치 아픈 상태니까."

"야, 그런 말도 안 되는 말로 위로를 하라는 거야?"

"왜 말이 안 돼. 사실인데."

그가 밥을 싹싹 긁어먹는다. 그런 그를 보던 그녀의 상상력이 문득 다른 곳으로 튄다.

"너 혹시…… 뭐, 그런 거야?"

"그런 게 뭐야."

"아니, 그냥 취향이 뭐 여자 쪽이 아니라던가."

푸하하. 그가 배를 잡고 웃는다.

"아, 정말 서지흔 왜 이렇게 귀엽냐."

그런 말은 넙죽 접수하겠지만 그가 즐거워하는 만큼은 재미있지 않아 인상을 썼다.

"아무리 봐도 뭔가 있는 것 같아."

"뭐가."

"그냥, 너랑 대화하면 뭔가 벽에 부딪히는 기분이야. 같이 있으면 우리 사이에 바리케이트가 쳐 있는 기분이고."

"그런 거 난 모르겠는데."

"솔직히 말해. 너 뭐 있지?"

"뭐가."

"그냥 뭔가……."

도시락을 다 먹은 그가 그녀의 무릎에 머리를 베고 누웠다.

"아, 좋다."

그가 그녀의 다리를 정말 베개로 착각한 사람처럼 아늑하게 자리를 잡는다. 원하는 대답은 또 못 들을 것 같다. 그녀가 얄밉다는 듯 그를 내려 봤다. 자신을 지금 지옥으로 떨어뜨린 '남친'이 눈을 감고 천국이 따로 없다는 표정을 짓고 있다.

"혼순자 씨?"

"혼순자?"

"혼전순결주의자 말이야."

뾰쪽한 그녀의 말투에 풋, 하고 그가 웃는다.

"왜요, 철철매 님?"

"철철매?"

"철철 넘치는 매력녀."

하여튼 말이나 못하면.

"말씀하세요, 철철매 님. 째려보지 마시고요."

쳐다보지도 않고 남의 표정을 읽고 있다니. 그녀가 입을 실룩거렸다.

"혼순자인 것치고는 이건 너무 도발적인 거 아닌가요?"

"뭐가요?"

"제 다리에 그쪽 머리 대는 거 말이에요. 그쪽은 혼순자인데 저는 아니라서요. 이러시면 본의 아니게 그쪽 사상을 파괴하고 싶어지거든요."

쿡쿡쿡 그가 웃는다.

"농담 아닙니다?"

그가 살며시 눈을 떠 그녀를 바라보더니, 팔을 뻗어 그녀의 뺨을 매만졌다.

"서지흔."

"왜?"

"⋯⋯."

"왜?"

"⋯⋯."

"왜 불러놓고 말을⋯⋯."

"사랑해."

덜컹, 심장이 내려앉았다. 갑작스런 그의 고백에 어떤 대구를 해야 하는지 몰랐다. 그저 그 한 마디뿐인데, 그동안 걱정하고 고민하던 게 새하얗게 날아가는 것 같았다.

아까 상 받아서 이젠 내가 줄 차례인데, 어쩐지 상을 두 번 받은 기분이다.

"도시락 잘 먹었다."

그녀의 손을 꼭 잡은 그가 가만히 눈을 감았다. 혼전순결에 대해서 심도 있게 얘기를 해야 하는데 금방 잠이 든 사람처럼 그의 숨소리가 잦아들었다.

왜 이렇게 시간이 안 나느냐고, 왜 나만 전화를 하는 거냐고, 왜 나만 널 찾는 것 같냐고, 오늘은 무조건 따지고 싶었는데, 어쩐지 잠든 그의 얼굴을 보고 있으려니 아무 생각도 나지 않았다.

　더 좋아하는 사람이 진다더니, 이번에도 그녀가 또 진 것 같다.

　지흔은 그가 깨지 않을 정도로만 살짝 그의 얼굴을 매만졌다. 쿵쾅쿵쾅. 자신의 심장소리가 그의 잠을 방해할까 봐 걱정을 하면서.

　나도 사랑해. 사랑해, 경준아. 고요히 속삭이면서.

그 외에도 ......and than some...
더 많은 것들

17.

오랜만에 은혜에게 전화가 왔다.

―너 남자 공략하느라고 친구를 잊어버렸구나?

공략은 무슨. 혼전순결주의자인 남자친구한테 말이니.

아무리 생각해도 믿을 수 없는 그 말 때문에 지흔은 내내 골머리를 썩고 있었다.

"그래, 너무 좋아서 너 생각할 시간이 없더라."

―웃기네. 목소리 들으니까 공략 근처도 못 갔구만.

귀신이네. 하긴, 지흔에게 일이 생기면 가장 먼저 은혜에게 말했을 것이다. 그게 경준과의 일이라고 해도.

"알면 더 말하지 말자."

지흔이 짜증 섞인 목소리로 말하자 은혜가 낄낄거렸다. 지흔이 인상을 찌푸렸다.

"왜 전화했어?"

―왜 전화하긴, 내일 어쩔 건지 물어보려고 전화했지.

"내일? 내일 뭔데?"

—아주, 정신줄 놓고 다니시지? 대체 널 치매로 만든 그 남자 누구야?

경준이, 라고 한 번 더 말하면 꽥, 하고 소리를 지를 것 같아 꾹 참았다.

"뭔 일인데."

—유주 결혼식이잖아.

"아……. 벌써 그렇게 됐나?"

—그래, 벌써 그렇게 됐다.

"말도 안 돼."

—그러니까. 이제 한 분기만 지나면 우린 서른이야.

남의 결혼식을 앞두고 두 사람은 장례식에 가는 분위기를 자아냈다. 아닌 게 아니라 동창회에 가서 유주의 청첩장을 받아오면서 이날이 돌아오면 몇 개월 뒤 서른이 된다고 은혜와 함께 한탄을 했었다. 그런데 그날이 정말 오고야 말았다. 그것도 눈 깜짝할 사이.

—그래도 넌 좀 낫잖아. 그 사이에 남친도 생기고.

"글쎄. 과연 그럴까."

—그게 무슨 말이야? 그 남자랑 뭐 문제 있어?

"몰라."

—아, 안 봐도 알겠다. 공략이 전혀 안 됐구만? 왜, 그 남자 알고 보니 게이래?

은혜와의 수다에 지흔은 일전에 경준이 결혼 생각이 없다고 했던 게 떠올랐다. 게다가 그는 혼전순결주의자……. 가만! 결혼 생각도 없는 혼전순결주의자라고? 그렇다면 그녀는 그쪽으론 영영 경준에 대해 알 수가 없단 말인가?

"말도 안 돼!"

—알았어. 게이는 농담이야.

"응?"

—다른 쪽으로 생각할게. 고자라거나.

"고자는 진담이야?"

—반쯤?

근데 그녀는 문득 그런 생각이 든다. 고자면 어떻게 하나.

경준의 모습을 떠올리던 지흔은 사랑으로 그걸 극복할 수 있나, 하고 잠시 생각해본다. 그래도 이겨내 봐야지. 울며 겨자 먹기로 결심을 해본다. 말도 안 되는 상상이라는 거 아는데 괜히 눈물이 다 나려고 한다.

—너, 정말 무슨 문제 있어?

은혜가 걱정스럽게 물었다. 지흔이 한숨을 지었다.

"몰라. 있는 것 같은데 뭐가 문제인지 모르겠어."

—확실하게 할 말만 해라. 사람 헷갈리게 하지 말고.

"날 보면서 별로 그런 마음이 안 드나봐."

—그런 마음?

"뭔가, 그런 거 있잖아. 연인들끼리 하는 그런 거."

—헐.

둘 사이에 잠시 침묵이 흘렀다.

"참고로 내 매력은 철철 넘친대."

—지랄. 끊어, 이년아.

"안 돼. 아직 내 상담 안 끝났잖아. 난 진지하다고."

—내일 몇 시에 만날 건지만 얘기하자?

"열두 시. 말은 혼전순결주의자래. 이게 말이 돼?"

푸웃, 은혜가 빵 터졌다.

"왜 웃어?"

—너도 그렇잖아.

"내가 무슨! 나 그렇게 꽉 막힌 스타일 아닌데?"

—정신은 그런데 육체는 안타깝게도 강제 혼전순결주의자.

"이씨. 놀리냐?"

—넌 놀리기 딱 좋아.

"왜?"

—아흥, 흥분을 잘하니까요.

은혜가 '흥분'이라는 단어를 질척하게 말했다.

"끊자."

—남자한테 무슨 사정 있는 거 아냐?

은혜가 금방 진지한 목소리를 냈다.

"사정?"

그런 생각은 안 해봤는데 그에게 말 못할 무언가가 있다면……?

—뭐하냐. 너 또 사정이란 단어 듣고 야한 생각하냐?

놀리듯 말하는 은혜의 말에 지흔이 미간을 좁혔다.

"왜 자꾸 '섹드립'이야. 대화 진행이 안 되잖아?"

—너 뭐 하나 생각하면 땅 파는 스타일이잖아. 너무 깊이 생각하지 말고 웃으라고. 전에는 이런 농담도 좋아하더니, 왜 그렇게 여유가 없어?

"그럴 기분 아니니까."

—내일 일찍 만나. 언니가 기분 풀어줄게.

"너 하나 본다고 풀어질 분이 아니시다, 이 기분님이."

—맛있는 거 사줄게.

"정말?"

그래도 친구밖에 없다, 하고 있는데 휴대폰에서 대기 중 전화가 울렸다. 화면을 보니, 경준이었다. 토요일 이 시간이면 연락도 못 받는데, 웬일인가 싶었다.

─뭐 먹고 싶은지만 말하면…….

"야, 나 전화 들어왔어. 내일 보자?"

친구밖에 없다고 생각한 지 삼십 초 만에 인사도 제대로 안 하고 전화를 끊은 지흔은 목소리를 가다듬고 경준의 전화를 받았다.

─서지흔.

"어, 경준아? 이 시간에 웬일이야?"

─잠깐 나올래?

"응?"

─너희 집 앞 놀이터야.

지흔이 벌떡 일어났다.

"그게 무슨 말이야?"

부랴부랴 옷을 챙겨 입고 놀이터로 나왔건만. 어쩐 일로 왔나 했더니, 거의 이별 선언과 다름없는 말을 하려고 왔나 보다.

"이제 본사로 들어가?"

"어. 김 차장님 외국 출장 갔다가 돌아와서 새 일 주려나 봐."

"김문새 차장이 돌아왔어?"

"응."

이게 무슨 청천벽력인가. 출장 나와 있던 경준이 본사로 돌아간단다.

"그럼 매주 김문새 차장하고 보는 거야?"

지흔의 말에 경준이 미소를 지으며 고개를 저었다.

"관리는 김 차장님이 하시지만 잘 안 가실 거야. 그냥 나만 다시 본사로 들어간다고 볼 수 있지."

"그렇구나."

"참 너희 공방이 아마 앞으로도 쭉 그쪽 마트랑 같이 하게 될 거야."

"정말?"

"어. 아마 다른 공예도 들어가지 않을까 싶다."

"진짜?"

"응. 이 오빠가 힘 좀 썼지."

"와. 능력 있는 남친 둬서 앞길이 창창하다."

"그래. 앞으로도 오빠만 믿어라."

그의 말에 그녀가 활짝 웃었다. 하지만 금방 표정이 굳어지고 말았다. 그녀의 일이 잘 풀린 건 참 좋은 일이지만 그를 보기가 힘들어진 게 아닌가. 그나마 일주일에 한 번, 겨우 보는 얼굴이었는데, 이젠 그마저도 못 보는 거였다. 그녀가 섭섭한 눈으로 경준을 바라봤다. 그런데 그런 자신의 마음을 아는지 모르는지 미소만 짓고 있다.

"근데 너무 즐거워하는 거 아냐?"

"뭐가."

"우리 겨우 일주일에 한 번 보는 거였잖아. 근데 그것도 못 본다는데 필요 이상으로 즐거워하는 것 같아서."

"그런가."

"어, 완전 그래."

"아니, 그때 말이야. 우리 처음 봤을 때. 그때 생각이 나서."

서로 다른 이름을 대면서 인사를 했던 그때. 죽은 줄 알았던 동창의 귀환. 동창이 아닌 줄 알고 헷갈렸다가, 동창이라는 걸 알고 따지고 화내고.

그리고 짝사랑하는 듯 마음을 졸이고. 어느새 그걸 같이 추억하게 되다니, 신기하긴 했다.

"그러네. 죽은 동창의 생사를 찾아서. 아, 스펙터클 했다, 정말."

"그랬어?"

경준의 질문에 그녀가 고개를 끄덕였다.

"그때 임경준이 임경준인 줄 모르고 고등학교 때 추억 떠올리면서 은혜한테서 앨범도 빌려왔잖아."

"앨범?"

"응. 막판에 전학 가버려서 내가 앨범이 없었잖아. 갑자기 그때의 네가 너무 보고 싶더라고."

"그랬어?"

"막 뒤늦게 초 켜놓고 제사도 지냈다?"

"진짜?"

지난 얘기에 그가 무척이나 재미있어했다. 그녀가 그런 그를 가만히 바라봤다. 살아만 있어도 좋겠다, 했는데 어느새 남자친구가 되고, 더 가지고 싶어 욕심도 부리게 된다.

"그땐 이렇게 될 줄 몰랐는데."

지흔의 중얼거림에 경준이 그녀를 바라봤다.

"난 알았는데."

"응?"

"난 알았어, 서지흔."

"어……떻게?"

"몰라. 보자마자 그냥, 그냥 너무 예쁘더라?"

"뭐야, 그게."

그의 칭찬에 그녀가 쑥스러운 듯 그의 소매를 잡아당겼다. 그가 그녀의 손을 잡아 제 주머니에 넣었다. 그의 손은 무척이나 따뜻했고 덕분에 그네에 앉아 있던 두 사람의 사이가 가까워졌다. 아무 말 없이 하늘만 보고 있는 그를 바라보다가 그의 어깨에 살짝 머리를 기댔다.

끼익, 끼익.

시끄러운 그네 소리가 이젠 익숙해진다.

"내일은 뭐해?"

한참 동안 말이 없던 경준이 먼저 입을 열었다.

"내일은 유주 결혼식."

"유주?"

"조유주라고, 혹시 기억해?"

"잘 모르겠는데."

"잘 몰라? 3학년 때 키 크고 바짝 말라서 이빨에 교정하고 다니고. 주유소라고 놀림 받던 앤데."

"음. 그래도 잘 모르겠다."

"암튼 있어. 동창. 걔 결혼식 가."

"그래?"

"걔 성형미인 됐어, 완전. 그래서 결혼하나 봐."

그녀의 말에 그가 웃음을 터트렸다.

"성형미인 되면 결혼하는 거야?"

"나도 몰라. 근데 완전 예뻐졌어. 남자도 잘 물었대. 무슨 기획사 사장이라는데."

"몇 살인데?"

"나이가 좀 많아. 마흔다섯인가?"

"와. 띠동갑도 넘네."

"응. 가방을 선물로 줬다, 해외여행을 시켜줬다, 등등 하루 종일 돈 자랑만 하더라. 애들이 이미 나이에서 입 벌어진 줄도 모르고."

"많긴 하다."

경준의 말에 지흔이 고개를 끄덕였다.

"그지? 좀 많긴 해."

"그래도 결혼하려면 돈이 있는 게 좋을 테니까."

"그렇기야 하겠지. 그래도 난 나이 많은 건 좀 그렇더라?"

끼익, 끼익.

그가 또다시 입을 다물었다. 하늘을 올려다보는 그의 옆모습을 좋아하는 관계로 그녀가 가만히 그를 바라본다. 가끔 얼굴에 무게감이 실릴 때가 있는데 지금이 딱 그래 보인다. 그는 무슨 생각을 할까, 미치도록 궁금하다.

"나도 성형이나 할까."

그녀의 말에 그가 풋, 하고 웃는다.

"왜 돈 많은 남자 만나려고?"

"아니, 돈 없어도 좋으니까 그냥 결혼만이라도 하려고."

"돈 없어도…… 좋을까?"

"음. 나도 잘 모르겠지만……, 그게 임경준이라면 좋을 것도 같은데?"

잠시 굳은 그가 뒤늦게 미소를 지었다.

"돈 없는 남자 만나면 고생한다고 어머니가 싫어하실 텐데?"

"지금이야 그렇지. 나중엔 돈 없어도 좋으니까, 그저 결혼만 하라고 하실걸?"

"그런 거면 성형 안 하고도 충분히 결혼할 수 있을 것 같은데?"

"그래? 난 아닌 것 같아."

"왜?"

"매력이 없잖아."

"왜 이래, 철철, 철매녀가."

그가 그녀의 볼을 꼬집었다. 그의 손을 가만히 잡고 눈을 마주했다. 심장이 뜨끈해지고 짜릿짜릿하다. 이건 명백히 키스를 할 타이밍이었다. 전에도 한 적 있었으니까, 충분히 훨씬 더 쉽게 접근할 수 있었다. 그래서 있는 용기, 없는 용기 다 짜내서 다가가는 순간, 그가 그네를 움직여 그녀를 피했다.

피했다. 말 그대로 피했다고!

무참하다.

"임경준."

그녀가 원망스럽게 그를 바라봤다.

"너무 티 나게 피하는 거 아냐?"

"뭐가."

"너 금방 나 피했잖아."

"안 그랬어."

"임경준."

"응?"

"너, 혹시 나한테 뭐 숨기는 거 없어?"

"숨기는 거?"

"그래. 숨기는 거."

"왜 그런 게 있다고 생각해?"

그가 경직된 미소를 지었다. 괜찮은 척하는 얼굴. 하지만 전혀 편안해 보이지 않는 얼굴. 뭔가 있다는 걸 느낄 수 있었다.

"생각해보니까, 너 전에 결혼 생각 없다고 했었어. 기억나?"

그가 말없이 고개를 끄덕였다.

"근데 전에는 나한테 혼전순결주의자니 뭐니 이런 소리 했었고. 그걸 종합해보면 너는 결혼 전에는 여자랑 아무것도 안 할 남자인데, 결혼도 하지 않을 남자라는 거야. 나랑 사귀고는 있으면서."

그가 아무 말도 하지 않는다. 뭐가 있긴 한 것 같은데, 망설이는 것처럼 보였다.

"뭐야, 대체. 뭔데 대체 나한테 이래? 우리 사귀는 사이잖아. 사귀는 사이면 적어도 이런 식으로 나한테 벽 세우고 이러는 거 안 되는 거 아냐?"

"그런 거 없다고 했잖아."

"있어. 있다고. 분명히 있어."

그녀가 확신하며 말하자 그가 낮게 한숨을 쉬었다.

"알았어."

그가 잠시 입을 다물었다. 분위기가 무거워 괜히 소름이 돋아나 부르르 몸이 떨렸다. 긴장이 돼서 그랬다.

"그게 말하려면 좀 길어."

"괜찮아. 길면 길수록 우리 더 같이 있는 거니까."

그가 살짝 미소를 지었다. 다그치는 자신을 미워한 건 아닌가 보다. 잔뜩 긴장했던 마음에 조금의 여유가 생겼다. 망설이던 그가 어렵게 입을 열었다.

"네가 어떻게 받아들이지는 모르겠는데……, 사실은 우리 집이 좀……."

"……"

"우리 집 사정이 아주……."

"경준아?"

그녀가 놀라서 벌떡 일어났다.

"응?"

"너 코피 나."

경준이 스윽, 하고 손으로 코를 훔쳤다. 코피는 멈추지 않고 그 손등 위로도 뚝뚝, 떨어졌다. 놀란 지흔이 걸치고 있던 얇은 카디건을 벗어 그의 코를 막았다.

"코피 많이 난다. 어떻게 해."

그녀가 걱정스럽게 그의 얼굴을 들여다봤다. 그가 콩, 하고 그녀의 이마를 밀었다.

"괜찮아. 별거 아니야."

"그래도, 이건……."

"정말 괜찮아."

그가 그의 재킷 안에서 휴지를 꺼내 코를 막고 카디건을 살폈다.

"옷에 피 묻어서 어쩌냐."

"이게 문제가 아니잖아."

"이게 문제지. 코피는 금방 멈추는데 뭘."

코피를 대하는 그의 태도가 어쩐지 익숙해 보인다. 생전 가도 코피 한 번 안 터지는 서지흔에게는 기절할 일인데.

"너, 어디 아파?"

한참 동안 걱정스레 바라보던 지흔이 심각한 얼굴로 물었다.

"병 같은 거 있냐고? 그래서 혹시 결혼도 안 하려고 들고……."

그가 큭큭 웃었다.

"아, 서지흔. 이럴 때는 웃기지 좀 말자. 잘못하면 피 튄다?"

"난 심각해."

"병 같은 거 있어도 나 좋아해줄 거야?"

"당연하지."

그녀를 바라보는 그의 눈이 깊어졌다.

"고맙다, 서지흔."

"정말 병 같은 거 있는 거야?"

그가 고개를 저었다.

"별거 아니야. 요새 안 하던 야근을 해서 그래."

"아니, 일이 얼마나 많기에."

금방 짜증을 낸 그녀가 그의 양 뺨을 손으로 매만졌다.

"어떻게 해, 우리 경준이. 일 많아서."

그녀가 안타깝게 바라보자 가만히 그 손길을 느끼던 그가 괴롭다는 듯 자리에서 일어났다.

"그만 가자. 너무 늦었다."

상황이 상황이니만큼 피곤할 그를 보내지 않을 수 없었다.

"들어가, 그만."

"가는 거 보고 들어갈게."

그렇게 말해도 그는 먼저 가라는 듯 꼼짝도 하지 않았다.

"알았어. 먼저 갈게."

그녀가 아쉬움을 뒤로하고 돌아섰다.

"서지흔."

그녀가 고개를 돌리는 순간, 어떤 깊은 동굴 속에 들어간 느낌이 들었다. 정신을 차리고 보니, 그의 품이었다. 그가 그녀를 안고 있었다. 무척이나 따뜻한, 아니, 뜨거운 품이었다.

아주 금방 열기를 일으키는 매우 뜨거운 품.

여태까지 이렇게 든든하고 포근한 걸 숨기고 있었다니.

"문화센터 날에 못 봐도 시간 날 때마다 올게."

계속 같이 있고 싶다, 임경준하고.

"당연히 그래야지. 안 그럼 그놈의 회사 찾아가서 진짜 사장 만날 거야."

그가 웃는 게 느껴졌다.

"웃지 마. 농담 아니니까."

"잘리면 곤란한데?"

"그러니까 일 너무 무리해서 하지 마. 걱정되잖아."

"노력해 볼게."

그가 천천히 몸을 뗐다. 그러고는 그녀의 입술을 매만졌다. 그 손길에서 안타까움이 느껴진다면 착각일까.

"간다."

"……응."

한참만에야 그가 입술에서 손을 뗐다.

"참 그리고."

"응?"

"내일 원피스는 입지 마라?"

"응? 무슨 원피스?"

그가 대답 없이 웃으며 손을 저었다. 비누로 카디건의 피 묻은 부분을 빨고 있으려니 머릿속이 뒤죽박죽이었다. 자신이 그를 좀 더 좋아하는 마음인 것 같긴 했지만 그가 자신을 좋아하지 않는다거나 하는 건 확실히 아닌 듯했다. 어쩌면 연애가 흘러가는 박자가 그보다 자신이 더 빨라서 생긴 문제가 아닐까, 하는 생각도 들었다.

성격 급한 서지흔이니까.

그를 보기 힘들어져서 걱정스러웠지만 어쨌든 생각보다 잠은 잘 왔다. 그의 따뜻했던 품을 떠올려서인 듯했다.

그 외에도 ......and than some...
더 많은 것들

18.

분명 자고 있는데 피곤함이 느껴진다. 누군가 들들 볶는 느낌. 짜증이
날랑 말랑. 지흔이 힘겹게 눈을 떴다.

"엄마?"

설마 싶었는데 엄마가 자신을 보고 서 있다. 악몽이다, 싶다.

"계집애, 집이 왜 이렇게 지저분해? 저거 저, 양초인지 뭔지 만들어놓고
치우지도 않고."

이 생생한 잔소리. 꿈이 아니라는 거 단번에 안다. 엄마가 온 거다. 이놈
의 열쇠, 기필코 바꿔버릴 거다. 눈을 비비며 지흔이 욱, 하고 올라오는 짜
증을 가라앉혔다.

"이 시간에 무슨 일이에요?"

"엄마가 무슨 일 있어야 오는 사람이야?"

"그건 아니지만 연락은 하고 왔으면 좋겠는 사람이야."

"엄마가 오는데 연락을 왜 해?"

"엄마도 매너가 있다면……."

지흔이 말대꾸 대신 한숨을 쉬었다.

"새아버지랑 싸웠어요?"

"아니야."

목소리는 아닌 게 아닌데.

"나 오늘 약속 있어서 엄마랑 못 노는데."

"어디 가는데?"

"동창 결혼식."

"뭔 동창?"

"고등학교 때 동창."

말이 끝나자마자 엄마가 혀를 찬다. 뒷얘기는 안 들어도 뻔하시겠다. 결혼해야 할 나이에 남의 결혼 쫓아다닌다고.

"옛날 같았으면 벌써 결혼했을 나이에 남의 결혼식이나 쫓아다니고."

딩동댕.

"엄마야말로 옛날 같았으면 벌써 쇠약하실 나이에 너무 창창하신 거 아니에요?"

"칭찬 고맙다. 얼른 일어나서 밥 먹어라."

지흔이 겨우 자리에서 일어났다. 은혜와의 약속시간을 생각하면 아직도 충분해서 자리에서 일어나기 싫었지만 엄마가 왔으니만큼 그녀는 일찍 나가기로 마음먹었다. 대충 얼굴만 씻고 나오자 엄마가 음식을 차려놓고 있었다. 다른 건 몰라도 이런 거 하나는 좋다. 밥 차려주는 엄마가 있다는 거. 엄마의 존재감이 밥으로만 온다는 게 좀 미안하긴 하지만 인생사에서 가장 중요한 게 그거니까, 엄마도 아주 싫어하진 않을 것이다.

전과는 다른 반찬을 보며 흐뭇한 미소를 짓던 지흔은 문득 부모님이 한꺼번에 돌아가셨다는 경준을 떠올렸다. 그는 십 년 동안 이런 걸 못 얻어먹고 살았을까. 그래서 잘못 챙겨 먹고 코피도 나고 그런 거면……. 갑자기 막 가슴이 아파온다. 할 수만 있다면 집에 가서 밥이라도 차려주고 싶다.

"뭐야, 반찬이 마음에 안 들어? 왜 음식 앞에 두고 제사야?"

"아냐. 먹어."

혼자 먹고 싶은데 엄마가 맞은편에 앉아 그녀의 얼굴을 꼼꼼히 살핀다. 뭔가 할 얘기가 있는 것 같다. 모른 척하고 밥만 먹는데 엄마의 부드러운 목소리가 들려온다.

"우리 딸 시집갈 때 됐나 보네. 얼굴이 아주 활짝 폈다?"

또 무슨 말씀을 하시려고 저럴까.

"엄마, 엄마가 잘 모르나 본데 나 원래 얼굴 이렇게 펴 있었어."

"어머 그랬어? 전혀 몰랐네."

엄마의 말에 지흔이 눈을 흘겼다. 엄마가 피식, 웃었다.

"그래, 언제처럼 배 아프진 않고?"

"어."

엄마가 그녀를 보며 미소를 짓는다.

"그때처럼 또 쓰러질 확률은?"

"왜 또. 무슨 말 하려고?"

"저번에 못 봤던 선봐야지?"

"어휴. 엄마 좀 질리는 타입이다. 새아버지가 그런 말 안 해?"

엄마의 표정이 딱 굳어진다. 혹시 그런 말 들은 건가?

"그런 말 들었어?"

"몰라."

"왜, 새아버지랑 많이 안 좋아?"

"그래. 안 좋다."

"언제는 좋다고 난리더니만, 왜 그렇게 됐어?"

"야, 부부 관계가 좋았다 나빴다 하는 건지, 어떻게 맨날 좋아?"

"그런 거야?"

"그런 거지. 피로 얽힌 엄마랑 딸 사이도 만났다 하면 싸우는데 생전 몰랐다가 뒤늦게 만나서 맨날 같이 있는 사람은 뭐 별다르냐?"

"그래도 부부는 사랑이 있잖아."

"너와 나 사이엔 없고?"

"에로틱을 말하는 거지. 에로틱."

"에로틱은 연애할 때나 에로틱이지."

연애할 때나 에로틱. 그게 뭔가요. 먹는 건가요? 풉, 한숨을 쉬려는데 엄마가 더 큰 한숨을 쉰다. 어쩐지 조금 걱정스럽다.

"뭐 심각한 건 아니지?"

"그런 거 아니야."

뚫어져라 엄마를 바라본다.

"아니, 그 인간이 엄마한테!"

뭔가 치밀어 오르는 것을 참지 못한 엄마가 화를 누그러뜨리듯 잠시 숨을 고른다.

"엄마가 너무 돈 밝힌다고 혹시 자기도 돈 없었으면 안 만났을 거냐고 해서, 그렇다고 했더니 삐쳐서 말도 안 하잖아. 애도 아니고."

"잘못했네, 엄마가."

"얘. 그게 왜 잘못이야? 사실이 그렇지."

"내가 볼 땐 엄마가 잘못한 거 맞는 것 같은데? 나라도 기분 나쁘겠다. 엄마 같으면 안 그러겠어? 만약 새아버지도 그런 조건으로 여자를 찾았으면 엄마는 새아버지랑 살지도 못하잖아, 안 그래?"

무언가 더 말하려던 엄마가 참으려고 애를 쓰며 입을 쏙 내밀었다.

"됐어. 넌 그냥 네 아버지 같은 사람 만나지 마."

"어떤 아버지? 친아버지? 새아버지?"

"이 계집애가."

엄마의 얼굴이 벌게진다.

"둘 다, 이것아!"

"지지리도 가난한 남자는 안 된다, 부유한 남자도 안 된다, 그럼 누구한
테 시집가라고?"

"적당한 남자."

"그걸 어떻게 찾아, 차라리 안 가는 게 속 편하겠다."

"그러게, 안 가는 게 속 편하지."

"그럼 안 가도 돼?"

"그래."

"정말?"

"친구 딸이면 그렇게 말했겠지."

그럼 그렇지. 그녀가 쿡쿡 웃었다. 엄마가 한숨을 내쉬었다.

"언제 시간 나? 날짜 잡아야지."

"정말 선보라고?"

"그래."

"언제 또 선이 잡혔어? 아, 또 사정했구나? 이번엔 누구야? 나같이 형편
없는 일하는 여자를 누가 만나준대?"

"너도 지금 엄마 비꼬니?"

"엄마한테 그동안 당한 거 생각하면 이건 별것도 아니지."

"시끄러, 얘. 내가 다 너 생각해서……."

"나 남친 있어, 엄마."

엄마가 놀라 입을 벌렸다.

"정말?"

"응."

"선보기 싫어서 뻥치지 말고."

"정말이야."

"뭐 하는 남잔데."

"그냥 회사 다녀."

"그냥 회사, 어디?"

어떤 남자냐고 물어봐 주면 좀 좋나. 새아버지하고도 그런 문제로 싸웠다는 엄마에게 그런 걸 바라면 너무 큰 욕심이겠지만.

"신선."

"신선?"

"응."

"대기업이잖아?"

"응."

엄마의 표정이 활짝 편다.

"속물."

"속물이 아니고 엄마 마음."

"하여튼 우리나라는 자식 사랑하는 마음 어쩌고 하면서 자식 위하는 일이면 범죄도 괜찮다고 미화시킨다니까. 우리나라 부패율이 왜 높겠어?"

"얘, 속물근성이 범죄야?"

"그게 시작이라 이거지."

"그럼 엄마는 아직 약과네?"

"와, 독해력이 후덜덜덜 하십니다?"

"쓸데없는 소리 말고 자세히 좀 얘기해봐. 부모님은 뭐하신대?"

"부모님? 부모님은 다 돌아가셨다는데?"

"뭐?"

엄마의 표정이 일순 굳는다.

"왜?"

"그건 좀 그렇네?"

"왜 좀 그러실까. 남의 부모님 지병 있는 걸 딸의 축복으로 삼는 우리 어머니께서?"

"그거야 그때 그 사람은 건물이 있었……. 그 집 살긴 잘 산대?"

그녀가 알기론 경준의 집이 무지하게 부자였었다. 지금 생각해보면 중상 이상 정도였겠지만 그때 당시, 원래도 형편이 어려운데다가 아픈 친아버지 덕분에 워낙 어렵게 살았던 지흔으로서는 경준 정도면 엄청나게 부자다, 라는 느낌이 있었다. 하지만 모든 것을 돈으로 평가하는 엄마에게 순순히 그렇다고 말해주긴 싫었다.

"나도 몰라."

"그런 걸 왜 몰라."

"그런 걸 어떻게 알아?"

"대화하면 알지."

"그런 대화는 안 해봤어."

"그런 거 대화 안 하고 무슨 대화 했는데?"

"몸의 대화."

"서지흔!"

꼴깍 넘어가려는 엄마를 보며 조금은 쌤통인 기분을 느꼈다. 아마 이

번만은 엄마밖에 모르는 새아버지도 자신의 편을 들어주시지 않을까 싶었다.

자동차가 있는지 집이 전세인지 그의 명의인지 등등 엄마는 굴하지 않고 끝까지 물어봤지만 그녀는 건성으로 대꾸했다. 직장 외에는 볼 거 없는 남자 같다고 결혼식 갈 때 예쁘게 입으라며 건넨 원피스를 바라보다가 원피스는 입지 말라고 말하던 경준을 떠올렸다. 그의 따뜻한 품도. 차를 타고 온 적 없었으니, 차는 없는 것 같고 집이 전세인지 뭔지는 사귀는 사이에서 할 질문이 아니니, 잘 모르겠고. 그녀가 아는 것은 그저 그의 따뜻한 품.

엄마가 건넨 원피스 뒤에 있는 단색의 정장을 꺼내 입고 밖으로 나왔다. 조만간 데려오라는 엄마의 말에 건성으로 대꾸를 하고.

결혼식은 예상대로 매우 화려했다. 신부도 아주 예뻤다. 신랑이 목이 두껍고 배가 불룩 나온 노안의 남자였지만 유주가 행복해하니 그거면 된 거 아닌가 싶었다. 화려한 결혼식 못지않게 친구들의 차림도 화려했다. 아마도 그동안 생략해 왔던 피로연을 한다고 해서 그런 게 아닐까 싶었다. 동창회와 비슷하긴 했지만 묘하게 서로 주고받는 눈들이 있었다.

"왜 오늘은 원피스가 아닌데?"

피로연 자리에 앉아도 딱히 흥이 돋지 않아 가만히 앉아 있는 지흔을 보며 은혜가 물었다.

"내가 언제 원피스를 입었다고?"

"동창회 때?"

"그게 언제야."

"뻔하지, 이젠 남자 생겼다고."

"그래, 내 남자한테만 잘 보이면 되지. 뭣 하러 꾸미고 나와."

"그래도 그렇지. 꼴이 뭐냐. 머리는 감은 거겠지?"

"아니."

"야, 너 진짜."

"몰라. 아침부터 엄마가 와서 들들 볶는 통에 그냥 나왔어."

"그래도 머리는 좀 감지?"

"왜, 냄새나? 어젯밤에 감고 자서 안 날 텐데."

"그냥 예의의 문제 아니냐."

"단정하게 묶었으면 됐지. 남의 결혼식장에서 내가 결혼할 일 있어?"

"어? 저기 승훈이 아니야?"

지흔의 표정이 단박에 굳었다. 멋대로 내 거 어쩌고 하고 다녀서인지 미치도록 비호감이다.

"야, 쟤 대박 났다며?"

은혜가 귓속말을 하듯 작게 말했다.

"뭔 대박?"

"갑자기 무슨 유전자 어쩌고 투자했다가 대박 났다더라."

"그랬대? 그래서 우리 나이에 벤츠 타고 다니는 거구나? 어깨에 잔뜩 힘 주고."

사실 서른에 벤츠를 타고 다니는 건 자력으로는 힘든 일이었다.

"그래도 부모 도움 안 받고 그런 거니 대단한 거지."

은혜가 부럽다는 듯 승훈을 바라봤다. 지흔이 입을 실룩였다.

"투자한 돈이 부모 돈 아냐?"

"하긴, 그건 그렇다. 근데 야 우리 나이에 부모 도움 없이 혼자 자생으로 돈 버는 애들이 어디 있어."

"나 있잖아."

"그래서 네가 가진 게 뭐가 있는데?"

"뭐, 자취집 있잖아. 그거 내 돈인데?"

"천에 얼마?"

"이래 봬도 전셋집이야. 액수가 크지 않아서 그렇지."

"얼만데."

"육천. 물론 대출금 좀 껴서."

"너 언제 그렇게 벌었어? 대학도 네 돈으로 가지 않았어?"

"장학금 받은 거지."

은혜가 혀를 내둘렀다.

"너네 새아빠 부자 아니었냐? 뭘 그렇게 악착같이 살았어?"

"엄마가 자꾸 돌아가신 울 아빠 비하하잖아. 치사해서 손 벌리기 싫어서 그랬어. 그리고 뭐, 새 아빠 돈이 내 돈이냐?"

"아이고, 젊은이. 의식이 쓸데없이 깨어 있어?"

"그래서 너 나 좋아하잖아."

혀를 차는 은혜를 보며 히죽 웃었다.

"네 남친은 좀 어때?"

"뭐가?"

"무슨 사정이 있드냐고."

"몰라. 뭔가 있는 것 같은데 당최 감이 안 잡혀."

"그 남자 자체에 문제가 아니면 집안에 문제 있는 거 아냐?"

"뭔 문제?"

"아니, 뭐 부모님한테 생활비를 드려야 한다거나, 아님 빚을 갚아야 한다거나, 아님 힘들게 공부해서 직장에 들어갔는데 그게 영 내 일감이 아닌 것 같다거나."

그런가. 일단 부모님이 안 계시고, 집이 좀 살았으니 빚 갚는 건 아닐 거고, 회사 일이 많다고 했지, 회사 일을 하기 싫다는 말은 못 들은 것 같다.

"그건 아닌 것 같은데?"

"아님 네가 영 안 땡긴다거나?"

"그건 더더 아니라고 했잖아."

은혜가 지흔의 말을 무시하며 한숨을 쉬었다.

"모르겠다. 요샌 우리 나이 애들이 영 암울하잖아."

"그렇긴 하지."

"자꾸 그런 생각이 든다."

"뭔 생각?"

"저런 애 하나 물면 대박인데, 왜 이런 고생을 해야 하는 건지."

은혜답지 않은 말에 지흔이 은혜를 바라봤다. 은혜는 승훈을 보고 있었다. 눈빛이 더없이 진지한 게 농담은 아닌 모양이었다. 지흔이 걱정스럽게 물었다.

"공부하기 힘드냐?"

"힘들지. 공부가 젤 쉬운지는 모르겠고, 젤 짜증나는 건 알겠다."

지흔이 회사 다니며 공무원 시험공부까지 하는 은혜를 안쓰럽게 바라보다 엉덩이를 툭툭 쳤다.

"으이고, 내 새끼. 장하다. 언니가 맛난 거 사줘야겠네."

"당장 사줘."

"우쭈쭈, 일단 있는 것부터 먹고, 내 새끼."

"참 근데 이승훈 쟤가 너 좋다고 막 그러고 다니지 않았냐? 지 거라고 하고 다닌다고."

"그랬지. 미쳐가지고."

지흔이 친구들과 인사를 하며 거만한 미소를 짓는 승훈을 보며 고개를 저었다. 그런 지흔을 은혜가 짠하게 바라봤다.

"너도 그만 악착같이 살고 이제 좀 편하게 살면 어때? 쟤 정도면 엄마가 무지하게 좋아하실 것 같은데."

"내 남편이 엄마랑 결혼하냐. 난 경준이 밖에……."

"응, 경준이?"

언젠가 말해야 하는데 어쩌면 타이밍일까. 고민하던 지흔이 입을 열려는데 어느새 승훈이 다가왔다.

"여기 있었네?"

아까부터 봐놓고 설정은.

"어, 승훈아 안녕?"

은혜가 반갑게 인사를 하는데 건성으로 목을 끄덕인 승훈이 지흔을 바라봤다.

"오랜만이다? 그때 공방 앞에서 보고 얼마나 됐더라?"

"공방?"

은혜가 그런 일이 있었냐는 듯 의아하게 바라봤다. "나중에 말해줄게." 하고 조용히 속삭이자 은혜가 알았다는 듯 바로 고개를 끄덕였다.

"그래, 오랜만이다."

그러고 시선을 돌리며 노골적으로 싫다는 듯 행동했는데도 승훈이 다른 곳에 갈 생각을 하지 않고 맞은편에 앉았다. 지흔의 미간이 확연히 좁아졌다. 승훈이 재미있다는 듯 웃었다.

"걱정 마. 안 잡아먹을 테니까."

"걱정 마. 너한테 잡아먹힐 일 없다."

"뭐야, 너희? 동창끼리 분위기가 왜 이래?"

은혜가 두 사람을 번갈아 바라봤다. 승훈이 은혜를 무시한 채 말을 이었다.

"어째 못 보는 사이 살이 좀 빠진 것 같다?"

"……."

"경준이가 잘 안 해주냐?"

"경준이?"

승훈의 입에서 그의 이름이 나올 줄 몰랐던 지흔이 눈을 크게 떴다. 내가 지금 잘 못 들은 건가, 하며 은혜도 고개를 갸웃거렸다.

"하긴. 뭐 얻어먹고 다닐 수나 있겠냐. 뚜벅이에 저렴식에. 걔랑 사귀는 건 완전 웰빙이겠지."

중얼거리는 승훈을 보며 지흔의 미간이 확연히 좁아졌다.

"너 어디서 들었어?"

"뭘. 경준이 쫄딱 망한 거?"

경준이가 망해?

그녀가 잠시 흠칫했다. 승훈의 표정이 묘하게 밝아졌다.

"혹시, 몰라?"

모른다. 전혀 모른다.

"그 자식이 너한테 말한 것처럼 하던데, 역시 말 안 했나 보지? 하긴 그 자식 자존심이 보통 높겠냐?"

"이게 무슨 소리야, 경준이라니?"

은혜가 영문 몰라 하는 목소리가 들려왔다. 경준에 대해 더 듣고 싶었지만 은혜가 있어서 얼른 화제를 돌렸다.

"누가 그거 물었어? 우리 사귀는 거 말이야."

"아, 그거? 어디서 듣겠냐. 그 자식한테 들었지."

경준이 전화번호를 물어보긴 했었다. 하지만 만났다는 말은 없었는데.

"그 자식이 얘기 안 하디? 와서 서지흔 지 여친이라고 건드리지 말라고 큰소리치고 가던데?"

"그랬……어?"

"말 안 했어? 하여튼 끝까지 멋있지? 재수 없는 자식."

승훈의 말이 거슬려 지흔이 인상을 찌푸렸다.

"걔 멋있는 거 하루 이틀이냐. 괜히 샘나니까 욕하고 난리야."

"야, 샘을 왜 내, 내가. 좆도 없는 새끼를."

"뭐?"

"잠깐잠깐!"

은혜가 둘 사이에 끼어들었다.

"이게 무슨 소리야. 나 좀 이해시켜봐. 죽은 임경준이 서지흔이랑 사귀는데 좆도 없……, 아니, 고자라고?"

어리둥절해 하는 은혜를 보며 승훈이 낄낄거렸다.

"아 놔, 신은혜 오랜만에 귀엽네?"

"쓸데없는 소리 말고 설명이나 해."

"홀."

은혜의 차디찬 말투에 승훈이 휘파람을 불었다.

"친구는 닮는다더니, 너네 많이 친한가 보다? 말투가 똑같아?"

"너는 경준이랑 친했는데 어떻게 이렇게 느낌이 다르냐?"

지흔이 한 마디도 지지 않고 말하자, 승훈이 미간을 좁혔다.

"걔랑 나랑 언제 친구냐. 나쁜 새끼가 내가 지 위해서 죽었다고 소문까지 내줬는데 만나서 한다는 소리가 너한테 집적대지 말라는 소리나 하고."

은혜가 미간을 좁혔다.

"그게 무슨 소리냐니까. 죽었다고 소문을 내다니. 그럼 경준이가 안 죽었다는 거야?"

"안 죽었지."

"유학 가서 죽었다며?"

"유학 가서 걔가 죽은 게 아니라 부모님이 돌아가셨지. 집은 쫄딱 망하고. 그 자존심에 그렇게 됐으니 잘나가던 학창시절 친구들한테 얼굴 보이고 싶겠냐? 그래서 죽었다고 소문내준 거지, 내가."

처음 듣는 얘기에 지흔이 아무 말도 못하고 서 있었다. 지흔의 표정을 읽은 은혜가 입을 딱, 벌렸다. 하지만 금방 정신을 차린 듯 승훈에게로 시선을 돌렸다. 그동안 지흔이 고민해왔던 것도 있고 하니, 지흔이 어떤 상황인지 바로 파악이 된 것 같았다.

"그렇게 의리도 좋은 놈이 이제 와서 그런 얘기를 하는 이유는 뭐냐?"

은혜가 승훈을 노려보며 물었다.

"뭐긴 뭐야. 네가 물어봤으니까 그렇지."

"정말 그게 다야?"

"뭐, 내가 찜해놓은 거 먼저 채간 것도 있고."

승훈이 턱으로 지흔을 가리켰다. 은혜가 인상을 찡그렸다.

"여자 때문에 우정을 버려?"

"우정은 무슨. 그 새끼 십 년 동안 연락 한 번 안 했어."

"집이 쫄딱 망했다며. 그런 애가 연락을 어떻게 하냐? 그리고 했어도 네가 받았을까?"

"야. 나를 뭘로 보고. 안 그래도 걔가 연락했길래 돈 필요해서 전화한 줄 알고 내가 빌려줄까, 말까, 하고 있었어. 근데 새끼가 빚 다 갚았다고 뻥치잖아. 지금 얼추 생각해도 빚 규모가 얼만데. 그게 그렇게 쉽게 갚아질 수 있나. 그래놓고 서지흔 건들지 말라는 소리나 하잖아. 그런데 열 안 받아?"

"그래서, 빚 못 갚으면 경준이가 너한테 돈 달라고 빌었어야 했냐?"

"형편 어려운데 그깟 자존심이 문제야? 까라면 까고 기라면 길 줄도 알아야지. 병신이 아직도 지가 고등학교 회장인 줄 안다니까. 아니, 나이가들어서 돈 없으면 수그릴 줄도 알아야지. 자존심이 밥 먹여주는 것도 아니고. 형편도 어려운 놈이 지 주제도 모르고 여자나 만나고 다니고. 내가 재수 없어 가지고……"

퍽!

승훈의 얼굴에 콜라 국물이 날아갔다. 너무 놀라 멍해 있던 지흔의 정신이 확, 돌아왔다.

"어머, 미안하다."

은혜가 지흔을 바라보며 말했다.

"미안하다, 지흔아. 네가 했어야 했는데 내가 했다. 괜찮아? 한 번 더 할래?"

은혜의 손에 컵이 들려 있었다. 지흔이 바라보자 은혜가 어깨를 으쓱했다.

"알잖아. 나 성격 드러운 거."

웃을 상황이 아닌데 피식 웃음이 나왔다. 그런데 눈물도 찔끔, 나왔다.

경준에게 그런 힘든 일이 있었을 줄이야.

"은혜야, 있지, 미안한데 나 먼저……"

"그래, 먼저 가. 여긴 걱정 말고. 대신, 나중에 꼭 전화하고."

은혜가 그녀의 등을 토닥였다.

"야! 신은혜!"

승훈이 꽥 소리를 질렀다. 하지만 은혜는 눈 하나 깜짝하지 않았다.

"너무 소리 지르지 마. 애들이 다 너 쳐다보잖아. 아, 너 열등감 폭발에 관심종자지? 더 소리 질러라. 주목 좀 받게."

"아, 진짜. 이거 얼마짜리 양복인 줄 알아?"

"너 돈 많다며. 무슨 세탁비에 덜덜 떠니?"

"아, 시발. 눈 아파. 잔소리 말고 좀 닦아봐."

"닦아주세요오."

"아 진짜, 뭐 이런 미친……."

부글부글 승훈의 끓는 소리가 멀리까지 느껴졌다. 혹시나 그에게도 저런 식으로 말한 게 아닐까 하는 생각이 들어 밖으로 나가던 지흔이 원망스럽게 승훈을 바라봤다.

"나쁜 자식, 말을 해도."

저러니 '몇 학년 몇 반 누구'가 아닌, '경준이랑 같이 다니던 누구'로밖에 기억이 안 남지. 모자란 자식. 그나마 경준이가 없었다면 기억도 안 날 녀석.

찬바람을 좀 쐬자 승훈의 생각은 잊히고 오롯이 경준 생각이 났다. 그런 엄청난 일을 겪었다는 사실에 마음이 아팠다가, 그녀에게 아무 말도 해주지 않았던 그에게 화가 났다가, 혹시나 그에게 말실수한 게 있을까 봐 미안했다가, 이 복잡한 심경을 어떻게 해야 할지 알 수가 없었다. 고민하던 지흔이 휴대폰을 들었다. 일단 그를 만나야겠다.

그 외에도 ......and than some...
더 많은 것들

19.

번역 일을 하다말고 거의 '튀어' 나갔다. 지흔이 찾아왔다. 자신이 그녀의 집 근처에 간 적은 있어도 그녀가 온 건 처음이었다. 시간에 쫓겨 밥도 못 먹고 일하는 중이었는데 지흔이 왔다는 말에 좀 밀리면 어떠냐, 싶었다.

"서지흔!"

대강 위치만 말했는데 그녀는 골목길 근처를 기웃거리고 있었다. 그가 부르자 그녀가 가만히 바라본다. 그 눈빛에도 심장이 녹는 것 같다. 아주 잠깐만 봐야지, 하고 생각했는데 얼굴을 보자마자 다른 건 다 잊어버린다. 그녀를 위해 일을 하고 있었지만 그녀를 위해 버릴 수도 있을 것 같은 기분.

이런 이중적인 마음이라니.

"왜 여기까지 들어왔어? 여기 위험한 곳……."

지흔이 느닷없이 그의 품에 안겼다. 쿵, 하고 심장이 내려앉는다. 것 참, 이런 건 면역력도 없나 보다. 그녀가 가끔 돌발 행동을 할 때마다 미치도록 자제력을 놓고 싶어진다.

아주 잠깐 그녀의 품을 느끼던 그가 힘겹게 입을 연다.

"왜…… 이래, 무슨 일 있어?"

그녀는 아무 대답도 하지 않는다.

"오늘 결혼식장 간다고 하지 않았어? 거기서 무슨 일 있었던 거야? 어디 보자, 우리 지흔이 무슨 일 있었는지 들어보자, 좀."

그녀를 떼어내려고 해도 그녀는 꼭 붙어서 영 놔주질 않는다. 심장이 뜨거워진다. 이대로 쭉 안고 있으면 어떨까, 생각하며 그녀의 머리를 받치고 있던 손을 내려 그녀의 목덜미를 붙든다. 등허리를 쓸어낸다. 허리 위로 선을 그리듯 천천히 매만진다.

"지흔……아."

멈추지 못할까 봐 무서운데 그녀는 꼼짝도 하지 않는다.

"서지흔, 대체 무슨 일이야?"

"그냥 있자."

"나도 그러고 싶지만……."

"잠깐만 그냥 있자고."

착각일까. 그녀의 목소리가 젖은 듯하다. 그가 그녀의 어깨를 잡고 뒤로 물러섰다.

"얼굴 좀 보고 얘기하……."

마주하고 본 그녀의 눈시울이 벌겋다. 그가 미간을 좁혔다.

"너…… 무슨 일이야, 무슨 일 있었어?"

"……."

"서지……."

"임경준."

지흔이 그를 원망스럽게 바라봤다.

"너 나 사랑하는 거 아니지?"

"뭐?"

"네 사랑, 말로만이지?"

이게 무슨 소린가 싶어 경준이 미간을 좁혔다.

"무슨 소리야?"

"대답해. 내 말 맞지?"

또 무슨 투정을 부리려나. 투정도 기대가 되는 서지흔의 통통 부은 입술이 귀엽다. 그가 그녀의 볼을 살짝 꼬집었다.

"말이 되는 소릴 하자?"

"말 돌리지 마."

"무슨 말을 돌렸다고 그래."

"대답 못하는 거지, 지금?"

"어쩐 일로 찾아오셨나 했더니, 사랑 확인하러 온 거야?"

"얼렁뚱땅 넘어가려고 하지 말고."

"알았어. 사랑해. 무지하게. 사랑합니다, 서지흔 씨."

"말로는 무슨 말이든……."

"자."

그가 그녀의 손을 잡아끌어 심장에 손을 대주었다. 쿵쿵하고 뛰는 심장이 그녀의 손끝에 닿을 수 있도록.

"느껴져?"

"……."

"못 느끼겠어? 그럼 귀 대볼래?"

그녀가 그의 가슴 위에 올린 손을 가만히 바라봤다. 그가 잔잔히 고백한다.

"네 이름만 나와도 나 이렇게 돼. 떨리고 설레서. 네 생각만 해도 나는……."

"근데 왜야?"

"……."

"왜, 어떻게 참아?"

그녀가 뭘 얘기하는지 알 것 같았다. 상처받았구나, 그녀가. 늘 망설이고 고민하다가 어떻게, 왜, 참는지 설명하지 못했다.

"내 속도가 너무 빨라?"

"……."

"나만 급해?"

"……."

"왠지 그런 생각이 들어. 네가 날 그렇게 사랑하는 게 아닌 것 같다는 생각. 나만 널 사랑하는 게 아닐까 하는 생각."

"그런 거 아니야, 서지흔."

원망이 가득 담긴 눈빛으로 그녀가 그를 올려다보았다. 그가 옅은 미소를 지었다.

"그런 거 절대 아니야."

"그럼 왜야? 내가 못 미더운가?"

"……."

"내가 그다지 괜찮아 보이지 않아서, 믿질 못하겠어서 나한테 네 사정에 대해서 아무 말도 못하고 피하기만 하는 거냐고?"

"너……."

심장이 서늘하다. 질문의 요지를 알 것 같아서. 그리고 그런 질문을 왜 하게 된 건지도.

"승훈이…… 만났어?"

"어……."

"그 자식이 뭐라디?"

그녀의 표정이 금방 슬퍼진다.

"나, 임경준 거라고 건드리지 말라고 했단 말."

"승훈이가 그래?"

"어."

그가 애써 미소를 지었다.

"못 알아들으면 어쩔 뻔했는데 제대로 알아들은 모양이네?"

그리고 다른 얘기들도 들었겠지.

"……들었어, 네 얘기."

"그랬어?"

쓸쓸하게 미소 지은 그가 그녀의 머리칼을 뒤로 넘겼다. 그녀가 그의 행동을 말리듯 그의 손을 붙들었다.

"나 멋대로 만지지마. 화났으니까."

"화났어?"

"당연하지."

"너무 화가 나서 운 거야?"

"어. 너한테 들어야 할 얘기를 승훈이한테 들었으니까. 완전 열 받았어."

근데 왜 그는 그런 생각이 드는지 모르겠다. 열 받은 것보다 그가 가여워서 운 것 같다는 생각.

"말하려 했는데……."

"됐어, 그딴 변명 듣기 싫어."

그녀가 다시 그의 품에 안겼다. 그러고는 품 안에서 얼굴을 비빈다.

"서지흔."

"지금 너무 화나서 아무 얘기도 들을 기분 안 나."

"있잖아, 지흔아."

"지금은 지난 일 설명 안 해도 되니까 그냥 내 화나 풀어줘."

"……."

"얼른. 나 정말 화 많이 났다니까?"

말은 그렇게 해도 지흔의 말뜻이 다르게 느껴졌다.

우리 집이 망했어. 난 고아가 됐고 언제 어디서 터질지 모르는 시한폭탄 같은 빚잔치를 했었고. 월세로 형하고 같이 살고 있다. 그동안 죽어라고 한 고생이 허무하게도 이제부터 또 새로 시작해야 해, 그것도 학자금 대출을 안고. 전보다 훨씬 빨리 지치는 기분이 들 때가 있는데 앞으로도 계속 달려야 해. 그래서 나는…….

착각일지 모르지만 이런 얘기로 곤란해질 자신을 생각해주는, 그런 기분이었다.

고생 끝에 낙이 온다는 그런 말 바라지도 않았고 믿지도 않았는데 혹시나 그런 게 온다면. 그 낙이라는 게 그저 좀 더 여유로운 생활이 아니라, 서지흔이라면, 그렇다면 고생한 보람이 있는 것 같다.

"어떻게 풀어줄까?"

그가 그녀의 볼을 쓸었다. 그녀가 귀엽게 흘겨본다.

"그건 네가 알아서 해야지."

"음……."

그가 머리를 굴려본다.

"내가 여자가 네가 처음이라, 이런 쪽으로는 어떻게 해야 할지 모르겠다."

그녀가 깜빡깜빡 눈을 깜빡이더니 눈을 가늘게 뜬다.

"왜?"

"너 좀 선수 같은데."

"내가?"

"이런 상황에서 처음을 강조한다는 게 아무래도 뭔가 아는 것 같은데?"

"그래? 근데 정말이야. 누구 만날 마음도 시간도 없었거든. 그동안 아무한테도 관심 없었는데."

"근데 왜 나는……."

그녀의 눈빛이 살짝 흔들린다. 그가 얼굴을 들이댔다.

"혹시…… 이거 먹혔어?"

"아니. 절대."

그가 아쉬운 눈빛을 하자 그녀가 못마땅한 듯 시선을 피했다.

"아, 어떻게 해야 하나. 우리 지흔이 화 풀어주려면?"

그가 자꾸 요리조리 피하는 그녀의 얼굴을 찾아다니며 물었다. 하지만 그녀는 그를 슬쩍 노려볼 뿐이다.

"그동안 내가 밤새 고민한 것처럼 너도 밤새 내 생각하면서 고심해 보시지?"

"에이. 그래도 조금만 힌트를 준다면?"

지흔이 그의 앞으로 바짝 다가와 고개를 들어 눈을 마주했다.

그를 찾아오면서 무슨 생각을 했을까.

벌게진 눈이 안쓰럽다. 그가 그녀의 눈가를 쓸었다.

"우리 지흔이 어떻게 해야 기분이 풀리지?"

"내가 하란 대로 할 거야?"

"당연하지."

"네가 물어본 거니까 내가 하란 대로 해라?"

"네, 서지흔 님."

"혼순자인지 뭔지 그거 해제해."

"뭐?"

"혼전순결주의자인지 개떡인지 그런 거 얼른 해제하라고."

"야, 그건……."

경준이 미간을 좁혔다.

"오늘부터."

그녀의 당돌한 말에 그가 인상을 찌푸렸다.

"너 그게 무슨 뜻인지 알기나 하고 말하는 거야?"

"당연하지."

"서지흔."

"그게 지금 네 상황 때문이라면……."

그녀가 잠시 입술을 깨물었다. 뭐가 속상한 건지 또다시 눈가가 촉촉하다.

"맞지, 내 말. 네 상황 때문에 그동안 다가오지 못한 거?"

"……."

"그렇다면 더더욱 빨리 해제해줘."

"지흔아."

"네가 착각한 모양인데 나 열아홉 아냐. 스물아홉이라고."

"서지흔."

"됐어. 대답하지 마. 혹시나 모를 상황 대비하면서 사람 상처 줘놓고 나 지켜주려고 그런 거라는 비겁한 소리 할 거면 아무 말 말라고."

"지흔아."

해제, 라고 말할 때까지는 꼼짝도 하지 않을 것 같았다. 경준이 그녀의 얼굴을 매만졌다.

"일단 내 얘기부터 들어. 다 얘기……."

쪽. 지흔이 그의 입술에 입맞춤을 했다.

"해제부터 해. 안 그럼 고문할 거야."

"미치겠네. 서지흔, 너……."

이러면 안 되는데. 멈추지 못할까 봐 무서워서 겁이 나는데.

다가오는 그녀보다 먼저 그녀의 입술을 물었다. 매일 밤 꿈꿔왔던 그녀의 입술이 괜찮다는 듯 다 이해한다는 듯 그래도 네가 좋다는 듯 그를 위로하고 있었다. 울컥, 하고 뜨거운 무언가가 그의 몸 깊은 곳에서 솟아나 눈물이 찔끔 난다.

지흔아, 너는 어쩌면 선물 같아. 그동안 받지 못한 걸 한꺼번에 쳐서 주는. 하늘이 준 선물인지, 힘든 짐을 던져주고 떠나버린 부모님이 가여워서 준 선물인지 그건 모르겠어. 모르겠지만 하나는 안다.

너는 내 선물이란 거. 서지흔은 임경준에게 꼭 필요하고 소중한 선물이란 거.

경준의 동네에는 아쉽게도 놀이터가 없었다. 대신 층수가 많은 계단이 하나 있었는데 워낙 가팔라서인지 인적이 드물었다.

승훈에게 들은 얘기를 끌어안고 경준에게 오는 동안 마음이 벅적벅적했다. 그동안 자신이 끙끙 앓았던 일의 실체를 마주하니 자신에게 솔직하지 못했던 그에 대한 미움보다 그 얘기를 어떻게 꺼내야 할까 고민했을 그가 안쓰러웠다. 자신에게 아무 말도 하지 않고 혼자 삽질하게 만든 그가 미워 폭발할 것 같았다가 그 마음이 어려웠을까 싶기도 해서 그에게 무슨 말부터 해야 하나 고민이 많았다. 하지만 그의 얼굴을 보는 순간 그런 고민 따위는 다 날아가고 없었다. 그저 그를 안아주고 싶고, 위로해주고 싶은 마음뿐이었다.

그녀는 안다. 어린 시절 그녀는 그다지 부유하지 못했다. 지금이야 엄마가 재혼을 해서 부모 부양에 대해서 걱정하지 않고 살고 있다 하지만 사실 지흔은 고등학교 때까지 아버지 병시중과 돈 버는 일을 병행하던 엄마, 그런 부모에게 의지는커녕 어서 빨리 졸업을 해서 돈을 벌어야 한다는 걱정을 하고 있었다. 다행히 지흔에게는 은혜가 있었기 때문에 가끔 제 마음을 터놓고 얘기하긴 했지만 사정 모르는 다른 친구들에게 쉽게 그런 말을 꺼낼 수는 없었다.

누군가는 쉽게 말한다. 가난은 창피하지 않아, 그저 불편할 뿐이지. 그런데 막상 누군가에게 그런 처지를 얘기한다는 건 쉽지 않은 일이다. 그건 창피해서가 아니다. 그저 꺼내기가 어려울 뿐이다.

그렇다고 그가 자신에게 아무 말 하지 않고 고군분투한 걸 다 이해한다는 뜻은 아니었다. 그가 자신을 믿지 못해 말을 못한 걸까 봐 섭섭하고, 그가 힘겨워하고 있을 때 왜 나를 사랑해주지 않냐는 엉뚱한 투정을 부리게 만든 게 화가 났다. '너 가난해진 거 나한테 왜 말을 안 했어!' 하고 따질 순 없는 노릇이지만 자신에게 했던 행동이 그의 배경과 관계가 있는 일이라고 생각하면 자신이 반드시 알아야 했는데 끝내 다른 사람을 통해 들었던 게 화가 났다. 대놓고 따질 수도 그냥 넘어갈 수도 없는 일이니, 지흔의 심경이 편치 않았다.

"고등학교 졸업하고 유학 가 있는 동안 아버지가 계시던 회사 사업이 좀 힘들었나 봐."

계단에 앉아 그의 어깨에 머리를 기대자, 그가 천천히 이야기를 시작했다.

"회사에서 뭔가 필요해서 형 명의로 보증을 선 일이 있었는데, 아주 잠깐만 빌리고 나서 다시 되돌려 놓으시려고 한 것 같은데 그게 잘 안 된 것 같아."

"형이 정말 놀랐겠다."

"어. 법인사업체라 아버지가 돌아가셔도 소용이 없었어. 꼼짝없이 빚잔치를 해야 했지."

"넌 몰랐어?"

"전혀 몰랐어. 알 수가 없었지. 눈치를 줬던가, 하고 생각해봐도 잘 모르겠어. 그런 건 상상도 안 해봤으니까."

그녀가 고개를 끄덕이다가 어렵게 물었다.

"부모님은 그럼 어떻게……."

"교통사고였어. 그때도 누구한테 돈을 빌리러 지방에 내려가시다가 그렇게 되신 것 같아."

그녀가 그의 손을 잡아주었다.

"많이 놀랐겠다."

"어 너무 갑자기 돌아가셨어. 생각지도 못하게. 인사도 못하고 그렇게……."

그의 손을 잡은 그녀의 손에 힘이 들어갔다. 그가 씁쓸한 미소를 지었다.

"정말 힘들었겠다."

그가 고개를 저었다.

"사실 지나고 생각해보면 나는 그렇게 고생한 건 없는 것 같아. 군대도 다녀와야 했고, 형수가 대학은 꼭 나와야 한다고 해서 대학 다니면서 일하느라 보탬도 많이 못 됐어."

"형수?"

"어. 형하고 나하고 여덟 살 차이거든. 그때 형하고 형수는 한창 신혼 때였는데……. 형수가 진짜 고생 많았지. 아마 안 해본 일 없을 거야."

"형수가 좋은 분이네."

"어, 그랬지."

"그랬지?"

경준의 표정이 어두워졌다.

"이혼했어. 일 년 전에."

지흔의 눈이 커졌다.

"형수 너무 고생시킨 게 미안해서 보내주긴 했는데 형은 아직 못 잊고 있어."

"그렇……구나. 그럼 지금은 다들 각자 따로……."

"어. 형수는…… 결혼한다는 소식이 있더라?"

"일 년 만에? 그럼 형은?"

"아마 형은 평생, 형수만 생각하고 살걸?"

지흔이 안타까운 표정을 지었다.

"그럴 바엔 가서 잡아보는 게 낫지 않을까?"

고개를 저은 경준이 지흔을 바라보더니 머리칼을 뒤로 넘겼다.

"자기 여자를 고생시킨다는 건 생각보다 끔찍한 거야. 형이 형수 보내려고 마음에 없는 소리 엄청 해댔을걸? 그걸 듣는 입장이나, 하는 입장이나, 보는 입장이나. 정말 끔찍했어. 옆에서 내내 지켜봤거든."

"설마 너 그래서 애초에 결혼을……."

그가 고개를 끄덕였다.

"그 과정을 보면서 내 사랑이 누군가에게는 민폐가 될 수도 있겠구나 싶더라."

민폐가 되는 사랑이라, 어딘가 마음이 아파왔다.

"상황이 나아질 수도 있잖아."

지흔이 제발 그의 생각이 바뀌길 바란다는 듯 말했다. 그가 대답하지 않는다. 형수 일이 그에게 트라우마처럼 남은 걸까. 그럴 수도 있겠다, 싶었다. 자신이라도 그건 그럴 수 있을 거라고. 다만, 그걸 자신이 깨뜨릴 수 있을까, 그랬으면 좋겠다고 생각했다.

"나 만난 거 후회될 때 있어?"

그녀가 걱정스러운 얼굴로 물었다. 그가 살짝 미소를 지으며 고개를 저었다.

"아니."

"거짓말."

피식, 그가 웃는다. 거짓말이 맞나보다.

"나 만난 거 후회한 적…… 있구나?"

"가끔."

"가끔씩이나?"

그녀가 인상을 찌푸리자 그가 귀엽다는 듯 웃었다.

"나한테 그런 엄청난 말을 해놓고 지금 웃음이 나와?"

"어. 나는 너만 보면 웃음이 나."

"……."

"설레고 떨리고 실실 웃고. 절대 누구도 사랑하지 말자, 고 다짐하고 또 다짐했고 여태까지 내내 잘 지켜왔는데, 왜 너한테는 그게 안 되는 건지 그걸 모르겠더라."

"그래서 짜증나?"

"설마."

그가 그녀의 머리를 쓸어내렸다.

"그냥 알 수가 없어서 그래. 대체 왜 서지흔을 보면 내 마음을 제어할 수 없을까."

"흐응. 철매녀한테 뻑가셨고만?"

그녀가 히죽 웃는다. 경준이 그녀의 볼을 꼬집는다.

"바보야, 너 하필 이런 남자한테 걸린 거야. 근데 지금 웃음이 나와?"

"너도 나오는데 난 안 나올까 봐?"

그가 한숨을 짓는다.

"너 정말 괜찮냐?"

"뭐가."

"네 남친 가진 거 하나도 없다는 말 들어놓고?"

"스물아홉에 가진 거 없는 남자가 너 하나냐? 생색은."

어쩌면 자신은 바보인지도 모른다. 도망가야 할 기회가 지금뿐일지도 모르는데 기회를 놓치고 있는지도. 하지만 두렵지가 않다. 꼭 열아홉처럼.

그가 가만히 그녀를 바라본다.

"미안해."

"뭐가."

"말 못해서."

"어, 미안해해야지. 앞으론 이런 일 없도록 해. 그땐 그냥 안 넘어가."

"그리고……."

그녀가 고개를 저었다. 가진 거 없어서, 라고 사과할까 봐서.

"딴 얘기하지 말고 나한테나 잘해줘. 그럼 돼."

"그래."

"더 많이 만나주고."

"어."

"전화도 더 해주고."

"당연하지."

"문자도 폭탄으로 보내라?"

그가 고개를 끄덕였다.

"약속 꼭 지켜."

"지흔아."

"왜?"

"더 열심히 살게."

"……."

"너 힘들지 않게."

그녀가 피식, 웃었다.

"결혼 안 한다더니."

그녀가 슬쩍 눈을 흘겼다.

"너 나랑 결혼하고 싶구나?"

"조금?"

"조오금?"

"좀 많이."

그녀가 그의 앞으로 뭔가 달라는 듯 손을 내밀었다.

"왜?"

"너 일주일 동안 어떻게 생활하는지 스케줄 표 좀 보여줘 봐."

"그건 왜."

"글쎄, 빨리."

"딱히 적어놓은 건 없는데."

"그래?"

그녀가 가방에 주섬주섬 다이어리를 꺼냈다. 딱, 하고 볼펜까지 준비하
고 그를 바라봤다.

"불러."

"뭘."

"네 일주일 스케줄."

"뭐?"

"너 일주일 동안 어떻게 생활하는지 정확히 알아야겠어."

큭큭큭. 그가 웃는다.

"서지흔, 진짜."

"얼렁뚱땅 넘어가려고 하지 마. 너 이제 내 손바닥이니까."

"흠, 서지흔 손바닥. 거기 누워 자면 진짜 좋겠다."

"말로 때울 생각 마라?"

"서지흔은."

그가 애교를 부리듯 그녀의 어깨에 기댔다. 지흔이 물러설 수 없다는 듯 고개를 저었다.

"네가 아직 잘 모르나 본데 사회생활도 결혼생활도 인간관계에서는 돈보다 신뢰가 더 중요한 거야. 너는 지금 재력을 채울 게 아니라 나한테 신뢰를 채워야 돼."

"……."

"결혼하고 싶다며? 나 아무나하고 그런 거 할 여자 아니거든? 결혼하기 싫어?"

"알았어, 말할게."

"하나라도 빼먹으면 혼난다?"

"알았다."

대답은 시원하게 해놓고 그가 잠시 생각하는 듯 고개를 올린다. 그녀가 눈을 가늘게 떴다.

"혹시 지금 뭘 뺄까, 이런 생각하는 거면……."

풋. 그가 웃는다.

"귀신이네, 서지흔."

"이제 알았구나. 앞으로 나한테 뭘 속이려 들 때 참고해. 나 귀신이라는 거."

"음, 회사 갔다가……."

"잠깐, 무슨 요일, 몇 시, 뭐뭐. 이렇게 불러줘."

"뭐?"

"나 그런 거 좀 좋아해."

"우리 지흔이 생각보다 철저하네. 앞으로 나 피곤하겠어."

"나한테 비밀 만든 벌이야."

"하아, 내가 죄가 많다."

"완전 많지."

"그럼 어차피 죄 많은 거 하나만 더 짓자?"

"뭐……."

순식간에 그가 그녀의 입술을 빨아 당겼다. 후끈, 하고 열기가 달아올랐다. 그녀의 입 안을 훑어 내리는 그에게서 거친 숨소리가 느껴졌다. 자신을 원하는 그 소리가 더 듣고 싶어 그녀가 그의 목에 매달렸다. 그가 그녀를 더 깊이 안는다.

바보, 이렇게 좋은 걸 왜 안 하려고 했어. 돈이 뭐라고. 형과 형수처럼 모든 사람이 다 그렇게 사는 것도 아닌데.

그가 바보인지 자신이 바보인지는 아직 더 두고 봐야 알겠지만 어쨌든 아직까지는 그가 바보였던 걸로 그렇게 생각하기로 했다.

두 사람은 서로를 더 강하게 붙들었다. 키스가 끝날 때까지 달아오른 열기는 키스가 끝나고도 식지 않았다.

그 외에도 ......and than some...
더 많은 것들

20.

　가을에 들어섰지만 뒤늦은 장마가 끝나지 않아 유독 비가 많이 오는 나날이었다. 한동안 계속 만나지 못하다가 오랜만에 날씨가 좋은 날 함께 하게 됐다고 좋아했는데 저녁 시간이 지나자 기상특보가 시작돼 태풍이 온다는 소식을 전했다. 어쩐지 날씨가 꾸물꾸물. 곧 비가 내리기 시작했다.

　톡. 톡.

　빗방울이 떨어지기 시작하는데 지흔의 통화가 길어졌다.

　"그래서, 너희 집 앞에서 기다렸다고?"

　―몰라. 걔 진짜 변태인가 봐. 싫다고 하면 할수록 더 쫓아다녀. 대체 어디서 생겨난 자신감이니?

　승훈에게 콜라를 뿌린 그날 이후 승훈은 무슨 일만 생기면 은혜에게 전화를 했다. 처음엔 상담조로 말을 걸어와서 별일 아닌 걸로 여기고 퉁퉁대고 끊고 했단다. 은혜의 말을 들은 지흔 역시 그런가 보다 하고 대수롭지 않게 여겼다.

　사실 그때 당시에 지흔과 은혜 사이에서 주요 화젯거리는 경준의 생존

이었다. 그토록 안타까워했던 경준의 죽음이 나름의 사정을 안은 일종의 해프닝이었다는 사실에 안도하고 감사했다. 미리 말하지 않았다는 이유로 은혜에게 사과 아닌, 사과를 하느라고 밥값도 많이 날렸다. 은혜는 정말 기뻐하며 축하해주었지만 그 안엔 잔소리도 많았다. 반은 시샘이 섞였지만 사실 우려가 많았다. 아무리 경준이 고등학교 시절 우상이었다고 해도 경준의 어려운 사정을 알고 있으니, 친구의 연애가 아주 미더운 건 아닌 모양이었다. 그래놓고 경준이 바쁜 시간을 쪼개 셋이 만났을 때는 지흔에게 언제 걱정 섞인 말을 했었냐는 듯 연예인을 바라보듯 경이롭게 경준을 바라봐 지흔의 빈축을 사기도 했었다. 그때 지은 은혜의 표정이 재미있어서 그 후에도 경준과 그 애기를 하곤 했다. 그렇게 친구의 '좋겠다' 와 '헤어져' 조언 사이를 오가며 거의 천국과 지옥을 경험하고 있는 사이, 이게 웬일? 승훈이 은혜의 행동을 착각하고 구애를 시작했다. 얼마나 쫓아다니는지. 전혀 관심사가 아니었던 승훈의 돌발 행동에 은혜뿐 아니라 지흔까지 당황한 상태였다.

"웬만하면 좀 받아주지그래. 한 달도 더 된 것 같은데."

—걔가 웬만한 애냐?

"너도 전에 그랬잖아. 저런 애 만나서 팔자를 펴보는 것도 괜찮겠다고."

—그건 걔 배경이지. 걔 인성은 아니잖아.

인성이 더럽긴 했다. 하지만 나름 경준에 대한 비밀을 십 년 동안 입에 물고 있어서인지, 경준은 승훈일 아주 미워하진 않는 것 같았다. 가끔은 걔가 어렸을 때부터 결핍이 있어서 그런다며, 천성은 착하다고 지흔을 설득하기도 했다. 남자친구의 말 때문일까. 자신도 굳이 남을 미워하지 말자는 마음이었다. 물론 그렇다고 은혜처럼 아까운 친구를 소개할 수는 없는 노릇이지만.

"그래도 너한테만 잘하면 되는 거 아냐?"

─난 말이지, 남한테도 조금은 괜찮은 사람이면 좋겠다. 경준이의 반의 반의 반이라도.

"승훈이한테 그런 걸 바라?"

─그러니까 모른 척하고 있지.

"그래도 네가 좋아하는 돈을 가진 남자인데."

─그런가. 눈 한 번 감고 만나볼까?

은혜의 말에 지흔이 질색했다.

"나 농담한 거다?"

─나도다.

지흔과 은혜가 큭큭 웃었다.

─그나저나 경준인 대체 언제 또 볼 수 있는 거야? 딱 한 번, 그것도 한 시간 보여주고 마는 거야?

"바쁘잖아."

자신도 그놈의 스케줄 관리가 아니었다면 정말 보기 힘든 얼굴이었다.

─승훈이 반의반의 반만이라도 경준이가 좀 여유로우면 좋을 텐데.

"그러게. 완벽한 게 없다."

─아, 이 불공평한 세상이여.

"그런 거 알았으면 더 '열공' 해야지?"

─맞다, 그래. 난 공부할 테니, 어머니는 떡을 써시어요.

"어허, 이 어미가 지금 떡을 썰 때냐. 연애할 때지."

─지랄. 그래, 좋을 때다. 실컷 해라, 그놈의 연애.

"응, 그럴 거다, 이놈의 연애."

질투심을 마구 유발하며 지흔이 전화를 끊었다.

"은혜?"

그녀의 손을 잡고 있던 경준이 손을 흔들며 물었다.

"어, 미안. 오늘 좀 우울한지 전화를 잘 안 끊네."

"괜찮아. 너네 통화하는 거 들으면 재미있더라."

한 번 만나긴 어려워도 지흔이 경준의 스케줄 관리를 시작한 이후로 만나는 시간은 전보다는 길어졌다. 회사 야근이 있는 날이면 물류센터가 아닌 지흔의 공방으로 오는 덕분이었다. 지금은 회사에 야근이 있다고 하면 그의 피로에 대한 걱정보다 기쁠 때가 더 많았다.

"무슨 일 있대?"

"공부도 안 되고, 남자도 없어서 우울한데 승훈이 그 녀석이 점점 더 심하게 쫓아다닌대."

"그래?"

"어, 장난 아닌가 봐. 걔 변태인가? 싫다고 할수록 더 좋다고 그러나 봐."

경준이 재미있다는 듯 웃었다.

"고등학교 때도 그러더니."

"그랬어?"

"어. 근성 하나는 대단했지."

"남자들은 그걸 근성이라고 해? 변태가 아니고?"

"뭐, 좋게 말하자면?"

"나도 걔 되게 싫어했는데 왜 나는 더 안 쫓아다녔지?"

"섭섭해?"

"조금 섭섭해질라 그러네?"

경준이 지흔의 손을 흔들었다.

"내 걸 누가 건드려?"

히죽 웃던 지흔이 정색을 한다.

"내가 왜 네 거야?"

"뭐?"

"내가 뭐 언제 너한테 준 거 있어?"

경준이 미간을 좁혔다.

"마음 줬잖아."

"글쎄."

"아니었어? 난 내 건 줄 알고 바쁜 시간 빼서 이렇게 만나주고 있는데."

이번엔 그녀가 미간을 좁혔다.

"만나주고? 지금 너 나 만나주신 거야?"

"아아니, 네가 날 만나주신 거라고."

"그지? 앞으론 주어를 확실히 하자?"

"넵. 마님."

툭. 툭.

빗줄기가 굵어졌다. 불길한 느낌에 서로를 마주봤다.

"태풍은 내일쯤이라고 하지 않았어?"

"그러게."

말이 끝나기 무섭게 후두두둑 빗방울이 떨어졌다.

"어떻게 해. 비 많이 온다."

그녀가 걱정스러운 표정을 지었다. 경준이 주변을 둘러봤다.

"큰길 나가서 택시 잡자."

"큰길 나가기 전에 다 맞겠는데?"

"그래도 비가 너무……."

그녀가 그의 손을 잡아당겼다. 그가 의아하게 바라보자 다시 잡아당긴다.

"뛰자고?"

"응."

"그래도 이 정도 비면 가기도 전에……."

"빨리."

그녀가 앞서서 그를 당겼다. 빗줄기가 뛸 빗줄기는 절대 아니었지만 성격 급한 그녀를 말릴 순 없을 터였다. 그가 그녀를 따라 뛰기 시작했다. 금방 그가 앞서 나갔다. 하지만 경준의 예상대로 그녀의 집 앞에 다다르지도 못하고 쫄딱 비를 맞아버렸다. 그렇게 추운 날씨도 아니건만, 얇은 옷차림 때문인지 겨울비가 오는 것처럼 한기 어린 물줄기가 몸을 스쳤다. 달리던 경준이 건물 아래에 멈춰 섰다.

그녀가 흠딱 젖어 있었다. 젖은 머리칼이 그녀의 뺨에 붙었다. 가만히 넘겨주자 그녀가 그를 바라본다. 젖은 눈빛이 꽤나 유혹적이었다. 그가 애써 고개를 돌렸다.

"비 정말 많이 온다. 너 완전 생쥐야!"

굵은 빗소리에 그가 소리치듯 말했다. 지흔이 미간을 좁혔다.

"그러는 너는!"

"나보다 네가 더 그런데?"

"웃기지 마. 넌 완전 바보 같아!"

서로를 바라보던 두 사람은 웃음을 터트렸다.

"이젠 택시 잡기도 다 틀렸고 어차피 맞은 거 다시 뛰어야겠다!"

그녀의 손목을 잡아끄는데 진동이 오듯 그녀의 몸이 부르르 떨렸다. 의아해서 바라보자 금세 그녀가 덜덜 떨고 있었다.

차만 있었어도 이런 고생은 없었을 텐데.

미안함이 앞서서 선뜻 말이 나오지 않는다.

"에취!"

그녀가 금세 재채기를 했다.

"괜찮아?"

"응, 엣취!"

"추워?"

"응. 너무 추워."

그녀가 드러날 정도로 떨었다. 경준이 콩, 하고 머리를 쥐어박았다.

"그러게 우기길 왜 우겨, 바보야. 택시 잡자니까."

"택시 타긴 애매하잖아. 골목 지나야 하니까 큰길로 엄청 돌아갈 텐데. 금방 갈 줄 알았어!"

그리고 이렇게 빗줄기가 굵어질 줄은 상상도 못했다. 그러니 뛰는 몸짓도 더딜 수밖에.

"내 옷도 다 젖어서 옷을 벗어줄 수도 없고. 하여튼 성격은 급해서. 못말려, 서지흔."

"계속 구박만 할 거야?"

걱정이 돼서 저도 모르게 잔소리를 늘어놓자 그녀가 입을 내민다. 귀여워서 더는 잔소리가 나오지 않는다.

"아니. 방법을 찾아봐야지. 여기 어디 들어갈 만한 카페 없나."

"이 꼴로 카페 들어가면 쫓겨날걸?"

"그래도 여기 어디……."

두 사람의 시선이 한 곳으로 향했다.

허름한 건물 옆구리로 너덜너덜한 간판이 붙어 있었다. 간판엔 '미관'이라고 붉은 불이 들어와 있었다. 오래된 여관이라 그런지 아마도 맨 앞 자인

'장' 자의 불이 망가진 듯했다. 그가 애써 고개를 돌려 그녀를 바라봤다.

순간적으로 튀어나오는 욕망을 붙들며 그녀에게 소리쳤다.

"뛰어서 빨리 집에 가자. 너 데려다주고 나도 얼른 집에 가야지!"

그가 다시 빗속을 달릴 요량으로 그녀의 손목을 잡아끌었다. 그런데 그녀가 그대로 굳어 있다.

"뭐해?"

"나 추워."

"뭐……."

젖은 눈빛이 유혹적이었다. 그녀의 눈빛이 가만히 바라보자니, 그녀가 더 간절한 눈빛을 내뿜는다. 아니, 아니다. 자신이 훨씬 더 간절하다. 하지만…….

"진짜 추워."

부르르 떨리는 몸이 거짓말은 아니었다. 이렇게 더 비를 맞았다가는 바로 감기에 걸리기 싶게 입술이 퍼렇다. 그녀가 여관 불빛에 시선을 주고는 다시 그를 바라봤다. 경준이 곤란한 듯 입술을 깨물었다.

"지흔아……."

"비 그칠 때까지만."

손을 붙든 채 경준이 그대로 멈춰 있었다.

"안 돼?"

그건 자신이 묻고 싶은 말이었다. 그녀가 다시 한 번 부르르 떨었다. 얼어붙은 듯 잠시 서 있던 경준이 그녀의 손목을 잡고 천천히 그곳으로 향했다. 부들부들 떠는 그녀의 몸이 핑계가 돼주었다.

건물 안으로 들어선 두 사람 사이에 긴장감이 흘렀다. 덕분에 습하고 불쾌한 냄새가 나는 줄도 몰랐다. 카운터 안에서 자고 있던 아주머니가 문을 열 때 나는 종소리에 느릿느릿 자리에서 일어났다.

"얼마나 있다 갈 거야?"

"잠깐만…… 있다 갈게요."

그도 그녀도 조금은 어색했다. 익숙한 건 장미관 아주머니뿐이다.

침대 하나가 방의 3분의 2를 차지하는 여관방엔 온통 허름한 것들뿐이었다. 텔레비전도, 거울도, 냉장고도 모두가 낡아 있었다. 침대와 텔레비전 사이에 두 사람이 걸어갈 공간도 없었다. 작은 화장실이 붙어 있지 않았다면 여인숙이라고 불러도 손색이 없을 터였다.

온몸이 젖은 경준은 앉지도 못하고 그대로 서 있었다. 아마 젖은 채가 아니었어도 이곳에서 편안히 앉지는 못했을 것이다. 지흔이 욕실에 들어가 있었다. 보려고 본 건 아니지만 은색의 스텐 문에 반 정도 박힌 불투명 유리창으로 그녀가 옷을 벗는 모습이 어렴풋하게 비춰 그를 긴장시켰다. 도무지 이성적인 무언가를 생각할 수 없는 시간과 장소.

그래도 이곳에선 안 돼. 이런 곳에선 안 돼, 하고 중얼거리던 그는 드라이기를 들어 자신을 말리듯 그녀의 카디건을 말렸다. 지잉, 하고 울리는 드라이기 소리가 그의 마음처럼 시끄러웠다. 어디선가 비명소리가 나는 것 같아, 드라이기를 껐다. 잘못 들었다 싶어 다시 드라이기를 켜는데 지흔의 목소리가 들려왔다.

"꺄악!"

지흔의 비명소리에 경준이 얼른 화장실로 향했다. 좁고 허름한 화장실 안에서 그녀가 사색이 된 채 서 있었다.

"무슨 일이야?"

"버, 벌레가……."

그녀가 제 등 뒤로 숨어들었다.

보기에도 징그러운 커다란 바퀴벌레 한 마리가 더듬이를 움직이며 동태를 살피고 있었다. 실내화를 손에 들고 익숙한 손놀림으로 바퀴벌레를 잡고 나니 지흔이 거의 경이에 찬 얼굴로 자신을 바라보고 있었다. 그동안 했던 고생의 빛이 여기서 발할 줄은 정말 몰랐다.

"괜찮아?"

"어……. 완전 놀랐어."

놀란 그녀의 표정을 보며 그가 미안한 듯 그녀의 볼을 쓰다듬었다.

"안 되겠다. 여기 완전 별로다. 그냥 나가자."

"어……."

대답은 하면서도 주춤거리는 그녀를 바라보니 그녀의 하얀 목덜미가 보인다. 그리고 하얀 브래지어에 가려진 그녀의 가슴선도. 그가 뒤늦게 그녀에게서 고개를 돌렸다. 차마 보지 못해도 짐작이 되고도 남는 그녀의 잘록한 허리와 팬티만 입은 그녀의 하체가 그의 중심부를 뜨겁게 만들었다.

"얼른 가자. 할 거…… 하고 나와."

"응……."

일순 어색해진 공기에 그가 천천히 욕실 밖을 나섰다. 무언가가 그의 옷을 잡아끌었다.

"임경준."

"……."

"경준아."

"……어."

돌아보지도 않고 대답하는 목소리가 깊이 잠겼다.

"나 좀 봐……."

그녀의 말에 꿀꺽, 하고 침이 넘어갔다.

어쩌면 아직 그녀에게 기회가 있는지도 모르는데 그런 기회를 자신이 뺏고 있는지도 모르는데 그녀를 안고 싶었다. 그녀를 안아보고 싶었다.

그가 천천히 돌아섰다. 수줍은 듯 브래지어 끈을 내리는 그녀를 보자 심장이 멎는 것 같았다.

틈도 없이 그녀의 목덜미를 부여잡고 그녀의 입술을 물고 살짝 벌어진 입술 사이로 혀를 집어넣었다. 그리고 약탈하듯이, 빼앗듯이, 정복하듯이 그녀의 입 안을 휘젓고 빨아 당겼다. 놀란 듯 움찔하던 그녀가 이윽고 그의 목에 팔을 둘렀다. 다급한 손짓이 준비를 채 다 하지 못한 그녀의 몸을 매만진다.

"하아……."

뜨거워진 중심부를 그녀에게 밀착시키고 그녀의 허리춤에 얹었던 손을 움직여 브래지어로 감춰진 가슴 위로 올렸다. 엄지손가락으로 원을 그리듯 매만지니, 그녀가 흠칫, 했다. 아랑곳하지 않고 그녀의 동그란 가슴을 담뿍 쥐었다.

"훗."

그녀의 작은 신음소리에 욕실 공기가 뜨겁게 달아올랐다. 집요하게 그녀의 가슴을 매만지며 고개가 꺾어질 만큼 키스 세례를 퍼붓자 그녀가 조금은 겁을 먹은 듯 움찔거렸다.

하아, 하아.

가빠진 숨을 감추지 못한 채 뜨거운 눈으로 그녀를 바라봤다. 상기된 그녀의 볼이 그를 들끓게 했다.

"지흔아."

그가 그녀의 목덜미에 입술을 묻고 그녀의 어깨를 지분거렸다.

"하아……."

그녀가 목을 뒤로 젖히며 참았던 숨을 터트렸다.

"지흔아."

"……응?"

그녀의 허리춤을 쓸어내리던 그가 그녀의 엉덩이 위로 손을 올렸다.

"서지흔……."

허락을 구하듯 그녀를 바라봤다. 천천히 고개를 끄덕이는 그녀를 보자마자 그녀를 안아 들고 침대로 향했다. 좁은 침대 위로 조심스럽게 그녀를 내려놓자 삐걱거리는 소리가 들려왔다. 이곳은 안 된다고, 이런 곳에선 절대 하지 않겠다고 했던 결심은 이미 하얗게 사라지고, 오래된 매트리스의 소음도 두 사람 사이를 방해하지 못했다.

그가 그녀의 위에 올라 젖어 있는 윗도리를 벗어 던졌다. 다부진 남자의 몸이 지흔의 눈동자에 비춰졌다. 그녀가 천천히 손을 올려 그의 몸을 매만졌다. 미치도록 부드러운 손길. 그를 흥분에 빠트리는 감촉.

"경준아……."

"어……."

눈빛을 마주하자 심장이 뜨거워진다. 제 몸을 더듬으며 낯선 감촉을 익히려는 그녀의 손을 잡아 제 가슴에 댔다. 미친 듯이 펄쩍거리는 제 심장이 그녀를 향한 이 마음을 다 표현하지는 못할 테지만.

"너, 심장 터지겠다."

그녀가 긴장을 감추듯 애써 미소를 지으며 속삭인다.

"어……."

그가 희미하게 웃자 그녀가 그의 손을 제 가슴에 올렸다. 그녀의 심장이 제 심장처럼 뛰고 있었다.

"나도 그래."

"하아, 서지흔……."

터질 것 같은 심장이 그를 터트린다. 허리를 숙여 그녀의 입술에 입술을 댔다. 그녀의 입 안을 훑어 내리며 그녀의 목덜미 안으로 팔을 넣고 깊이 그녀를 끌어안자 그녀의 여린 몸체가 한 몸에 쏙 들어왔다. 그 순간 내내 참고 있던 무언가가 터져 나오는 것만 같았다. 그가 급하게 그녀의 팬티를 끌어 내렸다. 그녀가 본능적으로 그의 손을 붙들었다.

그녀를 내려다보자 그녀가 두려운 눈빛으로 그를 보고 있었다.

"무서……워?"

"모르겠어, 그냥 네가……."

그녀가 꼴깍 침을 삼켰다.

"네가 다른 사람 같아."

"나 맞아."

"알아. 그냥 좀 낯설어서……."

너무 다급했을까. 절제하지 못하고 그녀를 가지고 싶은 욕망을 단번에 드러냈을까. 아마 그동안 참았던 마음이 터질 듯 넘쳐 나와 그녀에게 남자의 본색을 드러낸 모양이다. 그가 천천히 손을 놓고 그녀의 머리칼을 매만졌다.

"무섭게 안 할게."

그가 미소를 짓자 그녀가 걱정스럽게 미간을 좁혔다.

"혹시 포기한다는 뜻이야?"

"지흔아."

"응?"

그의 얼굴에서 웃음이 걷혔다.

"그건 안 될 것 같다."

그녀에게서 꿀꺽, 하고 침을 넘기는 소리가 들려왔다. 그 소리가 그를 자극한다. 부디 천천히, 느긋하게. 그러려던 경준은 그녀의 귓불을 물고 빨아 당겼다. 그녀의 목덜미로 입술을 옮기던 그가 그녀의 등 뒤로 브래지어를 끌었다. 한 번에 되지 않아 여러 번, 브래지어가 채 풀리기도 전에 그의 입술이 그녀의 젖꼭지를 물었다.

"훗."

그를 붙든 그녀의 손에 힘이 들어갔다. 자신에게 매달린 듯 안겨 있는 그녀가 미치도록 사랑스러웠다. 어렵게 푼 브래지어를 던져버린 그가 그녀의 분홍빛 젖꼭지를 핥아 내리며 팬티로 손을 내렸다. 팬티 속으로 손을 넣자 그녀의 손이 말리 듯 그를 붙들었다.

"그냥 익숙하지 않아서……."

"알아. 나도 그래."

"내가 좀 그래도……."

"그래, 포기 안 해."

그녀의 손을 무시한 채 팬티 안으로 손을 넣어 더듬더듬 그녀의 입구를 찾아냈다. 촉촉하고 뜨거운 공간으로 손을 움직이자 그녀가 움찔, 하며 허벅지를 모았다.

"서지흔……."

"알아. 그냥 긴장이 돼서……."

굳어버린 그녀의 한쪽 다리를 제 다리로 제압하듯 붙들었다. 벌어진 다리가 부끄러운 듯 그녀가 고개를 돌렸다. 입술을 꽉 깨문 그녀의 입술을 쪼옥, 하고 빨아 당기며 틈을 찾아 본능적으로 손가락을 움직였다. 하아, 하고 터져 나오는 그녀의 숨소리가 그를 더욱 흥분시켰다. 그가 조금 더 강하게 그녀를 매만지자 그녀가 몸을 꼬았다. 그 몸짓에 타는 듯한 갈증이 느껴졌다.

가지고 싶다. ……가지고 싶다, 서지흔.

그가 그녀의 가슴을 물고 그의 손으로 아랫도리를 탐하기 시작했다.

"지흔아."

"……흐읏."

"지흔아."

"……응?"

"아직도 무서워?"

열기를 입에 물어 꽉 잠겨버린 목소리로 그녀의 귓가에 속삭이자 그녀가 눈을 꼭 감고 고개를 젓는다. 강한 척 여린 서지흔, 여리지만 용기를 내려는 서지흔. 경준은 그녀가 사랑스러워 미칠 것만 같았다.

경준이 더 강하게 그녀의 가슴을 빨아 당겼다.

그녀를 그의 것으로, 완전한 그의 것으로 정복하고 싶은 마음이 터져 나온다. 그가 급한 마음을 최대한 억누르며 천천히 그녀의 팬티를 완전히 끌어 내렸다. 젖어 있는 팬티가 둘둘 말린 채로 떨어져 나갔다. 입구 주변을 달래듯 매만지며 그녀의 안을 적신 그가 제 하의를 끌어 내렸다. 그러고는 그녀의 다리 사이로 몸을 밀착시켰다.

그녀의 것과 그의 것이 처음으로, 만났다.

"하아……."

닿기만 해도 찌릿하고 몸 안으로 전기가 들어오는 느낌이었다. 그가 그녀의 머리를 쓸어내렸다. 달뜬 그녀의 얼굴이 보였다.

"지흔아……."

낮게 부르자 지흔이 젖은 눈을 살며시 뜨며 그를 바라본다.

"서지흔……."

불러도 불러도 갈증이 계속된다. 그녀가 두 팔로 그의 목을 끌어안았다. 그녀의 여린 가슴이 그의 단단한 가슴에 닿았다. 손을 잡듯이 인사를 하듯이 두 사람이 서로의 몸을 비볐다. 강인함이 부드러움과 섞이기 시작했다.

"사랑해. 사랑해, 경준아."

자신에게도 이런 날이 올 수 있을까. 상상도 해보지 않았는데.

그녀의 속삭임에 아찔한 듯 눈을 감은 경준이 천천히 그녀의 입구 앞으로 그의 것을 댔다. 긴장으로 움찔하는 그녀의 입술에 키스를 하기 시작했다. 그러고는 천천히 그녀의 안으로 들어섰다.

"흐윽!"

고통에 젖은 그녀의 목소리에 그만둬야 할지 모른다는 생각이 들었지만 몸이 말을 듣지 않았다. 그녀를 가지고 싶은 욕망에 사로잡혀 더는 아무 생각도 나지 않았다. 무섭지 않게, 그녀가 아프지 않게, 하지만 그 어느 쪽도 수월하지 않았다. 최대한 그녀에게 조심하려고 애를 썼지만 터져 나오는 흥분을 감추기가 어려웠다.

가지고 싶다. 더, 더…… 가지고 싶다, 서지흔.

"흐윽!"

그녀의 고통이 입 밖으로 새어나왔다.

"아파……?"

"괜……찮아……."

그녀가 겨우 답했다. 하지만 그녀는 전혀 괜찮아 보이지 않는다.

"미안……하다."

그녀가 고개를 저었다. 그가 이성을 붙들 듯 천천히 움직이려 애를 썼다.

"좀만…… 참아."

그 외에도
더 많은 것들

"응……."

그녀가 천천히 고개를 끄덕였다. 자신을 꼭 붙들고 아픔을 참아내는 그녀가 미치도록 사랑스럽다. 제 몸 안으로 흡수시켜버리고 싶을 만큼.

가지고 싶다. 더, 더…… 가지고 싶다. 완전히, 완전히 가지고 싶다, 서지흔.

이성을 잃은 그의 눈빛이 욕망에 가득 차 날카롭게 변했다. 경준은 그녀와 몸을 더 밀착시키고 강하게 움직이기 시작했다. 심장이 터져나갈 것 같은 움직임. 그는 멈추지 못했다. 그저 익숙하지 않은 두 몸체가 서로에게 길들여질 때까지 수많은 밤을 함께할 수 있기를, 평생이 될 수 있기를 기도할 뿐이었다.

21.

"왜?"

경준이 의아하게 자신을 바라봤다.

"아무것도."

지흔이 고개를 저었다. 하지만 저도 모르게 그를 자꾸 힐끗 보게 된다.

"할 말 있으면 하자?"

"그런 거 없어."

그와 보낸 첫 밤. 실은 그가 무슨 생각을 하고 있는지 궁금하다. 자신과의 밤이 어땠는지, 자신을 어떻게 느껴졌는지, 속속들이 알고 싶다. 하지만 그렇게 묻는 순간 그는 분명 그녀가 어땠는지 반문할 테다.

서지흔은 어땠는지.

음, 어땠더라…….

그녀의 입가에 수줍은 미소가 걸렸다. 실은 조금 두려웠다. 완전한 남자의 모습. 그런 걸 보는 건 처음이었으니까.

너무 겁 없이 달려든 건 아닌지, 자문도 해본다. 자신만 그를 원하는 줄 알았는데 자신이 상상했던 것보다 훨씬 더 많이 그가 자신을 원하고 있다는 걸 아는 순간, 이게 결코 장난이 아님을 느끼며 이대로 잡아먹힐 것만 같아 아찔했다. 아마도 저도 모르게 그의 사랑을 의심했나 보다. 드러나지 않는다고 해서 없는 것이 아닌데, 어쩌면 보이지 않는 그의 사랑을 확인하고 싶어 안달이 난지도 몰랐다.

단단한 몸체가 그녀의 안으로 들어오던 순간.

참고 참았던 것이 폭발한 듯 맹렬히 그녀를 안는 그를 떠올리던 그녀가 다시 그를 흘끔 바라본다.

그는 얼마나 참고 있었던 걸까.

그에 대해 새삼 더 궁금하고 더 알고 싶어져 저도 모르게 그를 훔쳐보게 된다.

"얼굴 닳겠다."

안 보고도 안다는 듯 그가 웃는다.

"아냐. 그 정도로 보진 않았어."

"왜 그러는데?"

"그냥…… 네가 무슨 생각하는지 좀 궁금해서……."

"넌 무슨 생각하는데?"

피식, 그녀가 웃었다.

"왜 웃어?"

"네가 그렇게 나올 줄 알고 안 물었던 거야. 대답 안 해주고 나한테 도로 물어볼 것 같아서."

"그래? 나 정말 서지흔 손바닥 위에 있었던 거냐?"

"몰랐어?"

"설마 했지."

"이제라도 알면 까불지 말자?"

"나 까불면 나름 귀여울 텐데?"

"징그럽겠지."

"흠, 나 별로였구나?"

그가 눈을 가늘게 뜬다. 그녀가 정색했다.

"누가 그렇대?"

"그럼 괜찮았어?"

"뭐, 쏘쏘?"

"쏘쏘?"

그가 기가 막힌 듯 웃고는 어깨에 팔을 올렸다.

"춥지 않아?"

그가 그녀의 팔을 쓸어주었다. 멀지 않은 거리인데도 그는 그녀가 감기에 걸릴까 봐 걱정하는 눈치였다.

잠깐 있겠다고 했지만 결국 두 사람은 함께 잠이 들었다. 오랜 시간은 아니었지만 여관 보일러에 온도 조절이 되지 않아 밤새 뜨거웠던 방바닥 덕분에 대충 옷가지가 말랐다. 물론 코트는 쉬이 마르지 않았다.

"괜찮아."

서늘한 날씬데 이상하게 따뜻하다. 그녀가 하늘을 올려다본다. 조금 있으면 금방 동이 틀 시간, 아직은 컴컴한 새벽 공기가 코끝을 아리는 데도 상쾌한 기분이 들 뿐이다.

"그럼 다른…… 건?"

그의 목소리가 조심스럽게 느껴졌다. 진짜 묻고 싶었던 건 이거였을까. 아직은 낯선 흔적에 조금은 힘겹다.

"……아파."

그가 걸음을 멈추고 그녀를 바라봤다. 얼마나, 어떻게 아픈지 물을까 괜히 부끄러워 그의 팔을 어깨에서 내려 팔짱을 끼고 파고들 듯 얼굴을 비볐다.

"아주 조금."

걱정스럽게 바라보는 그를 보며 걱정 말라는 듯 히죽 웃었다. 그가 그녀의 볼을 쓸었다.

"미안. 요령이 없어서."

"그게 더 좋은 거 아니야?"

"왜?"

"요령은 경험에서 우러나오는 건데."

그녀의 첫 남자, 그의 첫 여자. 마치 첫사랑처럼 그렇게 두 사람은 하나가 됐다. 그가 웃는다.

"그래서, 넌 좋아?"

"넌 안 좋아?"

"좋아."

두 사람이 함께 웃었다. 그러고는 다시 걸음을 재촉했다.

"근데 우리, 이 나이 되도록 뭐했냐."

"그러게."

"어쩜 이렇게 끼리끼리 만났을까. 보통 이런 걸 운명이라고 하지 않나?"

그녀의 말에 그가 걸음을 멈췄다.

"왜?"

"그렇지 않았다고 해도 아마 넌…… 내 운명이었을 거야."

그의 잔잔한 목소리가 새벽 공기 속으로 잔잔히 퍼져든다. 평소 같았으면 오글거렸을 멘트가 진심으로 느껴져 가슴이 뻐근했다.

임경준의 운명, 서지흔.

그녀가 그를 올려다봤다. 그가 웃는다. 웃는 것도 멋있는 내 애인, 임경준. 새삼 마음이 설레고 옆에 있는데도 심장이 두근거린다. 이 길이 좀 더 길었으면, 하고 바랐지만 집이 코앞이었다.

"다시 집에 갔다가 출근하려면 피곤하겠다."

그녀가 걱정스럽게 말했다.

"내가 여태까지 잔 것 중에 제일 잘 잤는데?"

"그랬어?"

"응. 이렇게 오래 자본 거 진짜 오랜만인 것 같다."

"그게 무슨 말이야? 물류센터 안 가는 날, 나 만나고 헤어지면 바로 안 잔단 말이야?"

"아……, 일찍 자."

"거짓말."

"진짠데."

어색하게 미소 짓는 그를 보며 그녀가 미간을 좁혔다.

"너 내가 짜놓은 스케줄대로 안 움직이는구나?"

"움직여."

그녀가 눈을 가늘게 뜨자, 그가 미안한 표정을 지었다.

"번역 일이 밀릴 때가 있어서."

"그게 왜 밀리는데?"

"……"

"내가 모르는 다른 일 있구나?"

"별거 아니야."

"그 별거 아닌 게, 대체 뭔데."

"회사 아는 사람이 부탁해서 해외 사이트 영문 이메일 작성하는 걸 하고 있거든. 첨엔 몇 개 안 됐는데 일 잘한다고 점점 더 많이 부탁해서. 계산해 보니까 물류센터 일보다 수입이 더 좋아. 일 꾸준히 들어오면 물류센터 안 가도 될 것 같아."

"일 꾸준히 안 들어오면?"

대답은 안 하고 웃음으로 무마하는 경준을 보며 지흔이 미간을 좁혔다.

"무리하지 않기로 했잖아."

"무리하지 않는 선에서."

"이미 무리하고 있는데?"

"이 정도는 무리 아냐."

"뭐가 무리가 아니야. 너 전에 코피도 흘렸잖아."

"그건 아주 어쩌다 일어나는 일이라."

"그 어쩌다 일어나는 일, 나랑 잘 때 뚝, 하고 떨어지면 어쩌려고?"

"어?"

잠시 멍해진 그가 "아하하." 하고 웃음을 터트렸다. 그녀가 정색했다.

"웃을 일이 아니야. 앞으로는 네 일 중에 나랑 그런 것도 포함될 텐데, 게다가 그건…… 얼마나 무리가 되겠어?"

그가 그녀의 허리를 제 품으로 끌어당겼다. 화르륵, 불이 붙는 기분. 그와 몸이 닿는 느낌이 전과는 어쩐지 다른 느낌이다.

"나 무리할 기회 자주 줄 거야?"

그의 속삭임에 그녀의 심장이 떨려온다.

"모르……겠어. 말 안 들어서."

"말 잘 들을게."

"치. 이럴 때만 말 잘 듣지?"

"잘 생각해봐. 나 다른 때도 말 잘 들었어."

"뭐 지금 보니까 하나도 말 안 듣고……."

그가 그녀의 입술을 빨아 당겼다. 전보다 훨씬 강한 그의 애정 표현에 그동안 '혼순자' 해제를 요청하던 용기 가상한 서지흔의 기가 죽는다.

"……잘 들어가."

그가 입술을 떼고도 한참 그녀를 안았다가 천천히 풀었다. 그의 온기가 떨어져 나가자 아쉬워서 미칠 것만 같았다. 돌아서려던 그녀가 다시 한 번 그의 입술에 쪽, 입을 맞추고 히죽, 웃었다.

"잘 가."

그가 떠나는 모습을 바라보며 그가 뒤돌아볼 때마다 손을 흔들었다. 면에서 선으로 그리고 점이 될 때까지 그 자리에서 꼼짝없이 서 있던 그녀가 그제야 뒤돌아섰다.

"엄……마?"

눈앞으로 그녀의 집 열쇠를 꺼내 들고 서 있는 굳은 엄마의 모습이 보였다. 엄마의 황당한 표정이 평생 잊히질 않을 것 같았다.

휘파람이 절로 나왔다. 지흔과 헤어지고 출근 준비를 위해 집으로 들어서는 순간, 막 나가려던 성준과 부딪쳤다. 어쩐지 서로 당황하는 기분이었다.

"거기서 뭐하고 있어?"

"너 기다렸지."

"왜?"

"사고 난 줄 알고."

"원, 별."

그가 성준을 지나쳐 집 안으로 들어섰다. 성준이 경준을 쫓아 들어왔다.

"아무리 늦어도 외박은 안 했잖아?"

"그랬나?"

"안 보는 것 같아도 형 다 체크한다?"

"무섭다?"

웃음을 지은 그가 출근할 옷을 챙겼다. 흥얼흥얼하는 경준을 빤히 바라보던 성준이 눈을 가늘게 떴다.

"도시락녀랑 같이 있었냐?"

"아냐."

"아니면 어디 갔다 왔어?"

"그냥 일이 좀 있었어."

"무슨 일?"

성준의 집요함에 행동을 멈췄다.

"왜 이러는데?"

"형이 돼서 어린 동생이 외박했는데 그럼 안 이러냐?"

"그 어린 동생도 이제 서른인데?"

"그래, 많이 컸다. 그래도 나보단 어리잖아?"

경준이 성준 앞으로 다가왔다.

"그러는 형은?"

"뭘?"

"아직 형에 대한 수상함이 풀리지 않았어."

"뭘 보고?"

"유난히 밝아 보이는 말투?"

"그러는 너야말로?"

성준이 눈을 가늘게 뜨자, 경준이 어깨를 으쓱했다.

"내가 뭐?"

"도시락녀랑 같이 있었던 거 맞지?"

"뭘 보고?"

"형이 연애와 결혼의 선배로서 볼 때, 너의 지금 모습이 그녀와의 외박으로 행복해 미칠 지경이야, 형. 이라고 말하는 듯한 어떤 감?"

피식, 그가 웃었다.

"이거 봐라?"

성준이 놀리듯 바라보는데도 그가 다시 웃었다. 웃지 말고 정색을 해야 하는데 자꾸 웃음이 났다.

"어쭈, 어쭈. 이거 봐라?"

"봐라, 실컷."

경준이 얼굴을 들이밀자, 성준이 환한 표정으로 경준의 어깨에 손을 올렸다.

"조만간 국수 먹는 거냐?"

"뭐, 조만간은 아니지만."

"조만간은 아니지만 국수를 먹을 수 있다고?"

그가 아니라는 말을 하지 않고 흥얼거리자 성준이 퍽, 하고 그의 등을 쳤다.

"이 새끼!"

"아파, 왜 이래."

"좋아서 그러지."

"형이 왜 좋아?"

"결혼은커녕 연애도 안 할 것처럼 굴던 놈이 지금은 결혼도 할 것처럼 구니까.”

“설레발치지 마. 때 되면 하는 거지, 때 되면.”

“그, 때라는 게 곧 올 것 같은 냄새가 난다.”

그가 대답 없이 웃었다. 성준이 놀리듯 그의 목을 팔로 감았다.

“어쭈. 좋아 죽는데?”

“그래, 좋아 죽겠다.”

“와. 임경준 입에서 이런 말도 안 되는 말을 하게 만든 그 위대한 도시락녀는 대체 어떻게 생긴 거야?”

“반반하게?”

“그건 내가 판단하겠다. 날짜 잡아라.”

“앞서가지 좀 마.”

“에이, 웃기지마. 그렇게 말해도 너 형한테 보여주고 싶어 죽겠지?”

그건 사실이었다. 지흔을 형에게 소개하고 싶었다. 그리고 자신이 형수를 좋아했던 것처럼 지흔도 형한테 예쁨 받으면 좋겠다고 생각했다.

“도시락녀 맛있는 거 많이 사줘야겠다. 저렇게 백만 년 동안 바다 속 깊은 곳에서 얼어버린 빙산을 녹여버린 여자라니.”

“말을 해도 빙산이 뭐냐?”

“내 말이 틀렸어?”

“발음이 영 그렇잖아.”

“왜 빙신이라고는 안 했는데.”

“지금 했다?”

“그래, 빙신이라고는 지금 했지.”

“소개 안 시켜줄 거다?”

“치사한 자식.”

피식, 하고 경준이 웃자, 성준이 그의 어깨를 잡았다.

"축하한다, 동생아."

"고마워."

성준이 경준의 뒤통수를 격하게 쓰다듬는다.

"기특한 것."

"그만하지?"

"기특해서 그만둘 수가 없어."

"형수 소식은……."

성준이 바로 하던 행동을 멈췄다.

"없어?"

"몰라, 안 해봐서."

성준이 돌아섰다.

"앞으로도 안 할 거니까 그 여자 얘긴 꺼내지도 마."

"잊겠다는 거야?"

"이미 잊었다, 잊었어."

"진심이야?"

"당근이지. 형 좀 먼저 나간다."

경준은 밖으로 나가는 성준을 가늘게 뜬 눈으로 바라보다가 이내 거울을 들여다보며 휘파람을 불기 시작했다.

짝!

"네가 미쳤구나, 아주 미쳤어!"

아까도 한 번 날아온 것 같은데 또다시 등짝에 스매싱이 날아온다.

"외박이라니, 외박이라니! 아주 잘하고 다니는 짓이다?"

컨디션이 그다지 좋지 않은데 엄마의 등쌀에 몸살 걸리겠다.

"어디서 계집애가 정신이 나가서 외박을 해? 어디까지 간 거야? 대체 어디까지 갔냐고?"

이대로 삼만 년 잔소리를 하게 둘 것인가, 빨리 싸우고 엄마를 보낼 것인가. 지흔은 조금이라도 눈을 붙이고 싶었다.

지흔이 기운이 쪽 빠진 얼굴로 엄마를 바라봤다.

"갈 때까지."

"뭐야! 이 계집애가!"

"무슨 대답을 원하는데?"

그녀의 솔직한 말에 엄마가 뒤로 넘어가려 한다. 거품만 안 물었을 뿐이다.

"너, 대체, 너 이러려고 자취한다고 했어?"

"아니, 다른 것도 하려고."

"잔말 말고 너 이 집 빼. 이 집 빼고 당장 엄마 집으로 들어와!"

"싫어."

"뭐?"

"나 이제 서른이야. 엄마랑 비교하면 시집 벌써 가고 딸이 여덟 살쯤 된 나이라고."

"넌 시집을 안 갔잖아."

"이제 가려고 하잖아."

"뭐? 그놈이 어떤 놈인 줄 알고 함부로 시집갈 생각을 해?"

흥분한 엄마와 달리 지흔은 차분하다.

"그놈은 내 남자친구고, 내가 사랑하는 사람이야. 게다가 내 나이 서른이고 당연히 시집갈 생각을 해야지. 엄마도 여태껏 시집가라고 나 맞선 주선하고 그런 거 아니야?"

"그건 조건이 맞았으니까 그렇지."

"조건이 맞는 게 아니라 나랑 잘 맞아야지."

"그래서 잤냐? 그래서 겁도 없이 잠부터 덜컥 잤냐고!"

"어, 그랬어."

"피임은? 피임은 했어?"

피임? 둘 다 그런 걸 생각할 틈도 없었다. 스물아홉이 아닌, 열아홉 같은 잠자리였으니까.

"하아."

지흔이 크게 한숨을 쉬었다.

"한 가지로만 혼내."

"뭐?"

"남자랑 외박한 거든가, 아니면 엄마가 모르는 남자와 시집갈 생각을 한 거든가."

"그게 다 같은 거지."

"남자랑 외박한 게 문제가 되는 거면 앞으론 외박 안 할게. 대신 집으로 데려올 테니까 엄마 이렇게 불쑥 오는 거 주의해줘요."

"서지흔!"

"엄마가 모르는 남자랑 시집갈 생각으로 화가 난 거면, 앞으로 충분히 소개하고 알게 할 수 있어. 내가 사랑하는 사람이니까 엄마가 혼낼 이유도 없고."

엄마가 도끼눈을 뜬다.

"뭐하는 놈인데."

"말했잖아. 회사 다닌다고."

"그리고 또?"

"또 뭐?"

"부모는 없댔으니까, 땅이나 건물 물려줄 조부모는 있대?"

"헐."

"집은, 남자 앞으로 집 같은 거 있대?"

엄마다운 질문에 지흔이 입을 다물었다.

"차는, 차는 뭐 타고 다닌다니?"

"가 줘. 나 피곤하니까."

"왜 말을 못 해."

"피곤해서 말하기 싫어."

"말하기 싫은 게 아니라 할 말이 없어서 못하는 거겠지."

엄마가 속이 터진다는 듯 소리쳤다.

"맞지, 엄마 말? 그중 하나라도 있었어 봐? 왜 말을 못하나!"

"나중에 소개해줄게."

"필요 없어! 가진 거 하나 없는 놈을 내가 왜 소개 받아?"

"엄마."

"사랑이니 뭐니 그런 소리 할 거면 관둬. 엄마는 사랑이라는 그 그지 같은 거 유통기한이 얼마나 되는지 아주 잘 아는 사람이야. 네가 백날 사랑 타령해도 눈 하나 깜짝하지 않는다고."

"알았어. 그럼 소개 안 할게."

그녀의 말에 엄마가 인상을 찡그렸다.

"너 정말 엄마 앞에서 그 남자 내세울 게 그렇게 없어?"

"반듯한 사람이야."

"반듯한 놈이 널 데려다가 외박을 시켜?"

"반듯한 놈은 섹스도 못해?"

"너 엄마 앞에서 못하는 말 없다, 지금?"

"나한테 잘해줘."

"없으니까 잘해주겠지."

그녀가 큰숨을 내쉬었다.

"그래, 그 사람 지금 가진 거 없어. 부모도 집도 차도 없고, 오히려 마이너스일지도 몰라."

"……뭐?"

엄마가 기가 막힌 듯 입을 벌렸다.

"너 지금 뭐라고 했어? 마이너스?"

"그래. 마이너스."

엄마의 화를 더 돋아내려 일부러 발음을 더 정확히 했다. 엄마가 부들부들 떠는 게 눈에 보였다. 왜 이렇게 쌤통 같을까. 입만 열면 친아버지 욕으로 시작해 돈으로 끝을 맺는 엄마에게 묵은 감정이 이렇게 터져 나오는 것 같았다.

"어머, 이 미친 계집애가, 지금 뭐라는 거야, 대체. 가진 거 하나 없는 남자를 지금 엄마 앞에 들이대는 거야? 미쳤구나? 정신이 나갔어!"

엄마가 길길이 날뛰기 시작했다.

"너 미쳤어, 지금!"

"아니, 나 전혀 안 미쳤어. 내가 볼 땐 아주 훌륭한 사람이거든. 물론 엄마같이 엄청 돈 밝히는 사람 눈에는 한심하겠지. 근데!"

어느새 지흔의 눈이 벌게졌다.

"그런 엄마의 눈으로 보면, 나도 아주 한심한 건 마찬가지잖아?"

"누가 그래, 우리 딸이 한심하다고."

"엄마가."

"뭐?"

"엄마가 그랬잖아. 나 회사 그만두고 지금까지 몇 년 동안 한심한 인간 취급했잖아."

"그건 네가 멀쩡한 회사를 때려치우고 양촌지 뭔지……."

"회사 안 다니는 게 무슨 큰 죄라도 되는 것처럼, 딸이 좋아하는 일, 잘하는 일 찾아서 한다는데 칭찬은 못해줄망정 그깟 돈 얼마나 버냐는 둥 해가면서 내 자존감 다 뭉개놓고! 이제 와서 갑자기 엄마 딸이 엄청나게 대단한 사람인 것처럼 그 사람을 욕해?"

그녀가 그동안의 울분을 쏟아냈다. 다 해대고 싶은데 표현할 수가 없어서 숨이 턱턱 막히는 기분이었다.

"엄마는 그 사람 흉볼 자격 없어. 그 사람은, 그 사람은……!"

'어쩐지 넌 다 해낼 수 있을 것 같아.'

자신을 믿어주는 사람. 자신의 꿈을 믿어주는 사람. 엄마로 인해 뭉개진 자존감을 단번에 일으켜준 사람.

"그 사람은 달라. 나보다 훨씬 좋은 사람이고 훨씬 넉넉한 사람이야."

"돈도 없다면서. 마이너스라면서!"

"세상엔 돈으로 가질 수 없는 것도 있어. 그 사람은 그런 게 있어. 돈 많아진 엄마도, 적금 있는 나도 못 가진 거. 그러니까 엄마는 흉볼 자격 없어. 엄마가 돈 밝혀서, 사랑 없이 부자 남자랑 재혼 안 했으면 그 사람보다 내 조건이 더 최악이었으니까!"

"야, 내, 내가 네 아버지 사랑 안 한다고 누가 그래!"

"돈 없으면 사랑 안 했을 거라며?"

"결혼을 안 했다는 거지."

"그게 그거잖아."

"그게 그거가 아니야, 이 계집애야!"

엄마가 씩씩거렸다. 엄마의 눈가도 어느새 벌게졌다. 늘 이런 식이다. 엄마와는 늘 이런 식. 더 말하기 싫어 지흔이 돌아섰다.

"너, 그 사람은 안 돼."

"그건 내가 결정해."

"넌 너무 어려. 아직 아무것도 모른다고."

그녀가 엄마에게로 고개를 돌렸다.

"내가?"

"그래, 이 계집애야. 넌 너무 세상을 몰라."

"글쎄요. 아닌 것 같은데? 돈으로만 모든 게 해결된다고 믿고 사는 엄마가 더, 아무것도 모르고 사는 사람 같은데?"

"돈이 전부는 아니지만 돈 없으면 아무것도 못해!"

"벌고 있어."

"그래도 안 돼."

"내가 결정한다니까?"

"좋아. 엄마가 백 번 양보한다, 쳐. 연애는 몰라도, 결혼은 안 돼. 절대 안 돼."

"그것도 내가, 할 만하면 내가 결정해."

"웃기지마. 그걸 왜 네가 결정해. 결혼이 장난이야? 너 절대 안 돼!"

"참견 좀 하지 마요. 해준 것 없으면서!"

"……뭐?"

이 말은 하지 말았어야 했나보다. 엄마가 곧 무너질 것 같은 표정을 지었다.

"엄마가 해준 게 없어?"

"……"

"엄마가 너한테 해준 게 없다고?"

"없잖아."

한층 수그러든 목소리로 그녀가 겨우 입을 열었다.

"엄마 아빠 돌보느라고 나 신경도 안 썼잖아. 맨날 내 앞에서 아빠 돈 못 번다고 면박 주고, 아플 땐 밉다고 흉보고."

"……"

"대학도 내 힘으로 나왔고, 이 집도 내 힘으로 구하고."

"그래……, 그래, 그렇구나. 네가 하늘에서 뚝 떨어졌구나?"

"어, 나 하늘에서 뚝 떨어진 그런 기분으로 살았어. 어렸을 때 엄마가 하나도 기억이 안 나니까."

엄마의 눈에서 뚝, 하고 눈물이 떨어졌다. 그게 보기 싫어서 그녀가 시선을 돌렸다. 엄마가 가방을 찾아 들었다.

"열쇠 바꿀 거니까 앞으론 이렇게 불쑥 찾아오지 마요."

"못된 계집애, 끝까지……"

쾅, 하고 문이 닫히는 소리가 들렸다. 그녀가 그대로 주저앉았다. 내내 담고 있었는데 막상 후회스럽다. 그냥 한 번 더 참을 걸 그랬다. 엄마한테 하루 이틀 듣던 소리도 아니었는데.

하룻밤 새 천국과 지옥을 맛본 것만 같았다.

22.

디저트를 앞에 두고도 '멍 때리고' 있는 지흔을 보며 은혜가 눈을 가늘게 떴다.

"늘 잘 넘어가놓고 이번엔 왜 그래?"

엄마와 하루 이틀 다툰 것도 아니고 은혜가 거하게 음식까지 쐈지만 영 입맛이 없어 남긴데다가 카페에 와서도 커피 한 모금 입에 대지 않았다.

"모르겠어, 나도. 그냥 기분이 안 좋아."

"경준이 때문에 그래? 경준이에 대해서 그렇게 얘기할 거라는 거 이미 예상한 거 아니었어?"

"그렇긴 했지."

"근데 뭘 그렇게 핏대까지 세우고 한판 했어?"

"이건 비단 경준이에 대한 문제만이 아니야. 엄마가 그동안 나를 무시했던 걸 한 번에 터트린 것뿐이라고."

"그래, 그렇게 합리화하고 싶겠지."

은혜의 말에 지흔이 눈을 흘겼다.

"엄마가 나 무시한 건 사실이잖아."

"말투가 좀 그런 분이긴 하시지."

"그럼 속마음은 아닐 거다?"

"딸 무시하는 엄마가 어디 있어?"

잘 모르겠다. 부모라면 당연히 자식을 사랑할 것이다, 하는 믿음이 자신에게는 딱히 없었다.

"그나저나 그렇게 싸워놓고 경준이 소개할 수 있겠어? 불난 집에 완전 기름 부은 격이잖아."

은혜의 말에 저도 모르게 한숨이 나왔다.

"싫다는데 뭐 하러 소개해."

"언젠가는 해야 하잖아."

"왜, 뭐 하러?"

"너희 결혼 안 할 거야?"

결혼? 지흔이 결혼한다면 그 상대는 당연히 경준이 될 것이다. 하지만 경준과 그런 얘기를 할 정신이 없을 정도로 연애하는 재미에 푹 빠져 있었다. 실은 경준이 일에 푹 빠져 있는 거지만.

"해도, 엄마 초대 안 할 거야."

은혜가 큭큭 웃었다.

"철없다. 그러니까 엄마가 널 어리게 보는 거지."

지흔이 자세를 고쳐 앉았다.

"아니, 경준이가 대체 어떻다는 거야. 대기업 다니지, 건강하지, 부모님이 안 계시다 뿐이잖아. 그건 걔 잘못도 아니고. 그리고 빚도 없대, 이제. 학자금 대출이 남긴 했지만 그건 스물아홉이면 누구나 가진 거 아냐? 근데 이렇게 생각하는 내가 그렇게 바보 같은 거야?"

"엄마 마음은 또 그게 아니잖아."

은혜의 말에 지흔이 눈을 가늘게 떴다.

"어째, 너도 좀 그런가 보다?"

"아니, 뭐. 솔직히······."

"솔직히 뭐?"

"경준이가 고등학교 때 아는 사이 아니었으면 그 애가 괜찮은 앤지, 어떤지 몰랐을 거 아냐. 보이는 건 배경뿐인데, 엄마로서는 그럴 수 있다, 이거지."

"내 앞에서 엄마 이해하지 마. 화나려고 그러니까."

은혜가 얼굴을 들이밀었다.

"왜 이래, 너도 엄마한테 미안하면서."

"누가 그래."

"네 속마음이."

지흔이 미간을 좁혔다.

"난 그게 더 화가 나. 나는 이러고 나면 엄마한테 미안하고 속상하고 그런데, 엄마는 내가 그런 생각한 보람도 없이 아무렇지도 않게 또 같은 행동을 반복한다는 거."

"어쩌겠어. 예술의 피를 심하게 이어받으신 너희 아버지 때문에 워낙 고생 많으셨으니까 그렇지."

"내가 엄마처럼 살 줄 알아? 경준이는 달라. 아빠처럼 무심하지도 않다고. 지금도 나한테 얼마나 잘하는데."

"그건 그렇지."

"것도 엄마는 없어서 잘해주는 거래. 가진 게 없어서. 그게 말이 돼?"

"그럴 수도 있지 않을까?"

352 그 외에도
더 많은 것들

"뭐?"

"경준이가 만약에 고등학교 때처럼 있는 집 자식으로 계속 자랐어봐?"

"그럼? 날 쳐다나 봤겠냐고 묻는 거야, 지금?"

"말귀는 빨라."

은혜의 말에 지흔이 입술을 삐죽거렸다. 은혜의 휴대폰에서 진동이 울렸다. 액정을 보던 은혜가 수신거부 처리를 했다. 잠시 후 문자가 들어왔다. 그러고 보니, 아까부터 계속 저랬던 것 같다.

"누구야?

"몰라."

"혹시 승훈이?"

은혜가 한숨을 내쉬었다.

"아까 만나자는 걸 너 만난다고 바쁘댔는데, 요 앞이라고 자꾸 보자고 이런다."

"정말 끈질기네."

"그러니까, 완전 변태."

"경준이 말로는 근성이라는데?"

"허!"

은혜가 기가 막힌다는 듯 고개를 저으며 말했다.

"경준이는 정말 말을 예쁘게 잘한다. 참 예쁜 애야."

"그러니까 너라도 나랑 경준이 편들어줘."

"언젠 아니었다고."

또다시 전화가 들어왔다. 지흔이 혀를 내둘렀다.

"또야?"

"미치겠네. 이 변태자식."

"전화기 꺼놓으면 안 돼?"

"안 돼. 오늘 중요한 전화 올 거 있거든."

수신차단을 하면 되는 거 아니냐고 물으려던 지흔이 잠시 생각에 잠겼다. 똑 부러지고 딱 부러진 은혜가 그걸 생각 못했을 리 없다. 싫다고 말은 하면서 수신차단을 안 한다? 혹시 승훈의 구애를 즐기고 있는 거 아닐까. 혹은 승훈에게 점점 마음이 가거나.

"너 혹시……."

"왜?"

"아냐, 아무것도."

물어봤자 원하는 대답은 못 들을 것 같았다. 그동안 자신에게 한 말이 있으니 마음이 가더라도 바로 티를 낼 수 없는 노릇 아닌가.

"어?"

지흔이 제 휴대폰을 들여다봤다. 문자도 전화도 들어온 게 없었지만 그녀는 뭔가 들여다보는 척을 했다.

"은혜야 안 되겠다. 우리 그만 일어나자?"

"왜?"

"어, 경준이가 잠깐 보자네?"

"뭐? 오늘 경준이 물류센터도 빠지고 지방에 다른 마트로 출장 나갔다며? 하루 종일 일하는 날이라 못 본다고 하지 않았어?"

그렇다. 이렇게 좋은 토요일에 그녀는 그를 만날 수 없었다. 아주 간혹 주말에 차장과 함께 지방에 있는 마트 다닌다고 했다. 그게 아니어도 토요일엔 물류센터 일을 하느라고 얼굴을 볼 수는 없었다. 부디 물류센터 일이라도 그만두라고 해봤지만 다른 일이 안정권에 들어갈 때까지 이런 식으로 학자금 대출을 갚아야 한다는 그의 의지를 꺾을 수 없었다.

"아, 원래 없었는데 엄마 일 때문에 나 위로해준다고. 엄마 때문에 내가 정신이 없었잖아."

"헐. 다정하긴 하네."

"그지? 그만 가자."

"그래서 다정한 남친 때문에 이런 식으로 예쁜 친구를 버린다, 이거지?"

"네가 이해해라. 이 언니가 연애라도 행복하게 해야 하잖니."

"어휴, 내가 눈꼴시려워서."

헤헤, 억지웃음을 지으며 은혜를 끌고 카페 밖을 나왔다.

먼저 가는 척을 하고 한참 뒤에 뒤돌아보니 저 멀리 은혜가 승훈과 마주하고 있는 게 보였다. 은혜가 그냥 승훈을 지나쳤지만 결국 승훈의 설득을 이기지 못했는지 은혜는 천천히 벤츠에 오르고 있었다.

'자꾸 그런 생각이 든다. ……저런 애 하나 물면 대박인데, 왜 이런 고생을 해야 하는 건지.'

은혜가 했던 말을 떠올린 지흔이 씁쓸한 미소를 지었다.

"역시, 그렇게 되는 건가."

남자의 인성이고 뭐고. 사람들 눈에는 '벤츠남'의 여자친구, 애인, 아내로 보일 뿐이겠지. 하지만 자신은 남들이 보면…….

"헐, 미쳤나 봐. 경준이하고 승훈이하고 둘이 비교가 돼, 서지흔?"

그녀가 다시 휴대폰을 들여다봤다. 아무리 전화를 자주 한다 해도 그건 전보다 자주 하는 것이지, 남보다 자주 하는 건 아니었다. 문자 한 통 없는 제 휴대폰. 일하는 시간엔 꼼짝없이 일만 하는 남자친구. 일하는 양도 다른 누구보다 많은 남자친구.

벤츠가 부럽다기보다는 시간을 낼 수 있다는 것이 부럽다.

고민하던 지흔이 경준에게 전화를 걸었다. 당연히 한 번에 전화를 받지 않았다. 다시 걸려다가 포기하고 걸어가는데 전화가 들어왔다.

─서지흔.

그의 밝은 목소리에 금세 지흔의 표정이 밝아진다.

"임경준."

─서지흔.

그녀가 킥킥 웃었다.

"어디야? 바쁜데 전화한 거야?"

─괜찮아. 서지흔하고 멀어져서 그렇지.

"어딘데?"

─안산.

"좀…… 머네."

─어. 은혜는 잘 만나고 있어?

"아니."

─왜, 오늘 은혜 만나서 무슨 회포 푼다고 하지 않았어?

"그러려고 했는데……."

엄마에 대한 기분을 풀기는커녕 오히려 뭔가 쌓인 기분이랄까.

─근데 왜, 싸웠어?

"혹시 지금 나 데리러 못 오지?"

─어?

그가 당황한 듯했다. 스케줄 관리로 경준의 상황을 뻔히 알면서 말도 안 되는 투정을 부리는 게 놀랍나보다.

─당장 가고 싶은데 지금 당장 가도 두 시간은 걸릴 거야. 아직 일도 안

끝났고…….

"알아, 그냥 한 말이야."

—은혜랑 싸운 거야?

"아니야, 아무 일도."

지흔이 한숨을 쉬었다.

—무슨 일일까, 씩씩한 서지흔이?

"경준아."

—어.

"내가 뭐 하나만 물어봐도 돼?"

—뭔데?

"혹시 말이야……."

네가 지금처럼 힘들지 않았어도 날 사랑했을까? 객관적으로 봐도 네가 어디 하나 손색없는 남자였대도.

엄마 때문인지 전혀 궁금하지 않았던 이런 게 궁금해진다. 그를 믿지 못하는 것도 아니면서.

—어, 말해.

"아냐, 아무것도."

—어허. 사람 잔뜩 궁금하게 해놓고?

"아니, 그냥…… 엄마랑 싸워서 기분이 안 좋아서."

—엄마랑? 무슨 일로?

"그냥 엄마와 딸 사이에 일어나는 일들이지. 회사 일도 그렇고 또 결혼…….."

—지흔……아?

"응?"

—미안한데 내가 나중에 전화할게.

"어? 그럴……."

전화는 이미 끊겨 있었다. 많이 바쁜 모양이네. 어쩐지 우울한 마음을 보탠 기분이다.

전화를 끊은 경준이 마트 매장 안을 달리기 시작했다. 분명 아는 얼굴을 본 것 같았다. 착각일지도 모르지만, 아니, 착각이 아니다. 경준은 주말 마트에 몰려든 인파를 뚫고 겨우 여자를 붙잡았다.

"……형수?"

볼에 통통하게 살이 오른 여자의 모습이 원래 알던 모습과 달랐지만 채은이 틀림없었다.

"형수 맞지?"

"경준아……."

워낙 어릴 때부터 봐온 탓에 채은은 경준을 호칭으로 부르지 않았다. 경준 역시 누나처럼 대했었다. 채은이 당황한 얼굴을 했다.

"여긴…… 어쩐 일이야? 집, 여기서 멀잖아?"

"출장 나왔어."

"아, 그렇구나. 주말에도 바쁜가 보네?"

"언제는 안 그랬나?"

"그래, 그랬지."

"형수는 이 근처 살아?"

"어. 여기 아는 친척도 있고 해서."

"그렇구나."

채은이 애써 미소를 지으며 경준의 볼을 늘렸다.

"근데 우리 경준이는 안 보는 사이에 더 멋있어졌네?"

"그렇지 뭐……. 형수는, 혹시 어디 아파? 혈색이 안 좋은 것 같은데."

"아프긴. 살찐 거 봐라. 완전 잘 지내."

"그러네……."

찐 게 아니라 부어 보이는 건 착각일까. 미소를 짓던 채은이 걱정스러운 눈빛을 했다.

"형은……, 잘 있지?"

"……어."

"아픈 데 없대?"

"그렇게 걱정되면 전화 한 번 해보지그래? 형수 연락 안 된다고 형이 걱정하던데."

"걱정을 하긴 하디?"

"그럼."

성채은뿐이라고 매일 눈물 바람이라고 말하면 나중에 형이 알고 화를 내겠지?

"헤어졌는데…… 자꾸 연락하고 그러면 안 되지."

채은의 표정이 어두워졌다. 경준이 씁쓸한 미소를 지었다.

"하긴. 결혼, 한다면서?"

"어……."

둘 사이가 서먹해졌다. 채은이 미안해할지 몰라도 그동안 고생한 걸 생각하면 축하인사라도 해줘야 한다. 그가 목소리 톤을 올렸다.

"남자는 어떤 사람이야? 좋은 사람이야?"

"응, 그럼."

"다행이네. 또 형 같은 사람 만날까 봐 걱정했는데."

"네 형도 그렇게 나쁜 사람은 아니었어."

그래, 형이 나쁜 사람은 아니었는지 모르지만 형수가 정말 좋은 사람인 건 확실했다.

"축하해."

"축하는 무슨. 너한테 그런 소리 들으니까 좀 그렇다."

"그런가."

"빈말이라도 고마워."

"빈말 아니야."

경준의 말에 채은이 미소를 지었다.

"그러는 너는, 좋은 사람 만났어?"

"어? 어, 그렇지, 뭐."

경준의 말에 채은이 활짝 미소를 지었다.

"만났구나? 그런 거야?"

"어, 그렇게 됐어."

"와. 우리 경준이한테 짝이 생겼다니, 보고 싶네. 어떤 여자야?"

채은이 제 일처럼 기뻐했다.

"예쁘고, 착해. 형수만큼."

"나만큼? 나만큼이면, 별로 안 좋은 여자네. 난 네 형…… 떠났잖아."

"이해하고 있어."

채은이 미안한 표정을 지었다.

"우리 경준이 결혼하는 건 보고 싶었는데, 이렇게 돼서 미안해."

"보러 오면 되지. 형이랑 헤어졌다고 뭐 원수처럼 지내야 돼? 아……, 결혼할 사람이 싫어하려나?"

"응, 그렇지, 뭐."

그녀가 씁쓸히 웃었다. 이런 게 이별인가보다. 늘 가족처럼 지내던 사람이 얼굴도 볼 수 없는 사이가 된다는 것이.

우리 가족이 왜 이렇게 됐을까.

경준의 마음이 아파왔다.

"채은아, 뭐해?"

어떤 여자가 채은을 부르며 다가왔다.

"어, 아냐. 여기 직원한테 뭐 물어보느라고. 그만 가봐, 경준아. 나도 그만 갈게."

"어."

손을 흔드는 채은을 바라보던 경준이 그녀를 불렀다.

"형수."

"응?"

"아프지 마."

"어, 너도 잘 지내고 형한테는……."

한 여자가 둘 사이에 불쑥 끼어들었다.

"뭐하는데, 성채은. 물건 다 골랐으면 가자. 성율이 배고픈가 봐. 가서 얼른 성율이 젖 물려야지……."

"어, 가, 가야지. 얼른 가자. 얼른."

경준이 의아한 표정을 지었다. 채은이 다가오는 여자를 밀어내며 뒤로 무언가를 가리는 듯했다. 행동이 어색해 오히려 눈에 띈다. 자세히 살펴보니, 카트가 아니라, 유모차였다. 그 안으로 꼬물거리는 무언가가 보였다. 이를테면, 아기…… 같은?

경준이 채은 앞을 가로막았다. 옆에 선 여자가 인상을 찌푸렸다.

"잠시만요, 잠깐 비켜주세……. 경준이?"

채은의 옆에 선 여자는 채은의 친척이었다. 채은의 사정을 알고 도와주던 친척집 딸. 나이 또래가 비슷해서 자주는 아니지만 가끔 집에 놀러 와 채은을 도와주고 가곤 했다.

"경준아, 오랜만⋯⋯. 헉! 채은아, 지금 경준이가 여기에⋯⋯."

놀란 친척의 얼굴은 이미 보이지 않는다. 인사할 생각을 할 겨를은 더더욱 없다. 그의 눈에는 오직 유모차에 실린 아기만 보였다. 생후 몇 개월인지는 정확히 모르지만 아주 작은 아기만이 그의 눈동자 안으로 가득 찼다.

"경준아⋯⋯."

채은이 난감한 표정을 지었다. 경준이 놀란 듯 물었다.

"이거, 뭐⋯⋯야?"

"아무것도 아니야. 짐이 많아서."

그녀가 시트로 유모차를 덮었다.

"짐? 내가 볼 땐 아기 같은데⋯⋯?"

아기? 제 입으로 말해놓고 소름이 돋는다. 경준이 이해할 수 없는 눈으로 채은을 바라봤다.

"형수?"

"경준아, 그게."

"형⋯⋯ 애구나?"

"경준아⋯⋯."

"형⋯⋯ 애야⋯⋯."

넋 나간 듯 반복하는 경준을 보며 채은이 아무 말도 하지 못하고 쭈뼛거렸다.

"맞지?"

"⋯⋯."

"내 말 맞지, 형수!"

"야아, 내가 언제까지 네 형수냐. 그 사람이랑 나 헤어진 지가 언젠데."

나무라듯 말하는 채은의 목소리가 떨려왔다.

"얘는 내가 봐주는 애야. 너도 알다시피 네 형 덕분에 대학 졸업을 못하고 결혼했잖아. 그래서 취업이 잘 안 되어서."

"……"

"진짜야. 진짜로……."

경준이 아기만을 바라본 채 꼼짝도 하지 않자 채은의 표정이 금방 애처롭게 바뀌었다.

"경준아……."

"……"

"형한테 말 안 할 거지, 경준아? 형한테 제발 아무 말 말아줘, 응? 경준아……."

"형수……."

경준의 머릿속이 혼란에 휩싸였다. 주변이 빙빙, 도는 느낌이었다.

"어떻게 된 거야?"

경준이 채은을 재촉했다.

"그게 있잖아."

"솔직하게 말해. 안 그러면 형한테 바로……."

전화기를 꺼내려 하자 채은이 그를 붙들었다.

"알았어, 다 말할게. 다 말할 테니까 형한테 아무 말 마."

"……"

"이 아이, 형 애 맞아."

채은이 괴로운 듯 입술을 꼭 깨물었다.

"뭐?"

"너희 형 아이 맞다고."

"형수……."

기가 막혀 말이 잘 나오지 않았다.

"그럼 왜……, 대체 왜……."

채은이 아무 말도 하지 못했다. 경준이 다그쳤다.

"대체 왜 이랬냐니까?"

"형이 아이 낳는 걸 자꾸 반대해서……."

"뭐?"

"아이 지우라고 할까 봐 그랬어."

"뭐……라고?"

경준이 기가 찬 듯 웃음을 터트렸다.

"그게 말이 돼? 그럴 리가 없잖아. 형이 형수를 얼마나 생각하는데, 형이 형수를 얼마나 사랑하는데. 매일 밤마다 형수 얘기밖에 안 해. 임성준은 성채은밖에 없다고 매일 얘기한다니까? 그런데, 형수 사이에서 생긴 아기를 지우라고 한다고? 형이?"

"그게, 경준아……."

"말도 안 돼. 말도 안 된다고!"

경준이 미간을 좁혔다.

"어떻게 이럴 수가 있어. 어떻게, 형한테 말을 했어야지. 대체 왜 이런 거야? 돈 때문이야? 아기 아빠 돈 없는 게 창피했어? 나중에 아기가 커서 뭐라고 할까 봐 벌써 겁먹은 거야? 아무리 아빠가 돈이 없다고 이렇게 헤어진 채로 아기를 낳는 게 말이 돼?"

"그런 거 아니야, 바보야!"

"그런 게 아니면?"

"아기 지키고 싶었어."

"……뭐?"

채은의 눈에 눈물이 맺혔다.

"나는 여느 부부처럼 살고 싶었어. 빚 갚는 것도 좋아. 뭐 언젠가는 끝나겠지, 했어. 그 사람이 나한테 모진 소리 하는 것도 다 이해했어. 그 마음이 어떨지 누구보다 잘 아니까. 근데…… 그 사람이 아기를 못 낳게 했어……."

"뭐?"

"아기 낳고 싶다고 했는데 절대 안 된다고 했어. 피임도 철저히 하고 얼마나 서러웠는데. 그래도 난 희망을 가졌어. 말로는 싫다고 해도 아기가 생기면 달라질 줄 알았어. 그래서 피임했다는 거짓말을 하고 아기를 가졌는데……. 근데 아니더라. 네 형 정말 무서운 사람이더라. 아기를……."

설마, 아니겠지.

"지웠어."

가슴이 철렁 내려앉았다.

"형이?"

"그런 눈 하지 마. 너도 그때 우리가 어땠는지 잘 알잖아. 형도 어쩔 수 없었을 거야. 나도 그땐 이해했어. 그때는 너도 알다시피, 너도 우리한테 도움 줄 수 없는 상황이었고 형하고 나하고 죽어라고 일만 해도 감당이 안 되던 때니까 태어날 아기가 고생하는 것보다 그게 나을지도 모른다고……."

채은이 눈물을 터트렸다.

"아기도 불쌍했지만 그땐 그 사람이 더 불쌍했으니까. 자기 잘못도 아닌 걸로 모든 걸 짊어지고 가야 했으니까. 그 사람한테 더 짐 지우기 싫었어."

경준이 괴로운 듯 제 이마를 붙들었다. 이런 일이 있었던 걸 상상도 하지 못했다. 성준도 채은도 아이라면 질색을 했었으니까. 그런데 그게 두 사람의 연극이었던 건가. 성준은 자신이 생각하는 것보다 훨씬 더 무거운 인생을 살아가고 있었다.

"그래서 기다렸어. 상황이 나아지면 그 사람 생각도 달라지겠구나, 싶어서. 그런데……."

"아니……었구나?"

채은이 고개를 끄덕였다.

"시간이 지나면 지날수록 그 사람 더 강경해졌어. 빚도 다 갚아가고 있는데, 그 사람은 절대 안 된다고만 했어. 나중엔 아기 얘기 꺼내면 얼굴도 안 보려 하고……."

자신에게 결혼하라고 했던 형이, 형이 어떻게……. 혹시나 그게 자신 때문일까 봐, 무서웠다.

"난 경준아. 성준 씨 사랑해. 그리고 이해해. 고맙고 미안해. 근데 아기는…… 어쩌면 내 생애에 마지막일 수도 있겠다, 싶었어. 너도 알다시피 내 나이가 적은 나이는 아니잖아. 그래서 아기 포기하고 싶지 않았어. 좀 거지 같긴 하지만 또 언제 어떻게 좋아질지 모르는 게 인생이니까. 나중에 생각하면 어쩌면 그냥 그런 해프닝으로 생각할 수도 있잖아. 그래서 나는 어쩔 수 없었어."

"……."

"이해……하지?"

"……."

"이해……해줄 거지?"

알 수 없는 절망이 그를 덮치는 것만 같았다. 가슴이 답답하고 괴로워진

경준이 큰숨을 내쉬었다. 성준에게 말하지 않겠다는 조건으로 채은의 연락처를 받아냈다. 아기한테 무슨 일이 생기거나 크게 도움이 필요할 때 반드시 연락하겠다는 약속도 받아냈다. 떠나는 채은을 바라보다가 밖으로 나온 경준은 미친놈처럼 웃음을 터트렸다.

참 더러운 세상이었다. 꼭 암흑 같은 세상이었다.

죽여 버릴 거야, 임성준.

택시를 타고 가며 경준은 이를 갈았다. 채은은 성준을 이해한다고 했지만 그는 그럴 수 없었다. 무얼 위해 사는지도 모르는 형 따위 형 취급해줄 필요 없다고.

택시에서 내리자마자 형의 회사가 있는 건물로 달려 들어갔다. 하지만 사무실은 텅 비어 있었다. 제 마음처럼, 아무것도 없이, 텅 비어 있었다.

그 외에도 ......and than some...
더 많은 것들

23.

"얼마예요, 형?"

텅 빈 사무실 앞에서 경준은 같이 동업하던 성준의 친구들의 전화번호를 찾았다. 모두 전화를 안 받았지만 그중에서 경준과도 일면식이 있던 성준의 친구와 통화를 할 수 있었다. 사무실이 왜 비웠는지 묻지 않아도 알았다. 일이 잘 안 돼서 얼마 전에 사업을 접고 뿔뿔이 흩어졌다고, 이미 예상했던 이야기가 수화기를 통해 흘러나왔다. 그런데 그런 애기를 성준은 자신에게 한 마디도 하지 않았다. 이유는 안 봐도 알 수 있었다. 형이라는 책임감. 동생에게 피해를 주지 않으려는 의지. 성준이 제 자식까지 포기하고 지키려고 했던 것들. 늘 그랬던 것처럼 이번에도 그런 것일 테다.

—그게…… 성준이가 너한테는 절대 비밀이라고 했는데.

"얼만데요."

—나도 정확히는 모르는데 한 2억쯤…….

2억? 얼마나 일해야 갚을 수 있는 금액인지 머릿속으로 그려본다.

—그보다 더 적을 수도 있어. 지분만큼 빚도 돌아간 셈이라서. 네 형이

우리 중에 제일 적긴 해.

"아무튼 억대……라는 거죠?"

그의 목소리가 살짝 떨려왔지만 들킬 만큼은 아니었다.

—그래. 맞다.

"알겠어요, 형."

그가 애써 밝게 대꾸했다. 늘 있는 일이라 새삼스럽지도 않은 것처럼.

—경준아.

"……."

—잘해보려고 했는데 이렇게 돼서 미안하다.

경준이 피식, 웃음 지었다. 이젠 눈물도 안 나올 일 아니던가.

"아뇨, 형. 그래도 이 사업 덕분에 우리 집 빚 많이 갚았잖아요."

—그렇긴 해도 끝이 좋아야지. 네 형도 고생 많이 했는데 인생이 참, 쉽지 않다. 그지?

"건강해요, 형."

—그래, 너도. 형한테도 안부 전하고.

전화를 끊은 경준이 다리에 힘이 풀린 듯 그 자리에 주저앉았다. 머리가 빙 도는 것 같다. 가까스로 하얀 종이에 적힌 '임대문의' 라는 글씨를 보며 정신을 차려본다.

모든 게 엉망진창이었다. 부모님이 갑자기 돌아가셨을 때처럼, 그때와 다름없는 기분이었다. 아니, 그때보다 더 최악인 것 같았다. 열심히 살면 올 거라던 희망 같은 게 세상에 존재하지 않는 것 같았다.

너무 허탈해서 웃음이 먼저 나온다.

성준이 뭘 하고 다니는지는 모르겠지만 지금 혼자 감당하려고 무진 애를 쓰고 있을 것이다. 들킬 때까지 자신에겐 말도 안 한 채로.

형수의 아기, 형의 속사정 그리고 자신이라는 짐······.

그들에게 늘 받기만 했던 그의 가슴이 무거워진다. 성준에게 가족이 있었는데 너무 형에게 의지하고 살아온 거다.

"아, 정말, 등신 같네?"

그의 눈에서 눈물이 솟아났다. 눈물을 가리듯 팔로 눈가를 가린 채 그대로 벽에 등을 기댔다.

내가 또다시 갚을 수 있을까, 하는 의구심과 내가 반드시 갚아야만 한다는 죄책감이 번갈아 그를 괴롭혔다.

새로 시작만 하면 되는 줄 알았는데. 당연히 그런 날이 올 거라고 믿었는데.

지흔이 떠올랐다. 그녀의 미소와 사랑스러운 말투, 그리고 그녀와의 밤······.

평생 시작조차 할 수 없으면 어쩌지. 기약 없는 나날들 속에 사랑이라는 이름으로 계속 그녀를 붙들어도 괜찮을까.

형처럼 되지 않으리라는 법이, 그의 세상에는 없는데.

그가 괴로운 듯 주먹을 꽉 쥐었다. 띠리링, 하고 그의 손에 들린 휴대폰에서 문자가 들어왔다. 잠시 후 또다시 띠리링, 하는 소리가 들려왔다.

띠리링,

띠리링,

띠리링.

뒤늦게야 휴대폰을 열었다.

[많이 바빠? 아까 그렇게 끊어서 전화를 못 하겠어.]

[한가할 때 전화 줘.]

[아직도 일하는 거야? 거기 너무 부려먹잖아. 수당 빵빵하게 달라고 사

장한테 전화할까?]

[나 너희 집 근천데.]

[도착 시간하고 얼추 맞을 것 같아서 왔는데 영 연락이 없네. 무슨 일 있는 건 아니지?]

미소를 지으며 가만히 바라보던 경준이 눈물을 닦아내며 통화 버튼을 눌렀다.

엄마에게 전화가 왔다. 정확히 말하자면 엄마의 사주를 받았을 새아버지에게서 온 전화였다. 그날 이후, 엄마가 자주 아프다고, 한 번 와서 얘기를 해야 하지 않겠냐는 내용. 하지만 좀 더 들어보자니, 엄마가 말은 그렇게 해도 남자친구를 보고 싶어 하는 눈치다, 꼭 결혼 때문이 아니어도 얼굴은 볼 수 있는 것 아니냐, 언제 데리고 와서 소개를 해달라는 내용이었다. 직접 전화해서 말하면 또 싸움이 날까 싶었겠지. 엄마가 경준을 보자고 하는 순간 소개 안 받는다 해놓고 왜 관심이냐고 쏘아붙였을 게 뻔하니까.

생각해보겠다고 하자, 마치 알겠다는 대답을 들은 사람처럼 날짜를 문자로 보내달라고 하고 전화를 끊었다. 물론 엄마와 아빠는 너를 무척 걱정하고 사랑하고 있다는 말도 붙여서. 엄마는 남편이 있어서 참 좋겠다 싶었다. 대변인과 변호사와 중재자 역할을 알아서 척척 해주니까.

"울 엄마, 그렇게 무서운 건 아니야."

결혼은 절대 전제되지 않은, 그저 가족을 소개하는 자리일 뿐인데 경준에게 부담을 줄까, 걱정스러웠다. 아마도 엄마를 믿지 못해서일 것이다.

"그래도 각오해야 할지도 몰라."

"……"

"엄마가 말을 좀 편하게 하시는 편이거든."

"……."

"차 있냐고 물어볼 수도 있어. 뭐 부모님이 숨겨둔 땅 같은 거."

그가 피식, 웃는다.

"보통 나이 서른에 시작하는 게 정상인데 엄마는 엄마도 안 그래놓고 뭔가 서른에는 엄청나야 한다고 믿으시나 봐. 나부터도 봐봐. 그다지 가진 것 없는데도."

지흔이 엄마와의 일을 최대한 괜찮은 단어들로만 골라 골라 경준에게 말하고는 조심스럽게 덧붙였다.

"울 엄마 돈 무지하게 밝히시거든."

"그래?"

"어. 알고만 있어. 그냥 그런 분이라는 거."

"어떻게 하냐……."

그가 웃는다.

"그럼 나 진짜 마음에 안 드시겠다……."

"아냐. 이미 충격 줘서 한풀 꺾이셨을 거야. 돈만 밝히는 엄마가 어찌나 미운지, 너 일부러 없는 데도 막 마이너스라고 그랬다니까. 그때 짓던 그 놀란 표정이 얼마나 통쾌하던지. 나 정말 못됐나봐?"

지흔이 씁쓸한 미소를 지었다.

"그러면 안 되는 거였는데 엄마가 자꾸 날 어리게 보니까 화가 나는 것 같아. 내가 내 인생도 감당 못할 사람처럼 구는 게 미치도록 화가 나."

그녀가 푹 한숨을 내쉬었다.

"이해 못하는 건 아니야. 엄마가 많이 힘들었으니까 그랬겠지. 울 친아빠가 가장으로 치면 진짜 악질이었거든. 예술 한답시고 돈도 안 벌어와. 또 자격지심 때문인지 엄마한테 살가운 말 한 마디 안 해. 거기다가 아프기까지 했지. 자식 있으니 도망도 못 가고……."

그런 엄마에게 뭐라고 했던가. 지흔이 괴로운 듯 미간을 좁혔다.

"엄마가 참 고생 많았지. 따지고 보면 그때 엄만 고작 내 나이였던 건데. 그럼 아직도 젊은 거였잖아. 근데 밤낮없이 일하고, 아빠 돌보고, 또 나까지……. 나까지 신경 쓸 여유가 많이는 없었지만 여하튼 사지 멀쩡하게 자랐고. 그래도 그렇게 심하게 굴진 않았는데 내가 아빠 손재주를 어설프게 이어받아서 회사 그만두고 양초공예 한다고 할 때부터 계속 나를 들들 볶으셔. 안정된 수입원이 없으니까. 나도 고생고생하고 살까 봐, 걱정되나 봐."

지흔이 경준을 바라봤다.

"너라면 그럴 리 없는데."

은근 '나는 너한테 잘할 거니까 걱정 말라.' 라는 말을 듣고 싶었다. 하지만 그는 무슨 생각을 하는지 꼼짝도 않고 앉았다.

"임경준?"

"……."

"내 말 듣고 있어?"

그러고 보니, 그를 만난 후부터 거의 그녀 혼자 열심히 떠들고 있었다는 걸 깨달았다. 지흔이 그의 얼굴 앞으로 얼굴을 들이밀었다.

"임경준?"

그녀가 그의 이마에 손을 올렸다. 열도 없는데 이상하게 기운이 없어 보인다. 하긴, 만나는 날도 아닌데 기분이 영 좋지 않아 억지로 그를 찾아와 귀찮게 굴고 있긴 했다. 그래도 경준은 받아줄 거라는 믿음이 있었다. 하지만 그런 믿음은 다음부터 다시 한 번 검토를 해봐야겠다. 그가 영 표정이 없다. 혹시 일이 많이 피곤한 걸까. 아니, 자신이 그를 피곤하게 한 걸까.

"우리 엄마 때문에 부담스러워서 그런 건 아니지?"

그가 대답 없이 웃었다.

"피곤해 보이는데 그만 들어갈래?"

걱정스럽게 바라보던 그녀가 그의 양 볼을 제 손으로 잡고 뽀뽀를 했다. 쪽, 하고 놓아주니 그가 그녀를 붙들어 강하게 입을 맞춘다. 부드러운 듯 시작했는데 부드럽지가 않다. 화가 난 것처럼, 강하게 아픈 키스였다. 놀란 그녀가 그를 밀어냈다. 그의 얼굴빛이 예쁘지 않았다.

"어디 아파?"

그는 대답이 없다.

"가자. 너 컨디션 많이 안 좋아 보인다."

그녀가 그의 손목을 잡아끄는데 그가 꼼짝도 하지 않았다.

"안 가?"

"……."

"임경……."

"지흔아."

그의 목소리가 무겁게 느껴졌다.

"응?"

"지흔아."

"왜?"

"하아, 지흔아……."

그가 그녀를 꼭 안았다. 그녀의 심장이 불안함에 거세게 뛰기 시작했다.

"무슨 일, 있어?"

"어쩌면…… 어쩌면 말이야……."

"응."

"엄마 생각이 맞을지도 몰라."

"응?"

"넌 감당 못할지도 몰라."

그가 몸을 떼고 그녀를 바라봤다. 그의 눈빛이 괜히 차가워 보였다.

"경준아."

"……."

"너도…… 날 어리게 보는 거야? 나 부모한테 의지한 적 없어. 여태까지 혼자……."

"혼자는, 어려울 것도 없지."

부모가 없는 경준 앞에서 너무 투정을 부린 걸까. 그래서 혹시 화라도 난 걸까. 조금은 다른 말투에 그녀가 긴장했다.

"무슨…… 뜻이야?"

"엄마가 걱정하는 건, 지금의 너보다 결혼한 후의 네 모습이잖아."

"……."

"만약에……, 네가 결혼을 했는데 알콩달콩할 시간도 없이 빚 갚는데 젊음을 다 보내면 어떻게 할래?"

"뭐?"

"그 집안에 돈이 없어서 아기도 낳을 수 없다면 어떻게 할래? 아기는 낳고 싶은데, 그럴 수가 없는 거야. 아기가 생겼는데 가난이 싫어서 네 아기를…… 지워야 하고. 어쩌면 낳는 것보다 지우는 게 낫겠다는 생각이 들면 네 심정이 어떨 것 같아?"

그의 말에 그녀가 잠시 머뭇거렸다.

"그거 감당……할 수 있겠어?"

"경준아."

"네가 그걸 감당할 수 있을 것 같아?"

"굳이……."

그녀가 애써 미소를 지었다.

"굳이 없는 얘기를 꺼내서 얘기할 필요 있을까?"

"있을 수도 있잖아."

"……"

"있을 수도 있다고."

그가 웃었다. 그 웃음이 심장을 서늘하게 만들었다. 그녀가 애써 미소를 지었다.

"그래, 세상 어딘가에 있을 순 있겠지. 하지만 굳이 우리 사이에 일어나지 않을 일을 가지고 얘기할 필욘 없잖아."

"우리 사이에서 일어날 수 있는 일이라면?"

그의 말에 겁이 덜컥 났다. 그녀가 애써 웃음을 지었다.

"말도…… 안 돼. 그럴 일이 있을 수 없잖아."

"말이 된다면?"

그녀가 어깨를 으쓱했다.

"그럼 극복해야지."

"극복……한다고?"

"어. 그럼. 해야지. 너랑 나랑 있는데 뭐가 무서워."

"그게 너랑 나랑 있다고 극복이 되는 문젤까?"

"그럼 당연하지. 서로 사랑하잖아. 사랑으로 극복해보는 거지."

"사랑?"

그의 목소리가 쓸쓸하게 느껴졌다.

"사랑으로 극복이 될까?"

"무슨…… 말이야? 너 내 사랑 무시하는 거야? 아님 지금 날 향한 네 사랑의 깊이가 그다지 깊지 않다고 고해성사하는 거야?"

그가 삐딱하게 웃는다.

"사랑이랑 상관없을 수도 있다고 말하고 있는 거야."

"……뭐?"

"아니……."

그가 고개를 저었다.

"애초에 사랑이란 게 없을 수도 있다고 말하고 있는 거야."

"임경준?"

"이 세상에서 사랑 같은 건 환상에 불과하다고 말하는 거라고."

"임경준, 너……."

"네가 말하는 사랑은 그냥 판타지 같은 거라고 말하는 거라고!"

그가 매서운 눈으로 그녀를 바라봤다. 그의 눈에 빛이 사라진 것만 같았다. 자신을 사랑스럽게 보던 아름다운 빛 같은 것들이 다 사라지고 없는 것 같았다. 그녀의 눈에 눈물이 맺혔다.

"뭐하는 거야, 지금?"

"……."

"엄마 때문에 기분 나빴어? 내가 무슨 실수라도 한 거야?"

놀란 그녀가 다급하게 물었다.

"혹시 갑자기 내가 싫어졌어? 갑자기 부모님이 보자고 해서 부담 느끼는 거야?"

그녀가 불안한 눈으로 그를 바라봤다.

"응. 부담스러워."

"……뭐?"

"엄청나게 부담스러워."

"경준아."

"돈 없이도 널 행복하게 해줄 거라는 말, 못할 것 같아서. 그런 거짓말 웃으면서 할 자신이 없어서."

그의 눈에 눈물이 맺혀 있었다.

"경준아……?"

"어쩌면 가능하지 않을까, 싶었는데……."

그가 고개를 저었다.

"안 될 것 같다, 서지흔."

"그게 무슨 뜻이야."

"모든 게 환상이었어."

"환상? 환상이라고?"

그녀가 미간을 좁혔다.

"그래, 환상."

그의 말이 끝나기도 전에 그녀가 그의 볼을 잡고 키스를 퍼부었다. 그가 밀어내자 그녀가 자신의 가슴에 그의 손을 올렸다.

"이것도 환상이야? 이것도 다 환상이라고?"

"……."

"아니잖아. 나 너 사랑해. 너도 나 사랑하잖아."

그가 고개를 저었다.

"너를 사랑하는 일, 거기서 희망을 찾는 일……. 모두 다 언젠가 사라질 연기 같은 거였어. 언젠가는 결국 현실만 남는……."

"그렇게 말하지 마."

"……."

그 외에도
더 많은 것들

"그러지 마. 네 멋대로 내 사랑 깨뜨리지 마."

"……."

"너한테는 그런 사랑이었을지 몰라도 내 사랑은……."

"이 삶을 극복할 수 있는 사랑은 없어, 지흔아."

그가 돌아섰다. 그녀가 그를 붙들었다.

"대체 왜 그래……. 갑자기 왜……. 엄마 때문이라면 약속 안 잡을게. 그냥 이대로 지내자, 응?"

그가 쓸쓸하게 웃었다.

"그런 문제가 아냐."

"대체 무슨 일인데 그래. 네가 그렇게 생각하는 이유라도 알아야 하는 거 아냐?"

"아까 말했잖아."

"무슨……."

'만약에……, 네가 결혼을 했는데 알콩달콩할 시간도 없이 빚 갚는데 젊음을 다 보내면 어떻게 할래? ……그 집안에 돈이 없어서 아기도 낳을 수 없다면 어떻게 할래? 아기는 낳고 싶은데, 그럴 수가 없는 거야. 아기가 생겼는데 가난이 싫어서 네 아기를…… 지워야 하고. 어쩌면 낳는 것보다 지우는 게 낫겠다는 생각이 들면 네 심정이 어떨 것 같아?'

그녀는 그가 했던 말들을 떠올렸다. 듣기만 해도 가슴 아픈 이야기를.

"그렇게…… 살아야 할 일이 생긴 거야? 아기도 못 갖고 평생 빚만 갚아야 하는 그런 일이……."

그가 아무 말 하지 않자 지흔이 놀란 듯 두 눈을 크게 떴다. 그가 그녀의 머리를 쓸어내렸다.

"걱정 마."

그가 희미하게 웃었다.

"널 그렇게 살게 하지는 않을 거니까."

"무슨…… 뜻이야?"

그가 대답 없이 돌아섰다.

"임경준!"

돌아보지도 않는다. 아예 안 볼 사람처럼.

"임경준!"

영영 안 볼 사람처럼. 영원히 안 볼 사람처럼.

"임경준!"

그녀가 간절히 그를 불렀다.

"너 그렇게 가버리면 나 아무나 붙들고 결혼해버릴 거야. 뭐 어때, 어차피 사랑은 다 환상인데!"

잠시 멈췄던 그가 그대로 가버렸다. 그는 돌아오지 않았다. 그는…… 돌아오지 않았다. 그녀가 한참 동안 서 있는데도. 아주 한참 동안 서 있었는데도.

24.

—대체…… 전화는 왜 받는 거야?

지흔이 따진다.

—그러고 갔으면서 전화는 왜 받냐고.

경준이 눈을 감고 가만히 그녀의 목소리를 듣고 있다. 이대로 오래오래 그녀의 목소리를 듣고 싶다. 오래오래.

—듣고 있어?

"……."

—듣고 있냐고.

헤어질 거면 이러면 안 되는 걸 안다.

—임경준. 나랑 얘기 좀 해야 하지 않아?

칼같이 끊어버리고 다신 안 봐야 한다는 걸 안다. 그런데 그게 참 어렵다. 참, 힘들다. 그러고 싶지가 않다. 왜 헤어져야 하는지, 왜 안 봐야 하는 건지. 아무것도 생각하기 싫었다.

—힘든 일 있으면 말을 해야지. 무슨 일인지 말하고 같이 상의를 해야

하잖아. 어떻게 그렇게 네 얘기만, 그것도 말도 안 되는 얘기만 하고 가냐.

말이 안 되는 얘기였으면 좋겠다. 혹시나 무서워 자신이 그저 엄살을 부린 거면.

—내 사랑이 왜 환상이야? 너랑 있어서 좋고, 행복하고, 즐거운데…….

"……."

—네가 믿든 안 믿든 난 이 정도로도 행복해. 행복이 별거야? 그냥, 같이 있고 싶은 사람끼리 같이 있으면 되는 거 아냐? 그렇다고 내가 마냥 행복주의자라는 게 아니야. 너랑 같이 있을 수 있으면 어느 정도의 부족함에도 행복할 수 있다는 거지. 난 그거면 돼. 넌 아닌 모양이라 나한테 그렇게 말했는지 모르겠지만 난 아니라고. 왜 내 행복을 네 기준에 맞춰?

그렇게 말해주는 그녀 덕분에 행복하다. 이렇게 불행한데도 행복이 느껴진다.

—안 믿는 거야? 내 말 안 믿는 거냐고?

"……지흔아."

—응, 경준아.

"……."

—말해, 경준아. 대체 왜 그러는 거야. 대체, 무슨 일이야.

"미안해."

—뭐가, 뭐가 미안한데?

이렇게 될 줄 알았더라면, 그랬더라면.

"널 지켜줬어야 했는데……."

—뭐?

그랬어야 했다. 그녀를 지켜줬어야 했다. 그런데 너랑 있으면 자꾸 잊었다. 잊고 싶었다, 내 처지. 이러면 안 되는데 하면서도 너를…….

—너 지금…… 그때 나하고 있었던 일 후회한다는 뜻이야?

"어."

그녀와의 밤을 후회하는 건 절대 아니었다. 자신의 처지를 알면서도 이 마음을 어쩌지 못하고 절제가 안 되는 자신이 싫을 뿐. 하지만 그녀는 오해를 할 거다. 그러면 뭐 어떠냐 싶다. 어차피 헤어져야 하는 거라면.

—웃긴다, 진짜. 기막혀, 진짜. 네가 날 지켜? 나는 내가 지켜. 여태껏 잘 지켜왔고. 네가 지금 이런 이상한 행동만 안 하면……. 너 정말 이럴래? 어떻게 후회한다는 말을 할 수가 있어?

서지흔답게 길길이 날뛴다. 귀여운 서지흔, 사랑스러운 서지흔. 그런 너와 헤어질 수 있을까. 그녀와 헤어질 수 있을까.

—너 정말 말 안 할 거야?

"……."

—빨리 아니라고 말 안 해? 말 안 하면 나 정말 너 안 볼 거다?

"……."

—너 평생 나 안 보고 살 수 있어? 아, 하긴 넌 날 사랑하지 않으니까……. 네 사랑은 다 허상이라며?

"……."

—그동안 나 이용한 거야? 나 가지고 싶어서 사랑한다고 거짓말하고, 막상 가지니까 귀찮고 싫어진 거야? 그래서 지금 그렇게 후회하고 나한테 상처 주는 거야?

울먹이며 묻는 그녀의 물음에 그가 대답 대신 눈을 꼭 감는다.

—그래, 대답하기 싫으면 대답하지 마. 후회하고 싶으면 후회하고. 네가 하고 싶은 대로 해. 근데 난 후회 안 해. 내 사랑은 진짜야. 네가 말한 그런 일이 나한테 온다고 해도 난……, 그게 내 인생이면 난 부딪힐 거고 이겨낼

거야. 극복할 거라고.

그게 두렵다. 그녀가 버티지 못할까 봐 아니라, 그녀가 그걸 다 버티고 견딜까 봐. 그래서 성준이 채은에게 그랬던 것처럼, 자신 역시 그녀에게 돌이킬 수 없는 아픔을 주게 될까 봐.

—왜, 또 쉽게 얘기한다고 화낼 거야? 환상 가지고 현실에서 못 버틴다고 나무랄 거야? 네가 내 어린 시절을 모르는 모양인데 나도 너 못지않게 힘든 생활 겪은 사람이거든? 그것도 어린 나이에. 그런데도 지금 내가 그걸 또 해도 괜찮다고 말하는 거야. 내가 함부로 말하는 것 같겠지만 나는 그런 거 아니거든?

"서지흔……."

—네가 그랬지? 엄마 앞에서 나 행복하게 해줄 자신 있다고 말 못한다고. 근데 네가 모르는 게 있어. 난 네 인형이 아니야. 네가 주는 것만 받고, 네가 하자는 대로만 하는 바보가 아니라고. 네가 날 행복하게 해주지 않아도! 난 이미 내 사랑으로 행복해. 내가 행복하다는데 넌 대체 뭐가 문제야?

나도.

"지흔아."

나도 그래. 네가 있어서 행복해. 그런데 이 세상은 우리만 있다고 살아갈 수 있는 게 아니지 않아? 그 외에도 더 많은 것들이, 우리에게 있지 않냐고. 사랑, 그 외에도 더 많은 것들이 우리를 늘 시험에 들게 하잖아. 그걸 버틸 수 있을까. 아니, 그걸 다 버티고 나면 행복이 올까?

—어디 헤어지자고 해봐.

"……."

—내가 싫어져서 나랑 헤어진다고.

"……."

―날 행복하게 할 자신이 없다는 이유로 그런 게 아니라 그냥 내가 싫어져서, 이러는 거라고.

그가 눈을 꼭 감았다. 이 세상엔 희망이 없는데 왜 눈만 감으면 빛이 보일까. 서지흔이라는 빛이, 왜 이렇게 찬란하게 자신을 비추고 있는 걸까.

―응? 임경준. 말할 수 있으면 말하라고. 내가 싫다고…….

그가 괴로운 듯 입술을 깨물었다. 차라리 그녀가 못됐으면 좋았을 것 같다. 자기 욕심만 부리고 이해심도 없고 제멋대로 생각하면서 화만 내고 온갖 투정 다하면서 사람을 괴롭히는 그런 여자면 좋겠다. 그런데 서지흔 너는…….

문이 열리는 소리가 들렸다.

"끊자."

―너 정말 이럴래?

조심스럽게 들어오는 성준이 느껴졌다. 전화하지 마. 찾아오지도 말라고 이 나쁜 자식아! 하고 소리치는 지흔의 말에 채 대답도 못하고 전화를 끊었다. 며칠 동안 성준을 만나지 못해서 오늘은 꼭 얼굴을 봐야 했다.

달칵, 하고 불이 켜졌다. 갑자기 밝아진 빛에 경준이 미간을 찌푸렸다. 경준이 있다는 걸 알게 된 성준이 흠칫, 하고 놀랐다.

"이 새벽에 불도 안 켜고 뭐하고 있어?"

성준이 그를 살폈다.

"누워서 뭐하고 있는 거야? 아, 통화 중이었어?"

경준이 눈을 떠 형을 바라보자 성준이 휘휘 눈길을 피했다.

"많이 피곤하냐? 옷도 안 갈아입고 누웠어? 눈은 또 왜 그래? 눈병 났냐? 왜 그렇게 충혈됐어?"

경준이 성준을 노려본 채로 천천히 자리에서 일어났다.

"형은 어디 갔다가 이제 오는 거야?"

"어디 다녀오긴. 회사 다녀왔지."

경준이 주먹을 꽉 쥔다.

"회사? 어디?"

"어디긴, 어디야. 형 회사지."

"그래?"

"어."

외투를 벗어 옷걸이에 거는 성준의 모습을 바라보던 경준이 눈을 가늘게 떴다.

"전화는 왜 안 받았어?"

"전화? 그런 거 했었어?"

성준이 휴대폰을 꺼냈다.

"전화 안 왔는데? 전화가 안 터졌나? 근데 왜 뭐 급한 일 있었어?"

성준이 슬쩍 자리를 피하듯 방으로 향했다.

"우연히 형수 만났어."

성준이 그 자리에 멈춰 섰다. 어디서? 어떻게? 평소 같으면 수선을 피워야 하는 형이 미소조차 짓지 않는다.

"그래? 것 참, 신기하네?"

애써 웃음 짓던 성준이 방으로 들어갔다. 경준이 성준을 따라 들어갔다.

"어디서 만났냐고 안 물어봐?"

"뭐 그냥 지나가다가 봤겠지."

얼굴에 잔뜩 궁금함을 안고도 성준은 아무것도 묻지 않았다. 먼지가 잔뜩 묻은 옷을 벗어 던진 성준이 다른 외출복으로 갈아입었다.

"또 나가?"

"아, 요새 일이 엄청 많아서. 회사가 잘되려나 봐. 일이 몰려드네?"

"그래?"

"어."

경준이 앞을 막아섰다. 성준이 의아하게 그를 바라봤다.

"왜? 형한테 뭐 할 말 있어?"

"무슨 일이야?"

"뭐가."

"무슨 일이냐고."

"무슨 일은, 그런 거 없어."

경준이 움직이지 않자 성준이 미간을 찌푸렸다.

"뭐 하냐, 안 비키고?"

"……."

"이 새끼가? 임경준, 너 왜 그래? 도시락녀랑 싸웠어?"

"아니."

"근데 왜 그래?"

"헤어졌어."

"뭐?"

"헤어……졌다고."

말만 해도 가슴이 아프다. 그녀와 헤어진다는 말만 해도. 그런데 그녀와 헤어질 수 있을까. 안 될 것 같다. 못할 것 같다. 다 버려도 서지흔만은, 서지흔만은……. 못난 새끼.

"무슨 소리야? 갑자기 왜 헤어져?"

수선을 피우는 성준을 바라보며 그가 피식, 웃었다.

"왜 헤어지자고 했겠어."

"왜?"

"형하고 같은 이유지."

"뭐?"

"아, 난 형보다 조금 낫나? 형은 가족이었고 난 아직 아니었으니까."

"이 새끼가 지금 뭐라는 거야?"

"그래도 원인은 같지."

"……."

"돈."

"임경준."

"돈."

"너 왜 그래?"

"그놈의 돈!"

경준이 성준을 노려봤다.

"지금 진 빚이 얼마야?"

"너……."

"지금 갚아야 할 빚이 정확히 얼마냐고."

"그런 거 없어."

"거짓말 마."

성준이 애써 미소를 지었다.

"아 새끼, 무슨 헛소린지 모르겠네. 네가 뭘 모르나 본데 채은이랑 나는 그것 때문에 헤어진 거 아니다?"

"그럼? 뭐 때문에 헤어진 건데?"

"그냥, 서로 마음이 변해서 그래. 네 말대로 돈이 시작이긴 했지만 근본적인 원인은……."

"근본적인 원인, 형한테 있었겠지? 형수 노예처럼 부려먹고 애도 못 낳게 했잖아?"

성준이 미간을 좁혔다.

"누가 그래. 채은이가 그래?"

"⋯⋯."

"그게 미쳤나. 결혼해서 그냥 잘 살 일이지. 무슨 헛소리를 해댄 거야. 그리고 그게 너랑 뭔 상관인데? 왜 너랑 네 여친 헤어지는 문제에 우리 문제를 끼워 넣어?"

"왜냐면, 이제 내가 책임질 거니까."

"뭐?"

"형도, 형수도, ⋯⋯아기도."

"아기라니. 무슨 아기⋯⋯."

성준의 눈이 커졌다.

"성채은한테 애가 있어? 걔 결혼한다고 했잖아. 벌써 애를 낳은 거야?"

"어, 형수한테 애가 있어. 형 애."

"무슨 소리야, 우리가 헤어진 지가 일 년이 넘는⋯⋯."

성준의 얼굴이 굳어졌다. 경준이 넋 나간 성준의 어깨를 붙들고 흔들었다.

"빚이 얼마야?"

"⋯⋯."

"정확히 빚이 얼마냐고."

"⋯⋯."

"회사 접었다며?"

"너 어떻게⋯⋯, 어떻게 알았어?"

"그걸 어떻게 모르고 지낼 수가 있냐고 물어보는 게 더 빠르겠지!"

경준이 소리쳤다.

"그걸 어떻게 나한테 말을 안 할 수가 있어. 어떻게 나한테!"

"경준아……."

"나한테 무슨 일 있으면 가족이니 뭐니 하면서 다 나서놓고, 정작 형 일에 대해선 아무 얘기도 안 해?"

"그건……."

"자기 가족 하나 챙기지 못하면서 나한테 결혼하라는 말을 해? 형수 일도, 아기 문제도, 빚도, 아무것도 상의하지 않고 난 그저 형한테 짐만 지고 신세만 지고 살게 만들어?"

"말하려고 했어. 근데 네가 좀 있으면 결혼도 할 것 같고 그래서……. 형이 다 해결할 수 있어. 여태까지에 비하면 뭐 이건……."

"결혼? 내가 어떻게 그걸 할 수가 있는데? 빚 다 짊어지고 결혼해서 누구처럼 와이프 고생시킬 일 있어?"

"임경준!"

"채무 얼만지 말하고 그 빚 나한테 넘겨. 내가 갚을 테니까."

"이 새끼가!"

성준이 경준의 멱살을 잡았다.

"너 내가 등신인 줄 알아? 그동안 내가 어떻게 살아왔는데, 네가 날 뭘로 보고. 형을 대체 뭘로 봤길래 네깟 놈이 그걸 넘기라 마라야?"

"그럼 형수는 어쩔 건데, 아기는?"

"그걸 왜 네가 책임져?"

"형이 책임 안 졌으니까."

"왜 아주 네가 성채은이라고 살자고 하지?"

"그걸 말이라고 해?"

"말도 안 되는 소리 한 건 네가 먼저야. 내 인생을 왜 네가 책임지느냐고."

"안 그럼 버릴 거잖아!"

그의 눈에 눈물이 맺혔다.

"형수도, 아기도, 버릴 거잖아. 아니, 버렸잖아, 형은……."

"그래서? 그래서 네가 키우려고? 내 와이프랑 내 자식 네가 돌보려고?"

"아니. 그건 형이 해야지. 형네 가족이잖아. 나는 형이 지금 물고 있고 빚만 갚을 거야."

"미친 새끼."

"미친 건 형도 마찬가지야. 정확히 얼마인지 가져오기나 해."

"개소리 말고 너는 네 인생 살아. 너까지 내 짐짝처럼 들러붙지 말고."

"짐 안 되려고 이러는 거잖아!"

"그게 어떻게 짐이 안 되는데!"

성준이 그의 어깨를 잡았다.

"너라면……."

성준이 경준을 매섭게 노려봤다.

"너라면 하겠어? 결혼 결심까지 했던 동생 인생 망친 형으로 평생 죄 받고 살라고? 차라리 몸이 부서져라 일하고 아무 생각 없이 돈만 갚는 게 낫지. 난 그거는 이제 안 하고 싶어. 그건 채은이로 충분하니까!"

"형도 하고 있잖아. 날 그렇게 만들어버렸잖아. 평생 미안해하면서 살게 됐잖아."

"그럼 평생 미안해하고 살아. 그렇게 미안하면, 너도 그 정도는 하고 살아. 쓸데없는 짓 하지 말고."

"아니, 내가 할 거야. 형은 가족들이나 돌봐."

"이 새끼가 진짜!"

성준이 경준의 멱살을 붙들었다.

"깝치지 말고 상식적으로 생각해, 병신새끼야. 너랑 나랑 둘 다 진창에 빠지는 게 나은지, 하나라도 빠져나가서 동아줄 찾아보는 게 나은지. 너 회사원이야. 나는 사업하던 사람이고. 무너지는 것도 빠르지만 회생하는 것도 내가 더 빠르다고."

"형수랑 이기 저대로 둘 수 없어."

"내가 이제 알게 됐는데 나는 그럼 그대로 둘 것 같아?"

그럴까 봐 무섭다. 성준이 같은 실수를 계속 반복하고 살까 봐.

"걱정 마, 몰랐을 뿐이야. 내가 안 이상 성채은 저렇게 그냥 안 둬."

"확실해?"

"그래."

"형을 어떻게 믿어. 전에도 그랬다면서? 전에도 아기 지우게 했다면서."

"그건⋯⋯."

성준이 괴로운 듯 미간을 좁혔다.

"그땐 무서워서 그런 거야. 채은이 고생하는 거, 너 고생하는 거 보면서, 우리 애도 그렇게 살 걸 생각하니까 무서워서. 나 하나만 고생해서 끝나는 문제였으면 좋겠는데, 그게 안 되니까."

"나도 마찬가지야. 그래서 나도 결혼 안 하려는 거라고."

"경준아."

성준의 눈에 눈물이 고였다.

"그러지 마라. 제발."

"⋯⋯."

"네 보기엔 형 꼴이 좋아 보이냐? 나 좋다는 여자 버리고, 내 새끼가 이 세상에 존재하는지 어떤지도 모르고 돈만 좇아 사는 형이 좋아 보이느냐고."

"형."

"네 마음 이해해."

성준의 목소리가 잠겼다.

"네가 어떤 심정인지 이해한다고. 그거 이미 내가 다 느꼈고, 겪었고, 지나왔던 마음이거든. 근데."

성준이 경준의 목덜미를 쓸었다.

"우리 굳이, 다 같이 힘들게 살지 말자. 응?"

"형……."

"제발."

성준이 경준를 간절히 붙들었다.

"제발, 나 하나만으로 끝내자. 이렇게 부탁할게."

"하지만 형."

"도움 안 받겠다는 뜻 아니야. 그동안 말 못한 건 너한테 잘나 보이고 싶었는데 그걸 못한 게 형으로서 존심 상해서 그런 것뿐이고. 이렇게 알게 됐는데, 뭐. 이제 그런 쓸데없는 자존심 안 부릴 거야."

"형……."

성준이 경준의 어깨를 토닥였다.

"생각보다 얼마 안 돼."

"2억이라며."

"그건 형 회사에 미친놈 하나가 나한테 잘못 떠넘긴 거고. 알아보고 책임 물었어. 가진 거 이리저리 다 털고, 신용정보회사에서 변제도 받았고.

아는 친구 놈들이 애써주기도 하고. 그래도 몇 천이 남긴 했지만 금방 일어설 거야. 회사는 문 닫아도 남은 거 가지고 아직 보따리장사처럼 하고는 있어."

"그거 정말이야?"

"아, 새끼. 진짜라니까. 이보다 더한 것도 지나왔어. 조금 더 늦어지는 것뿐이야. 그러니까 쓸데없는 생각 말고 도시락녀나 잘 잡아. 이 와중에 여자도 없어 봐라. 인생 진짜 좆같은 거야."

"형이 나한테 그런 거 조언해줄 때야?"

"몰라, 새꺄."

성준이 방을 나섰다.

"어디 가?"

"일하러."

그러나 성준이 금방 다시 돌아왔다.

"야, 이건 혹시나 해서 묻는 건데……."

"뭐."

"성채은 전번 땄어?"

기대에 찬 성준의 얼굴을 보니 피식, 웃음이 났다. 웃을 때도 아닌데 왜 웃음이 날까.

"아니, 깜빡 잊고 안 받아왔는데?"

"아, 이 새끼 이거, 쓸데없는 생각이나 할 줄 알지, 널 뭐에 쓰냐? 걔 어디서 봤는데?"

"안산."

"안산? 하필이면 땅도 넓은 데서 봤어. 어떻게 찾으라고."

"찾을 거야?"

"안 찾아봐라? 어린 동생 놈이 지가 성채은을 책임진다느니 어쩌니, 내 빚 지가 갚는다고 건방 떠는 꼴을 어떻게 참으라고?"

"나 때문인 척하지 마. 결혼 안 한다는 거 알고 좋아 죽는 거 표정으로 다 보여."

"시끄러, 뭘 안다고. 안산 어디서 봤어?"

"나한테 두 가지 방법이 있지."

"뭐."

"죽어라고 안산 지역을 돌아다니든가. 아니면, 나한테 술을 사든가."

"술? 술을 왜……."

성준이 함박웃음을 지었다.

"이 새끼, 이거. 역시 내 동생."

"아씨, 앵기지 마. 형한테 화난 거 아직 안 풀렸으니까."

"화는 차차 풀리게 돼 있어. 줘 봐."

"뭘."

"전번 말이야."

"일하러 간다며?"

"가면서 전화하게 좀 줘 봐."

"형수 맘고생 한 거 생각하니까 순순히 주기 싫어. 혼자 애기 낳은 거 생각해봐. 가서 손발 닳도록 빌어도 안 돼."

"애기…… 이쁘냐?"

"가서 보든가."

"전번을 줘야 보지, 빨리 내놔."

성준이 주머니를 뒤지기 시작했다.

"아 진짜, 어딜 건드려!"

"아, 이거 다른 주머니구나?"

"장난해?"

죽느니, 사느니 해도 또 이렇게 웃음을 터트리고 만다.

행복이 계속될 수 없다는 건, 불행도 계속되지 않는다는 것. 그렇게 믿고 사는 게 인생일까. 아무것도 해결되는 일이 없어도 살아질 거라는 희망이 그를 웃게 한다. 인생이란 그런 거겠지. 그렇게 살아가는 거겠지.

……그렇지, 지흔아?

그녀의 얼굴이 미치도록 보고 싶었다.

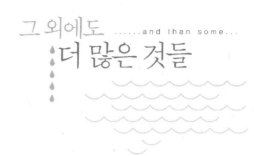

그 외에도 ......and than some...
더 많은 것들

25.

   다행히 몇 억이 아니라 몇 천이라도, 그들에게 있어서 그 돈은 성준이
말한 대로 그렇게 간단히 해결되는 금액이 아니었다. 성준이 알아서 한다
고 했지만 경준 역시 빚을 해결할 방법을 찾고 있었다. 전에는 꾸준히 벌면
되는 빚이었다면, 성준이 다시 가정을 차리기 위해서는 단번에 해결할 방
법이 필요했다. 형과 살면서 빚만 갚고 살았던 형수가 또다시 빚을 갚으며
살게 하고 싶지 않았다. 물론 단번에 그런 돈을 슥삭 지워버리는 그런 방법
은 없었다. 그나마 도움이 되는 건 그의 사내대출이었다. 이런 걸 알아보는
걸 성준이 알면 난리를 치겠지만 별수 없었다. 그도 형과 형수가 해준 것처
럼 그들에게 무언가 해주어야 했다.

   "네, 양 대리님. 그럼 서류 다 떼고 다시 전화 한 번 드리겠습니다. 결혼
이요? 어떻게 아셨어요? 네, 제가 사고를 좀 쳤습니다. 하하, 네. 조만간 술
한 잔 사겠습니다. 최대한 많이 받을 수 있게 좀 알아봐주십시오. 넵. 들어
가십시오, 대리님."

   사내대출을 담당하는 HR팀 양주도 대리와의 전화를 끊은 경준의 표정

은 밝지 않았다. 학자금 대출만 남았을 때, 더 이상 이런 걸 받지 않아도 된다고 생각하고 안도했는데 결국 다시 받아야 했다. 신선기업은 대출보다 의료비에 더 복지가 좋은 회사긴 했다. 그래도 사내대출이 은행권보다는 이자가 훨씬 낮았다.

절차를 알아보고, 야근도 하고 따로 제 일도 하다 보면 하루하루가 금방 갔다. 잠도 오지 않았다. 성준의 일이 해결될 때까지는 모든 것이 멈춰 있는 기분이었다.

이유가 있었다.

서지흔, 그녀 때문에.

성준의 말대로 하루 이틀이 아니니 급할 것이 없다면 없겠지만 이젠 아니었다. 지흔이 있었다. 그녀에게만은 이런 모습 보이고 싶지 않았다. 창피해서가 아니었다. 그녀가 걱정할까 봐.

—임경주운.

새벽녘, 겨우 잠이 들었던 경준은 지흔의 전화에 도로 잠을 깼다. 성준의 일로 제대로 통화도 하지 못한 채 지낸 열흘. 그녀가 자신의 이름을 부르자마자 심장이 뜨거워졌다.

"이 시간에 어떻게 전화한 거야? 아직 안 잔 거야"

—자든 말든, 네가 무슨 상관인데.

"……"

—네가 나한테 관심이나 있어?

그녀의 목소리가 조금은 다르게 들려왔다.

"혹시 술…… 마셨어?"

—그랬다면?

지흔의 말에 경준이 자리에 벌떡 일어나 앉았다.

"너 어디야?"

―어디면, 데리러 올래?

투정을 부리는 그녀의 목소리가 귀엽게 들려왔다. 그래서 더 걱정이 됐다. 어디서 술을 마시고 있는 건지.

"밖이야? 대체 어딘데."

―어디라고 말하면 나 데리러 올 거냐?

"어. 지금 갈게."

―올 거 없어. 집이니까.

"서지흔."

―너한테 이 말 하려고 전화했어.

"뭐……."

―우리 헤어져.

경준의 얼굴이 굳어졌다. 그녀에게 일절 설명도 없이 모진 소리를 해댔다. 사정을 얘기하고 자신을 좋아해달라고 빌어도 모자랄 판에 그녀에게 온갖 말로 상처만 주고 말았다.

조금만 참을걸. 늘 그랬던 것처럼. 화가 나고, 괴롭고, 외로워도 늘 잘 참다가 하필이면 그녀에게 터트리고 말았다. 그녀 말대로 그의 상황이 문제가 아니라, 그 자신이 문제인 듯하다. 어쩌면 쓸데없는 자존심을 세우고 싶은지도 모른다. 지흔에게라면, 자신의 여자를 힘들게 하지 않겠다는 다짐이면 충분했을지 모르는데.

―내가 그렇게 별로면 헤어지자고.

"지금 갈게."

―아니, 너 못 와.

"갈 테니까……."

—나 엄마네 집으로 들어왔어. 네가 만나기 무서워하는 우리 엄마네 집으로 들어왔다고.

"언제?"

—언제인지 알면 뭐, 어떻게 할 건데?

"지흔아."

—사기꾼.

그녀의 목소리가 뾰족해졌다.

—넌 사기꾼이야. 이 사기꾼아.

"서지흔."

—사랑한다고 해놓고, 아니라고 하고. 전화 자주 한다고 하고 안 하고, 이제 나한테 뭐든 다 말한다고 해놓고 또 말 못하고. 넌 사기꾼이야.

"미안, 내가……."

—헤어져. 헤어질 거니까 연락하지 마. 어차피 안 하지만 앞으로 더더 안 하도록 해. 그래, 지금처럼 안 하면 되겠다. 그럼 그대로 끝이지, 뭐. 난 뭐 아쉬울 거 없어. 아, 네가 첫사랑이냐고 물었지? 어, 맞아. 첫사랑이었어. 내 첫사랑이 사기꾼인지는 몰랐지만 고등학교 때 꼭 만나고 싶었던 첫사랑이랑 잠도 자보고 뭐. 그래, 참 고마웠다. 사기꾼아.

"지흔아."

—나 선도 볼 거고, 이제 네 번째 남자도 만날 거야. 아니, 다섯 번째. 네가 네 번째였으니까. 그리고 유주처럼 바람처럼 결혼할 거야. 내 결혼식 오기로 했었지? 꼭 와라. 와서 네 환상의 여인이 실제로 얼마나 예쁜지 봐라. 땅 치고 후회한다는 게 뭔지 내가 제대로 보여줄 테니까. 아마 환상 속의 여인이 어떤 건지 보게 될걸? 그때 네가 무릎 꿇고 잘못했다고 해도 소용없을 거야. 난 너 안 볼 거니까. 알았냐, 바보사기꾼아?

뚝. 전화가 끊겼다. 경준이 멍한 눈으로 휴대폰을 바라봤다. 금방 다시 지흔에게 전화가 걸려왔다.

"서지……."

―신은혜. 네가 시킨 대로 했는데 아무래도 이건 별로인 것 같아. 왜냐면 경준이가 그냥 그래, 라고 말할 것 같아. 걔가 다정하긴 한데 무서운 구석이 있어. 아니, 그냥 내가 무서워. 걔가 너 다신 안 봐, 이럴까 봐. 그리고 미치도록 보고 싶어. 너무 보고 싶어서 이대로는 못 헤어질 것 같아. 게다가 발신자 정보에 저장해놓은 사진에 나오는 경준이가 너무너무 예뻐. 무지무지 예쁘다고. 내가 외모 그렇게 밝히는 사람은 아니지만 그래도 이런 애는 다시 만나기 어렵지 않아? 보기만 해도 실실 웃음이 나는 그런 사람 말이야. 나 놓치기 싫어. 정말 정말 놓치기 싫어.

놓치기 싫어.

그건 자신이 할 말이었다.

정말 놓치지 싫은 사람은 나야, 서지흔. 네가 정말 예뻐서 잠은 못 자도 좋으니까, 빨리 돈 벌어서 너 고생 안 시키고 행복하게 살고 싶어. 너랑 있으면 분명 그럴 테니까.

―야, 신은혜. 너 벌써 자냐? 이 언니 오랜만에 술 마셨는데 그걸 못 받아주고 나쁜 계집애. 너한테 이제 앞으로 밥 안 살 거야. 혹시나 다시 경준이랑 잘되면 너 안 만나줄 거야. 승훈이랑 혹시나 잘되면 엄청나게 반대할 거라고. 야, 신은혜, 신…….

잦아드는 그녀의 목소리를 듣던 경준이 설핏, 미소를 지었다. 그녀가 잠들었나 보다.

서지흔, 내 사랑. 잘 자고 부디 내일 보자. 그가 전화기를 붙들고 굿나잇 키스를 했다.

[할 말 있는데. 잠깐 볼 수 있을까?]

아침에 눈을 뜨자마자 문자만 보고 있다. 며칠 전 경준에게서 온 문자였다. 지흔이 나한테 할 말이 있지 않으냐고, 무슨 말이라도 해보라고 따지며 전화를 걸었던 것과 달리 막상 온 경준의 메시지에 그녀는 겁을 먹었다.

우습게도 헤어지자고 할까 봐 무서웠다.

그녀를 사랑하는 마음은 환상 같은 거고, 그녀가 주는 사랑은 원치 않는다면?

얼마 전까지는 그런 그의 생각을 자신이 설득할 수 있다고, 되돌릴 수 있다고 생각했다. 하지만 그러지 못한다면? 이라는 생각이 든 후부터 겁이 나기 시작했다. 그를 떠나보내야 할까 봐. 그의 고집을 꺾지 못할까 봐. 혹은 그가 말하는 그와의 미래에 자신이 혹시 겁먹은 표정을 짓고 그에게 상처를 줄까 봐.

게다가 얼마 전 술을 먹고 그에게 뭔가 추태를 부린 것 같은데 뭐라고 했는지 기억이 통 나지 않았다.

[너랑 아무 얘기도 하고 싶지 않아.]

잔뜩 집어먹은 겁을 감추고 호기롭게 보낸 답장도 들여다본다. 혹시 너무 차가웠을까. 자신의 문자를 끝으로 더 이상 그에게서 답장이 오지 않았다.

이대로 끝내자는 뜻으로 받아들이면 어쩌지, 왜 메시지에 '지금은' 이라는 한정적 시기를 덧붙이지 않았을까. 그가 이렇게 우리 관계가 끝났다고 생각하고 자신을 지운 채 다른 일에 매진하며 지내면 어쩌나 마음이 불안했다.

며칠째 복잡한 마음으로 출근길에 올랐다. 오늘은 문화센터 강의가 있는 날이었다.

"서 선생님."

어떻게 했는지도 모를 수업이 끝나고 집에 가려는데 태연이 지흔을 불렀다.

"네, 태연 씨."

"수업은 잘하셨어요?"

"네."

아주 산만하고 엉망이었지만 그녀는 아닌 척 웃었다.

"오늘 본사 면담 있는 거 아시죠?"

"아……."

이제 곧 4분기 수업이 시작된다. 수업에 앞서 김문새 차장과 면담하기로 했었다. 경준과의 일 때문에 그 사실도 까마득히 잊고 있었다. 태연이 말 안 했으면 면담을 빠져 다음 분기에는 이곳에 오지 못할 뻔했다. 이놈의 정신머리. 그녀는 애써 미소를 지었다.

"기억하고 있었어요."

"아, 네. 조금 늦으신다고 잠시만 기다려달라고 하시네요. 차 한 잔 하고 계세요. 제가 가져다 드릴게요."

아무도 없는 사무실에 들어선 지흔은 테이블에 앉았다. 태연이 집에서 직접 말린 국화라며 차를 내주었다. 감사하다, 인사하고 후후 불어 차를 마시며 주변을 둘러보았다. 그러고 보니 이곳에서 경준을 만났었다. 서로를 다른 사람으로 오해한 채로 죽은 줄 알았던 그의 부활을 목격했던 곳. 그가 자신을 보면서 지었던 표정 하나하나가 새록새록 떠오른다.

그땐 그저 살아만 있으면 싶었는데…….

갑자기 눈물이 솟아오른다. 훌쩍훌쩍, 울면서 시계를 보니 점심시간이 지나고 있었다. 면담해야 하는데.

"아, 화장 다 번져서 얼굴 흉하겠다."

그녀가 눈물을 멈추려 고개를 들어 눈을 감고 손부채질을 했다. 순간 문이 열리는 듯한 인기척이랄까, 누군가가 자신을 보고 있는 묘한 기분이 느껴졌다. 가만히 눈을 뜨자, 누군가가 불쑥 그녀의 눈가를 만진다.

"예쁘기만 하다."

그녀의 눈이 커졌다. 경준이 자신을 내려 보며 서 있었다. 심장이 덜컹 내려앉았다.

"임……경준?"

그가 아픈 눈으로 희미하게 미소를 지었다. 순간 왈칵, 눈물이 솟아올라 그녀가 다른 곳으로 고개를 돌렸다.

"여긴 어쩐 일이야?"

"여기 내 회산데?"

"본사로 들어가지 않았어?"

그새 자신이 모르는 스케줄이 생긴 건가, 섭섭해지려고 한다.

"잠깐 출장 나왔어. 면담 때문에."

그녀가 그를 바라봤다. 그가 체크리스트를 들고 서 있었다.

"김 차장님이랑 면담하기로 했었는데……."

"김 차장님 대신 내가 나왔어."

그가 맞은편에 앉았다. 시켜서 온 건지, 일부러 온 건지 궁금했다. 노크 소리가 나더니 태연이 들어와 경준에게 차를 내주었다.

"대리님, 국화차예요."

"고맙습니다."

그가 다른 여자에게 미소를 짓는 게 싫었다.

"서 선생님도 더 드릴까요?"

태연이 그녀의 차를 가리키며 물었다. 그녀가 고개를 저었다.

"아뇨. 감사합니다."

"그동안 일은 할 만했습니까?"

그가 업무적으로 묻는다.

"네."

그녀도 업무적으로 답했다.

"불편한 건 없었고요?"

"네."

"회원분들은 만족도가 아주 높던데……."

태연이 나가는 소리가 들렸다.

"잘, 있었어?"

그의 질문이 바뀌었다.

"밥은 잘 먹고?"

"……."

"나 안 보고 싶었어?"

안 보고 싶었냐고? 그걸 질문이라고 하나. 3주에 가까운 기간. 그 시간이 몇 광년의 시간처럼 느껴졌다. 영영 만나지 못하면 어쩌나. 무섭고 두려운 나날을 보냈었다.

"전혀."

그녀가 거짓말을 했다. 그의 눈을 들여다보면서.

"전혀, 안 보고 싶었는데?"

그가 쓸쓸하게 웃는다.

"그랬어?"

"어."

"그래서 안 만나준 거구나?"

"어."

"그랬……구나."

그의 목소리에 기운이 하나도 없는 것 같았다. 이런 거 하나에 마음 약해지면 안 되는데. 그 때문에 일희일비하는 자신이 마음에 들지 않았다.

벌떡, 그녀가 자리에서 일어났다. 지금 그의 얼굴을 보고 있으면 울거나, 소리를 지르거나, 애원하거나, 화를 내거나. 아무튼 개중에 하나. 회사에서 그런 짓을 해서 그에게 피해를 줄 수 없었다.

"그동안에 의리를 생각해서 좋게 써 줘."

그가 의아하게 자신을 바라봤다.

"그동안 날 만나준 건 의리 같은 거잖아? 너한테 사랑은 없었으니까."

"……."

"너랑 지금 면담할 기분 아냐. 공과 사 구분 못 해서 미안하다."

"이따 저녁에 잠깐 볼래?"

그도 자리에서 일어났다.

"왜?"

"할 얘기가 있어."

그의 웃음기 없는 눈빛에 철렁, 심장이 내려앉는다. 그가 혹시나 이 관계를 정리하자고 할까 봐서.

"난 없다니까."

"지흔아."

"무슨 소린지 모르지만 난 너한테 충분히 들을 만큼 들은 것 같아. 더 들으면……."

못 견딜 것 같다.

"미안한데 먼저……."

"미안하다."

"……."

"미안해, 지흔아."

그가 또 사과를 한다. 가진 게 없어서, 가진 게 없는 걸 티를 내서, 이런 저런 이유로 그렇게 늘 사과를 한다. 그녀가 입술을 깨물었다.

"그런 소리 듣기 싫어."

"미안."

"듣기 싫다니까?"

그녀의 말에 그가 잠시 입을 다물었다.

"여기서 할 얘기는 아닌 것 같지만 네가 기회를 안 주니까, 그냥 할게."

"하지 말……."

"형수를 만났어."

그의 말에 그녀가 미간을 좁혔다.

"결혼한다고 연락을 끊어서 그런 줄 알았는데 형 애를 혼자 낳아서 키우고 있더라."

"뭐?"

"결혼해서 사는 동안 형이 아기를 못 갖게 했대. 집이 워낙……. 가족들 고생……할까 봐."

그가 희미하게 웃는다. 그 웃음이 오히려 더 아파 보여 그녀의 가슴이 쓰려 온다.

"형한테 그 얘기를 하러 갔는데, 형네 회사가 망하고 없더라."

"……뭐?"

그가 피식, 웃는다.

"듣기만 해도 구질구질하지?"

"경준아."

"사업이 망하면서 진 빚이 2억이래. 그 금액 듣는데……. 하아, 너한테 먼저 솔직하게 사정을 얘길 해야 했는데 말할 엄두가 안 났어. 다른 사람도 아닌, 너한테 이런 얘기를 해야 하는 내 상황이 너무 싫었어. 이런 삶을, 이런 거지같은 상황들을 얘기하면 네가 혹시나 나에 대한 마음, 조금은 흔들릴까 봐 그런 것도 무서웠고. 네가 흔쾌히 받아들이고 감당하려고 할까 봐 그것도 무서웠어."

"……"

"이런 삶들을 평생 빠져나오지 못하고 살 수도 있는데 거기에 널 같이 끌어들이고 싶지 않았고, 또 이런 이유로 널 보내야 한다는 내 처지가……"

그의 눈동자에 붉은 핏발이 섰다.

"왜 내가 사랑하는 여자를 내가 불행하게 해야 하지?"

그의 눈에서 눈물이 떨어졌다.

"나를 사랑한다는 이유만으로 예쁘고 착한 내 여자를 왜……"

그가 애써 미소를 지었다.

"실은 투정이었나 봐. 너무 답답하고 속상했거든. 혼자 끝냈어야 했는데 너한테……. 미안했다."

그녀의 마음이 아파왔다. 그가 얼마나 괴로웠을지 안 보고 알 것 같아서…….

"너랑 잔 거 후회한다는 말, 거짓말이었어."

그의 옅은 미소가 아파 보였다.

"더 많이 널 안지 못한 게 후회스러웠지. 다신 안지 못할 거란 생각이 들자마자 널 지켜줬어야 했다는 생각보다 그 생각이 더 들어서 내 자신이 정말 싫더라."

가엾다. 내 남자. 너무 가엾다.

"지흔아."

"……."

"2억은 아니었어. 그래도 빚이…… 있어. 형은 혼자 해결한다고 하는데 난 도와야 돼. 그래서 너랑, 너한테……."

"임경준."

그가 혹시나 끝장을 보자고 할까 봐 그녀가 그의 말을 잘랐다.

"그래, 우리 그만 만나자."

그녀의 말에 그의 눈동자가 흔들린다.

"생각해 보니까 너 정말 별론 거 같아."

그녀의 눈에 눈물이 맺혔다.

"네가 빚이 있어서? 너희 형이 망해서? 네 형수한테 숨겨둔 애가 있어서? 그런 구질구질한 집안이라서?"

"……."

"아니."

그녀가 고개를 저었다.

"그냥 네가 이기적이라서. 너 힘들다는 이유로 나 혼자 삽질하게 하고 걱정하게 하고 되게 위해주는 척하면서 정작 중요한 일은 입 다물고 말도 안 해주고. 날 지켜주지 못했다 어쨌다, 그런 소리나 하면서 사람 상처나 주고."

"……."

"빚? 그래, 이왕이면 잘 사는 남자 만나면 좋겠지. 나중에 결혼을 해서 콩깍지 다 떨어지면 빚 있다는 말 한 마디에도 화가 날지 모르니까. 근데 그게 지금 무슨 상관인데. 난 네가 좋아 죽겠는데, 그래서 빚이 있든 말든 눈에 보이지도 않는데. 네가 백날 그런 얘기하면 내가 지금 그게 귀에 들어와? 나는 지금 네가 빚 있다고 하는 것보다 네가 나 싫어졌다는 말을 할까 봐 무서워. 왜냐고? 널 사랑하거든. 네가 혹시나 그런 이유로 날 버린다고 할까 봐. 어디서 돈이라도 꿔오고 싶은 심정이거든."

"서지흔."

"그렇게 널 사랑하는 사람 앞에서 뭐? 사랑이 판타지라고? 환상이라고?"

그녀가 그의 손목을 잡아 그녀의 가슴에 가져다댔다.

"자, 봐. 보라고. 내가 환상인지. 너를 보자마자 뛰는 내 심장이 판타진지!"

"서지흔."

"왜 헤어지려고 해?"

"지흔……."

"내가 싫어? 내가 그렇게 마음에 안 들어? 그런 거 아니면 우리가 왜 싸우고, 왜 헤어져야 해? 너 힘들잖아. 네 인생 고달프잖아. 근데 왜 나한테서 위로를 받으려고 하지 않아? 내가 그렇게 너한테 별로야? 내가…… 그렇게 너한테 아무것도 아닌 사람이야? 내가 너한테 아무 도움도 못 되는 그런 못난 여자였어? 그래서 나하고는 아무 상의를 할 수가 없니? 너한테 그렇게 한심한……."

누군가 노크를 했다. 울먹이던 그녀가 말을 멈췄다. 빼꼼, 하고 직원 하나가 고개를 들이밀었다.

"아무도 없는 줄 알고……. 어머, 임 대리님 안녕하세요?"

"네."

"아, 선생님들 상담하는 날인가보네요."

"네."

"그럼 다른 사무실 써야겠네요. 점심시간이라 잠깐 쉬려고…….."

어색한 공기가 흐르는 탓인지 직원이 잠시 두 사람을 훑어본다. 도망치듯 지흔이 가방을 챙겼다.

"상담 이제 끝났으니까 사무실 쓰셔도 돼요."

"아, 그래요?"

"그럼 먼저 가보겠습니다, 대리님."

"서 선생님?"

경준이 잡을 새도 없이 지흔이 직원에게 목례를 하고 쏜살같이 밖으로 나갔다. 어쩌면 지금 헤어지는 게 나은 걸까. 구질구질한 신파의 주인공이 되지 않으려면? 하지만 여태까지 그래 왔듯이, 그녀는 이겨낼 자신이 있었다. 그게 무모한 걸까? 그걸 한심해하고 철없어 할 만큼 세상 사람들은 잘도 살아가는 걸까.

이런 선택을 하는 사람들은 모두 어리석고 바보 같은 건지 알고 싶다. 은혜에게 또 물어볼까. 그럼 또 사기꾼 어쩌고 하면서 헤어지라고 하겠지. 자신이라도 은혜에게 그렇게 말했을 테니까. 하지만 지흔은 경준을 사랑했다. 사랑, 그 외에도 더 많은 것들이 있겠지만 그래도 그녀에겐 그를 사랑하는 마음이 중요했다. 그래서 아직 사랑이 있음에도 해야 하는 이별은 정말 하고 싶지 않다. 아프니까. 그건 너무 아프니까. 절대로 하고 싶지 않을 만큼. 절대로.

끼익, 끼익.

낡은 그네의 쇳소리가 밤공기를 가로지른다. 경준이 지흔을 기다리며 그네에 앉아 있었다.

'빚? 그래, 이왕이면 잘 사는 남자 만나면 좋겠지. 나중에 결혼을 해서 콩깍지 다 떨어지면 빚 있다는 말 한 마디에도 화가 날지 모르니까. 근데 그게 지금 무슨 상관인데. 난 네가 좋아죽겠는데, 그래서 빚이 있든 말든 눈에 보이지도 않는데. 네가 백날 그런 얘기하면 내가 지금 그게 귀에 들어와? 나는 지금 네가 빚 있다고 하는 것보다 네가 나 싫어졌다는 말을 할까 봐 무서워. 왜냐고? 널 사랑하거든. 네가 혹시나 그런 이유로 날 버린다고 할까 봐. 어디서 돈이라도 꿔오고 싶은 심정이거든.'

하아, 임경준. 대체 무슨 복을 받은 건지.

그녀의 사랑에 비하면 더없이 초라했던 그의 마음. 그는 그녀와의 사랑을 너무 쉽게 생각했는지도 모른다는 생각이 들었다. 그녀를 향한 경외심이 한층 더 높아지는 기분이다. 그가 한숨을 내쉬었다. 당장 그녀를 보지 못하면 어쩌나, 가슴 졸이면서 아직 일어나지 않은 일로 그녀를 떠나보낼 생각을 해보다니. 그런 엄청난 짓을 해버리다니.

그가 휴대폰 액정을 껐다, 켰다 반복하며 그녀에게 어떤 소식이 오기를 기다렸다. 엄마네 들어가버렸다더니, 정말 아예 들어간 걸까. 그녀의 동선을 알 수 없어 입이 다 말라왔다.

한참 뒤, 멀리서 터벅, 터벅 걸어오는 발소리에 고개를 들었다. 혹시나 싶어 고개를 들어보니, 중년의 남자가 기운이 쫙 빠진 채로 걸어가고 있었다. 흥얼흥얼 밝은 노랫소리가 남자의 축 처진 어깨와 묘한 대조를 이룬다.

그러고 보니, 그렇다. 힘들 때 파이팅을 외치는 법이다. 절망에서 희망의 말들이 나오기 마련이다. 늦은 밤 지친 남자의 노랫소리에서 내일을 향해 가는 힘이 숨겨져 있다.

그러니까, 힘을 내야지. 임경준에게는 서지흔이 그런 존재가 될 테니까.

[나올 때까지 기다릴게. 얘기 좀 하자.]

하던 일도 다 던져버리고, 끼니도 거른 채 며칠째 이 상태다. 세 시간 전에 보낸 문자를 바라보던 경준이 다시 문자를 보내려 하는데 또다시 발소리가 들렸다. 경준이 벌떡, 그네에서 일어났다.

끼이, 끼이―.

덩그러니 혼자 움직이는 그네를 뒤로하고 그가 그녀의 앞으로 다가갔다.

"이제야 보네?"

"너 만나러 나온 거 아니야. 슈퍼 가는 중이었어."

"그랬어? 그럼 가면서 얘기할까?"

"너랑 할 말 없어."

"잠깐이면 돼."

"잠깐도, 너랑은 할 말 없다니까?"

"그럼 다른 거 할까?"

"너랑 아무것도 하기 싫은데?"

"잘 생각해봐. 그래도 하나쯤은 하고 싶을 거야."

"너랑 뭘 해? 뭐, 이별?"

그녀가 원망스러운 눈으로 경준을 바라봤다.

"그런 거라면 이미 한 거 아니었어, 우리?"

그녀가 그를 지나쳤다.

"지흔아."

"나 그렇게 부르지 마. 듣기 싫으니까."

"서지흔."

"그렇게도 부르지 마, 그건 더 싫으니까."

"하아, 지흔아."

그가 그녀의 작은 등을 꼭 안았다.

"미안해. 미안하다, 서지흔."

"이거 놔. 나 만지지마."

그녀가 그를 뿌리치려 애를 썼다.

"너랑 헤어지자고 말하려던 거 아니었어."

그녀가 행동을 멈췄다.

"너랑 헤어지려던 거 절대, 아니었어."

"……뭐?"

"그런 바보 같은 말하려던 거 아니었다고. 그러니까 오해하지 마."

그가 그녀의 뺨에 제 뺨을 댔다.

"너한테 사과도 해야 하고, 멋대로 했던 말 주워 담아야 하고, 할 말이 많지만……."

그가 긴장한 듯 숨을 들이마셨다.

"결혼하자."

"……."

"결혼, 하자."

그가 굳어버린 그녀의 앞으로 와 눈을 마주했다.

"성격 급한 서지흔."

"……."

"그것도 매력인 서지흔, 나랑 결혼하자."

"……."

"결혼해줘, 지흔아."

그가 쿵쾅거리는 심장을 안고 옅은 미소를 지었다. 그녀의 눈에서 맺혀 있던 눈물이 똑, 떨어졌다. 그녀가 얼마나 마음고생을 했는지 짐작이 되고도 남을 눈물. 그가 그녀의 눈가를 쓸었다.

"아직 반지는 없어."

그가 그녀의 손을 들어 깍지를 끼었다.

"하지만 평생 반지는 있어."

그녀의 다섯 손가락에 꼭 끼워진 그의 다섯 손가락.

반지 하나 없이 프러포즈를 하는 자신이 미웠지만 그녀를 떠나보내고 나면 더 미울 거라는 걸, 그는 알았다. 그러니 이대로 그녀를 놓칠 순 없었다. 그녀 말대로 그는 이기적인지도 몰랐다. 하지만 그의 사랑이 더 이기적 인가 보다. 그가 받은 선물을 누구와도 나누고 싶지 않으니까.

"아직은 이것뿐이야. 하지만 곧 너에게 하나씩 하나씩 마련해주면서 살게. 그렇게 되도록 나 정말 많이 노력할 거야. 조금만 기다려주면……. 조금만 기다려주라."

"……."

"지흔아."

깍지가 꼭 끼워진 두 손을 가만히 내려 보던 그녀가 말없이 서 있었다. 하지만 이윽고 그녀의 어깨가 떨려왔다. 그러다 훌쩍, 훌쩍. 곧 펑펑 울어버린다.

"난 네가 헤어지자고 하는 줄……."

그녀가 하고 싶은 말을 눈물로 대신하듯 울었다. 가슴이 저미는 것처럼 아파왔다. 무슨 짓을 한 건지, 똑똑히 보여서 심장이 쪼개지는 것만 같았다.

　미안하다. 고맙다. 그리고 평생 그녀에게 잘해주고 살고 싶다. 앞으로 흘릴 눈물 지금 다 쏟아내고 다신 울지 않도록, 그렇게.

　지흔아, 그렇게 살게 해줄게. 그것만은 꼭 지킬게. 나 때문에 울지 않도록. 이 세상이 아무리 힘들어도 네가 날 웃게 해준 것처럼, 이젠 나도 널 울리지 않을게.

　그가 그의 진심을 느낄 수 있도록 그녀를 폭 안았다. 그녀가 힘없는 손으로 그의 가슴을 친다.

　"바보야, 건드리지 말라니까."

　그가 놓치지 않으려고 더 강하게 안는다.

　"누구 맘대로 기다리라 마라야. 내가 기다릴 것 같아?"

　"나 안 기다려줄 거야?"

　"당연하지. 용서 안 할 거야. 나 무시한 거. 이렇게 찾아왔다고, 이렇게 미안해했다고, 나한테 청혼했다고, 네가 나 시시하게 생각한 거 절대 용서 안 할 거야."

　"그래 용서하지 마."

　그가 선선히 웃는다.

　"그래도 난 약속할게. 이젠 절대 안 그런다고."

　그녀가 고개를 마구 저었다.

　"아니, 넌 그럴 거야. 넌 날 존중하지 않으니까. 너한테 사랑 같은 거 없으니까."

　"미안해. 나 힘든 것만 생각하느라고, 너 아픈 거 무시해서."

　"못 믿겠어. 너도, 널 괜찮은 사람으로 봤던 내 눈도. 엄마 말대로 내가 철이 없어서 못난 남자한테 마음 준 것 같아서 억울하고 속상해."

그가 아픈 눈으로 그녀를 바라본다. 그를 원망스럽게 바라보는 그 눈이 퉁퉁 부어 있다. 그가 그녀의 눈가를 쓸었다.

"어쩌나, 서지흔. 예쁜 얼굴 다 망가졌다. 누가 이랬지?"

하늘에서 보내준 내 선물을 바보같이.

"만지지 마."

그녀가 그의 손을 쳐내며 입을 삐죽 내밀었다.

"지흔아."

"이름 부르지 말라니까?"

"우리 지흔이 진짜 화났나 보다. 어떻게 하면 풀어줄 수 있을까?"

"……."

"응?"

"……."

"응?"

그가 이리저리로 얼굴을 돌리는 그녀를 놓치지 않으려고 필사적으로 얼굴을 움직였다. 그의 시선을 절대로 피할 수 없다는 걸 알았는지 뒤늦게 그녀가 입을 열었다.

"네가…… 알아서 해."

퉁퉁 부은 눈 못지않게 퉁퉁 부은 입술로 그녀가 마지못해 말한다. 그 모습이 사랑스러워 견딜 수가 없었다. 그가 툭 나온 그녀의 입술에 입술을 묻고 가만히 빨아 당겼다. 순간적으로 심장이 뜨거워진다. 절대로 열지 않겠다는 듯 꽉 다문 그녀의 입술을 살짝 깨물자, 그녀가 낮게 신음하며 입술을 벌렸다. 그가 그녀의 입 안을 부드럽게 매만졌다. 곧 두 사람의 혀가 만나고 자연스럽게 어우러졌다. 그가 참지 못하고 그녀의 몸을 만지기 시작했다. 그녀가 그를 밀어냈다. 하지만 더 강하게 그녀를 끌어당겼다.

입술을 뗀 경준이 그녀의 이마에 이마를 댔다.

"서지흔."

"......응?"

그가 사랑스러운 그녀를 제 가슴 안으로 꽉 껴안았다.

"같이 있고 싶다."

"꿈도 꾸지 마."

그녀가 툴툴거렸다. 경준이 희미하게 웃었다.

"꿈은 왜, 꿈도 못 꿔?"

"내 화 풀릴 때까지 접근 금지야."

"알았어. 절대 접근 안 할게."

그가 물러서려 하자 그녀의 얼굴이 금세 걱정스럽게 바뀌었다. 그가 기다렸다는 듯 그녀의 앞으로 다가와 입을 맞췄다. 그러고는 가만히 내려 보자 그녀가 못 이기겠다는 듯 삐죽 입을 내밀었다. 사랑스러운 서지흔의 입술. 그가 가만히 그 입술을 쓸었다. 손끝으로 느껴지는 부드럽고 짜릿한 살결. 이 감촉을 포기하려 했었다는 게 믿기지 않았다.

"다신 바보 같은 짓, 안 할게."

진심을 다해 말했다. 삶이 얼마나 자신을 바보처럼 만들지 모르겠지만 그래도 그것에 휩쓸려 소중한 것을 놓치며 살지 않겠다고, 그녀를 보며 다짐한다.

"거짓말도 안 할게."

사랑이 없다는 말. 그녀를 안은 게 후회스럽다는 말. 그런 거짓말 따위, 다시는.

"평생 아낄게."

진심을 다해서. 그녀가 자신을 생각하는 것 그 이상으로, 그는 그렇게 할 거라고 스스로에게 약속한다. 비록 현실은 풍요롭지 못한 시작이지만 그녀의 행복만은 풍요롭게 해줄 거라고.

"그런다고, 너한테 안 반해."

그녀의 말에 그가 그녀의 볼을 쓰다듬었다.

"사기꾼이니까?"

"그런 말은 한 적 없어."

그가 가만히 미소를 지었다. 그녀가 의아한 눈으로 그를 바라보다가 문득 뭔가 생각난 듯 미간을 좁혔다.

"설마, 지난번에 술 취했을 때 내가……?"

그가 고개를 끄덕이자 그녀가 걱정스러운 눈으로 그를 올려다봤다.

"진심으로 그렇게 생각한 건 아니었어. 그냥 술주정이야."

"취중진담이란 말도 있으니까."

"그런 말이 있을 뿐이지, 내가 그런 건…….."

잠시 말을 중단한 그녀가 다시 그를 올려다봤다.

"사과 안 할 거야."

결연한 표정이었지만 그의 눈에는 그저 사랑스럽게 보였다.

"안 해도 돼."

"어, 하기 싫어. 그렇지만 평소에 널 그런 눈으로 본 건 아니라는 걸 확실히 해둘게. 그냥 화가 나서 그런 거니까."

"평소에 그런 눈으로 봤대도 괜찮아. 사실일지도 모르니까."

그가 두 손으로 그녀의 양 볼을 가만히 잡았다.

"속는 김에 한 번만 더 속아줘. 그거면 돼."

그가 대답을 구하며 조금은 애처로운 눈빛을 보였다. 한참 동안 그 눈빛을 바라보던 지흔이 살짝 눈을 흘겼다. 안 속아주면 어쩌겠냐는 얼굴이다.

그가 미소를 지었다. 그녀가 못마땅한 듯 고개를 저었다.

"아직 용서한 건 아냐."

"알아."

선선히 대답하며 웃자 그녀가 샐쭉 눈을 흘긴다.

"넌 있잖아, 대답만 착해."

"착하게 봐줘서 고마워."

그녀가 미간을 좁힌다. 그게 사랑스러워 그가 그녀를 품에 안았다. 제 품 안으로 쏙 들어오는 그녀가 사랑스러워, 안고 또 안는다. 그러자 밀어내듯 버티던 지흔의 팔이 그의 등을 감싼다. 그리고 그녀 역시 그를 안고 또 안는다. 많이 힘들었냐는 한 마디보다 더 따스한 손길이 느껴져 괜히 마음이 울컥했다.

"서지흔."

"⋯⋯응."

"지흔아."

"응."

꿈같다. 정말 꿈만 같다. 이렇게 힘든 시절에 너와 함께 있다는 게.

미안하고, 고맙고, 행복하다.

그가 그녀에게서 살짝 몸을 떼고 그녀를 바라봤다. 그녀와 눈빛을 마주하자마자 찌릿한 무언가가 그의 몸에 들어온다. 그의 눈빛이 금방 뜨거운 갈망으로 바뀌었다. 그리고 그 눈빛은 그녀도 다르지 않았다. 그가 그녀의 입술을 손으로 훑어 내린다. 그 손끝이 열을 발산한다. 품 안에 담았던 서지흔을 몸 안에 담고 싶어진다.

"그때 거긴 진짜 별로였지?"

그가 속삭이자 잠시 생각하던 그녀가 장미관에 대한 이야기라는 걸 눈

그 외에도
더 많은 것들

치챘는지 수줍게 고개를 저었다.

"아무것도 기억 안 나."

"뭐?"

"그냥 좋았던 것밖에는."

"하아, 서지흔."

그가 다시 그녀를 안으려 하자 그녀가 샐쭉 눈을 흘겼다.

"꿈도 꾸지 말라……니까?"

경준이 고개를 끄덕였다. 하지만 잠시 후 그녀가 고개를 들어 눈을 마주했다.

"난 벌레는 싫어."

"난 매트리스. 움직일 때마다 소리 나더라?"

기다렸다는 듯이 말한 경준을 보며 지흔이 웃음을 터트렸다. 끌끌 웃던 두 사람이 서로 눈을 마주했다. 지흔이 안쓰럽다는 듯 그의 얼굴을 매만졌다.

"밥 못 먹었지?"

"어."

"배 안 고파?"

"괜찮아."

"라면 먹고 갈래?"

"어!"

그가 웃었다. 그녀가 그의 팔짱을 끼고 얼굴을 비볐다. 그녀가 그렇게 하는 게 좋았다. 가슴이 뜨거워질 만큼. 집에 가면 아마 라면보다 먼저 맛봐야 할 게 있을 것만 같다. 그의 까만 속도 모르고 그녀가 가만히 그의 손에 깍지를 끼고 걷기 시작했다. 그가 미소를 지었다.

"청혼 수락해주는 거야?"

"그냥 손만 잡은 건데?"

"그래? 이건 서지흔 결혼반진데?"

그의 장난스러운 말에 그녀가 손을 빼려고 했다. 그가 어디 가지 못하도록 꼬옥 하고 깍지를 더 강하게 끼었다.

"낄 때는 네 맘대로였을지 모르지만 뺄 때는 마음대로 못 빼지."

그의 말에 그녀가 피식, 웃음을 짓고는 마주잡은 두 손을 내려다본다.

"절대 반지는 아니지만…… 내 평생 반지네."

평생 반지. 돈 주고는 절대 사지 못할 크고 든든한 반지.

"혹시 알아? 절대적인 힘을 발휘할지. 흐응, 마이 프레셔스."

경준이 영화 속 인물을 흉내 내며 마주 잡은 손을 제 가슴에 가져다댔다. 그녀가 웃음을 터트렸다.

"하나도 안 똑같아."

"그래? 영화를 본 적 없어서 그런가? 그냥 남들이 흉내 내는 거 보고 따라한 거라."

"그 영화도 못 봤어?"

그가 고개를 끄덕이자 그녀가 안쓰러운 눈으로 바라본다. 그가 머쓱하게 웃었다.

"난 서지흔이 주는 거면 동정도 좋더라."

"동정한 거 아니었어."

"알아. 그래도 좋다고 한 거지."

"넌 정말 나쁜 것 같아."

"왜?"

"아주 적절할 때에 동정표를 받아가잖아."

그 외에도
더 많은 것들

"내가 괜히 학생회장이 된 줄 알아?"

그의 말에 그녀가 입술을 삐죽였다.

"나 정말 엄청난 남자한테 걸린 것 같아."

"나쁜 의미로?"

"좋은 의미로."

"풀어서 말해주자면?"

"그건 싫어. 아직은 자존심 회복 중이니까."

"난 대충 알 것 같은데."

"뭔데?"

"예쁜 남자."

그가 그녀를 흉내 내며 히죽 웃었다. 지흔이 숨이 턱, 막힌다는 듯 그대로 멈췄다가 후우, 하고 숨을 뱉어냈다. 그가 눈을 가늘게 떴다.

"얼굴은 왜 빨개져?"

"내, 내가 언제?"

"지금 얼굴이 엄청나게 달아오르셨는데요?"

"아닌데요. 잘못 봤는데요."

"혹시 나 정말 예뻐?"

"나, 남자가 예쁘긴!"

심장이 터질 것 같은 귀여운 얼굴을 한 지흔 때문에 오히려 그의 심장이 다 타들어갈 것 같다.

제 가슴이 얼마나 뜨거운지 서지흔, 너는 이 마음 모르겠지. 상상도 못하겠지.

"어머니는 언제 보러 갈까?"

그가 그녀 아니, 자신을 위해 말을 돌렸다. 그녀가 다행이라는 듯 숨을 몰아쉬며 답한다.

"최대한 늦게."

"왜 나는 내일이라도 당장 가서 서지흔을 달라고 하고 싶은데?"

"칫. 언제는 자신 없다면서?"

"내가 언제?"

"내가 언제? 내 다이어리에 날짜, 시간 순으로 다 적혀 있다?"

"라면 뭐 끓여줄 거야?"

그가 말을 돌리자 그녀가 눈을 가늘게 떴다.

"끓여준다는 말 안 했다?"

"말도 안 돼. 알아서 끓여 먹으라고?"

"아까 그거 다시 잘 해봐. 그럼 끓여줄게."

"뭐. 마이 프레셔―스. 이거?"

"아, 진짜 못 한다. 마이 프레셔―스. 이게 안 돼?"

"와. 너 되게 잘한다."

경준이 놀란 듯 바라보자 그녀가 어깨를 으쓱하며 웃었다. 그 미소를 바라보던 그가 그녀에게 입맞춤을 했다.

"사랑해."

"언제는 사랑은 없다면서?"

"내가 언제?"

"너 내 다이어리에……."

그가 다시 입맞춤을 했다.

우는 날도 있겠지만 웃는 날이 더 많기를.

약속 도장을 찍듯 그렇게 진한 입맞춤을 했다.

그 외에도 ......and than some...
더 많은 것들

26.

경준이 주말을 비웠다. 그와 토요일에 만나는 건 처음인 것 같았다. 손에 깍지를 끼고 철없는 열아홉처럼 설레며 걸었다. 하지만 되게 막막 좋진 않았다.

엄마를 만나러 가는 길이었다.

"왜?"

지흔이 빤히 바라보자, 그가 묻는다.

"왜 그렇게 보는데."

"그냥."

"그냥 뭐."

"걱정 안 돼?"

"걱정되지."

"전혀 그래 보이지 않는데?"

그가 그녀를 보며 웃는다.

"완전 걱정돼. 그래서 도망가고 싶어."

"농담이지?"

"아닌데. 정말인데. 서지흔이 손 안 잡았으면 벌써 도망가 버렸을걸?"

"정말?"

"어. 내가 믿는 건 서지흔뿐이잖아."

"그렇단 말이지?"

경준의 말에 지흔이 히죽 웃으며 손을 더 강하게 잡았다.

"걱정 마. 이 누나가 다 막아줄게."

"그래, 놓지 말아줘. 절대로. 나는……."

그가 고개를 숙여 불쑥 그녀의 입술에 입맞춤을 한다.

"……그것만 믿고 가는 거야."

입술을 떼고 마주한 눈빛에 진심이 느껴진다. 그가 이런 마음을 가지기까지 얼마나 많이 힘들었을까. 그가 자신을 밀어내지 않아서, 그녀의 사랑을 믿어줘서 좋다.

"우리 엄마 너한테 모진 소리 할지도 몰라."

"괜찮아. 들어도 싸."

경준의 말에 지흔이 미간을 좁혔다.

"그건 아니지. 네 잘못인 게 하나도 없는데."

"널 데려가는 것 자체가 엄마한테는 잘못인 거야."

돈이 있든 없든. 하물며 돈이 없으니 경준이 그렇게 생각하는 걸 당연하게 받아들여야 하는 걸까. 경준이 너무 당연하게 말하는 것 같아 화가 나려한다.

"그래서 어떤 소리를 들어도 넌 정말 괜찮다고?"

"어."

"장난 아닐 텐데. 울 엄마 잔소리."

"기대돼."

"나 농담 아니야."

"잔소리…… 오랜만에 들어보는 거라."

그가 웃는다.

아, 그는 부모님이 안 계신다. 정말 미치겠다. 자신의 남자친구는 어찌나 이렇게 사람 마음을 약하게 하는 걸까. 모성애가 불끈 치솟는다.

"잔소리 듣고 싶었구나? 앞으로 실컷 듣게 될 거야, 나한테."

"그게 좋은 거냐, 나쁜 거냐?"

"좋다 만 거지."

그녀의 말에 그가 큭큭 웃었다. 농담과 진담 사이를 오가며 긴장을 풀고 보니 어느새 집 앞이었다.

"여기야."

그녀가 멈춰 서자, 그가 집을 살펴본다. 드넓은 새아버지 집 담벼락을 바라보는 그의 심정이 어떨지 그녀는 이미 알고 있었다. 자신이 새아버지 집에 처음 갔을 때와 같은 심정이겠지. 하지만 어쩐지 자신보다는 그가 덜 위축될지 모른다는 생각이 든다. 그는 스무 살 이전까지 늘 이런 환경에서 살아왔을 테니까.

그가 멈춰 서서 옷매무새를 고쳤다.

"나 어때?"

물어보나 마나, 완벽하다. 잘생기고 예쁜 자신의 남자친구니까.

"어머니 마음에 들겠어?"

"내 마음에 들어야지. 엄마 마음에 들어서 뭐해?"

그녀의 말에 그가 눈을 가늘게 떴다.

"그거 혹시 질투냐?"

"내가? 내가 왜 엄마한테 질투를 해. 하려면 태연 씨나……."

"태연 씨?"

"아냐. 아무것도. 근데 그건 뭐야?"

"뭐?"

"그 가방."

그러고 보니, 그가 등 뒤로 가방을 메고 있었다.

"아, 이거? 보험."

"보험?"

그녀의 반문에도 그는 말없이 웃기만 한다.

"그래, 부모님이 안 계시다고?"

엄마는 역시 예상을 벗어나지 않았다. 처음에 그의 모습을 보고 생각보다 훨씬 훤칠한 모습에 살짝 화색이 돈 것 같긴 했지만 금방 얼굴을 굳히고 예상했던 질문을 던진다. 지흔이 얼른 나섰다.

"엄마 그건 이미 알고 있는 거였잖아요."

"지흔아?"

엄마가 아직까지는 교양을 갖추고 미소를 짓는다.

"엄마가 지금 네 남자친구랑 대화 중이잖니?"

그 꾸민 듯 우아한 모습에 경준이 미소를 지었다. 경준은 모르겠지만 지흔의 눈에는 만나주는 게 어딘데, 하는 엄마의 속내를 감추기가 무지하게 힘들어보였다.

"다시 묻자. 자네는 가족이 어떻게 되나?"

"형 가족과 저, 이렇게 네 식구입니다."

아직 형수가 형을 받아들여주지 않았다고 들었는데 경준은 형수가 돌아올 거라는 걸 믿는 눈치였다.

"다른 어른들은 안 계시고?"

"지방에 다른 친척 분들이 계시긴 합니다만……."

"그래?"

"하지만 부모님 돌아가신 이후로는 뵙질 못했습니다."

경준의 대답에 기대에 찼던 엄마가 금방 못마땅한 얼굴을 했다.

"빚 때문에 피한 거구나?"

새아버지가 엄마의 팔뚝을 치며 바라보자, 엄마가 뭔가 못마땅하지만 드러낼 수 없는 표정으로 애써 미소를 지었다. 아마도 새아버지가 절대로 싫은 티를 내지 말라고 했을 것이다. 일전에 돈 보고 결혼했다는 일로 싸운 것 때문에 엄마는 새아버지의 눈치를 보고 있는지도 모른다. 경준을 만나준 것도 어쩌면 새아버지 덕일 수도 있다. 돈만 밝히는 아내가 아니라는 걸 애들을 통해서 증명해 달라고 했을지도.

"그래, 자네랑 형님이랑 두 사람이 고생이 많았겠네."

"네. 지금은 많이 나아졌습니다."

"많이 나아졌지만, 지금도 그 고생은 진행 중이라는 거지? 빚도 있고?"

"어허."

새아버지가 또다시 눈치를 줬다. 엄마가 미간을 확 좁혔다.

"아니, 딸하고 만나는 사람인데 그래도 대충 사정은 알아야 할 것 아니에요?"

엄마가 복화술을 하듯 새아버지에게 미소를 지으며 말한다.

"그건 차차 알 일이지. 만나자마자 그러면 쓰나?"

새아버지가 좋은 분인 건 알고 있었지만 오늘따라 유독 좋아 보인다.

"아버님, 괜찮습니다. 물어보십시오, 어머니."

경준이 담담하게 말했다.

"그래? 그럼 일단 내가 빙빙 돌리는 성격이 아니라서 묻는 건데."

"네, 말씀하십시오."

"빚이 얼마나 돼?"

"엄마?"

"솔직히 나 자네 마음에 안 들어. 우리 딸 아까워서 잠도 안 오고. 우리 딸이 생전 본 적 없는 행동을 해서 엄마인 내가 자식 이길 수 없어 이렇게 얼굴이라도 보려고 한 거지만, 어느 부모가 가진 거 하나 없는, 아니, 빚을 가지고 있는 자네를 마음에 들어 하겠나. 지금이라도 헤어질 수 있으면 헤어졌으면 좋겠어."

"엄마!"

"죄송합니다."

그가 고개를 숙이는 걸 보자마자 그녀가 벌떡 일어났다.

"사과하지 마, 임경준. 이거 엄마가 사과해야 할 상황이야. 네가 잘못한 게 뭐 있다고."

경준이 흥분하는 지흔의 손을 가만히 눌렀다. 괜찮다는 듯, 상관없다는 듯. 뭔가 더 말하고 싶어 쭈뼛거리던 그녀가 조용히 입을 다물었다. 지흔의 행동에 엄마가 놀라 입을 벌리며 새아버지를 바라봤다. 새아버지도 조금 놀란 듯 엄마의 손목을 잡아 경준을 따라 해본다. 엄마가 미간을 좁히며 새아버지의 손을 쳐냈다. 경준의 입에서 피식, 웃음이 흘러나왔다. 엄마가 조금은 민망한 듯 입을 삐죽거렸다.

"저, 아버님, 어머님께 보여드릴 게 있습니다."

경준이 얼른 화제를 돌렸다. 그러고는 가방에서 무언가를 꺼냈다. 뭔가 싶어 봤는데 PT자료였다.

그 외에도
더 많은 것들

"이게 뭔가?"

엄마가 자료를 받아들고 의아한 표정을 지었다.

"말씀드리기 정말 죄송하지만 제 재산입니다."

재산이라는 말에 엄마와 지흔이 의아한 표정을 지었다. 자료를 받자마자 이미 한 장을 펼친 새아버지가 희미한 미소를 지었다.

"지난 십 년 동안의 부채상환표입니다."

"부채……상환표?"

"어머니 말씀대로 제가 지금은 가진 게 없습니다. 오히려 마이너스인 상황이라, 지흔이 욕심내는 게 어머니께는 죄악과도 같다는 거 잘 알고 있습니다."

"죄악까지는 아니야."

그녀가 중얼거리듯 말했다. 엄마가 노려보자 지흔이 사실이라는 듯 어깨를 으쓱했다.

"비록 저희 집 문제로 상황이 악화되어 이런 상태가 되긴 했지만 그동안 얼마나 노력했는지 보시면 알 수 있을 겁니다. 이 성실함을 바탕으로 앞으로 십 년 동안 제가 쌓을 예상 자산도 같이 넣어봤습니다."

그가 엄마에게 다음 PT자료를 내밀었다. 생각지도 못한 자료에 엄마는 할 말을 잃은 듯했다. 보험이라고 하더니, 이런 거였구나? 지흔이 활짝 미소를 지었다.

"꼼꼼하게 잘 짰구만."

새아버지는 이미 한눈에 자료를 다 살펴보신 듯했다. 엄마는 십 년 후의 자산 내역만 살펴본다. 표정을 보니 금액이 나쁘지 않은 모양이다.

"이렇게…… 되려면 우리 지흔이가 고생을 많이 해야 하는 거 아닌가?"

"지흔이 돈은 포함되지 않았습니다. 아이가 계획보다 먼저, 혹은 많이 생기거나 질병 같은 다른 부수적인 일도 있을 수 있으니까요."

"그래, 뭐…… 생각보다는, 꼼꼼한 모양이네."

"내가 말했잖아. 반듯한 사람이라고."

한 마디 거드는 지흔이 더 미운 듯 엄마가 그녀를 노려보며 미간을 확 좁혔다. 지흔은 전혀 아랑곳하지 않고 말을 보탰다.

"그러니까 허락해줄 거죠?"

엄마가 입을 다물었다. 지흔이 새아버지를 바라봤다.

"아빠?"

아빠라는 지흔의 말에 엄마가 미간을 확 좁혔다.

"넌 이럴 때만 아빠라고 하니?"

"그럼 평생 하지 말까? 나도 계기가 있어야 할 거 아니야, 그죠, 아빠?"

새아버지가 껄껄 웃었다.

아, 서지흔. 임경준을 갖기 위해 온갖 여우 짓은 다 한다.

"뭐 일단 알겠네."

엄마가 자료를 내려놓았다.

"아빠랑 상의를 해서 조만간……."

"상의할 게 뭐 있어. 앞으로 어떻게 살 거라고 이렇게 자료까지 준비했는데."

"그래도 그게 아니. 뭐 이런 종이쪽지가 인성을 대변하는 것도 아니고."

"인성? 인성은 나보다 경준이가 더 좋을 텐데요?"

"넌 무슨 대변인이니. 왜 이렇게 나서?"

"오늘 내 역할은 경준이 부모님 대신이거든. 엄마한테도 귀한 딸, 경준이 부모님한테도 귀한 아들. 응? 경준이 부모님이 하늘에서 보고 계실지도 몰라요, 엄마."

그녀가 엄마의 귀에 속삭였다.

"너 진짜 엄마가 무슨 악독……."

"합격."

새아버지가 PT자료를 보며 결재를 내리듯 고개를 끄덕였다. 엄마가 미간을 좁혔다.

"여보?"

"나도 지흔이한테 아빠 소리 듣고 살 계기가 있어야 할 거 아니야? 그리고 자료가 생각보다 체계적이라 이걸 반대할 근거도 딱히 없고. 건강검진까지 받아와서 더더욱 할 말이 없는데?"

"그래도 그렇죠. 아직 내 마음은……."

"내 마음이 당신 마음이지. 내가 늘 그래 왔던 것처럼. 안 그래?"

새아버지가 부드럽게 물었다. 경준 앞에서 성질대로 하지 못하는 엄마의 얼굴이 빨개졌다.

"불쌍하기 시작하면 게임 끝이라더니. 이놈의 정이 뭐라고."

엄마가 투덜거렸다. 지흔이 자리에서 벌떡 일어났다.

"그럼 허락하신 걸로 알고 저희는 가볼게요."

"가긴 어딜 가."

엄마가 얼른 지흔을 따라 일어났다.

"그럼 또 뭐하시게요?"

"밥은 먹고 가야지. 저녁때잖아."

됐다고 하고 싶었지만 잔소리도 좋다고 하는 경준이 엄마의 저녁식사를 좋아할지도 모를 거란 생각에 거절할 수 없었다.

"뭐, 취향도 모르고, 그럴 기분도 아니고……. 그냥 우리 집 먹는 걸로 했네."

"충분히 감사합니다."

그가 넙죽 대답했다. 흐음, 하고 헛기침을 하던 엄마가 주방으로 향했다. 지흔이 엄마를 쫓아가 팔짱을 꼈다.

"왜 이래?"

"엄마 고마워요."

"어이고, 이럴 때만?"

"응. 이럴 때만. 그러니까 참고해요."

지흔의 말에 엄마가 눈을 흘겼다.

"내 딸이지만 너는! 어이고, 저놈 자식은 네가 어디가 좋다냐?"

"응? 시점이 살짝 바뀌는 것 같다? 벌써 사위 걱정하는 거야?"

"오죽하면."

지흔이 낄낄거렸다. 뒤돌아보니, 새아버지가 경준과 자료를 보며 뭔가 이야기를 하고 있었다. 자신에게는 아직 낯선 새아버지, 엄마에게는 아직 탐탁지 않은 경준. 그래도 두 사람의 모습은 어느새 익숙해 보였다.

"아빠가 뭐라고 하셔?"

우리 집에서 먹는 밥치고는 반찬이 매우 많았던 집밥도 배불리 먹고 오랜만에 휴식을 취하는 경준의 팔짱을 끼고 돌아오는 길. 지흔이 물었다.

"성준이 형하고 언제 한 번 같이 보자시던데?"

"왜?"

"형이 했던 사업 쪽으로 하시던 게 있어서 관심 보이시던데 그것 때문인가. 확실히는 잘 모르겠어."

"아니면, 상견례 때문인가."

"상견례?" 하던 경준이 하아, 하고 큰숨을 쉬었다. 지흔이 의아하게 바라봤다.

"왜 그래?"

"그냥, 긴장이 이제 풀렸나 봐."

지흔이 의아한 표정을 지었다.

"하나도 긴장 안 하는 것 같았는데. 밥도 엄청 잘 먹고."

"밥은 맛있었어. 네가 엄마 닮았나 봐. 엄청 맛있었거든."

"도시락이 맛있었어? 오늘 엄마 밥이 더 맛있었어?"

"당연히 네 밥이지."

흐뭇해하던 지흔이 경준을 보며 쪽, 하고 입을 맞췄다. 경준이 자리에서 멈춰 입술을 떨어뜨리는 그녀를 잡고 도로 키스를 했다. 입술 안을 파고드는 그의 적극적인 몸짓에 부르르 몸이 떨려왔다.

"아, 행복하다."

그녀가 히죽 웃자 그가 마주 웃는다.

"엄마가 이 정도로 넘어가서 천만다행이야. 싸울까 봐 걱정했거든."

"나 때문에 싸워주려고 했어?"

"어. 당연하지. 싸워야 원하는 걸 쟁취할 거 아니야."

"날 그렇게 원하셨어?"

그의 장난에 그녀가 눈을 흘겼다. 그가 그녀의 머리를 쓰다듬었다.

"다행이다. 안 싸워서."

"그쪽 덕분에요. 우리 엄마도, 나도 아주 품위 있게 헤어졌어. 한 번도 이런 적 없었는데."

"내가 뭐 했다고."

뭘 하길, 감정적인 엄마를 꼼짝 못할 이성적인 자료를 가지고 왔는데.

"어떻게 그런 생각을 했어?"

"뭐가."

"자료준비."

"놀랐어?"

"어. 완전."

"회사에서 맨날 하는 게 그건데."

"그래도. 장모한테 그런 거 가지고 오는 사위는 드물걸?"

"그런가."

"그거 준비하는데 오래 걸렸어?"

"엄청 오래 걸렸지."

"힘들었겠다."

"전의에 불타올랐지. 원하는 걸 쟁취하려면 싸워야 하니까."

"날 그렇게 원하셨어요?"

지흔이 경준을 보며 콧소리를 냈다.

"네, 엄청 많이요."

"어휴, 수고하셨어요, 임 대리님."

그녀가 기특하다는 듯 그의 엉덩이를 톡톡 쳤다. 그가 그녀의 볼을 살짝
꼬집었다.

"너는 늘 네가 더 날 사랑하는 줄 알지? 내 사랑이 얼마큼인지도 모르
고."

"응?"

혼잣말 같은 그의 말에 눈을 깜빡거리자 그가 웃는다.

"너 예쁘다고."

"거짓말. 뭐라고 했어?

"오늘 집에 가지 말라고."

그가 그녀의 손을 잡고 깍지를 꼈다. 그녀가 얼른 고개를 끄덕이자 그가 손등에 입술을 묻었다.

"근데 있잖아, 우리 집에 가는 게 낫지 않아?"

"오늘은 아니야."

"왜?"

　그가 귓속말을 하자 그녀가 미간을 좁혔다.

"그걸 왜 이제 얘기해? 회사에서 준 공짜티켓을…… 바보야, 한 시간이라도 빨리 갔어야지."

"그래야 돼?"

"호텔 예약한 시간이 대체 언제야?"

"한 시?"

"한 시에 예약한 걸 왜 이제 얘기한 거야? 지금 몇 신데. 우리가 지금 호텔비를 얼마나 낭비한 건 줄 알아?"

"공짠데. 회사에서 준 거라니까."

"회사에서 주면 이렇게 늦게 가도 안 아까운 거야? 우리가 몇 시간이나 호텔에서……"

　잔소리를 막 터트리려는 지흔을 빤히 바라보던 경준이 끌끌 웃는다.

"지금 웃음이 나와?"

"어."

"왜, 내가 너무 밝혔어?"

"아니, 왠지 내가 계획한 것보다 훨씬 빨리 돈을 모을 것 같은 기분이 들어서."

　성질나 죽겠는데 그는 그녀의 손을 흔들며 즐거운 듯 걷는다. 그녀도 금세 기분을 풀고 그와 보조를 맞춘다.

호텔에 다 와 가는데 엄마에게서 문자가 왔다.

[너, 엄마가 미리부터 당부해 두는데 결혼해도 혼인신고는 당분간 하지 마.]

결국 엄마 스스로의 타협안이란, 이런 것인가 보다.

문자를 보고 지흔이 큭큭 웃었다. 어쩐지 당장 혼인신고를 하러 가고 싶은 심정이랄까. 의아한 눈으로 바라보는 그에게 다시 한 번 쪽, 하고 입을 맞췄다.

다정한 두 사람의 모습이 흡사 결혼식장 안을 걸어 들어가는 두 사람의 모습과 같다. 두 사람의 얼굴에 행복이 가득하다. 그러므로 이건 해피엔딩의 이야기다. 아니, 사실 이건 해피엔딩이 아니다. 어쩌면, 어쩌면 해피엔딩이 될 이야기이다.

앞으로도 두 사람이 만들어가는.

그외

1.

[요새 왜 이렇게 소식 없어? 별일 없으면 내 소식이라도 궁금해 하던가.]

[혹시 무슨 일 있냐? 아님, 연애?]

[아, 이게 아주 제대로 연애하는구만? 그럼 이 언니, 헤어질 때까지 기다린다?]

한동안 문자 폭탄을 날렸지만 은혜는 연락이 되지 않았다. 이런 일이 없어서인지 신경이 쓰였지만 얼마 전 상견례를 마친 지흔은 워낙 정신이 없어서 진지하게 생각하지 않았다.

"으음, 경준아?"

잠결에 받은 전화에도 지흔은 경준을 찾았다. 그런데 상대가 말이 없다. 휴대폰 액정을 보기엔 너무도 졸린 눈. 방 안에 걸린 형광의 시곗바늘을 힐끗 바라본다. 새벽 두 시 반.

"설마 이 시간까지 일한 거야?"

눈이 번쩍 떠졌다.

―……나야.

은혜였다. 그녀의 눈이 더 커졌다.

"은혜? 집 시계 고장 났어? 잘 시간에 무슨 일이야?"

—잠깐 만날 수 있어?

"어?"

—잠깐이면 돼.

물기 어린 목소리에 당황한 지흔이 자리에서 벌떡 일어났다.

"너 어딘데?"

대체 어느 틈에 친구에게 일이 벌어진 걸까. 24시간 문을 연 카페에서 만난 은혜는 멀리서 봐도 상처 받은 여자처럼 보였다. 그녀가 다가서도 은혜는 전혀 모른 채로 고개만 숙이고 있었다.

"신은혜?"

지흔이 다가가 옆에 앉았다.

"신은혜."

"……어."

"너 울어?"

은혜가 고개를 저으며 소매로 눈물을 훔쳤다. 억장이 무너진다는 게 이런 걸까. 어쩐지 은혜가 아무 말을 하지 않아도 그녀는 무슨 일이 벌어졌는지 알 것 같았다.

"이승훈이 이랬어?"

아니라고 해주길 바랐는데 은혜가 대답을 하지 않고 가만히 있다.

"맞……구나?"

은혜가 말없이 고개를 끄덕였다. 지흔의 목소리가 떨려왔다.

"무슨 일인데?"

은혜가 울 정도면 분명 일이 있었겠지. 하지만 은혜가 그렇게 쉽게 울 리는 없고.

"설마."

지흔이 미간을 좁혔다. 설마 하는 일이 분명 벌어진 거다. 남자공략법을 썼다든가 하는.

"만난 지 얼마나 됐다고……."

지흔의 몸이 부들부들 떨려왔다.

"그 새끼 어디 있어!"

지흔이 소리치자, 은혜가 고개를 저었다.

"아니야, 그런 거."

"아니라고?"

"어, 자거나 그러지 않았어."

"그럼?"

"다른 여자랑 있는 걸 봤어."

"뭐?"

그녀가 귀를 의심하듯 되물었다.

"다른 여자랑?"

"동창 중에 누가 애들끼리 놀고 있으니까 오라고 해서."

"거기 승훈이가 있었어? 승훈이가 부른 게 아니고?"

은혜가 고개를 끄덕였다.

"응. 다른 애가. 걔들은 나랑 승훈이 관계를 모르니까 뭣도 모르고 불렀 겠지. 나도 모르고 나갔어. 근데 술집 앞에서 걔가 비틀거리는 여자애 하나 를 차에 태우더라고."

벌써 눈앞에 그 모습이 그려졌다. 지흔은 고개를 저었다.

"그냥 데려다준 거 아닐까?"

"그렇게 생각하려고 했는데 그 여자애가 연정이었어."

"응?"

"다른 애들한테 들어보니까 다시 만나기 시작했다더라."

"뭐야? 너랑 사귀는 거 아니었어?"

"사귄 건 아니고 그냥 만났으니까……."

"데이트하고 놀았을 거 아니야. 거기까지는 안 가도 적어도 키스는……."

은혜가 천천히 고개를 끄덕였다. 깊은 곳에서 열이 끓어올랐다.

"그게 사귄 거지 뭐야!"

너무 기막혀 인상을 찌푸리고 나니, 괜히 은혜에게 미안했다. 사귀자는 말은 하지 않았지만 서서히 만남이 시작되고 그냥 말없이 사귀는 커플도 많으니 은혜는 그렇게 생각한 모양이었다.

"그냥, 걔 되게 좋아한 건 아니었어. 됨됨이 알면서, 내가 뭐에 미쳐가지고……. 돌이켜보니까 내 자신이 너무 한심한 거 있지. 그런 놈한테 속는 여자는 아니라고 자부했는데."

"네 잘못 아니야. 자책하지 말자."

은혜가 고개를 끄덕였다. 벤츠 가진 남자를 만나느니 어쩌니 했어도 분명 승훈을 대하는 마음은 진심이었을 텐데.

"신은혜."

"응?"

"울지 마. 이 언니가 너 책임지고 크리스마스에는 멋있는 남자랑 같이 보내게 해줄게."

"야, 보름도 안 남았어."

"아, 그런가. 시간 정말 빠르네. 그래도 해줄게."

"너야말로 경준이한테 안 차이고 같이 보낼 수 있는지 연구해야 하는 거 아니야?"

"야, 우리는……."

차이진 않아도 크리스마스를 함께 보낼 수 있을지는 의문.

"너나 걱정해. 밥팅아."

지흔이 이 와중에도 자신을 놀리는 은혜를 째려보다 콩, 머리를 쥐어박았다. 은혜가 웃다가 다시 운다. 마음이 아프다.

출근길, 지흔이 경준과 통화를 했다.

"정말 괜찮은 사람이야?"

─내가 알기론.

"그런 말이 어디 있어."

─내가 아는 한도 내에서?

"그 말도 불안한데?"

─승훈이 같지는 않을 거야.

"듣던 중 반가운 소리네."

은혜에게 큰소리로 친 약속 때문에 주변 인물을 찾다가 경준의 회사에 좋은 남자가 있다는 사실을 포착. 소개팅을 시켜주기로 했다. 그런데 늘 제 앞가림을 잘했던 친구가 한순간에 물가에 내놓은 친구가 된 터라 경준의 말을 못 믿는 것도 아니건만 그녀가 재차 확인했다.

"만약 승훈이 같으면 어쩌지?"

─세상 남자가 다 승훈이 같기는 힘들지.

그의 말에 그녀가 한숨을 쉬었다.

"이 세상에 다 임경준 같은 남자만 있으면 좋겠다."

─얼마나 바람을 피우시려고요?

"그렇게 되나."

─어. 서지흔은 임경준밖에 모르잖아. 세상에 임경준 같은 남자만 있으면 서지흔이 다 만나고 다닐 거 아니야.

지흔이 미소를 지었다.

"근데 내가 정말 혹시나 다른 남자 만나면 어쩔 거야?"

─뭐?

"내가 만약에 바람나면 너는 어쩔 거냐고."

─음, 나도 소개팅 받지, 뭐.

"뭐?"

그녀가 눈을 두 번 깜빡였다. 쿨해도 너무 쿨하다.

"울고불고 안 한단 말이야?"

─하고 나서.

"하고 나서도 날 찾아와서 제발 돌아와 달라고 안 매달린단 말이야?"

─하고 나서.

"으응?"

그녀가 미간을 좁혔다. 그가 그녀의 표정이 보인다는 듯 웃었다.

─바람피우는 사람은 서지흔인데 묘하게 날 잡는 사람도 서지흔이네?

"네가 너무 쿨하게 날 버리는 것 같으니까 그렇지."

─바람핀다는 사람이 누군데.

"와. 냉정한 남자였다, 임경준."

─그러니까 바람을 안 필 생각을 해봐. 아침부터 사람 일도 안 되게 불안한 말 하지 말고.

"불안하긴 불안해?"

―어. 완전. 지금 당장 가서 내 거라고 어디다가 적어놓고 오고 싶다.

"히. 안 피울 거야."

―그래, 그래야지. 누구 벌어 먹이려고 내가 이렇게 열심히 일을 하는데.

그 말에 샐쭉, 입을 삐죽이면서도 듣기 좋아 히죽, 도로 웃는 지흔이었다.

"아무튼 은혜 소개해주는 이 사람, 이상한 놈이면 정말 안 된다."

―음, 양 대리님하고 대화해 보면 아주 괜찮았던 것 같은데. 근데 여자한테는 또 모르지.

"하긴. 그거야 만나봐야 아는 거니까."

―그렇지.

"암튼 잘됐으면 좋겠다."

가장 먼저 출근한 그녀가 공방 안으로 들어와 불을 켰다. 일을 시작할 시간이다.

"도를 아십니까?"

은혜의 곁으로 다가온 남자가 진지하게 물었다. 은혜가 고개를 저었다.

"저 지금 그런 거 대화할 시간 안 돼요."

"도를 아시기 때문에?"

남자가 물러서지 않을 것 같은 얼굴을 하고 있었다.

"아뇨. 도는 몰라요."

"그럼 알려드리겠습니다."

"안 알려주셔도 되거든요."

"아셔야 할 것 같은데요."

남자가 탁자 앞으로 가까이 다가왔다.

"지금부터 알려드릴게요."

"아뇨. 전 괜찮아요. 저 지금 소개팅하러 온 거거든요."

"저도 마찬가집니다."

"네?"

그가 은혜의 앞에 앉았다. 은혜가 펄쩍 뛰었다.

"어, 어딜 앉아요?"

"의자에 앉습니다."

"아니, 그게 아니라 왜 제 앞에 앉냐는 거죠."

"신은혜 씨 아닙니까?"

"맞는데요?"

"양주도라고 합니다."

"네?"

"제 이름. 양, 주, 도."

"아······."

도를 아냐고 물어본 게, 설마 양주······, 도?

그녀가 놀라울 만큼 끔찍한 유머에 얼굴이 새하얗게 질릴 때쯤 남자가 웃음을 터트렸다. 은혜가 무슨 일인가 싶어 미간을 좁혔다. 그가 악수를 하자는 듯 손을 내밀었다.

"양주도라고 합니다."

"아, 네······."

은혜가 지흔과 경준을 가만두지 않으리라는 결심을 하고 억지로 그의 손을 마주 잡았다. 그런데 그 순간, 묘한 기분이 일어났다. 따뜻한 체온이 그녀의 손에 와 닿은 것이다. 주도가 언제 도인 같은 얼굴을 했냐는 듯 정상적인 얼굴로 맑게 웃었다.

"죄송합니다. 놀라셨죠? 이러면 보통 이름을 안 까먹더라고요."

"네?"

"제 이름 기억하라고 한 건데."

그러지 않아도 굳이 까먹을 수 없는 이름이긴 했다.

"임 대리님한테 말씀 많이 들었습니다. 듣던 대로 정말 미인이시네요."

"네?"

남자가 멀쩡한 남자로 돌아온 것도 모자라 낯설지 않은 아부성의 발언도 한다.

"처음에 정말 예쁘다고, 성격도 진짜 좋다고 그래서 예쁘고 성격 좋은 여자가 세상에 어디 있냐고, 임 대리님 말씀 못 믿겠다고 했는데 이젠 믿어도 될 것 같습니다."

"아니……."

얼굴 예쁘다는 말도 못 믿겠지만 언제 봤다고 성격까지 알아?

그녀가 눈을 가늘게 떴다. 가만 보니, 얼굴도 꽤나 괜찮다. 멀끔한 얼굴에 체격도 괜찮고, 아까 도를 아냐고 물었을 때 고개를 꽤 올렸던 걸 보면 키도 크고.

신선기업이 회사 내 직급 규율이 엄격하다고 들었다. 게다가 저 남자 임경준 아랫사람이라고 했던가. 사실 그건 잘 기억이 안 나지만 그런가 보다. 자신을 예쁘다고 하면서 칭찬을 하는 거 보니, 상사가 억지로 시킨 소개팅에서 '까라고 해서 까는 중'인가 보다. 어딘가 기운이 빠진다. 은혜가 억지로 미소를 지었다.

"네, 감사해요. 그런데……."

"네."

"그렇게 보자마자 칭찬 안 하셔도 돼요. 제가 경준이한테 말 잘 전해줄게요."

"네?"

은혜가 자리에서 일어났다. 주도가 따라 일어났다.

"어디 가십니까?"

"집에요. 가봐야 할 것 같아서요."

"저, 제가 시작부터 이상한 유머 해서 기분 상하셨나요?"

"이상하긴 했는데 이름 잊히지 않게 하신 거면 제대로 잘하신 것 같아요. 이름은 평생 못 잊을 것 같으니까."

"근데 왜 가십니까? 제 외모가 마음에 안 드십니까?"

"아뇨."

제 눈이 어떻게 된 건지, 승훈이보다 열 배쯤 나아보였다. 그래서 더 희망을 못 느끼는 건지도. 은혜가 자포자기를 한 사람처럼 말했다.

"상사 때문에 눈치 봐서 나오신 거잖아요. 제가 회사 생활 편하게 할 수 있도록 말씀 잘 드릴게요. 굳이 그렇게 애 안 쓰셔도 돼요."

"상사 눈치는 회사에서만 보면 됩니다. 그리고 임 대리님하고 같은 부서 아니라서 눈치 볼 일 없는데요?"

"그래도 같은 회사니까……."

"그냥 제가 싫으면 싫다고 말씀하십시오. 아직 호감1 정도라 지금 말씀하시면 상처 많이 안 받습니다."

상처를 많이 안 받는다는 건,

"받긴 받는다는 건가요?"

"제가 소개팅이 처음이라서. 보자마자 까이면 아무래도 상처 받겠죠. 그리고 부담스러울까 봐 1이라고 하긴 했는데 솔직히 말하면 호감3 정도는 됩니다."

"몇 점 만점인데요, 10점이면 아직……."

"5점, 이요."

그럼 중간 이상인데? 대체 어디서 그런 점수가…….

"어? 눈 온다."

의아하게 그를 바라보고 있는데 누군가가 창밖으로 보며 말했다. 두 사람 모두 창가로 고개를 돌렸다. 눈발이 천천히 내리더니, 함박눈처럼 내리기 시작했다.

"와. 눈. 눈 오네요. 일어난 김에 같이 눈 맞으러 갈래요?"

그가 해맑은 얼굴로 미소를 짓는다. 이제껏 본 적 없는 선한 미소. 괜히 도를 알아보고 싶은 욕망이 불끈 솟는다. 은혜가 입술을 질끈 깨물었다. 지흔에게 말했던 남자공략법, 그것도 '빡가게'. 사실은 한 번도 써본 적 없었는데.

"저, 낼모레 크리스마스 때 뭐하세요?"

"네? 아, 저는 영화 볼 것 같은데요."

"아……."

"신은혜 씨랑."

그의 이상한 유머가 어쩐지 재미있게 들려온다. 그녀가 미소를 지었다. 내내 기다려도 안 오던 인연은, 가끔 아주 쉽게, 불쑥, 나타나기도 한다, ……더라.

그 외

2.

"여긴 어떻게 왔어?"

쓰레기봉투를 들고 밖으로 나오던 채은이 그대로 멈춰 섰다. 성준이 채은 앞으로 다가왔다.

"잘 지냈냐?"

보자마자 눈물이 몽글 맺히는 걸 참아내느라 깨문 입술이 아프다. 그걸 안 건지 제 볼에 손을 얹으려던 그가 머뭇거리다가 손을 내렸다. 채은이 그의 얼굴을 살폈다. 일 년 만이었다. 그 사이에 그가 좀 더 편안히 지내길 바랐는데 아니었나 보다. 그는 몹시도 피곤하고 지쳐 보였다.

"여긴 왜 왔어요?"

"너 보러 왔지."

"누가 보여준다고."

채은이 고개를 돌렸다. 성준이 채은의 턱을 잡아 눈을 마주했다. 눈동자가 서늘해 보기만 해도 마음이 시리다.

"넌 어떻게 더 못생겨졌냐."

"그 얼굴 어디 가나."

채은의 말에 성준이 씁쓸하게 웃었다. 진심이 아닐 때마다 짓는 표정. 이젠 안 봐도 다 안다.

"어디 아픈 데는?"

"경준이가 말했어요?"

"그래."

"걔 안 되겠다. 의리 없어서."

"내 동생인데 나한테만 있으면 됐잖아."

"그래, 좋겠다. 눈물 나는 형제애."

늘 모질게 말하는 그였지만 사실 그는 채은이 뭐라고 해도 화내지 않았다. 늘 죄를 진 사람처럼 씁쓸히 웃을 뿐이다. 그리고 지금도 그가 씁쓸히 웃는다. 왜 그런지 안다. 경준에게서 들었을 테니까.

"아기 때문에, 뭐라고 할 거면 그만둬요. 이미 소용없으니까."

"안 해."

"안 해?"

"그래. 그런 말 하려고 온 거 아니니까."

"그럼 보러 온 거구나."

"……."

"아기 안 보여줄 거니까 돌아가요."

"……."

"진짜야. 나 정말 결심했어. 임성준이랑 완전히 헤어지기로."

"그래."

대답은 해놓고 꼼짝도 안 한다.

"먼저 들어갈게요."

"그래."

그의 지친 얼굴에 마음이 아프다. 이럴 줄 알았다. 이렇게 얼굴만 봐도 가엾고 불쌍해, 그를 안아주고 싶어진다. 쌀쌀한 바람에 채은이 몸을 떨었다. 그가 자신의 외투를 벗어 그녀의 어깨에 걸쳐준다.

"금방 들어갈 건데, 왜."

"감기 걸리면 한참 가잖아."

"그러는 자기……, 성준 씨는."

채은이 평소 불렀던 그의 호칭을 정정한다. '자기야'에서 이름으로.
그게 스스로 너무 낯설어서 괜히 울컥한다.

"추운데 어떻게 가려고?"

"들어가라."

그가 돌아섰다.

아기는? 아기는 안 보고?

채은의 눈에 또다시 눈물이 맺힌다.

안다. 그가 참는다는 걸. 안 보여준다고 말하면 조르지 않을 거라는 걸. 늘 자신이 스스로 하게 만든다는 걸. 한 번도 하고 싶은 걸 제대로 해보고 살아본 적 없는 사람이니까.

"임성준!"

그가 천천히 돌아본다. 채은이 화가 난 듯 그의 앞으로 재킷을 내던졌다.

"입고 가. 구겨진 셔츠, 보기 싫어."

"……"

"다신 찾아오지 마. 아기 안 보여줄 거야."

하지만 결국 자신이 아기를 보여줄 거라는 것을 안다. 그의 아기니까. 아기에게 아빠를 보여주고 싶으니까.

"그래."

그리고 그가 다시 찾아올 거라는 것도 안다. 함부로 움직이는 사람이 아니다. 한 번 결심한 건 끝까지 한다. 엄한 빚을 갚기 시작하면서 생긴 그의 습관, 시간을 허투루 쓰지 않는 것.

"근데 채은아."

그녀가 돌아서는데 그의 목소리가 들려왔다.

"이름이 뭐야?"

"……"

"그것만 알자, 이름."

"성율."

임성율.

"그래, 율이. 율이구나……."

성준이 한참 중얼거린다.

"걔, 너만큼 못생겼냐?"

"어. 완전 못생겼어."

"그래, 그 얼굴 어디 가겠어?"

그가 씁쓸히 웃는 게 느껴진다. 이혼을 하고 돌아서던 그날, 밥 잘 먹고, 자신 같은 남자는 잊고 살라던 그날처럼. 왈칵 눈물이 쏟아질 것만 같다. 그의 얼굴을 못 본 지 꽤 됐는데도 하나도 못 잊고 산 것 같아서.

"그만 가."

그녀는 서둘러 돌아선다.

"한 번만."

"……"

"한 번만 안아봐도 되냐?"

그의 목소리가 간절하다. 그녀가 고개를 저었다.

"안 돼. 애 안 보여준다고 했잖아. 그 꼴로 애 안으면……."

"아니, 너."

어느새 성큼 다가온 성준이 채은의 등 뒤에 대고 말했다.

"너, 한 번만 안아봐도 되냐?"

그녀가 피식, 웃었다.

"임성준 씨 많이 변했네. 언제는 그런 거 허락 맡고 했던 사람이었어?"

"채은아……."

"안 돼."

그가 단호하게 말하는 채은의 팔을 잡아끌어 제 품에 안았다. 채은이 그를 밀어냈다.

"뭐하는 거야. 이거 안 놔? 안 된다고 했잖아."

"언제는 허락 맡고 했냐."

"보기도 싫다고 보낼 때는 언제고 이제 와서 왜 이래."

"지금도 보기 싫어."

"근데 왜 왔어?"

"보고 싶어서."

"그게 뭐야, 바보같이."

채은이 그를 밀어낼수록 그가 더 강하게 채은을 안았다.

"놔, 숨 막혀."

"왜 그랬어."

그의 목소리가 안타깝게 들려왔다.

"어떻게 그런 선택을 했어?"

성준의 말에 채은이 그를 올려다봤다. 그의 눈에 눈물이 맺혀 있다. 그가 우는 걸 본 적이 있다. 부모님이 돌아가시던 날도 울지 못한 그가, 아기를 지우고 돌아와 누워있는 자신을 보고 울었다. 그는 자신이 못 봤을 거라고 생각하지만 그저 모른 척했던 거였다. 그를 위해 해줄 수 있는 게 그의 자존심을 지켜주는 것밖에 없는 것 같아서.

그 눈물이 하도 아파서, 그를 미워할 수도 없었다. 그의 처지가 가엾고 아팠다. 그래서 그를 원망하지 않았다. 하지만 그날 이후, 동생을 독려하고 잘될 거라고 하면서도 사실은 희망을 잃어가는 그를 보게 되었다. 그는 감정이란 걸 아예 없애버린 사람처럼 더없이 황폐해지고 있었다. 그리고 아기라면 질색을 했다. 말도 꺼내지 못하게 했다. 그게 못난 아버지 때문에 태어나보지도 못하고 가버린 아기를 위한 마지막 사랑인 것처럼. 그래서 두 번째 아기가 생겼을 때, 그녀는 아예 말도 꺼낼 수가 없었다. 평생 사라진 아기에게 의리를 지킬 남자에게 아무 말도.

그러니 그녀는 선택한 게 아니었다. 선택의 여지가 없었다. 자신에게는 처음 생긴 그 아기만큼이나 지켜주고 싶은 아기였다.

"혼낼 거면 가."

"혼내려는 거 아니야."

"그럼 궁금해서야? 말해줘? 말 안 해도 알 텐데? 내가 왜 그런 선택을 했는지. 자기같이 바보 같은 남자의 아기를 낳고 싶어서. 자기 닮은 아기 낳아서, 남편 복 없는 여자가 자식 복으로 효도라도 받고 싶어서. 이제 됐어? 왜, 또 지겹다고, 왜 이렇게 매달리느냐고 아무것도 가진 거 없는 남자 졸졸 쫓아다닐 만큼 넌 자존심도 없냐고 뭐라고 할 거야? 너처럼 지겨운 여자 꼴도 보기 싫으니까 제발 자기 눈앞에서 꺼져달라고 그럴 거냐고, 응?"

"채은아."

"왜 왔어. 답은 뻔히 알면서. 또 이런 거 반복할 거라는 거 알면서. 지겨우면서.”

“보여줘.”

그가 그녀의 손목을 붙들고 눈물을 떨어뜨렸다.

“낳을 때도 옆에 못 있었잖아. 혼자서, 힘들게, 또 널 힘들게…….”

운다. 그가 너무 아프게 운다. 안아주고 싶다. 나만이라도 임성준을 아프게 하지 않을 거라고 예전에 마음으로 다짐했던 그 약속을 지켜주고 싶다.

“애 좀 보여줘.”

그가 부탁한다. 한 번도 그런 거 없던 사람이.

전에는 그런 그가 싫었다. 아쉬울 거 없다는 듯 구는 그가. 그런데 이젠 이런 게 싫다. 비참해지고 비굴해 보이는, 그렇게 변해 버릴까 봐 그게 싫다.

“싫……어.”

“한 번만 보고 갈게.”

“나 이제 예전 성채은 아니야. 해달라고 다 해주지 않아.”

그가 천천히 주저앉는다. 아니, 앉는 게 아니다. 그가 무릎을 꿇는다. 채은이 놀라서 아무 말도 하지 못했다. 그와 함께 산 십 년 세월. 한 번도 이런 적 없는 사람. 항상 센 척하고, 강한 척하고, 싫은 소리도 안 하고 혼자 모든 걸 해결하려던 사람이었다.

“미안하다.”

“성준 씨…….”

“정말 미안하다. 고생만 시켜서.”

스무 살, 자신보다 3살 많은 복학생 선배인 그는 겉으로는 무척 상냥하고 다정해 보이는, 훤칠한 외모를 가진 남자였다. 그러니 자신을 포함해 신입생이던 여학생들은 그를 짝사랑하기 바빴다. 높은 성적에, 눈에 확 띄는 외모에, 옷 입는 센스, 더불어 부유한 집안까지 뭐 하나도 빈틈없는 남자.

하지만 그는 그야말로 '철벽남'. 여학생들이 아무리 고백해도 넘어가질 않는 남자였다. 근처를 빙빙 돌기만 하고 아무 고백도, 표현도 하지 못하는 자신으로서는 천만다행인 일이었지만 그렇다고 그에게 다가갈 용기가 생긴 건 아니었다.

접지 못할 마음을 안고 다니는 학교생활. 아무도 없는 과사무실에서 그를 처음 만났다. 조교를 기다리고 있는 그녀 옆으로 누군가 다가왔다. 누군가 해서 봤더니, 임성준, 그였다.

너……, 뭔데…… 이렇게 못생겼냐.

그가 한동안 말을 잃은 사람처럼 그녀를 빤히 쳐다보는 바람에 순식간에 얼굴이 새빨개졌다. 그걸 보던 그가 얼굴에 미소가 가득해지더니, 재미있다는 듯 웃었다. 그의 성격이 어떤지 몰랐다. 말이 좀 거칠고 장난을 잘치는 남자라는 걸. 그녀는 좋아하는 남자에게 모욕을 당했다고 생각해 눈물이 뚝 떨어졌다. 그 바람에 그가 몹시도 당황했다.

몰랐던 거 알게 된 거야? 아니면, 들켜서 창피한 거야?

우는 여자를 앞에 두고도 그는 눈썹 하나 꿈쩍하지 않았다. 그녀가 팽돌아서자 그때서야 그가 그녀의 앞을 막았다.

삐쳤어?

…….

삐쳤구나? 예쁜 애들한테는 이런 장난쳐도 장난인 줄 아는 줄 알았더니, 아니구나?

그가 웃었다.

몰랐어? 너 예쁘다고.

…….

진짜야. 장난이잖아, 인마.

그가 그녀의 머리에 꿀밤을 때리는 시늉을 했다. 그와 갑자기 이야기를 하게 되었고, 그가 예쁘다는 말을 돌려서 한 거라는 걸 알게 됐다는 사실에 그녀는 당황한 상태였다. 그래서 그를 피해 달아났다.

그날 이후, 성준은 사과를 한답시고 채은에게 수시로 다가왔다. 하지만 미안하다는 말을 한 건 아니었다. 넌 뭐 그런 거 가지고 우냐, 그런 게 사람 민망하게 하는 거야, 하루 종일 네 생각만 하잖아 등등 모든 것이 다 자신의 탓인 것처럼 얘기하는 그에게 언젠가 한 방을 날리리라, 생각했었다.

너 건장한 성인 남자가 네 생각만 하고 있다는 게 무슨 뜻인 줄 알아?

도서관을 막 나서는데 자신의 앞에 앉아서 내내 말없이 그녀를 보고 있던 그가 쫓아 나와 물었다.

무슨 뜻인데요?

뭐?

건장한 성인 남자가 내 생각만 하는 게 무슨 뜻이냐구.

키스하고 싶다, 그 이상.

그럼 할래?

뭐?

그럼 더 귀찮게 안 쫓아다닐 거냐구.

어쭈.

그가 까불지 말라고 화내면 어쩌지, 걱정스러웠다. 그런데 화를 내는 줄 알았던 그가 미소를 지었다. 그 미소에 떨리는 심장이 쿵, 내려앉을 새도 없이 그가 갑자기 자신의 볼을 잡아 키스를 하기 시작했다. 내려앉았던 심장이 그대로 멎는 것 같았다. 주변 모든 학생들이 휘파람을 불거나 박수를 치거나 집에 가서 하라고 비난하는 소리가 들려올 때쯤 그가 그녀의 입술에서 입술을 뗐다. 심장이 고동을 쳤다. 이 세상에 오직 그 남자, 임성준

하나밖에 보이지 않았다. 평생, 그랬으면 좋겠다고 생각할 정도였다. 그동안 그를 짝사랑했던 여학생들의 절망스러운 눈빛에 자부심을 느낄 시간도 없었다. 그가 그녀의 손을 잡아끌고 어딘가로 걸었다.

어, 어디 가는데……요?

그 이상, 하러.

그가 그녀를 자신의 차에 태웠다. 그 차를 타고 그녀의 인생이 시작되었다. 설레고 떨리고 짜릿하고 다시없을 행복할 시간들이.

"누가 그래, 내가 고생만 했다고?"

그녀가 그대로 주저앉아 눈물로 범벅이 된 그의 얼굴을 매만졌다. 그녀가 눈물을 떨어뜨렸다.

"임성준이랑 있을 때 한 번도 고생스러운 적 없다고 했잖아. 왜 안 믿는데?"

"바보야. 그게 말이 돼? 내가 너 데려다가 온갖 고생 다 시켰는데."

"그래도 행복했어."

"성채은."

"나 바보잖아. 아직도 몰라?"

"채은아……."

"내가 얼마큼 바보인지 이제라도 알았으면, 바빠도 기억 좀 하고 있어."

그가 그를 바라보며 슬픈 미소를 짓는 그녀를 껴안았다. 그녀의 체취에 그가 머리가 어지러운 듯 눈을 꼭 감았다. 성준이 그녀의 목덜미에 얼굴을 비볐다. 안고 싶어 견딜 수 없다는 듯.

"너 다른 놈하고 결혼하는 줄 알고 죽으려고 했다."

"근데 왜 안 죽었는데?"

"당장 죽어버릴까 생각했다가 동생 결혼하는 건 봐야 할 것 같아서. 알잖아, 경준이 그 자식 융통성 없는 거. 형 죽은 거 알면 아무것도 못하고 살 걸 같아서."

채은이 놀라 그에게서 몸을 떼고 그를 바라봤다. 처음이었다. 그가 그의 심경을 얘기한 것은. 그는 늘 아닌 척했다. 강한 척하고 파이팅 넘치는 말 외에는 속을 보여주지 않았다. 그가 그렇게 말했다는 건, 정말 그러려고 했다는 것. 눈빛을 보자니, 죽겠다 했던 건 진심이었나 보다. 갑자기 아찔해진 채은이 미간을 좁혔다.

"임성준 많이 변했다, 정말. 성채은이 어떤 여잔지 알면서 그런 말에도 속고. 바보한테 속을 정도로 더 바보 된 거야?"

"어. 네가 없으니까······."

그가 바보처럼 웃었다. 정말 그랬을 사람처럼. 그녀가 그의 가슴께를 쳤다.

"나쁜 놈, 미쳤어. 그렇다고 죽으려고 해? 끝까지 나 행복한 꼴은 못 보겠다 이거지?"

"그래."

"그럼 네가 행복하게 해주던가."

"그래."

"그래? 네가 행복하게 해준다고?"

"그래. 내가 행복하게 해줄게."

빈말을 안 하는 사람이······.

"그거 아니면 살 의미가 없을 것 같다. 너 아니면 내가······."

그가 그녀의 어깨에 이마를 기댔다. 내 삶의 이유는 너, 이 괴로운 세상에 사는 이유는 오직 너. 그의 지친 마음이 자신에게까지 깊이 느껴졌다.

없구나. 당신은 정말 아무것도 없어. 이 순간 그녀는 정말 다행이라는

그 외에도
더 많은 것들

생각이 들었다. 아무것도 가진 것 없는 그에게 자신이라도 있어서. 그녀가 그의 얼굴을 매만지며 눈을 흘겼다.

"나쁜 놈, 어디 가지도 못하게."

그가 웃는다. 눈물을 흘리면서 쓸쓸하게. 사랑하던 여자는 떠나고, 세상은 적막하고. 그의 심정을 이해해주고 싶지 않아도 자꾸 이해가 되는 걸 보니, 성채은은 바보다. 그리고 아직도 그를 사랑한다.

"성율이…… 깼겠다. 가서 젖 물려야 돼."

"모유…… 먹여?"

"어."

그가 상상도 못하겠다는 듯 미소를 지었다.

"어떤 놈이 내 걸 지 밥통으로 쓰는지 봐야겠다."

"누가 보여준대?"

"언제 허락 맡았나."

"일어나기나 해. 무릎 다 까지겠어."

"괜찮아."

"누가 자기 걱정하는 줄 알아? 병원비 들까 봐 그래. 그 돈으로 성율이 장난감이라도 사주려면……."

그가 그녀의 입술에 입맞춤을 했다. 가볍게 하려던 키스가 깊게 이어진다. 그리웠다는 듯이, 여전히 기다렸다는 듯이. 두 사람의 키스가 그렇게 이어진다. 겨우 눈을 뗀 그의 눈 속에 그녀를 향한 강한 갈망이 자리하고 있다. 그녀의 눈에 눈물이 그렁거렸다. 그가 채워지지 않는 갈증을 꼭꼭 참으며 그녀의 눈가를 매만졌다.

"고생……, 안 시킨다는 약속을 할 수가 없다."

"그래도 이번엔 해."

한 번 약속하고 나면 그게 뭐라도 지키는 사람이니까.

"약속할게."

"그럼 이제 지켜."

"그래."

"미안해."

그녀의 사과에 그가 미간을 좁혔다.

"네가 뭐가."

"이제 더 고생할지도 몰라, 당신. 성율이 때문에 자기 더 힘들어질 거니까."

"그건 행복한 고생이 되겠지."

행복한 고생.

그래, 그녀 역시 그동안 그랬다. 그랑 있어서, 그녀도 그런 고생을 하고 있었다. 어차피 할 고생이라면 당신과 함께. 그런 마음으로 살았다.

"너랑 아기만 생각하면서 살게. 평생 우리 가족만. 너 더 고생 안 하게……"

그녀가 그의 입술에 입술을 묻었다.

그래, 임성준.

나 고생 많았어. 그런데 알잖아. 우리가 어떻게 살아왔는지. 고생을 하지 않는다고 해서 행복한 건 아니야. 고생한다고 행복이 없는 건 아니듯이. 그건 아예 다른 문제. 그래서 나는 행복해. 고생스러운 당신의 고통을 덜어주는 걸로도, 내 인생이 꽤나 근사하니까.

"이제 모든 게 달라질 거야."

그럴 거다. 그럴 거니까.

그 외

3.

    경준을 허락해준 것, 성준과 사업을 함께 하기로 한 것 등등을 핑계로 지흔은 처음으로 새아버지와 식사 자리를 만들었다.

    "엄마 어디가 마음에 드셨어요?"

    한창 식사가 무르익었을 때 지흔이 물었다. 새아버지가 웃음을 터트렸다.

    "왜요?"

    "언젠가 너랑 이런 대화를 꼭 하고 싶었다."

    "그러셨어요?"

    "그래서 미리 준비해둔 말들도 있었고."

    뭔가 벅차오른다는 듯 바라보는 눈빛을 보니, 정말 내내 이런 자리를 기다리고 있었던 모양이다.

    "준비까지요? 그게 뭔데요?"

    "네 엄마를 사랑해서."

    새아버지가 엄마를 사랑한다는 말이 듣기 좋았다. 지흔이 미소를 지으며 어깨를 으쓱했다.

"너무 뻔한데요?"

"원래 남이 하는 사랑 얘기는 다 뻔하게 들리지."

"덜 뻔하게 준비한 건 없으세요?"

"네 엄마를 사랑해서 마음에 든 건 맞다. 하지만 우리가 사랑만으로 결혼할 나이는 아니었잖니."

"그럼 결혼을 한 이유는 다른 데 있으셨다고요?"

새아버지가 고개를 끄덕였다.

"난 네 엄마가 돌아가신 네 아버지의 병간호를 오랫동안 했다는 말에 결혼을 결심했다."

"왜요. 돌아가신 아빠한테도 그랬으니까, 아버지한테도 그럴 것 같아서요?"

새아버지가 옅은 미소를 지었다.

"네 엄마가 말은 그렇게 돈돈, 해도 어쨌든 결국 네 아버지를 끝까지 지킨 거 아니냐."

그건 그랬다. 싫다고 밉다고 해도 아빠가 돌아가시는 그날까지 한눈 한번 안 팔았다.

"게다가 재혼하면 너까지 돌봐줘야 한다고, 그런 조건 아니면 절대 하지 않겠다고 했지."

"……."

"어떤 상황에서도 제 가족을 챙기고, 그걸 짐이라고 여기지 않는 그런 여자라는 게 좋았다."

엄마가 새아버지에게 어떻게 말했을지 상상이 갔다.

"그래도 너무 돈 밝히는 건 싫으시잖아요."

"솔직히 말하자면 싫지 않아."

"정말요?"

"그 여자가 내 옆에서 그렇게 당당히 돈 좋아서 결혼했다고 말할 때마다 어쨌든 나한테 능력이 있구나, 하는 걸 느끼거든."

"그건 좀, 변태 같은데요?"

지흔의 말에 새아버지가 껄껄, 웃었다.

"내가 돈이 없어도 네 엄마는 날 떠나지 않을 거야."

"엄마를 믿으세요?"

"그래, 난 네 엄마를 믿는다. 네 엄마 과거가 그 증거다."

"엄마가 고생한 보람이 있네요."

새아버지가 고개를 끄덕였다.

"누구나 안 좋은 일이 생기고, 잘못된 선택을 할 수도 있어. 때로는 내 잘못도 아닌데 일이 잘못되기도 하지. 하지만 그때 어떤 식으로 그걸 바로잡느냐가 중요한 거지. 같은 문제를 만나도 누구는 타락하고 누구는 노력한다. 그걸 통해서 그 사람이 어떤 사람인지 조금은 판단해볼 수 있지. 경준이를 허락한 것도 같은 이유다. 어떻게 살아왔는지 알았으니, 어떻게 살아갈 건지 안 봐도 짐작할 수 있으니까."

새아버지의 말에 지흔이 미소를 지었다. 경준이 살아온 길, 그의 잘못은 아니었지만 어쨌든 자신에게 주어진 삶에 최선을 다하면서 살아왔다. 돈 있는 남자는 못 만났지만 제 삶에 책임을 지고 사는 남자를 만났다는 건 어쩌면 행운인지도.

"감사해요, 아빠. 제 편을 들어주셔서."

"나야말로. 졸지에 사위에다가 아들이 생긴 거 아니냐."

"아들처럼 봐주시게요?"

"그래. 내가 아들이 없잖아. 네 덕분에 내가 아들이 둘이나 생겼어."

성준과 경준 모두를 말하는 모양이다.

"그리고 뭣보다 딸하고 친해지기도 했고."

"아빠……."

지난번에는 경준을 허락해달라는 의미로 애교로 한 것이라면, 지금은 존경의 의미를 담은 것이었다. 아빠라는 말에 하는 지흔도, 듣는 새아버지도 괜히 기분이 싱숭생숭.

"사실 너한테 잘 보이고도 싶었다. 점수를 얻은 것 같아서 기쁘구나."

"그것도 감사해요. 저한테 잘 보이고 싶어해주셔서."

알고 있었다. 새아버지가 자신에게 다가오고 싶어 했다는 걸. 두 사람 근처에 다가가지 못한 건 엄마 때문이었지, 새아버지 때문은 아니었다.

"근데 저는 아직, 철이 덜 들었나 봐요."

"왜, 아직도 엄마가 미우냐?"

"네. 어렸을 때 많이 외로웠으니까요."

아픈 아빠, 바쁜 엄마. 누구에게도 기대지 못했다. 새아버지가 안타까운 듯 고개를 끄덕였다.

"그래. 그건 안타까운 일이지."

새아버지가 지흔을 보며 미소를 지었다.

"하지만 언젠가 이해하게 될 날이 오지 않겠니."

"그럴까요?"

"혹시나 네가 경준이랑 살다가 경제적인 이유로, 아니, 그저 심적인 이유로 힘든 날이 오면 이해할 수도 있겠지. 아, 그때 엄마는 얼마나 힘들었을까, 하고. 물론 나는 그런 날이 안 오길 바라지만 인생은 알 수 없으니까."

"경험담이세요?"

새아버지가 고개를 끄덕였다.

"나도 경준이만큼 힘들었을 때가 있었다."

"정말요?"

"어린 시절, 갑작스럽게 날 버린 아버지를 한참 미워했었다. 평생 용서할 수 있을 것 같지 않았지. 그런데 오히려 죽고 싶을 만큼 힘들 때, 아버지 생각이 나더니, 그게 이해가 되더라. 그때 아버지는 얼마나 힘들었을까. 자식을 버리는 심정이란 어떤 거였을까."

"……."

"그래서 네 엄마가 대단해 보인 것도 있다. 끝까지 가족을 지킨 거니."

"그건 그래요."

"그 상황이 돼 보지 않고는 알 수 없는 것들이 있어. 하지만 뭣 모르는 사람들은 쉽게 손가락질하지."

하긴, 돈을 벌며 병간호도 하고 딸까지 만족스럽게 돌보는 건, 자신이라도 절대 할 수 없는 일인지도 모른다.

"역시 전 철이 없나 봐요."

"누군들 그렇게 다들 철이 들었다고."

"그래도요. 제가 경준이 앞에서 뭐든 다 잘될 거라고 너무 큰소리를 친걸까요? 경준이만 보면 그럴 수 있을 것 같았어요. 사실 겁이 나면서도요."

"청춘이 좋은 게 그런 거지."

"괜찮을 거란 말씀 안 해주시니까 왠지 정말 겁나는데요?"

"걱정 마라. 나도 경준이도 아버지가 없었지만 넌 있잖니."

새아버지가 자신감 넘치는 미소를 지었다. 갑자기 엄청나게 든든해진다.

"경준이 형님 만나주셔서 감사해요."

"무슨 소리냐. 나 필요해서 만난 거다. 안 그래도 그 친구가 하던 사업이 내가 하려던 사업하고 맞물려서 내가 오히려 더 도움이 많이 되고 있다."

"그래도요. 기회를 주셨으니까요."

"기획도 노력도 훌륭한데 가끔 운이 안 따라주는 친구들이 있더라."

그녀가 걱정스러운 표정을 지었다.

"이번엔 운이 제대로 따라주면 좋겠어요."

"걱정 마라. 네 아버지가 운이 좋다. 네 엄마를 만난 사람 아니냐."

새아버지의 즐거운 말투에 지흔이 미소를 지었다. 엄마가 좋은 남자를 만난 게 다행이었고 또 부러웠다. 경준도 딱 새아버지 같은 중년으로 늙어가면 좋겠다고 생각했다.

"더 먹고 싶은 건 없냐? 이 아빠가 시켜주마."

"정말요?"

"그래. 나온 김에 뭐 사고 싶은 것도 있으면 말하고."

새아버지가 웨이터를 불러 메뉴판을 그녀 앞으로 내주었다. 문득 아빠와 이런 걸 하고 싶었던 초등학교 때로 돌아간 기분이다. 그러고 보니 한 번도 가족끼리 외식을 해보지 못했다.

"엄마도 부를 걸 그랬나 봐요."

"갑자기 엄마가 보고 싶어?"

"네."

"그럼 부르자."

"잔소리 못하게 중간 중간 커트 좀 부탁드려요."

"그건 내 전문이지."

지흔이 전화를 하려는데 새아버지도 전화기를 들었다. 그녀가 새아버지에게 휴대폰을 들어보였다.

"제가 엄마한테 전화하는데요?"

"난 내 아들한테 하는 거다."

"네?"

"네 엄마 커트는 내가 할 수 있는데, 널 커트할 사람은 그 녀석뿐이잖니."

임경준, 서지흔이 사랑하는 남자. 앞으로 그가 행복해질 것 같아서 그녀도 행복해진다. 새아버지가 경준과 통화하는 게 들려왔다. 별다른 말이 없는데도 따뜻한 기분이 느껴져 괜히 마음이 뭉클하다.

"오늘 모임은 가족 모임이 되겠구나."

그녀가 엄마와 전화를 끊자, 새아버지가 흐뭇한 듯 미소를 지었다.

가족 모임.

언젠가 경준과 자신에게도 그런 모임이 생길 것이다. 그때 경준이 꼭 가지고 싶다던 자신 닮은 딸과 자신이 꼭 가지고 싶은 경준 닮은 아들, 이렇게 넷이 모여 함께 식사를 하면 좋겠다. 그땐 시기를 놓치지 않고. 딱 제때에.

잠시 후, 헐레벌떡 식당 안으로 들어오는 경준이 보였다. 지흔보다 먼저 새아버지가 손을 흔들었다. 오랜만에 아들을 만난 듯 정말로 반가운 얼굴로.

"왔어?"

"응, 많이 기다렸어?"

"아니. 시간 가는 줄 몰랐어. 그죠, 아빠?"

"그래. 그랬지."

두 사람의 미소에 경준이 눈을 가늘게 떴다.

"나 질투해야 하는 상황이야? 그래요, 아버님?"

"그래. 맞다."

"아, 왠지 어머님이 기다려지네? 어머님은?"

"오실 거야."

"배고플 텐데 뭐 먼저 먹어라."

"아뇨, 아버님. 어머님 오시면요."

"그래. 그럼 뭐 먹을지 골라봐. 이 아빠가 오늘 쏘는 날이니까."

"우리 진짜 비싸고 맛있는 거 시켜 먹자, 경준아. 배 든든하게 채워야 또 일하지."

"그럴까?"

두 사람이 마주 웃었다.

우리는 조금은 모자란 채로 살아왔지만 덕분에 그걸 채우는 재미를 느끼며 살게 될지도 모른다. 그러니까 우리 조금 부족하더라도 아주 가끔만 지치고 또다시 힘을 내보자.

우리는 알았다.

그 외에도 더 많은 것들이 걸림돌이 될 테지만

그럼에도 사랑이, 있다는 걸.

그 외에도 더

누군가의 인생 중 어느 부분만을 잘라 표현해 보고 싶었다. 그래서 그랬는지 어느 페이지부터 내가 아닌 그들이 내 글 안에서 살아서 움직이기 시작했다. 내가 한 것이라고는 그들의 삶을 엿보듯 타자를 쳐준 게 전부였다. 그래서 내 글임에도 남 얘기인 듯 울기도 했다. 이런 일이 가능했다는 건 행운이지만 앞으로 다시 만나긴 힘들 거라는 걸 알기에 상실감이 크다.

독자로서는 소설 같지 않은 느낌이 들거나 혹은 해결되지 못한 아쉬운 부분이 눈에 보일지 모르겠다. 하지만 작가로서는 내가 표현해보고 싶었던 것이 잘 표현됐는지에 대한 의문과 아쉬움이 있다. 재능의 부재 혹은 결핍이 느껴지지만 그럼에도 내가 가지고 있는 것에 더 집중하는 소중한 시간임에는 틀림없었다.

동생의 이름을 빌려주신 성희 님께 감사드린다. 판타지 속 남자주인공으로 만들어드리지 못해서 죄송스럽기도 하다.

그래도 너그러우실 거라는 거, 알고 있어요. 사랑합니다.

부디 경준과 지훈처럼 또다시 내 글 안에서 살아 숨 쉬어줄 친구들을 기다린다. 그게 다음 글이기를 간절히. 하지만 한편으로는 완벽히 만들어낸 친구들을 보고 싶기도 하다. 어떤 글이든 다시 만나 뵙길 바란다.

늘 고맙습니다.